U0508319

深海浪花

叶胜利・著

四川党建期刊集团
四川民族出版社

图书在版编目（CIP）数据

深海浪花 / 叶胜利著. -- 成都 : 四川民族出版社，2020.8

ISBN 978-7-5409-9229-3

Ⅰ. ①深… Ⅱ. ①叶… Ⅲ. ①长篇小说一中国一当代
Ⅳ. ①I247.5

中国版本图书馆CIP数据核字(2020)第154941号

SHENHAILANGHUA
深海浪花
叶胜利 著

出 版 人 泽仁扎西
责任编辑 周文炯
责任印制 谢孟豪
出版发行 四川党建期刊集团 四川民族出版社
地　　址 四川省成都市青羊区敬业路108号
邮　　编 610091
照　　排 四川悟阅文化传播有限公司
印　　刷 成都市兴雅致印务有限责任公司
成品尺寸 165mm×235mm
印　　张 15
字　　数 360千
版　　次 2021年1月第1版
印　　次 2021年1月第1次印刷
书　　号 ISBN 978-7-5409-9229-3
定　　价 59.80元

序

叶辛

腊梅是一个秀气水灵的渔家小姑娘，长到情窦初开的15岁，她就嫁了三次。

头一次出嫁，她才4岁，嫁的是男孩阿成，与其说阿成是她的丈夫，不如说她一直把阿成当成了小哥哥。

只因她的亲娘在她出生时就死了，只因她亲爹是个酒鬼。狠心的后娘荷花就把她嫁给阿成当了童养媳。

不用说，这是一个发生在二十世纪三四十年代的故事，生活本就贫穷，日本鬼子又举着“烂膏药”旗打来了，逃难途中腊梅和小阿哥阿成被冲散了。举目无亲的腊梅又被逼第二次出嫁，嫁的是鱼霸兼汉奸包成虎的儿子包龙。不用说，11岁的腊梅还是个童养媳。万万没想到的是，逃难中失散的小阿哥阿成也被抓在包成虎家大宅院内打杂。两个人相遇，真可说是百感交集，欲哭无泪。

腊梅的第三次出嫁。只给卖了七块大洋。这回嫁的是一个比她还小的丈夫，而这小丈夫的父亲却时时寻找机会试图色眯眯地侮辱15岁的小腊梅。

受尽磨难的腊梅怎么脱身呢?

除了再次出逃，她还有生路吗?

腊梅的生路，只可能在海岛迎来解放的日子里才能等来，幸好她又一次和参加了四明山游击队的阿成相遇了，幸好她在将近20岁的时候终于看见了曙光……

读到最后的时候，我不禁长长地吁了一口气。

正如作者叶缘所说的，这是一个充满苦难和厄运的故事。他之所以在写作时总是感觉到压抑的和窒息，他坚持着要把这个属于过去时代的故事写下来，只因为长篇小说《深海浪花》的主人腊梅身上有着她母亲姑娘时代的影子。

我要多说一句的是，这不仅仅是他母亲腊梅式妇女们的苦难和命运，从小说里可以读出来，这曾经是我们民族整整一代人的苦难和命运。

小说折射出来的，是二十世纪三四十年代东海渔家贫穷女子普通的苦难和厄运。

这一页历史已经翻过去了,叶缘为啥在感觉心口阵痛还非要写出来呢? 一句话，就是要告诉今天的读者，不要忘记我们这一个民族曾经遭遇过的厄运和挣扎。

难能可贵的是，叶缘整部书的语言是采用浙江宁波、舟山定海一带的方言写成的。这方言充满了浓郁的生活气息，却不是照搬照录的土话，而是经过了作者的精心提炼。在我看来，只要对某些方言作一小点注释，大多数读者都是能读懂并感受到这种语言的韵味的。

是为序。

自序

《圣经》里说:“第一样灾祸过去了,还有两样的灾祸到来。”中国有个成语叫“祸不单行”。

翻开中华文学史，可以说是一部写满了“苦难”的史诗。我们小时候看小说，总会为底层儿女的坎坷命运和悲惨结局而扼腕叹息、唏嘘不止，一次又一次沉浸在无言的民族哀痛之中。

是的，我们这个民族积淀着太多的苦难，特别是那些底层的渔民和农民。

新中国的诞生，他们才摆脱了苦难、迎来了辉煌!

《深海浪花》描绘的是海岛渔村的一个渔家女儿，从出生到成人的二十年时间的人生经历，展示了二十世纪三四十年代东海渔农村、渔农民的苦难和挣扎。

腊梅生存的年代，距离我们已经有些遥远了，可我在写她时，脑子里不断闪现我母亲的影子，和她小时候跟我讲述的种种苦难之事。写着写着，我就能感觉到心口一阵阵的痛。

虽然现代的年轻人也许对此已不屑一顾，但是我总觉得这是不能忘怀的历史，也是不能忘却的根本。我们应该把这样的故事一代一代地传下去，让年轻人永远记住:没有中国共产党就没有贫苦渔农民的活路!

虽然这些苦难早已远离我们，并在历史的烟云中化为乌有。然而，谁又能真正的忘却呢?

《深海浪花》里的人物,大都是以悲剧的角色出现和结束的。其实,在构思创作时,我并没有刻意地去表现这种悲惨，可越是写下去，就越来越感到他们之中的任何一位都不可能逃脱悲剧的命运。这是那个时代的命运，是历史的必然。也许，不仅仅是时代使之，还有民族的劣根性。

无人能拯救他们的灵魂和肉体。

只有时代的改变，才能改变他们的命运!

我没有经历过那个时代，无法逼真地再现那个时代的生活场景，更没法真正地走进他们的内心世界。这是一个写作者所忌讳的，可我不得不写，不写心就虚慌，手就发痒。特别是老母亲走后,这种感觉越来越强烈,常让我心口堵得慌,夜不能寐。

多少次梦醒时分我都会回忆起母亲给我们兄弟几个讲述的故事，她小时候多么的苦涩、多么的无助、多么的辛酸。

所以，写出来即使是堆废纸，我也要写。

我只能尽量能走近他们的心灵。我想远在天堂的母亲大人，一定能理解我心中的苦楚。

这就是我站在海边晨曦中的誓言。

腊梅，几乎天天都在跟自己凄凉的命运相抗争，并在抗争中上演绎着一幕一幕的人生悲剧，可最终都没能摆脱命运的安排。从婴儿，不，其实是从生出来就失去了亲生母亲，到童养媳、二嫁、三嫁……随着岁月的流逝、年龄的增大，始终没法改变自己的命运，直到时代的改变。

这是上帝苍老的声音。

于是，我想大哭一场，为本书的主人翁，为他们对生命的执着和顽强！

我不想太残忍。可手中的笔，又无法不残忍。

这种矛盾让我为这部小说耗费了整整三年时间。三年中，我几乎天天是在伤心断肠的情绪中度过的。写完这部书，我感到自己一下子苍老了许多，以致心血管堵塞、心脏病突发。

唉，人终究是要老的。只要腊梅和阿成们能终成眷属就行！

作者

2015年2月28日

目录

CONTENTS

第一章　死生

就在即将降临人世的那一刻，她突然横过身子，改变体位，并用两只脚抵住产道。顷刻间，她令自己和她的母亲同时陷于困境，甚至可能引发一场难以预料的灭顶之灾！

或许，她对她将要面临的未来世界充满疑惑和恐惧，还想再等一等；或许，她已感知外面的世界一片险恶，本能地抵抗，要继续留在这温暖、滋润而又无忧无虑的、完全属于她一个人的天然宇宙里。

她的抵抗起初是有效的，但随着时间的消逝，越来越归于无力——有内外两种力量在暗中配合，相互协调，无论她怎样挣扎，硬是要把她挤出去、拖出来，把她推向她不想去的地方。

最后，外来的拖力猛然爆发，她哇的一声，仿佛从空中缓缓划落，来到这狭小的、阴湿的、仅有一束微弱的烛光的黑暗世界……

这是一个海岛上的小山岙，破旧不堪的石头房东一幢、西一幢参差错落在朝北的山坡上。有的盖着瓦片，有的盖着稻草，像洒落在斜坡上的棋子，所以被叫作棋盘村。北风吹动着岛上的长茅草，发出飕飕的响声。浑浊的海浪拍打着岸边的礁石，发出一阵阵“哗哗”的潮音。

村外有一片相连的海湾，以前这里有金黄的沙滩，由于淤泥越积越多成了淤积的黑沙滩。但人们还是叫它东沙滩，就连这个镇也被叫作东沙镇，人们希望有个东字就会带来东海财气。可是这里的渔民世世代代还是受穷。

在棋盘村最西北的角落上有两间破旧的小石头屋，屋里传出一个男人歇斯底里的号哭声夹杂着婴儿的哭声，盖过了浪声潮音，传遍了整个小山岙。只见王二婆吃力地端着大脚盆从小石头屋的门口出来，走到矮墙边把大脚盆的血水朝矮墙外的山坡泼了出去。血水顺着墙根流向乱草丛中，慢慢地渗入泥土，渐渐地没了踪影……

可以肯定，泼出去的水是不能再回来的，它会融入于土壤，滋润了野草。可是人生呢？唉！那就一言难尽了。

这就是腊梅出生时的最初情形。

这世界生生死死，实难预料。腊梅的出生艰难曲折，而且代价高昂。那代价就是她母亲的死。从时间上说，她母亲在她出生时已死，死于大出血……

在腊梅出生之前的一个多月，这棋盘村的林代富就不出海了。这一方面是因为寒冬腊月的，鱼虾都潜入深海，或远游外海，东沙湾一带近海基本上就形不成鱼讯了。他唯一的一条舢板又走不了远海，最多也就是摇着橹把舢板划到南面的南洞山或北面的东山嘴附近，甩下渔线钓些日本鳗鲡和黄姑鱼；有时运气好，舢板能划得更远一点，兴许还能钓上几条青石斑鱼。为什么不敢走远？就是因为这寒冬腊月天海上时不时有突然降临的浓雾。

这一带年末岁初的海雾来得快，去得却很慢。有时候，大白天扯着帆在海湾上撒网，船走着走着，那雾毫无征兆地就来了。先是淡淡的，无声无息，不知不觉中慢慢地弥漫开来，忽然又不动了。再慢慢回旋，逐渐凝固，越来越浓，越来越重，最后云遮雾障，黑沉沉地压住海面……

这大雾有时简直就是索命的符咒，代富他爹就是在海上大雾天送了命的。

那年冬天的一个清晨，他爹与邻村同宗的代富二大大林德泉以及各自的渔工如约来到海边，准备各摇一条中对船和小对船拼对出海，到峙头洋捉对网捕越冬洄游到此的大带鱼。为什么叫“大带鱼”？因为带鱼自立冬至大寒形成鱼汛，冬至前后最旺，有时一条就有一斤多重，而其他时段两条才斤把重，故此地渔民中有“小雪小抲，大雪大抲”一说。由此，一到寒冬腊月，当地渔民多有往峙头洋一带海面捕越冬洄游大带鱼的传统。

但这天的天气一开始就有些不对劲。

那时，当代富他爹与二大大一到东沙湾的船锚处，就看见天边有清雾缠绕。根据以往的经验，他们以为没事，就跟往常一样，天一亮，太阳一出，会云开雾散，于是，就摇着船出海了。

谁知这一天竟没有风，船摇出东沙湾，还没到燕窝山，眼看着雾就渐渐地浓了起来，而且经久不散。

这时候他爹感到大事不妙，想招呼林德泉往回赶。

但此时雾已浓得几丈开外就什么也见不着了，而与此同时，林德泉也正掉头找他，结果两船相撞，代富他爹的小对船被撞翻，所有渔工都落水了，包括代富他爹。后来，代富二大大林德泉和他的渔工在浓雾紧锁的燕窝山找了整整一天，代富他爹船上落水的渔工都被捞起，就是他爹影踪全无……

那一次的海雾一连锁了六天才渐渐散去。那一年，林代富才九岁。

有了他爹的教训，所以林代富冬天就不敢轻易出海了，大部分时间只能抓些大眼蟹，或实在没有收获，也只好在滩涂上挖些泥螺到镇上的渔行换些柴米油盐；而另一方面，那也是最要紧的，是他的女人快要临盆了，而且，据说就像兜进渔网的赤点石斑一样错不了的，是男孩！

他林代富都快三十了，好不容易讨上老婆，老婆好不容易怀上孩子，头胎就是儿子，那是天大的事情，就算是海上风平浪静，他哪还有心思出海捕鱼？

自爹死后，林代富就没再遇上过好日子了。

他爹死后没几个月，他娘就扔下他跑了，不知到什么地方去了，谁也不晓得，就连代富他也不晓得。从此他就有一顿没一顿的，吃上了百家饭。总算还有邻村的二大大林德泉在。

尽管只是远房亲戚，但不管怎么说那一笔也写不出两个“林”字来，所以，除了出海捕鱼，二大大总想着他、管着他。当然，既然是渔夫，二大大总是出海的时间多，上岸的日子少。

代富十二岁不到，二大大就让他上自己的船当帮工，先是打杂，而后是火浆，再往后是出网，最后，在他十九岁那年，当上了帆船老大。可真所谓是好花不常开，好景不常在，在代富他二十二岁那年，他们的船在一次出海时遭遇大风，刮断的桅杆倒下，砸折了二大大的一条腿。

就此，大伙都散了，各奔东西。

万幸的是，在临别那天，二大大将代富单独留下，把自己那条多年不用的破帆船给了他，又给了他一些钱，嘱咐他去修一修，权当饭碗。于是，林代富就有了自己的船，日子虽不好过，但还过得去。

又过了几年，也就是代富二十七岁那一年，二大大林德泉把他叫了去，问他想不想成亲。他怎么不想？能不想吗！代富都这么一个大汉子了，昼思夜想的就是讨老婆生孩子传宗接代！否则人活着还不就成酒囊饭桶不是？他当然想要。

于是，二大大就说，临近小猫子岛上有个渔户，当家的出了海没再回来，留下寡母孤女两个，现在那做妈的要改嫁，女儿快十六岁了，就是瘦小了点，急着要找人家，问他要不要。代富想也没多想就说要。

就这么着，代富把自己的小石砌房修了修，把漏雨的屋顶补了补，就把那女人娶进了家门。

有了女人，就有了过日子的感觉。

自成亲后，代富就觉得过日子有了奔头。只要天一好，他就出海捕鱼。就是刮风下雨不能出海，他也不像过去那样三天两头往镇上的酒馆赌场跑了，成天在家里陪老婆。

可是，那女人的肚子就是不见有动静。

可能确实是因为人太瘦吧。可慢慢的，不知不觉的，眼看着自己的女人脸色也红润了，屁股也渐渐地圆了起来，但怎么还是没有动静？代富有点失望了。这失望的表现，就是在家的时候少了，上酒馆赌场的时间多了。

但就在代富把老婆讨进家门的第三年，也就是说他快三十岁的时候，他老婆突然对他说她有了。这真是一个天大的喜讯，如何能让林代富不欣喜若狂！

于是，他急不可耐地找到了王二婆，让她来看看自己的女人。

王二婆是这岛上王家村人。在这蓬莱岛西北边上的几个村，几乎将近一大半的婴儿都是她接生的。王二婆年轻时就守寡，自己从未有个一儿半女的，又没学过妇产科，却以代人接生为业，实在让人百思不得其解。

更让人拍案叫绝的是，就是绝无可能让她接生的富贵人家——他们生孩子都会把女人送到镇上的诊所，甚或坐上渡船，到定海城里的医院——但如有女人怀孕，都忍不住会叫上王二婆前来看一看，摸一摸，把一把，然后掐指算一算是男是女。

有关生男生女，王二婆在此之前的预测几乎从来没有失过手。

关于如何预测是男是女，其实只要生过孩子的，谁都晓得一个大概，关键还是靠经验。对此，只不过是别人没把握，不敢说，就是说了也没人信，而王二婆敢说，说了有人信。王二婆她这大半辈子看过那么多女人的肚子，接生过数不清的婴儿，要说不清个所以然，也难。

所以，在自己女人怀胎将近六个月的时候，林代富好不容易把王二婆请到家，让她看看到底生男还是生女。

“你看那肚子是尖的还是圆的？”王二婆让他看他女人的肚子。

林代富看了半天，最后还是摇了摇头，说：“好像……是圆的。”

“是尖的，看看清楚——”王二婆把他拉近了，凑着他女人的肚子，一个字一个字地说：“你有福了，是儿子！”

“真的？”

“当然是真的。晓得鸡蛋吗？圆是母，尖是公，这道理是一样的。”

“是吗？”

“当然是的。”

“可我怎么……怎么看，这肚子都是圆的？”

“真傻，你都能看得出，还要我来干什么！”王二婆笑了笑，捶了他一下，接着说，“还要摸胎动。你来，你来摸一摸——”

林代富小心翼翼地把手放在他女人的肚子上，轻轻地摸了起来。

“摸着了吧？”王二婆问。

“摸着了。”林代富回答。

“摸着了什么？”

“肚子呀……”

“真笨！你不摸肚子摸什么？摸石头啊？我是问胎动！”

“什么叫胎动？”

“你是真傻还是装傻，连胎动都不晓得？”王二婆指着他的鼻子说，“胎动就是孩子在肚子里的动静。孩子是活的，他能不动吗？”

“这倒也是。可怎么晓得是男是女？”

“男孩子调皮，满肚子四处乱窜的就是男孩……”

“那是真的吗？他去哪里窜？”

“怎么了？是假的？男孩在女人的肚子里都后背朝向女人，脸朝向外面，所以手脚有地方乱动，自由自在，总喜欢满肚子四处乱窜。有时候不高兴了，就踹一下女人的肚子，缩回去，再踹一下，没规没矩。”

“那女孩子呢？”

“女孩就有规矩了，安静多了。”

“这我又不懂了……”

“你怎么会懂？你懂，你来做接生婆？我对你说吧，女孩在女人的肚子里都是脸朝向女人，屁股朝向外面，她没地方动，没地方使劲，就是动了，你也感觉不出来；她那么动，最多也就是用小屁股顶你，这样一来，女人的肚子就慢慢地鼓起来，鼓起来，鼓出个大包，又慢慢地收回去，收回去，很慢，不像男孩，踢一下，再踢一下……”

“他踢了！他踢了！”

“你说呢？是男是女？”

“是男孩！是儿子！我要有儿子啦……”林代富听了，一下子跳了起来，跑出门，高声叫喊起来。

他一边跑，一边叫；跑了又跑，叫了又叫，好像要让全村人都晓得似的：“我要有儿子啦！我林家老祖宗显灵了，我有儿子啦——”

就这样，自王二婆来过之后的这一个多月来，陈代富就天天守在他女人身边，煮鱼熬汤地小心伺候，一边还细心观察女人肚子的变化。

有一次，他一看有动静了，就抽风似的扭头就跑，一口气跑五里地，跑到王家村，还没推门，王二婆还没见着，就对屋子里叫：“要生了，要生了。”

可王二婆哪会听他的，几句话一问，就让陈代富掉头赶回，继续守着。比如，有一次，王二婆是这么问的：“胎动了吗？”

“嗯……这个，好像有一点……”

“快不快？”

“不，有时候……有这么一两下……”

“见红了吗？”

“什么？”

“就是见血，见血了吗？”

“没……没有，好好的，没血……”

“破水了吗？”

“什么破水？是尿尿吗？”

“对，尿尿，能憋住吗？”

“能，憋得住……”

“还早着呢！怀胎十月——现在才几个月？”

“六，七，八……”林代富掰着手指头数，“八个月多，九个月不到……”

“九个月不到，你着什么急？比你女人肚子里的儿子还急？”

“……”

“回家去，等足月了，憋不住了，再来。”

王二婆这么一说，林代富就放下心来了。因为，关于女人生产的要领就这样明摆着，首先要足月，其次是看见不见红，不见红、不见破，就没事。

就这样，从王二婆那里回来后的第二天，林代富就出海了。

为什么？因为他在家这么守了一个多月，米缸早就见底了，靠半破箩番薯干过日子。如果再不出海，别说他老婆，就是他自己，也要饿肚子了。当然，最要紧的还是他老婆肚子里的儿子，无论饿谁，也不能让孩子也跟着饿。

不过，林代富这次出海的运气却出奇的好。

这一天，天也特别的好，东沙湾一带万里无云，风平浪静，他把舢板摇到远一些的鱼头礁附近，在那里没放多少鱼钩，第一次收线就钓起了好几条鳗鱼、黄姑鱼，再一次又钓上十几条七星鱼，其中还有一条两斤多重的赤点石斑鱼……到了午后，竟然还钓到一条足有十多斤重的大毛常鱼！

这毛常鱼通常只有在夏至到小暑时游到这里，在礁石附近潮流湍急处出没，而且也只能在夜间捕获，因为这种大鱼会在夜里发出咕咕叫声，所以有“日里不叫夜里叫，叫出声来像鼓敲”之说。然而，林代富不仅是在腊月，更是这样在白天抓获，这好运，真有点不可思议！

下午，他摇船到镇上渔行，把鱼卖了个好价钱，置办了一些米、油、盐等日常用品，这时已近傍晚。但他没急着回家，乘兴来到酒馆，要了一斤黄酒一盘龙头烤，找了一张显眼的桌子，坐下，独酌起来。

由于很久没来，酒保见了，凑了上来：“哎，代富，多久没来了？”

“多久？”林代富夹起一小块龙头烤，想往嘴里送，又放下，回答，“不就一两个月嘛！”

“听说你女人要生了？”

“快了，要生了。”

“生了个大胖儿子，你可要请客了！”

“这还用说？到时候你带嘴来了就行！”

“哈，一定是儿子？真就一定是儿子？要是女儿呢？喜蛋有吃吗？”

“瞧你这烂嘴！我下的种，你看我像生女儿的料？是儿子！大胖儿子！”

他这么一叫唤，其他酒客都围了上来，嘻嘻哈哈地讨他的口彩，七嘴八舌地嚷着要他请客。这不得不让林代富多掏了不少钱，才打发了他们。

不过，他自己也多喝了不少，有些醉意醺然了。

一阵胡闹后，他猛然想起什么，一看门外天色有点暗了，这才急急起身，扛起身边的大包小包往泊船的码头上赶。当他上了船，解缆启航时，海上刮风了，而且越来越大。

他一边顶着风用力摇船，一边在心里暗暗骂道：“这该死的风！早不刮，晚不刮，不该刮的时候倒刮了！”

终于，他把船停在避风的湾口，带上揽头，兴冲冲地往家里赶。

但他哪里晓得，还有更糟的事情正等着他呢！

真所谓天有不测风云，人有旦夕祸福，林代富哪能想得到，这好运厄运竟然都在这一天之内落到了他身上，就像坐了过山车似的！

这不是吗？如果这一天一开始就刮风，他也就不出海了，就背着半篓到东山脚下的滩涂挖些泥螺了事了；如果没捕上那么难得捕获的赤点石斑鱼和大毛常鱼，他也不会有余钱去喝酒胡闹！如果不喝酒，也就不会遇上这该死的风……他怎么会晓得，这好运就是暗中埋下厄运，就是要夺了他女人的性命！

快到棋盘村的时候，林代富大老远地就听到一阵又一阵凄烈的叫声了。

那天晚上的海风特别大，也出奇地响，他起先还以为是海风的呼啸声，但仔细一听，那不对，风中分明还夹杂的女人的哭喊声，并且越来越响，越来越高，简直像杀猪一样的嚎叫声，把呼呼吹的风都给压了下去。

林代富一听，是他老婆的哭喊声。

这下他可慌了，把肩上扛的手里抓的都往路边一扔，就拼命地奔，连滚带爬地跑，刚推开门，就见他女人浑身是血地趴在门口，有气无力地挣扎着，喊叫声也渐渐地低了下去。

这时候，林代富抬眼一看，这屋里，床上地上都是血，就晓得他女人是想爬出屋去喊人的。

可这渔村家家户户都离得远，风又大，谁听得见！见此情况，林代富赶紧把女人抱上床，放稳了，安慰了几句，转身就跑，连身上的血迹都来不及擦一擦……等到林代富跟着王二婆赶回时，已经深更半夜。

在腊梅即将出生的前一刻，她娘还活着，但已经叫不出声了。

那时，在昏暗的屋内，煤油灯在一跳一跳地闪烁。在灯光的映照下，一张破旧的凉床上，她娘就躺在那里，身下都是血，好长时间才动一动。她眼睛瞪着，很大，但没有眼神，嘴一张一合，气息奄奄，就像快要熄灭的油灯……最后，她叫出声来了，很尖，但很短，随后就绝了气。

那一刻，腊梅的一只脚已先出来了。但正因为脚先出来，所以她的整个身子就横着，把产门给顶住了。这是一个很艰难的时刻，如果还这样顶着，腊梅也活不了。

一看腊梅她娘已气绝身亡，王二婆急急忙忙跑出屋外，跑到正蹲在墙边埋头抽烟的林代富身后，推了他一把，问："你女人快不行了！孩子还活着……"

"怎么不行了？"林代富一下跳了起来，叫了，"怎么不行？刚才还好好的……"

"是难产！"

"哎，怎么难产了？"

"给你说了也说不清，快，孩子还活着，要不要？"

"是不是儿子？到底是不是儿子？"

"你看你，孩子在里面，就差一口气了，这个时候怎么还问是男是女！"

"那……你看着办……"

"快，孩子还在你女人肚子里憋着呢！"

"要！大的不行，小的也要……"

就这样，王二婆急忙转身回屋，凑近代富女人，蹲下身，不管三七二十一地把腊梅的那只脚塞了回去，然后把手伸进产道，在里面把腊梅掉了一个头，调整好了身位，抓住她的脑袋，用尽全身气力，一拉，把她拉了出来。

起先，腊梅也没了气息，软软的，一动不动。

此时，王二婆也不着急，她扯过孩子，拎起小脚，倒提着，对着屁股轻轻一拍……第一次没动静，第二次也没动静，最后，王二婆用上了劲，狠狠一拍，腊梅终于哇的一声，叫出声来……

听到婴儿的哭声，已在屋外等候多时的林代富内心一动，一转身，推开门，直闯而入。他人还没到，声音就先到了："生了！生啦——"

但到了屋了，一看眼前的景象，林代富愣住了，两眼迷茫着，张口结舌，像天塌了下来似的。

“太晚了，”王二婆在一边轻轻说，“这真是生儿如进鬼门关哪，你女人……走了……”

“那……儿子呢？”

“不是儿子，”王二婆抱过腊梅，递到他眼前，“瞧，是小囡子……”

林代富突然僵住了，好像很害怕，看着浑身通红的腊梅，身不由己地后退一步，喉头哽噎着，不知如何是好。

“还是这小囡子命大，”王二婆说，“已经跟你女人一起去了，就是命大，又回来了……”

“不，不要！”林代富忽然大吼一声，奔出门外，对着黑夜大叫，“我要儿子！我要我的儿子！儿子……”

这一夜，整个棋盘村的人都听了林代富一整夜像狼嚎一样的叫喊声……

第二章　喂奶

这突如其来的变故对林代富简直就是一场双重的打击。

这么说吧，他女人因生产而死，光乐极生悲，这已经让他如五雷轰顶，够受了。但如果能生下个男孩，倒也值了，没想到生下的却是女孩，一个丫头片子，这让一下子又成了光棍的他如何是好？要早晓得是个女孩，生她干吗！

女儿嘛，辛辛苦苦养大，早晚都得出嫁，还不是泼出去的水？

对林代富而言，要走，母女俩还是一起走的好，他光杆一个，无牵无挂，还可以从头再来。现在倒好，他女人生下女儿，奶都没喂一口，就去了，让他怎么办？

他又不生奶，这丫头活得了活不了都是个难事，还不如早早死了算了。

这些想法，腊梅当然不晓得——其实，一个婴儿怎么会晓得，他父亲曾三次想把她扔了，但都没下得了手，又三次把她抱了回来。

第一次是在东山脚下的那一片滩涂，就是陈代富常去挖泥螺的地方。那里夜间潮水很大，天不亮就退潮，什么东西都能给卷走，无影无踪。第二次是西山北坡的乱石岗，那里一些有零乱的坟堆，常有野狗出没。最后一次是香火断断续续的观音庙。

前两次扔了又抱回来，林代富是这么想的，海水卷走腊梅，会给鱼吃了，他是捕鱼的，再吃鱼，那不等于吃自己的骨肉？让野狗扯咬，撕心裂肺的，总是自己的血脉啊，怎么忍得下心！

在他看来，放观音庙应该是最好的出路，总有人去上香吧，说不定会遇上求子求福的，抱了回去，没个荣华富贵，至少也会有口粗茶淡饭吧。

那天，天一暗，他就把腊梅包裹紧了，摸黑上山，走一条很少有人走的小路，到了观音庙，看确切没人影了，就把腊梅往进门的台阶上一放，一扭头，转身就走，眼也不敢往回看，就怕有人叫住他。

他一路走，就一路听小腊梅的哭声越来越远，越来越轻。到家后，他几乎一夜未睡，翻来覆去的，眼睛无论如何也闭不上，心里闷得像要喘不过气来。

到了第二天，天还没亮，他就一骨碌地起身，急奔上山，一看，腊梅还在，偶尔还哭几声，动一动……他心一酸，抱起腊梅就往家里跑。

到了家门口，天才刚刚亮。他抱着腊梅推门进屋，就见有个人影一闪，从桌子后站了起来，把他给吓了一跳，以为见到他女人的鬼魂了。

那个人，是王二婆。她看了林代富一眼，上前从他手里抱过腊梅。

"舍不得了吧，"她摇着腊梅，说，"到底是自己的亲生骨肉。"

林代富愣了愣，然后定了定神，装着没听懂的样子，反问："你说什么呀？什么舍得舍不得的……"

"你想的、做的，鬼鬼祟祟的，我还看不出来？"

"我想什么了？我做什么了？"

"好了，不多说了，昨天夜里，南坡村葛家三公公的媳妇生了……"

"他生了，管我什么事？"

"生是生了，可生的是个死胎。"

"孩子……死了？"

"这不是说了也白说么！"

"你来……就是为了说这个？"

"你说我来是为了做什么？"

"我怎么晓得你来是为了做什么……"

"真是个不开窍的脑袋！这不是就有了个现成的奶妈？"

"奶妈？"

"把腊梅抱过去，认个奶妈吧！"

……就这样，腊梅当天就给抱了过去，喝上葛家三公公的儿媳妇的奶了。

葛家三公公的大儿媳妇给腊梅奶了五个多月，三公公就把腊梅送了回来。

为什么？原因是在林代富这一边——原来是说好奶妈钱每月两块洋钱的，可林代富只是在头一个月送钱过去，看了女儿几眼，后来就没再上过葛家的门，钱也就一直欠着了。

第三个月，三公公上门催要，林代富先是避而不见，看看实在躲不过去了，就向几个邻居东拼西凑地借了几块钱，勉强混了过去。

打这以后，这代富就干脆借口出海，不回家门了。

以后的两个多月，葛家三公公几次三番找不见他，就托人带了口信，说，要是再不见着钱，就把腊梅撂到他家门口。这口信林代富听了，没上心，照样和几个狐朋狗友喝酒赌钱，没日没夜，就像没事一样。

你无心，他有意，没想到这一天三公公就真的差人把嗷嗷待哺的小腊梅放在林代富破屋关了也像没关的门前，头也不回地就走了。

这下可难为王二婆了。

不管怎么说，请葛家三公公的媳妇给腊梅当奶妈的事，是她居间料理的，而且腊梅又是自己亲手接生，一个活生生的小囡囡，未临人世娘就死了，好不容易活了下来，现在亲生的爹又这样混账，自己怎能撒手不管？

就这样，王二婆她一听葛三爷真把腊梅送了回去，就好像隐隐约约听见小腊梅高一声低一息的啼哭声了，就心急火燎朝林代富家里跑，要看个究竟。

当她翻过了一个长满茅针草的土坡，远远地就看见林家屋前围着好几个人，心想，这听说的事，看样子是没假。于是，她加快脚步，一步一喘，蹦颠着，全然顾不得自己的那双“半裹脚”了。她跑了七八十步，人还没到，就听见那些围着的人七嘴八舌地嚼着舌头了。

“哎，真怪可怜的，给扔来扔去的，这小囡有爹跟没爹的一样。”

“天下还是有娘的好！有爹没爹还不是一个样？不晓得他家祖宗哪辈子积德，出了这么个酒鬼，连自己亲生骨肉都不管！”

“是啊，他代富这样没心没肺，生她干什么？还不早早随她娘一起死了算！”

“什么是不是的，也说不准这小囡就是克星，是不是？还不是她克了她娘的命？要不是她，代富他老婆还会走？”

“这倒也是，说不定就是勒命的鬼啊！”

“你这是什么话！小囡有什么错？”

“说着你了吗？光生丫头片子的货！丫头片子就是赔钱货！你让你老婆生个儿子看看！谅你再生一窝也没用！没龙的种……”

“贼啦儿子！身上哪根骨头痒了？讨揍吗？”

……就这样，那些围着的人吵吵闹闹的，差不多快要打起来了，可就没人去抱一抱地上躺着的腊梅。

正在这时候，王二婆赶到，她一把推开那帮光看闲事的家伙，弯腰抱起哭声越来越小的腊梅，轻轻地拍着，嘴里还哼哼地哄着，不知不觉的，眼泪都涌了出来。

一见王二婆这模样，那些看热闹的家伙又来劲了，他们开始把目标转移到王二婆身上，你一言我一句地逗起她来了：

“二婆，看你倒挺像个当过妈的，反正你也没儿子，把这一老一小收了算了，以后也算有个指望。”

“是啊，二婆，要是真喜欢，就把这孩子当成自己家孙女算了？”

“哎，不对，我看二婆抓紧时间再嫁一次，生个男仔，正好娶了林家这小囡当童养媳……”

对这帮闲着没事干的家伙，王二婆可不是省油的灯。这时候，就听她“好啊”地大喝一声，立刻把那些闲着无聊的家伙给镇了下去：

“你们这些个后生，都闲了没事了是不是？是海里的鱼死光了，还是自家的婆妈跟人家跑了？你们是谁啊？我老娘又是谁？你们都给我看看清楚！一帮老鸦臭，撮乱话坯子，都跑到我这里抬城隍啊？好啊，要我生是不是？回头我就生个儿子来给你们当爹，免得你们有妈养没家教的！”

她这一阵怒斥，四周的无聊家伙都撇嘴吐舌的，做着鬼脸，不敢吱声了。

“代富呢？”王二婆再次开腔，“谁晓得？这吊死鬼死到哪儿去了？”

“不是酒馆就是茶馆，”好半天，才有一个年轻后生搭了王二婆的腔，“我想想，后塘桥，老万盛酒馆，对，准没错！”

“好，”王二婆将已哭累睡着的腊梅往这年轻后生怀里一送，说了声，“抱着，你陪我去——”

“二婆，我……”那年轻后生接着腊梅，抱也不是，推也不是。

王二婆看也不看他一眼，一转身，坚定不移地说：“走——”

这蓬莱岛上的东沙镇虽不及县城繁华，但其热闹程度，却完全可与定海县城比肩，特别是在上午的渔市开行前后。

这是有原因的。从这里一出东沙湾，过了渔山岛，东南峙头洋，北面大猫洋，一到鱼讯，不止本岛人，就是定海的长白、毛峙、干览等地甚至较远的衢山岛渔民也纷纷汇聚于此，流网、张网作业，捕捞鲳鱼、鳓鱼、鲚鱼、墨鱼、梅童鱼，再远一点的圆山至癞头山一带，那可是毛虾及龙头鱼的旺地，一张网就满满一船舱。

而蓬莱岛这么近，满载捕获物的渔民们又何必舍近求远，于是，就纷纷驶入东沙湾，泊船东沙镇，就近交易，然后各取所需，扬帆离去，各奔东西。

特别是上海、杭州、宁波等地有越来越多的冰鲜船汇聚于此，做冰鲜商的，一边连着鱼厂、鱼店、鱼贩，一边又连着宁波、杭州、上海，因此，多少年来，这东沙湾内的东沙镇自然而然地就形成了一个天然的大集市，渔市特别兴旺。

这里好几处沙滩还是金黄色的，金，聚宝哇，“东沙”这地名就是这么来的。特别自康熙二十六年朝廷推行认垦入籍，开垦荒地，围涂造矸，迁徙的定海乡民及宁、温、台地区的各地渔民纷至沓来，更让东沙湾边上的东沙镇美名远播。

东沙渔市的兴旺又带动其他相关各行各业来此落脚、演变和发迹，于是，许多人都拖家带口到东沙定居，借着满港的渔市开店营生，慢慢的，东沙镇就这么发迹了，变大了，如今已成远近闻名的“小定海”。

如果想当然的话，按理说渔港最热闹的应该是渔港码头，可现在汛期已过，码头边一眼望去虽都是桅杆云集的渔船，但岸边的渔行却门庭冷落，很少有个人影。偶尔看到有挑着渔筐的渔民走过，但筐里肯定不是鲜鱼，而是风干的鱼鲞和干虾，去的方向也不是渔行，而是东沙镇前塘桥桥南左手弯的前塘街上从定海、宁波甚至还有上海来的南北货、干货收购行开的店铺。

这些收购行的店铺很多，就一家紧挨一家地开在前塘街上，它们一字排开，门面都朝南。但前塘街上比店面更多的还是货摊，在街北的沙石路上，也就是南北货、干货收购行的街对面，满街都是货摊以及行人，几乎真可以用“货摊云集，人影攒动”这八个字来形容。

在这里，不仅渔网、渔绳、钓具和各种各样的渔具有卖，还有许多日用杂货、五金制品、糕点、小吃、瓜菜果蔬和琳琅满目的手工艺品，真可谓是应有尽有，无所不包。

不过，尽管前塘街闹猛，但市面绝对没有后塘街整齐有序。

首先是街面。前塘街是沙石路，晴天还好，可一下起雨来，就拖泥带水不便行走了，而后塘街是清一色的石板路，又宽又平整，无论行路还是拉车，风雨无阻，轻便快捷。还有就是两边都是店铺，各行各业都有名有号，分布均衡，一目了然。特别是后塘桥下，街道两旁皆是赭红漆崭齐楼房店铺面，齐刷刷的，一个比一个有气势。

比起前塘街的杂乱，后塘街讲究的是气派和店铺老板的经营实力。

如酱油坊，酱油、豆瓣酱、生油、老酒都齐备；五金店卖锁配钥匙，钉子、榔头皆有卖；电器电料行，手电筒、电灯泡、电线、开关等一应俱全；纸书店除了卖书，还有装订中式账簿暨印木刻印刷板，刷上红色染料印成学生写字用的米字格、九宫格、描红本，是大街斜对面关帝殿内刘老先生私塾学生的好去处；再一路下去，还有的就是肉铺、干果及糕点铺、饭庄、打铁铺、中药号、绸布庄、中式成衣铺以及隔壁的打花店、“算命、排八字”的盲人卜卦店，以及万隆钱庄，等等。

过了万隆钱庄，就是后塘桥。

在后塘桥下的蜡烛弄，店铺就逐渐稀疏起来，民居逐渐多了起来。一条笔直的鹅卵石铺成的石蛋路越来越窄，两旁歪斜的板房越来越挤，蜡烛弄确实有些像一根细细的蜡烛。

那地方，就是王二婆颠着“半裹脚”赶路，风风火火要去的去处。在她的身后，那个年轻后生满脸是汗，抱着腊梅远远地跟着。快到挂着一个镶着暗红色锯齿形边的很大的“酒”字的杏黄旗下了，王二婆顿了顿，急急跑回，从年轻后生的怀里一把抱过腊梅，一蹬脚，就朝那“老万盛”酒馆的门直闯而去。

那年轻后生一看王二婆抱着腊梅去了，如释重负地擦了一把汗，一扭头，甩开腿，噼里啪啦地朝来路逃了回去。

此刻已时近夜快朗，当抱着腊梅的王二婆用肩膀撞开矮门，就瞧见满店堂尽是站着和坐着喝酒男人。在都是男人的场合，进来一个老婆子，怀里又抱着一个婴儿，就奇怪了，大家伙眼睛都不约而同地转了过来。但王二婆就管不了那么多了，她就摇着身子走进店堂绕了一圈，随后又将在柜台前站着喝酒的酒客一个个看了过来，最后把眼睛转向掌柜，盯着他。

“从峙盘过来的代富，他人呢？”王二婆问。

“来过……”掌柜回答。

“来过？哪儿去了？”

“不晓得……”

“真的不晓得？”

“真的不晓得。你是……”

“你别问我是谁，就看我手里抱着的，是那个要死鬼的小囡，才六个月大！世上有这么当阿爹的吗？生了孩子就甩手不管，是人吗？这孩子大小也是条命，要是老天让她去，谁也留不住；要是老天让她活，谁也不能让她死！林代富，这孩子不是你的骨肉？啊！你给我死出来！”

“噢，真是代富的小囡？是你替他生的？”有人在一个角落里叫出声来。

王二婆一听，火可大了，她大步上前，吓得那人连连后退。

“你说什么？”王二婆大声喝道。

“没说什么，就算什么也没说……”那人嬉皮笑脸地直摇头摆手。

“你再说一遍……”王二婆这么一叫，那人没吓着，腊梅却给吓哭了。她哇哇地哭，王二婆一阵心软，连忙又拍又哼地哄起她来。

这时候，一个晓得些内情的中年酒客插上话来：

“好了，别闹了，我认识她，她就是王二婆，那丫头就是她接生的。代富他老婆就是生这孩子死的。”

“接生了不就完了，还管他养孩子的事？”有人不解，摇着头问。

“人还有没有良心？你不管，他不管，又不是一只猫，谁忍心啊？”王二婆一边哄着腊梅，一边说，“这孩子自己亲娘的一口奶都没喝上，原来是寄养南坡村葛家的。葛家媳妇的孩子也是我接生的，但是个死胎，就做了这苦命小囡的奶妈。可奶妈不能白当，是不是？要吃要喝，要生奶，是精血啊！说好每月两块奶妈钱的，可代富这死鬼只给了两个月，就连个人影都没了。”

酒馆里的人都转过头来了，王二婆接着说：

“六个月了，两个月的奶妈钱，这像做人的样子吗？葛家怎么办？这孩子又不姓葛，就把孩子送回来了；孩子送了回来，可当阿爹的呢？还是人影也找不着，还是外甥打灯笼，找舅！怎么办？就眼睁睁地看着这小丫头哭死，饿死？你们说呢？”

可谁也没说话，所有在座的都鸦雀无声了，包括腊梅，她也不哭了。

王二婆说完，感觉到抱着腊梅有点时间了，累了，于是就挤了一挤就近的那位，让他腾出一个空座，一屁股坐了下来。她刚一坐下，满屋子的酒客都轰地一下，七嘴八舌地议论起来。

就在大家伙议论纷纷的当儿，酒馆掌柜走到王二婆身边，弯下腰，凑近她的耳边，轻声说：

“打铁铺子晓得不晓得？”

“哪里？”王二婆问。

“就是西街万泰绸缎庄栈房过去一点点，双开间门面的怡和南货店不到一点点，几步路……”

“南货店？”

“不是南货店，在转弯角上，在算命、排八字的瞎子卜卦店隔壁……”

“打铁铺子？”

“对，打铁铺子，转弯，进去，有一条弄堂。”

“弄堂里有什么？”

“赌摊——”

当王二婆抱着腊梅，出现在打铁铺子转弯弄堂里的赌摊时，赌摊附近同样也掀起一场不大不小的风波。

林代富确实在那里，不但输得一干二净，还欠了一屁股的债。更严重的是，那之前，在几个债主拳头棍棒甚至切鱼的刀子的威逼之下，为了脱身，一咬牙，他把自己唯一值钱的破帆船抵押给了债主，并已点纸画字完毕。

也就是说，从这一刻起，林代富真的一无所有了。

王二婆找到林代富的地方不是在乌烟瘴气的赌摊上，而是在赌摊后破墙跟前的一块断成两截的石板上。那时候，林代富就躺在着石板上，一动不动。四月的日头晒得林代富闭上了眼，看上去像个死人。

一见林代富这模样，王二婆气得狠狠地踢了他一脚。那林代富不动。王二婆用更大的劲再踢一脚，他还是不动。

这时候腊梅被吓哭了，哇地哭出声来。

到底是自己的骨肉，腊梅的哭声让林代富像被刀子猛扎了一下，在王二婆正要踢出第三脚时，他一骨碌翻了个身，倏地一下跳了起来。

看着他站了起来，王二婆开始破口大骂：

“你站起来了？你没死啊！你看看我怀里抱的是谁？是你的亲骨肉！你这要死的鬼！你还是活人吗？你把孩子一扔，就只管自己吃喝嫖赌，你要死就真的去死算了……”

“我死！我这就去死！”林代富也叫了，他脖子上的青筋扑通扑通地跟着跳，“反正都完了，我就去死给你看！”

“好啊，去死，给你——”王二婆一步上前，把腊梅塞给他，“把她带着，要死你们父女一块去死，省得这孩子哭死，饿死，还招人嫌！”

可林代富却死活不接，直把哭得哇哇叫的腊梅往王二婆那儿推。王二婆哪肯接，使劲地往他身上推，边推边继续骂。

而腊梅的哭声更响了，声音也哑了。就在王二婆和林代富推搡间，那些赌客们也闻声跑来，看起热闹来了。

“怎么？怕啦？”王二婆大声说，“想一个人死？那你造什么孽？你生她干什么？你生了她就要养她！”

“是我要生的吗？”林代富叫道，“要生的是那个死鬼！那死鬼死啦！”

“那是谁下的种？是哪个野种？”

“我要过她吗？我不是对你说过不是儿子不要……”

“你不要,为什么不掐死算了？你为什么不一生出来就掐死她？”王二婆一边说，一边再把腊梅塞给他，“你抱着，现在就掐！”

林代富接着腊梅，听着腊梅声嘶力竭的哭声，心头一软，不再推了。

“有你这么当阿爹的吗？生了孩子就撒手不管，”王二婆看他接了孩子，语气也软了下来，“你这个脱底棺材，就晓得喝酒赌钱，输个精光，也不好好出海打鱼，还有个人样吗？”

“你要我怎么办？我能喂她？”林代富一手搂着腊梅，一手料起短衫，拍着自己露在外面瘦得能数清肋条骨的胸脯，“你看我有吗？哪儿来东西喂她？”

他这一说，上前围观的赌客都乐了，都叽里咋啦的闹出声了，有一位甚至上前，凑着他，摸了摸他的胸脯来。

“有啊，有奶，”那人装腔作势地叫着：“有奶就是娘啊！”

他的叫喊引来一阵哄笑。这可让林代富感觉到没面子了，火气又上来了。

“你这杀千刀的，滚！”他骂道。

“什么？你骂谁？”那汉子眼一瞪，拉开短衫的胸襟，挺出一个又圆又肥的将军肚，瞪眼问。

“骂的就是你！”

“好，我让你骂，但你先把欠我的铜钿还了，我就让你骂，你不还，我就揍死你……”

“我欠你个屁！”

“赖皮啊？拿你小囡子过来，还债！”

“昏了你的头了，就是摔死，你也别想……”

“你摔！摔了，我跟你一了百了！你摔，你不摔我来摔！”

说着，那家伙抢上几步，像要真的上来抢孩子的样子。王二婆一见，赶紧上前，要夺腊梅。

“你们打，把腊梅给我，把腊梅给我……”

“你走！”林代富一把推开王二婆，“我自己摔！摔死这个尅命的讨债鬼！她克死她的娘不算，现在还要克我！我自己摔！摔死你！”

他说着，后退一步，一甩膀子，要把腊梅给举起来。

这王二婆怎么肯，尖叫着，抓紧腊梅，要往自己怀里抱，两个争着夺着，把腊梅吓得哇哇大哭。

而旁边的那些个看热闹的呢，还使劲在一旁火上加油，起着哄。可到底林代富不是真玩，是撒泼，王二婆是认真，真怕小腊梅出人命，两人扯了一会儿，林代富手一松，王二婆猝不及防，倒退几步，没站稳，一个趔趄，仰面倒下了。尽管跌倒，但王二婆仍紧紧地抱着腊梅，手一点也没敢松。

在一阵哄笑声中，王二婆在一个看热闹的半大小子的搀扶下，爬起身。她一起身，就抱紧脸色都吓得发白的腊梅跑上一步，指着林代富就骂：

“你要死自己去死！你这死鬼！你自己去跳海，别拖泥带水还连累别人……”

第三章　看奶

王二婆还有气，还要骂，但一看仔细，又觉得没骂的时机了，因为这时候忽有一个身材高大的人影拨开众人，一晃一晃地跑到林代富跟前，一句话也没有，就甩上一个大嘴巴。

那林代富吃了一巴掌之后一愣，还没回过神来，那人再一巴掌上去，硬是打得他后退了两步。这一巴掌好像让林代富有点醒了，当他张口结舌地刚要说话，那人的第三个巴掌又上去了，凑得林代富嗯啊哇啊哼了几声，一蹲身，蹲在墙脚根，把头藏进手臂弯里，硬是不敢露出脸来了。

这打他的人，就是瘸了腿的林代富的二大大林德泉。

“是男人，就要争气！”二大大林德泉声音不高，但一个字一个字铿锵有力，他指着蹲在地上的林代富，说：

“一个站着撒尿的男人，要什么都扛得起来，要肩骨子硬，耐得起疼痛。死有什么了不得？但要死得其所！一有事就寻死赖活的，就是狗！癞皮狗！你能喝酒赌钱，就不会养家糊口？再怎么苦，也要把腊梅养大，把自己的亲生骨肉扔下不管的，是什么东西？禽兽不如！”

二大大越说越来气：“老话说，人有志，竹有节，不怕人家看不起，只怕自家勿争气！你晓得伐？人靠良心树靠根啊，走路全靠脚后跟！你还是个男人是不是？是男人就站起来！站起来！要想蹲着撒尿是不是？好吧，把裤裆里的那家伙拿出来，我帮你割了！”

关于腊梅奶妈的奶妈钱，不仅欠着的给还了，而且林代富最后还多付了三个月。当然，这钱不是从天上掉下来的。林代富他根本没钱，就连他仅有的一条舢板也顶给人家还赌债了，他什么都没有了，只有两间破得不能破的小破房子——这钱是二大大借给他的，要还的。怎么还，当渔工包薪里扣。

二大大早已不出海了，而是在东沙镇码头边开了家“蛳螺栈房”。

这“蛳螺栈房”不是做蛳螺买卖的，实际上“蛳螺栈房”就是鱼行栈，只是当地人不把鱼行栈叫“鱼行栈”，而叫它的俗名“蛳螺栈房”。

所以，林代富再次当渔工已不像当年在二大大的船上当火浆，而是去另一条船，是二大大一个朋友郑老大的船，也是一条大对船。但他上船也是去当出网的。二大大在把林代富介绍给郑老大的时候说，代富在自己船上是当过出网的，有力气，也有技术。

这当口，郑老大的船正好有个出网的空缺，于是，就说定让林代富上船了。

不过，在上船前他要把腊梅奶妈的事情先安顿好，不能耽误，一定要圆满。这是二大大特意关照的。因此，林代富不敢怠慢，那天一大早，就抱着腊梅，跟着王二婆，急急忙忙就到了葛家三公公的家。

王二婆手也没空，她提着一个大竹篮，里面除了几件新做的小囡用的替换衣服，还有两盒红纸包装的宁波糕点，一盒是赵大有金团，另一盒是黑洋酥麻团。这也是二大大关照的。

二大大说，事情做错了，就该给人家表示一点“意思”。

到了葛三公公家，三公公一开始没给林代富什么好脸色看，坐也没让他坐。对他要还的奶妈钱和预付的奶妈钱，以及倭井潭硬糕和铁板沙麻团，三公公只是看了一眼，说了声“放桌子上吧”，就再也没有第二句话了。

这冷场确实让人有些尴尬。不过，这局面很快就给一个意想不到的事情给打破了。打破这冷场的，是小腊梅的哭。

这时候腊梅才六个多月大，懂什么？就是看了也看不见眼里，听了也听不到心里；她晓得的，就一个字，饿，或还有另一件事，难受，一句话，饿得难受。这两天来来回回的颠簸，就喝了几口米汤，根本就不顶饿，六个月大的婴儿如何受得了？所以，现在一进入这熟悉的环境，一闻到熟悉的气味，她的天性立刻就爆发了。

腊梅不会说，只会哭，使劲哭，那哭声哀婉顿挫，好像满是冤屈。她一边哭，一边手脚乱蹬，一边还把脸使劲地朝一个方向扭。这可让抱着她的林代富哄也不是，拍也不是，不知如何是好了。

正在这时候，腊梅脸朝向的那个方向的门突然被打开了，一个穿着斜襟镶边短袖布衫、露着两只白嫩胳膊、体态丰韵的年轻女人抢着碎步走出，径直走到林代富跟前，一把抱过腊梅，转身搂在怀里。

她这一搂，腊梅的哭声马上低了下去，变成了轻轻的呢喃声，脸直往那年轻女人的胸口拱。

那年轻女人，就是葛家三公公的大媳妇。

葛三公公家的大媳妇也不说话，只是朝在厅屋里的三个人笑了笑，算是打过招呼了，就抱着腊梅到八仙桌斜对面的一张藤椅上坐下，很自然地解开衣襟，一个雪白雪白、滚圆滚圆的大奶子随即抖了出来，就往腊梅的嘴里塞。一转眼，腊梅的哭声没了，就听见咕嘟咕嘟的喝奶声。

这一情景，即刻让整个堂屋里的气氛变得放松和温馨起来。

“看看，这小囡子还真离不开大嫂嫂啊。”王二婆轻轻地叹了口气，说。

“是啊，是啊，”三公公连连点头，也叹了口气，“她生的也是个阿囡，就比这小囡晚了两天。可惜啊，没活下来。那时候，她哭了整整三天三夜。”

“这也是缘分，真的是缘分。”

“是缘分，是缘分啊！”

葛三公公家的大媳妇给腊梅喂奶的方位正好对着林代富。一瞧见那鲜嫩欲滴的白奶子，林代富一下子气急了起来，上气不接下气的，胸口像被什么东西给堵住了，一直堆到喉咙口，他赶忙一口一口地咽口水，想把那东西压下去。

不过，他也不敢直盯着看，只得斜着看，不时地瞄上一眼，马上又把眼神转过来，看看三公公，又看看王二婆。

就在葛三公公家大媳妇给腊梅喂奶过程当中，三公公和王二婆的对话又继续了。林代富原来也只是坐一旁，三公公也不对他说话。就是说上话，林代富也是一副心不在焉的样子，说起来也是支支吾吾的，因此，全靠王二婆一个人和三公公说着话，圆圆场了。

“哎，您老大人不记小人过，现在代富都明白了，是错了。”王二婆坐在葛家厅堂上头供着佛龛的八仙桌的左手边的椅子上，侧着身子，赔着笑脸，对葛三公公说，“你看他愣头愣脑的，一句认错的话都说不上来，可其心里是明白的。”

听王二婆这么说着，林代富赶紧把瞟着葛三公公家大媳妇的眼光收了回来，哼了哼，点点头。

“认错不认错也就算了，”三公公摆了摆手，说，“过去的事情就让它过去了。本来我是不想再让小囡抱过来的，我又不缺这几个铜钿，只是我家大媳妇抱小囡抱了快半年，吃奶吃了快半年，就像自己亲生的小囡，舍不得啊。”

“是啊，奶妈奶妈，也是个妈呀！”

“是啊，小囡送回去才一天多吧，两天都不到，我家大媳妇就茶饭不思，夜不能眠了。”

“噢，贤惠，贤惠；善心啊，善心。这都是你当家人的福气啊！”

“你说的好，你说的好。”三公公舒心地笑着说，随后指了指桌上的铜元，“这些铜钿——”

“喔，是这样——”王二婆一听，忙凑近八仙桌，把一小堆铜元拨成两拨，“这四块铜钿是欠下的，那六块铜钿呢，是预付的。代富要出海了，一出海就说不定什么时候回家，怕又拖了辰光，就先给了……”

“代富要出海了？”三公公转向林代富，问，“你的舢板船不是顶了别人了？”

“是啊，是的……”林代富欠了欠身子，回答。

“那——”

“是上前山村郑老大的船。”王二婆看林代富有点傻眼，就替他回答，“代富有技术，也有力气，又是他家二大大介绍，他上船郑老大给的价钱是包薪带拔份，所以，只要他卖力气，铜钿银子你就放心。”

“好啊，好啊，”三公公说，“也一把年纪了，又不是独个子人，要养儿育女，是要多多出力使劲，再也不能跟那些不三不四的人胡闹了。”

“是啊，是啊……”

他们三人说着说着，不知不觉地时间就过去了。而腊梅呢，吃着吃着，也终于吃不下去了，眼睛慢慢闭上，睡着了。于是，葛三公公家的大媳妇也心满意足了，放下衣襟，把白奶子给遮了进去，搂着腊梅轻轻地摇了起来。

不多一会儿，王二婆和林代富也起身告辞了。

在回去的路上，在家里的床上，以至直到上了郑老大的船，林代富的心里就一直想着葛三公公家大媳妇的雪白雪白的奶子、圆滚滚的光膀子和看不见的、走起路来一扭一扭的、肉鼓鼓的大屁股……

然而，事情还不就此到头。林代富就是上了船，出了海，除了扯帆起吊收网分拣鱼虾没日没夜地忙，但只要一收工，一躺下，一静心，就会想到女人。

郑老大的大对船很大。其他人的船一般都只有四十多尺长，九尺多宽，而郑老大的船足有五丈长，丈把宽，一次能装两千多斤鱼，一次出海，就能在海上待上三四天甚至七八天。

郑老大的船大，就是因为股东多，而股东多，钱也就多了，大家合起来，凑在一块集资造船买网，按出资多寡，搞“硬脚制”，所以他的船能比别人的船大。

这硬脚制是怎么回事呢？

就是大家伙齐心协力出海捕鱼，卖掉后，按事先说定的“脚数”，也就是按股数分配。对郑老大的船持有股数的人有好几个，都是他的同村同宗，除了最大的股东林代富的二大大。这定规就是二大大和所有股东商量后一致决定的。

二大大既是鱼行栈老板，又是大对船的大股东，他说的话，几乎一言九鼎。

但这“脚数”，渔工是轮不上份的，渔工只是雇工，只有包薪。

可林代富有些不一样，除了包薪，他还有“拔份”。这拔份也称“开脚”，就是对老大、副老大等让他们按在船上的职位折成“脚数”，然后也按事先谈妥的“脚数”分酬劳。照例，林代富只是出网，不该轮上，但二大大把他也排上了，郑老大也答应了。这大概也正应着“浪子回头金不换”这句话，二大大对他的这一刻意安排，应该说是用意深远的策勉吧。

总之，林代富这一次上船是他走投无路、山穷水尽之后的一次难得的转机，所以，他特别看重，特别珍惜，也特别地卖力气。

林代富在郑老大的船队中撑网船，也就是那种船头左右都画着船眼睛，眼边各画九只红黄绿色圈眼的“廿只眼睛船”。

这样的廿只眼睛船郑老大有四艘。

这一次出海，到了大猫洋，只要一发现鱼群，总是林代富的廿只眼睛船跑得最快，盯得最准；只要这四艘廿只眼睛船一围拢，又是林代富的廿只眼睛船下网最快，捞上来的鱼最多；等到廿只眼睛船上的鱼都堆成山了，郑老大驶着他的大对船上来装鱼了，林代富的廿只眼睛船又是第一个靠上去，抛出钩住大船的绳缆……

郑老大船队的所有渔工吃饭都在大对船上。林代富活干得多，劲也使得多，所以饭也是吃得最多的一个。

这次捕鱼的秋汛大约三个月，郑老大船队要来来回回地出海、张网、捕鱼、返航、靠岸、卸鱼、再出海……还不到一个月，林代富就被晒得黑不溜秋的，但明显地壮实了，他拉网的时候打赤膊，胸口上原来露出来的两排肋骨，渐渐地没了影了。

干那么重的活，使那么大的劲，体力消耗很大，竟还长肉，这多么难以想象？其实很好解释。把时间都花在喝酒赌钱上了，那吃饭就有一顿没一顿了；人不吃饭，他林代富能壮实得了？

但问题是，扯帆撑船没事，拉网捕鱼没事，出力干活更没事，怕就怕到晚上。到了晚上，一躺下，他林代富就想心事。这心事嘛，就是想女人。这事情怎么出的，就出在见了葛家的大嫂嫂以后；要是那天不跟着王二婆抱着腊梅去葛家三公公的家，他哪会这样翻来覆去地睡不着觉？他过去睡觉哪能这样，还不倒头就睡，一睡就死的！

哪像现在，头一落枕，脑子里就映出葛家大媳妇的影子，简直挥之不去！

那大屁股，哎，要是真能摸着就好了！一想到这里，他胸口又给堵住了，又一口一口地咽口水了。

有时候，他也会想起自己那死去的老婆。一想到老婆，他就不咽口水了。

算一算，他老婆走了也已大半年了。老婆活着的时候，他怎么会没感觉到她人瘦，现在又怎么觉得太瘦了？简直就是干瘦。怪不得他老婆生不下孩子，屁股太小了，要是大一点，就像葛家三公公大媳妇那么大，那么圆……但也不对，葛家的大嫂嫂孩子是生下了，不过孩子没活成呀！要是……葛家大嫂嫂换成自己的老婆，葛家大嫂嫂的孩子变成腊梅，嘿，老婆孩子不都有了！

想到这里，他的睡意不知不觉地就来了。多捕鱼，快装船，装满满一船，就可以返航上岸了；鱼汛快快完，完了拿脚数，拿铜钿，数包薪……他这么想着，就睡着了。

这次出海，郑老大的计划是三个月，但结果两个月多一点就返航了。为什么？鱼抓得差不多了，网也破了，船也该修了。

但就是两个多月，这么长时间在海上，在过去是很难象像的，别说上几代，就是林代富祖父的爸爸那一辈，也办不到。为什么？别说两个月，就是两天，鱼虾就臭了、烂了。

在老一辈人的那个年代，渔民们只能摇着舢板近海捕鱼，早出晚归，捕上的鱼，都用来咸制加工成鲞，到鱼汛结束时才拿到市场上去卖。那时候，城里人是很难吃到新鲜海味的；新鲜的鱼虾，只有打鱼的人自己才能吃得到。现在不一样了，现在有了冰鲜商，只要备船装冰，就不怕了，城里的人也能吃上新鲜的海味了。所以，有了冰，就能保鲜。

但关键的问题就是要有鱼，能形成鱼汛；如能追上鱼群，大一点的船就能在外岛出海、回港、靠岸，与鱼行栈或冰鲜商交割，这样一来，别说两个月，就是半年也没问题。

不过，真要半年一直在海上、在外岛，对现在的林代富来说，那是肯定受不了的，就是三个月，他也受不了，他就想上岸。

秋初，郑老大的船队终于彻底靠了岸。

但靠了岸人还不是能马上就走的，先要卸货，卸了货，还要把货转送到林代富二大大指定的杭州冰鲜商的船上，之后呢，再回船清理船舱，整理渔具，为下次出海做好准备。

可这都忙完了，还是不能走，要等交割，也就是冰鲜商和二大大算账，而后二大大再和郑老大算账。等他们都算完账了，见到铜钿了，才轮到渔工拿“定洋”；要等拿到了定洋，说好了下次出海的准期，林代富才能走。

这一等，又是好几天。这可让林代富急得心急火燎的，坐也坐不定，站也站不稳。到底急什么急？他怎么想也想不出个所以然。

等拿到定洋，已经隔天晚上了。那一夜，林代富躺在那条念着眼睛船的船舱里迷迷糊糊的，一会儿眯，一会儿醒，根本没睡上个囫囵觉。第二天一早，天还没亮，他就换了身干净衣服，提着早已准备好的一条四五斤重的新鲜沥港鮸鱼，弯到镇上买了一篓贝饼拱香斗，连奔带跑的就走了。

但他这一走不是回家，而是直奔葛家三公公的家，看女儿腊梅去了。

可是，三公公对林代富看望女儿的举动好像并不怎么欢迎，甚至有些冷淡。但对代富送来的沥港米鱼和那篓贝饼拱香斗，三公公还是比较喜欢的。特别是那条米鱼，三公公说，嗯，新鲜，这沥港米鱼，清蒸蒸，味道最好。

最遗憾的，是林代富没看到葛家大嫂嫂给腊梅喂奶。兴许是刚喂过吧，他看到腊梅的时候腊梅没在葛家大嫂嫂的怀里，而是被放在一个高高的木桶里，一个人嗯啊嗯啊地在叫着玩。

既然是来看女儿的，总要抱一抱吧。于是，林代富就走近木桶，重手重脚地就把腊梅抱了起来，可这一抱，腊梅却怕了，哇的一声哭了起来。这真让林代富抱也不是，放也不是。

可也真巧，她腊梅这一哭，倒把葛家大嫂嫂给引了出来，从他手里把腊梅抱了过去。

就在葛家大嫂嫂从他手里抱过腊梅的那一瞬间，林代富特意把手臂往外拐了一点，而且没有很快收回，就正好擦着葛家大嫂嫂挺得老高的胸脯……

吖，真有劲道啊，葛家大嫂嫂的大奶子！

还有件事也让林代富感到不爽，那就是，天气有些凉了，葛家大嫂嫂不穿那件镶边的短袖布衫了，嫩白嫩白的白胳膊也看不见了。

第二天，林代富又去葛家三公公的家了，说是送两件腊梅秋天要穿的小夹袄。但说实在的，这两件小夹袄有些大，就是到明年的这个时候，穿在腊梅身上恐怕也还嫌大。

第三天林代富没去。但到了第四天，他又上了三公公家的门。这次，他带了几盒小孩吃的米奶糕，说，是王二婆说的，腊梅吃奶吃得半年多了，食仓大了，可以捎带喂奶糕了。这一次，他总算看到葛家大嫂嫂给腊梅喂奶了，不过距离有些远，看不太清楚。

后来，隔了几天，当林代富第四次要去看腊梅时，葛家三公公就下了逐客令了，他瞧了瞧林代富，说：

"从哪天开始，你真的舍不得小囡了？这么三天两头来，也不看看辰光，也不看看别人家方便不方便。要是你代富实在舍不得小囡，就领回去算了，还好省下几个铜钿，你说是不是？"

秋分一过，这一年的秋季鱼汛来了，林代富又出海了，直到立冬前才回来。这一次出海，他心里还是不安分，还整夜整夜地想着葛家大嫂嫂，但不像上次出海，老急着想上岸去"看"腊梅了。

这不，这一次出海回来，林代富就再也没去过葛家，他三天两头跑的，不是镇上的老万盛酒馆，就去看上塘街上沿街搭蔓、由乡民草台班子自凑自演的"平安戏"。更有时候赶得巧，庙会有酬神戏演，那可就是最过瘾的事情了。

特别是一次庙会有演武戏连续本的《铁公鸡》，真刀真枪，火爆结棍，头本起，一直演到第八本，天天演，从包公出世后，演尽七侠五义中的所有故事，那武生在台上"旋子"多啊，"筋斗"翻得高啊，"躁子"捧得重得不得了，常常赢得彩声如雷。因此他常常不回家，有时看戏看晚了，一看天黑了，就干脆借住两角一夜的栈房。反正就他一个人，他人到了哪儿，家也就到了哪儿。不过，打铁铺子旁边弄堂里的赌摊，他就再也没去过。

不去赌摊，是他信誓旦旦对他二大大发过的毒誓。

有一次，他为了看全本《玉堂春》，竟一连五天没回家。那天，看完了《玉堂春》，他就到老万盛喝酒，喝了一壶，正想再喝一壶，想着想着，忽然就想回家了。等他起身往家里赶，已是傍晚时分了。他赶路刚赶到一半，走着走着就觉得天暗了下来，再抬头一看，那天边的乌云翻来覆去的，没多少工夫就滚成一团，转眼间，雨就哗哗地下了，一下子就把他淋成了一个落汤鬼。他冒雨赶路，又没灯火，走走停停，跌跌撞撞的，到了半夜过，才隐隐约约看到自家屋子的影子。

那时，雨下得更大了……

第四章　真奶

事情就出在那时候，在下得更大的大雨中，当林代富浑身湿透顶风冒雨高一脚低一步迂回曲折地沿着泥泞将要走近自己那屋子时，忽然发现那屋子一闪一闪的亮着光。林代富一愣，停住脚步，定了定神，再一看，怪了，那墙上的木格子窗里怎么真有光亮？自己人在屋外，几天几夜没回过家，那自己一个人住的屋子怎么会有火！自己酒喝多了？眼花了？

他猛拍了一下自己的闹门，再拍一下——没醉啊！就是真醉了，淋了这么一场大雨，也早醒了！

不对啊，有贼——他这么一想，立即横走几步，在篱笆边上摸着，抓起一块石头，转身，猫着腰，朝自己亮着灯火的低矮的石头房子走去。快到屋门了，他虽然没停步，但脚步明显地慢了，而且还有些迟疑。

还是不对，要是真有贼，这手里的一块石头，是肯定对付不了的——他心里这么想，嘴里也轻轻地这么说。于是，在屋门前，他放下石头，摸着常搁在那里的一根打狗棍，提起，随后挨近那扇有裂缝的木门，伸出另一只手，轻轻一推，蹑手蹑脚地跨了进去。

一进屋里，他立刻明白，这亮光其实不是灯火；这亮光是从灶火间透出来的，那贼是在灶火间！

他这样一想，一转身，双手紧握打狗棍，侧着身子，横着脚板，一步一步地走向灶火间。到了灶火间门前，他深深地吸了一口气，一伸脖子，探头一望，看见灶火正烧着，火光一闪一闪的，正映着一个人的背影。那背影正弯着，好像在往灶膛里添着柴草……

贼骨头，看我不打死你——林代富大吼一声，猛然往前一蹿，举起棍子就要打下……但棍子在半空中忽然又停住了，慢慢地、慢慢地垂了下来。

在灶膛后，一个簌簌抖簌簌抖的身影站了起来，慢慢转过身子，惊愕地瞪着林代富。

——这是一个女人，一个光溜溜的只穿着短裤衩的挺着一对雪白奶子的女人……

那天晚上，当林代富一眼看见那女人的时候，她几乎没穿衣服。见对面那个拿着棍子死死盯着看的男人，起先她吓得不知如何是好，就这么光着身子站着，浑身发抖，但很快回过神来，怯生生跨出一步，一伸手，撩过用竹竿支在灶膛边烘着的衣服，赶紧遮住自己的胸脯。

不过，她遮是遮了，只遮住了上身的奶子，半个肚皮没遮住，还有细细长长、圆滚滚的大腿。

就这样看着，死死地盯着，林代富一下子气急了起来，胸口也闷了，喉咙咕噜咕噜的，直咽口水。

那女人也愣着，看着他。

“你……你是……啥人？”林代富终于说话了，但声音像走了调。

“我……我以为这屋……没人住……”那女人说话了，但答非所问。

“怎么……没人？我不是？”

“我来的时候……没人。”

“……”

“好，你让开，我……走。”

但不知怎么的，林代富没让开，还原地站着，一动不动。他手里的那根用来打狗的棍子不知什么时候掉了，就躺在他脚下。

那女人也没敢动，就这么站着，也一动不动。

灶膛里的火还在烧着，火头正旺着，一亮一亮的，正照着那女人光溜溜的身子。看上去，那女人还年轻，皮肤很嫩，屁股翘翘的，肉头也很紧。她的脸不晓得好看不好看，但现在肯定不好看，因为扭曲着，嘴和鼻子都是歪的，眼睛瞪得老大，像两只铜铃。

“你……让开，我走……”那女人说，声音有些颤抖。

但林代富没让开，仍死死地盯着她看。

“你是谁？”他又问了。

女人蹲了下来。她这样做，可能是因为这样一来，她手里的那件衣服就能够遮住自己身上更多的部位。

“路过的。下大雨，我想躲一躲。我以为这屋子……是没人的。”

“谁说没人？我不是个人？”

“我……不晓得。”

接下来，两个人又都不说话了，一个蹲着一个站着，就这么僵持着。过了好半天，林代富忽然有了感觉，这感觉就是被雨淋湿的衣服黏着身体有些发冷，冷不防地抖了几抖。

“你……把衣服烘干吧。”

他说话了，但自己也不晓得自己为什么要这么说。他说着，转身走到灶间门口，一屁股坐在门槛上。但为什么要坐在灶门口的门槛上，难道要守着门口？他也不晓得。

看看林代富坐灶门口的门槛上了，灶头把他的视线挡住了，那女人赶紧把还没烘干的短衫穿上，小心翼翼地站了起来，开始拿下竹竿上的外衣，直接靠近灶膛口烘烤起来。过了不多一会儿，女人开始手忙脚乱地穿半干半湿的外衣了。正在这时候，林代富不知怎么想的，他站起，走近。

“衣服还没干，干了再穿。”他说。

女人迟疑了一会儿，把还没完全穿上的外衣脱了，重新晾在竹竿上。

“把我的……也烘一烘。”他说着，脱下自己的外衣，光着上身，把脱下的衣服交给女人。

女人看了看他，接过，但没动。

林代富没看她，拉过一只小矮凳，在她身旁的灶膛前坐下，往灶膛里塞了几把柴草，拉起风箱。没多久，快熄灭的灶火又旺了起来。

女人又看了看他，蹲在另一边，烘起衣服来了。

“你……啥地方来的？”林代富问。

“大鱼山岛。”那女人回答。

“来走亲戚？”

“……”

“来这村，你做啥？”

她还是没有回答。过了一会儿，林代富又问：

“这村里，你有人吗？”

“没人。”

“那你……怎么来的？”

“搭船，涨网的舢板。”

她说着，往灶膛里添了一把柴禾。火轰的一下，映红了她的脸……

林代富拉风箱的手停了，看着她。

“你……一个人来的？”他问。

她没有马上回答，顿了顿，说：

“我老公死了，他们要把我……嫁到大馒头山去。”

“大馒头山？那里能住人？”

她不说话了，埋下头，眼眶里滚着泪水。

林代富也不说话了，就慢慢地拉着风箱。而那女人呢，也沉默着，把林代富和自己的衣服翻来覆去地往灶膛口烘烤。

“你叫什么名字？”又过了一会儿，林代富问。

女人没回答。她在犹豫。

“你没姓没名？”林代富又问。

“荷花……”她总算说出了自己的名字。

过了好一会儿，林代富转过脸，看了看她，说：

“我老婆也死了，生孩子死的。这屋里没别人，就我一个人；你就睡屋里吧，我……可以睡外边的柴房……”

那天的雨，直到天快亮的时候才停。

天刚蒙蒙亮，睡在屋子外柴房里的林代富忽然听到柴门外有一阵响动，就睁开了眼睛，把头转向柴门。不多一会儿，就看着门吱扭一声，被推开了。林代富看着门，但没有动，就光看着。这时候，那女人轻轻着走了进来，手里托着像是林代富的已被烘干的衣服。

林代富还是没动，就看着她慢慢走近，在他睡着的木板旁停下。稍后，那女人就把那衣服放在他近旁的干柴堆上，又停了停，随后转身，慢慢地朝柴门走去。就在她的手把着门要拉开的时候，他动了，一骨碌起身，站了起来。

“你别走——”他轻声说。

女人停下，但没转身，也没说话。

就在这时候，林代富紧跑几步，从她的身后一把抱住她。女人没挣扎。于是，林代富胆子就大了，就一只手抱紧她，另一只手往下摸，再往下，按住她的屁股，开始移动。

女人好像屏住气息了……林代富那只搂着她的手提上来，绕过去，绕上去，摸着她的奶子，随后是另一只手……女人她开始喘息了，气息渐渐加重。林代富更大胆了，他开始不停地摸她的两只奶子，开始是轻轻的，随后逐渐加重，越来越重……她的身体颤动了；她开始呻吟……她突然转过身来，抱住林代富，死死地抱紧他！

就这样，就在这一天，在清晨，在林代富他家的柴房里，传出了一阵又一阵低沉而又哀婉的吟叫声……

林代富他家藏着个女人的消息很快就传了出去，而且一传十、十传百，没几天就传到南边的王家村，传到了王二婆的耳朵里。

不过，这传来的消息多种多样，一天一个样，没一个准头，什么说法都有，有的近乎离奇，更有的甚至玄乎得不可捉摸，除了林代富他家“有个女人”这一点是所有消息的共同点而外。

比如，有人说，那代富的老婆其实并没有死，只是因为没生儿子，怕代富打，就装死，然后逃了，逃到蛤巴礁上，现在想想受不了苦，又回来了，和他一起过日子了。

有人说不对，那女人是代富赌牌九赌赢的。不过这话没几个人信。不信这事的人说，要赢，还不把自己的舢板赢回来，好出海捕鱼，赚了钱再讨女人？那人反问，出海捕鱼为什么？为了讨女人？还不这样直接要个女人，省事！

还有人说，那女人不是人，是西山北坡乱坟岗上的狐狸精，因为晓得代富想女人想昏了头，就晚上变成女人来迷惑他，吸他的精血。但这一说法立刻受到反对。那反对的人说，白天也看见的，一次，明明是白天，也有人看见那女人在篱笆墙边晾晒代富的短衫。说那女人是狐狸精的人笑了，说，那是天亮亮得早，狐狸精回不去了，只能再呆一个白天。

反正一句话，说法很多，但就没人直接和那女人对过照面，甚至连个背影也没看囫囵。曾有人借故去瞧代富家的门，可敲了半天，喊了半天，门就不开，用力推也推不开，里面顶得死死的。于是，人们又传开了，说代富真的遇上女鬼了，精血快给吸干了，出不了门，走不了路了。

但王二婆不信这一套，决定要亲自去看一看，不过一时又走不了，因为早几天本村本家的一个媳妇快要生了，就在那一两天，走不得，因此耽搁了。等到这家媳妇隔天夜里生了个七斤半重的大胖儿子，一切都料理完了，这天早上她刚准备动身去棋盘村，想不到林代富自己就找上门来了。

把林代富让进了门，王二婆一开始没说话，上上下下地打量了他几眼，然后靠着桌子坐下，拿过鞋藤匾，做起了针线活。很显然，她在等他说明来意。

可林代富也不急着说话。他一屁股坐在一张条凳上，掏出掖在怀里的破荷包，抽出一张毛边纸，撕下一角，往上撒了一小撮烟叶，卷起，擦亮火柴，一口紧接着一口地抽了起来。

看着他这么抽烟，不说话，王二婆也不搭理，继续做她的针线活。

林代富一根烟抽完，又掏出破荷包。这时候，王二婆开腔了。

“今天吹的是什么风啊？”她问。

林代富一听王二婆说话了，赶紧收起破荷包，抬起眼睛。

“二婶，我……”他说了半句，没声音了。

“什么时候起，说起话来吞吞吐吐了？”王二婆说，“是不是又做了什么见不得人的事情了？”

“嗯……”

“是偷了？是抢了？还是又赌输了？”

“没，没有，我早就不赌了；我对我二大大发过誓，要再赌，天打雷劈……”

“那么，是奸了？”

“不，不……”

“那你来我这里，恐怕是无事不登三宝殿吧？”

她这一说，倒把林代富说醒了，他赶忙提起放在自己脚边的藤篓，从中掏出一个蜡纸封着的包，上前，走到桌前，打开，里面是几条咸香鱼和大黄鱼鲞。

“这是什么意思？我可是无功不受禄啊。”

“二婶，我想……”他说了一半，又缩了回去。

“你舌头怎么了？短了是不是？你到底想说什么？”

“二婶，我想请你做个媒……”

王二婆一听，放下针线活，站了起来，走到他跟前。

“做谁的媒？”

“我……”

“你，我晓得，可女方呢？何方人氏？芳龄几何？姓甚名甚？”

“她叫……荷花……”

“她人在哪里？”

“在……我家里。”

“她怎么到你家里的？”

“……”

“一个来路不明的女人，你就让她不明不白地住下了？”

“来路……还是明的……”

“要是他家男人找上门来，还不把你打死？”

“她没有男人，他家男人死了……”

“她说她男人死了，她男人就真死了？”

“她男人死了，他们把她送到大馒头山嫁人，她半路上逃了出来……”

“大馒头山？哪里还能住人？”

“有一户，穷得叮当。”

“没人晓得？”

“没人晓得。”

“她肯嫁你？”

“没问过，就想请你去问。”

王二婆想了想，坐了回去，又把鞋藤匾拿在手里了。

“古话说‘男女无媒不交’，”她说，“你现在把人都藏到家里了，还用什么媒妁之言。”

“不是说天上无云不下雨，地上无媒不成亲嘛……”

“人都在一起了，还什么成亲不成亲的。”

这可又让林代富说不出话来了，他愣了半天，说：

“我……怕闲话，闲话……已经很多了。”

“我一出头，闲话就能压下去了？”

“二婶，我求你了……”

“你求谁都没用，菩萨也帮不了你。”

“真的求你了，无论如何你也得帮帮我，无论如何……”

“你要我帮你什么？”

“把这门亲事定了。”

王二婆好像有点被说动了，但还是没有立刻答应。她思量了一会儿，问：

“这事，你二大大晓得吗？”

“没有，你去说了媒，我就去跟他说，要不然，他又要骂死我了。”

“这亲事定了，腊梅怎么办？”

“腊梅……”

这一问，倒真的把林代富给问住了；这腊梅的事他倒真的没想过，他就光想着自己的亲事，把自己还有一个女儿腊梅的事忘得干干净净了。

“你这一结婚，腊梅不就有了妈了？”王二婆提醒他说。

“对，对，有妈了，有妈了，”林代富连连点头称是，“一结婚，就把腊梅给接回来，就接回来。”

按理说，按照这一带的习俗，这男婚女嫁必须有人提亲，依父母之命，经媒人撮合。可林代富现在的这桩婚事就难以完全按照这样的习俗来办了。提亲的人有了，就是王二婆，可“父母之命”呢？代富父母早已死了，荷花呢，听她说父母也已不在人世，哪里去找“父母”？只能找代富他二大大林德泉，请他首肯了；林德泉点头了，其他都可以省略了。

其实，这也是一件顺理成章的事情。他林代富第一次讨娘子，就是他二大大一手操办的，这一次，也得请他。就这样，那一天一早，王二婆就让林代富带着，让荷花在后面跟着，赶到镇上，到渔码头边的德泉号鱼行栈，找林德泉去了。

那真叫赶得早不如赶得巧，当王二婆一行三人白日当头时找到德泉号鱼行栈，林德泉带着一伙人刚刚收完鱼回来。别看林德泉是个当鱼行老板的，腿还有点瘸，但照样和他手下的伙计一样东奔西走，在班船之间爬上爬下，跳来跨去的，一点也不含糊。就看现在，他人还没到，一股浓浓的鱼腥臭就扑面而来，直往鼻子里冲了，等人到了，一看，这浑身上下鳞光闪耀的，哪像一个赊账投行兜小水的鱼行老板。

看到林代富站在鱼行门口，对自己叫了声“二大大”，林德泉一下子恼了，以为他代富这小子上岸没几天，又闹出什么事来了，正要骂出声，却正好看见一个模样俊俏的小女子站在代富身后，怯生生地望着自己，又犯糊涂了；当他再看到王二婆时，心情就平了下来，也明白了几分。等到王二婆上前简单说明来意后，他甚至有点高兴了。

“好事情，好事情，”他连连点头，对王二婆说，“里面坐，先等等我，等我换件干净衣裳。”

等到林德泉换了件干净的长衫，手里提着个水烟筒走进账房间，这说亲的事，就开始了。可是，等王二婆把代富和荷花两个怎么相遇怎么相识这事一五一十这么一说，林德泉的眉头又皱起来了，“噗”地一下吹亮了纸媒，点着水烟筒，咕嘟咕嘟地吸了起来。

“这事，就难以周全了。”林德泉吸了好几口烟，总算停了下来，说，“这婚姻大事，古话说，‘不待父母之命，媒妁之言，钻穴隙相窥，踰墙相从，则父母国人皆贱之’。像你们这一男一女谁也不知谁的底细，人还没有认得几天，就私会一处，难道不就是‘钻穴隙相窥，踰墙相从’么？代富啊，这成何体统？”

“是啊，是啊，一听说这事，我也这么说他的。”王二婆说，“可是，代富他二大大，这事已如此，生米已经煮成熟饭了，要不是把他两人的事情办了，外面闲话说起来，林家门的面孔就要难看了。”

“这倒也是。”林德泉点着头说，“可‘父母之命，媒妁之言’，媒妁之言是有了，你王二婆来了，就算说媒吧，可父母之命呢？代富这里算我做主，可女方呢？谁能做主？”

“荷花也是苦命哪，父母都死了，”王二婆说，“要是父母在，也不会让他兄长卖给人家痨病鬼做女人，痨病鬼死了，又让夫家卖给大馒头山上的穷鬼做老婆了。女人命苦啊！二大大，两方父母都不在了，你就一个人做了主吧。”

林德泉想了想，微微地点了点头。但转念一想，又摇了摇头，说：

“那么互换庚帖呢？总要排一排八字吧，总要看一看两人年庚是否相配、生肖有无相克吧？”

“这是不是就免了吧，”王二婆说，“两人都是二婚头了，要讲究克不克，不克，代富女人，荷花男人怎么都活不了？”

“这倒也是。”林德泉说，“那么，议亲的事也一起免了，提也不要提了。”

“二大大说得对，”王二婆说，“要是真要，是给谁呢？女方的娘家，还是原先的夫家？反正往后两个就是一家人了，不提了。”

“是啊，”林德泉说着，转过脸，对着荷花，“你也看见了，代富家里除了光棍一杆，别说中礼，就是小礼，把这几间房子卖了，也出不全啊。”

“哎呀，我说他二大大，只要他俩在一起过生活，小腊梅有人照应就行了，要什么中礼小礼呀！”王二婆接上来就说，“有您把持就行了。”

“那好吧，就这样简单办一办吧！”林德全磕了磕水烟筒就算定下来了。

几天后，代富他二大大林德泉又亲自押着一条船，送来了一头猪，一筐鲜鱼，几只鸡，两口木箱，一些被头及日用器物，几甏酒，请了几十个亲朋好友、同村邻里，吃了顿酒，林代富和荷花两个就算结婚了。

两人结婚后的一个月，也就是腊梅十个月大的时候，代富就把腊梅从葛家接了回来，这一家人，算是团聚了……

一开始，腊梅对这个家一点印象都没有。对她而言，这完全是一个陌生的世界，尽管在十个月之前的那个夜晚，她是在这狭小、阴湿、仅有一束微弱的灯光的黑暗环境中来到这人世的；她所熟悉的，能够记忆的，就是葛家三公公的家，葛家三公公家里的人，葛家三公公家里明亮的厅堂，以及最重要的，是葛家大姆妈——也就是葛家三公公家大媳妇温暖的怀抱和吮吸不尽的、饱满而又温柔的“奶”。

腊梅开口开得早。她大约八个月大的时候，第一次叫出声来的，是“大姆妈”三个字。

尽管在腊梅七八个月大的时候，大姆妈已经开始另给她喂些奶糕糊和粥凝汤，奶吃得渐渐少了，但她最最离不开的，还是大姆妈的怀抱；只有在大姆妈怀里，她才感到温暖和满足。所以，那时候，当一双陌生、粗硬但有力的大手硬生生地把她从大姆妈的怀里拉开，抱走，她怕极了，哇地扯开嗓子就哭……就此，她就一直哭，天昏地暗地哭，哭哭停停，一路哭到棋盘村，直到把嗓子都哭哑了，还断断续续地叫几声。

不知什么时候，好像是过了好长好长的时间，她忽然感觉到抱着她的那双粗硬的手松开了，两只软绵绵的手接过她，搂着她。就在被那双轻柔的手轻轻地搂住的时候，她瞬间就感受到了包容，一种他人极难感觉到的温馨和亲切，她的哭叫声很快就低了下来，越来越轻，渐渐地就变成了哼哼的呢喃声……很快，她感觉到了放松，感觉到了亲切，也感觉到了累……又很快，她就睡着了，在像大姆妈一样的一个女人的温暖又温柔的怀里……

后来，她醒了，还是在那个女人的怀里。她一醒，就想吃奶。可是，那女人的怀抱尽管也像大姆妈一样温暖并且温柔，但没有奶。

那个女人，就是荷花……

起初，腊梅一见荷花就要她抱，奶声奶气地叫：“大姆妈，大姆妈……”，一不见荷花，就是爬也要爬到门口，哭着叫“大姆妈，大姆妈”，就像在大姆妈家里要找大姆妈一样。但荷花不喜欢腊梅那样叫，就让她改口。没多久，腊梅就会叫荷花“阿母”了。

阿母没有奶，但会做许多好吃的给腊梅喂，就是大人也很难下咽的薯干饭，阿母就会把一些小鱼小虾剔骨去壳，捣烂了，加些水，放在薯干饭里一起煮，煮得起稠，发黏，然后一勺一勺地喂她吃，让她吃得小嘴巴吧嗒吧嗒的，津津有味。腊梅终于有阿母了。

第五章　有家

有了荷花，不仅腊梅有了阿母，代富有了女人，而且有了一个家。

屋外有一片荒地，就因为靠海，碱性重，没人种地，就光长乱草，还有就是东一堆西一丛的乱蓬蓬的白蜡条和臭椿。阿母来了，就把那些白茅草除了，把乱石头清了，翻了地，又从一里地外的溪坑里挑来一担一担的水，种上了菠菜和饭瓜，还有芹菜和芥菜，让小腊梅吃得美美的，直长个。

阿母甚至还能在地里种上本地人很少有人种的糖芦稷，那叶脉绿绿的，茎秆高高的，等到粗壮时，吃起来脆啊，咬一口就是一口汁，那汁甜啊！惹得几个邻家野男孩一到糖芦稷快要长粗的时候，整天就在糖芦稷地旁边转，就看有没有人，一不留神就拔一棵，一不留神就拔一棵。

当然，那个时候，她腊梅还小，还不会吃糖芦稷杆。等到腊梅能吃糖芦稷杆的时候，那已是快三岁的时候了。

腊梅学会说话之前，阿爹是赤脚的，不管出海，还是上岸，不管春夏还是秋冬，都打赤脚。腊梅学会说话之后，阿爹就改了，夏天穿草拖鞋，春天和秋天穿蒲鞋，冬天下雪结冰了，就穿龙花蒲鞋。龙花蒲鞋很厚，鞋身大，又暖和又舒适，就是下水也不会滑倒。

龙花蒲鞋就是许多小囡都会唱的那歌谣里的那种鞋：

叽咕嘎，叽咕嘎，
茅洋老绒做蒲鞋；
龙潭老绒挑青柴，

富翅老绒织蒲鞋……

那些草拖鞋、蒲鞋和龙花蒲鞋，都是阿母用糯稻草、棕榈、麻绳、碎布条和在大水塘田里长得细长滑圆，晒干后又韧又柔的蒲草编的。

阿母除了自己做事，还让阿爹也做事。阿爹做的事和阿母不一样。阿爹出海捕鱼的日子多，回家的日子少。但只要一回家，阿母让他吃好喝好后，就让他爬上爬下、忙进忙出。阿爹忙的结果，是家里的房顶不漏雨了，屋里的墙壁不透风了，场院上的篱笆能防野狗了，塌了的灶头又能生火了……

阿爹好累，但也好开心。每天起得很早，有时候，他忙着忙着，会突然直起身子，大声唱起出海渔歌来：

哎嘿唧——！
太阳跳跃出东方哎，碧海蓝天好晨光。
拔锚的渔船要起航哟，渔岛的清晨更繁忙。
撑船的老大哟，挥手在舵旁。
心头的女人哟，送别码头上。
只要鱼儿堆满舱，不怕汗水淌。
只要平安把家还，老酒茶壶烫。
嗨嘿唧——老酒茶壶烫。

阿爹一拉开嗓子唱，阿母就会开心地笑，就会推开房门，端着一碗番薯稀粥朝阿爹走。那个时候，阿爹更高兴了，他仰起头咕嘟咕嘟地喝完薄得见底的番薯稀粥，然后一抹嘴，一把搂着阿母的腰，趁着兴头上，让她一起跟着唱。

总之，自从荷花来了之后，林代富这眼看就要破败下去的家，一点一点地就有了起色，有了家的样子。尽管光靠林代富出海捕鱼拿回来的那点包薪过日子还是不富余，还是穷，但一家三口的日子倒也和和美美，有点苦尽甘来的味道。

但上述这一切到了腊梅三岁多，将近四岁的时候发生了很大的改变。

这改变首先是阿爹在家的时间多了，脾气坏了，而且经常无缘无故地骂腊梅，甚至腊梅稍一不听话，就打她。其次是阿爹和阿母也不那么好了，吵架斗嘴多了，有的时候两个人还要打架。

而最最重要的，是阿母的变化。

这一点，起先腊梅看是看到了，却是看得迷迷糊糊的，听也是听见的，也只能是似懂非懂，因为她还小，还不懂事……但到了有点懂事的时候，也就是她三岁多，四岁不到的年龄，开始觉得阿母都变了。

这变在哪里呢？就是阿母不再给自己做新衣服了，那个肚兜还是两岁的时候做的，三岁的时候还穿，快四岁了，穿在身上都吊起来了，绣着的乌贼鱼和大海螺早已磨破，小肚皮都露出来了，阿母还是没给自己做新的。

到了冬天，很冷很冷了，阿母也没给她穿棉袄，还是那件旧夹袄，西北风里冷的索索抖，阿母也不管了。

本来腊梅人小，不懂事，总喜欢到外面野地里去和邻家的男孩女孩一起野，过去，辰光一长，阿母就会出来叫："腊梅，腊梅，快回家来"，现在不叫了，就是过了吃饭的时间，也不来叫她了。有好几次，当腊梅感觉肚子饿了，回家了，锅里什么吃的东西都没有了。

现在有的时候——实际上经常是这样，只要阿母和阿爹一打架，阿母就会又哭又叫，完了，就把气出在腊梅身上，劈头盖脸地就打她。这时，阿爹看不下去了，再打阿母，两人就这样，打得更凶了……慢慢地，腊梅怕阿母了……

为什么家里变了？腊梅不晓得。她只晓得，家里的米越来越少了，灶头锅里煮的有时候就只有发了霉的番薯干，甚至只有白头娘。

阿母菜也不种了。为什么，因为没菜种子。就是有了种，一种下，刚一出苗，就被别人挖走了。

阿爹有时候就干脆闷头睡觉，不管白天黑夜，死人也不管。他酒也不喝了，因为没钱卖酒。阿爹更不唱捕鱼号子了。

有时候，阿爸有点心情，就教腊梅哼这个小调：

白头娘，当点心，无处寻着草籽根；
花莲菜，挖干净，整株斩断薄粥滚。
男孩卖给福建人，女孩卖到沈家门；
换得番薯二百斤，和着眼泪囫囵吞……

家里为什么会变成这样，腊梅实在不明白。其实不是不明白，是腊梅人小弄不明白；如果腊梅人再大一点，是能明白的。

有一天，阿爹在邻村的王得宝家喝了一点酒，有些心情了，晚上一回家也不倒头就睡，黑着灯，在屋子里和阿母两个说起话来了。

那时候，腊梅正在外屋的一盏油灯下挑拣虾干，把大的小的分成两摊，好让阿爹明天提着，到镇上去卖，换番薯干。

"二大大还没回来？"这是阿母的声音。她在问阿爹，"他关了丝螺栈房的门，一走快半年了吧？"

二大大腊梅晓得，就是瘸腿的二公公。

"半年没有，几个月是有的。"她阿爹在说，"一点消息都没有，听说是逃到上海去了，一家老小都逃过去了。"

"那钱庄的钱怎么办？逃得了和尚逃不了庙啊。"

"哎，怎么办呢？还能怎么办？谁叫二大大头脑发胀，就是缺本，也不能往钱庄搬两分利的债啊。钱庄的钱哪来的，是从宁波银行借的，要一分五厘！这样转来转去，转到谁手里，谁就吃亏。一吃倒轧账，还不要了命！他怎么能跟大鱼行拼？他拼得过人家吗？"

"那郑老大呢？他的船还被人家扣着？"

“扣着。这船最大的船东不也是二大大？这郑老大也呕着气，要找二大大。”

“哎，二大大一吃倒轧账，亏了本，还有地方跑，还能逃到上海去，可我们怎么办啊，跑也没地方跑！”

“是啊，是啊……”

“你看看，还好我偷偷藏了两块铜钿，要不，日子怎么过？”

“是啊，我还算好的，不管怎么说，二大大就一年没给包薪，听说蒲岙有个姓张的大户，三年里吃了三次倒轧账，亏了两千多元钱，给他兜小水的渔民有七十多户。你想想，那可亏得更苦了，船也出不了海，渔网也都换番薯干了，春前无宿粮，都已十室九空了，那可真叫山穷水尽，满目苍凉，老弱妇孺，嗷嗷待哺啊！那些年轻力壮的都造反了，都饿得吃起姓张的大户了！所以我说，这个家还算好的……”

“好什么好！这两块铜钿用光了，我看你也要造反吃大户了！”

“你看看你，一张口就想要吵架的样子……”

“不跟你吵行吗？你一有一点铜钿银子就去喝酒，家里什么都不管，不跟你吵还不晓得你会什么样子呢！”

“好好好，你再吵，我就走……”

“走？到哪里去？”

“到上海，去背码头。”

“……”

“你怎么不说了？”

“你真的要去？”

“不去怎么办？一家老小都饿死？”

“你真去了，这肚子里的，怎么办？”

阿母着一说，两个人都不说话了。过了一会儿，阿爹叹了口气，说：

“哎，真不是辰光啊，这小囡这个时候来。让我看看——”

“看什么看！”

“看看肚皮怎么样了？在动吗？”

两人不说话了，但有了动静。

看什么？肚皮？腊梅感到纳闷，阿母的肚皮有什么？她想着想着，就放下手里的虾干，轻手轻脚走到房门口，朝里一看，正看见阿爹的手在阿母露出的圆圆的肚皮上摸着，轻轻地摸。

——阿爹摸阿母的肚皮干什么？难道阿母的肚皮里真会有什么东西？

过了一会儿，他们俩又开始悄悄地说话了。这一回，他们的声音更低了。

“这一回啊，别再给我生个赔钱货了……”

“瞧你这嘴，别乱说！”

“好，我不说，我不说，她王二婆来看过了，怎么说？没说是儿子？”

“她说了吗？她死活也不说了。”

“一点都没说？”

“说是说了，说什么，怀男孩的话就精神好，怀女孩的人就懒……”

“那你说你呢？我看你就觉得懒，一有事就光火，有事没事就骂腊梅、打腊梅，我看呀，你就是精神不好……”

“你再说，就给你生个赔钱货！就给你再添桶泼出去的水……”

“住嘴！快住嘴！”

不知不觉的，他们两个的声音又渐渐地高了起来。

什么赔钱货？什么叫泼出去的水？这到底是说什么？腊梅心里开始想了，但想来想去都想不明白。

过了一会儿，阿爹和阿母又说话了。

“她还说了，还可以自己掰指头算……”阿母说。

“怎么算？”阿爸问。

“就算虚岁跟月份。虚岁跟月份一样是单数或是双数，就是女儿，要是虚岁跟月份不一样，虚岁单数，月份是双数，就是儿子。”

“哎，谁能算啊？谁会记得清是哪个月份？这还说了跟没说的一样？”

“我说了，她不肯算。”

“她不说，你可要给我争气呀！”

“争什么气？”

“生儿子！”

“我怎么争气？那该争气是你！”

“那肚子是谁的？”

“种是谁的？”

他们两个争着，什么肚子什么种啊？腊梅这样想着，一个疑团，从未有过的疑团开始在她心里打起转来……

过了几天，腊梅的疑团终于解开了。

解开这疑团的人，不是别人，是王二婆。

那一天，刚一吃过中午饭，王二婆就颠着半裹脚来了，人还没进到，就“腊梅，腊梅”地叫唤起来。那时候，腊梅正在墙外的空地上踩着一个高凳，踮着脚在竹晾竿上收渔网，一听有人叫她，就赶紧爬下，跑到院门口，朝王二婆奔了过去。

“二婆婆，你来了？”

腊梅见到王二婆很高兴，上前，接过她手里的竹篮子，牵着她的手，把她给迎到屋门前。

“哎，哎，腊梅呀，几天不见，又长高了。”王二婆见了腊梅也很高兴，拉住她的手，说，“你在做啥啦？满脸都是汗的？”

“在收网，在那边——”

“啊呀，这么小的小囡就做那么重的生活！谁让你干的？”

“是……阿爹。”

“这代富啊，真是昏了头了，这么小的小囡，只有几岁？这是大人做的生活，哪能让小囡来做！”

“二婆婆，我会做……”

“他自己呢？你阿爹自己死到哪里去了？”

“阿爹到镇上去了，去摆摊头，卖虾米去了。”

“阿母呢？”

“阿母在屋里……”

“快，快带我进去跟你阿母说两句话，一会儿出来，我帮你一起收。”王二婆一边走，一边说，“真真是作孽啊，这么小的小囡；真真是作孽啊，这么小的小囡……”

但是，等腊梅把王二婆引到屋里，看见荷花正躺在床上皱着眉头在哼哼，王二婆就拉着腊梅把她带到门口，说了声“到外面去玩，我和你阿母说说话”，把腊梅支出门外，就关上了门。

这让腊梅不解，她跑出几步，想了想，又折回，轻手轻脚地走到里屋的门外，透过门缝，朝里看着。

这时候，腊梅看见王二婆正坐在床边的一个凳子上，和阿母说着话。

“腰痛了吧，五个月了，是腰酸背疼的，”王二婆说，“你也不能老这样躺着，要起来走走，要动动。”

“怎么动啊，累死了，”腊梅听着阿母说，“整天就想睡，什么也不想做。”

“那可不行，不动不行；你不动，肚子里的小东西要不舒服的。”

肚子里的小东西？怎么又是肚子里的东西？腊梅在面外一面听，一面想。

“白带多了吧？”王二婆在问。

“多了，多了很多。”阿母在回答。

“是该多了，到时候了。”

“哎，真邋遢啊，弄也弄不清爽。”

“二婆，我还一直出汗，一动不动，也出汗。”

“这就对了，经常擦擦身子就没事的。”

“哎，真难受啊……”

“别说了，哪个当娘的不是这样过来的？来，让我看看，看看奶头——”

腊梅听着，里面传来一阵解开衣服的声音。过了一会儿，王二婆又说话了。

“胀不胀？”

“胀。”

“看，大多了，你看，奶头四周发黑了，一圈奶晕更清楚了。”

“奶头胀啊，有时候会出水的。”

“什么出水啊，是奶汁！你是头胎，不懂，生二胎时你就晓得了，是奶！荷花，你奶头这么好，这么挺，奶水一定很多。”

什么奶水？什么奶水多不多？腊梅透过门缝往里看，勉强能看见王二婆的背影。王二婆和阿母凑得很近，但在做什么，腊梅看不见。

“还是那句话，告诉代富，要多吃点，这铜钿是不能省的……”

“哪来的铜钿啊？火仓都开不出了。”

“没有铜钿，借来铜钿也要吃啊。大人不吃，肚子里的小囡怎么长得大？还要不要肚子里的小囡了？”

肚子里的小囡？阿母肚子里有小囡？腊梅这么一想，踮着的脚一松，身不由己地把门给撞开了。

一见门外的腊梅在偷听，荷花就光火了，她提高声调，说："腊梅，出去，大人在说话，你小囡听啥啦听？快出去！"

但腊梅没有走，反而走了进来，她怯生生地望着荷花，问："阿母……肚子里有小囡了？"

她这一问，让王二婆和荷花都吃了一惊。

"阿母要生小囡了，是吗？"她又问。

这时候，王二婆笑了笑，转过身来，点了点头，说："是啊，你阿母要生小弟弟了，腊梅，你要做姐姐了……"

但腊梅好像并不高兴，反而有些紧张。

"阿母……"她眼里噙着泪水，说，"阿母不喜欢我了？"

荷花愣住了，她看着腊梅，翻身，下了床。

"你怎么了，腊梅？"荷花心里忽然有种说不出的味道油然而生，摇了摇头，对腊梅说，"你这个小囡，人这么小，脑子里转的是啥脑筋啊？"

"真是个小精怪，"王二婆走上几步，摸着腊梅的头，安慰说，"我早就说了，腊梅是个聪明小囡，从小就聪明。好了，好了，阿母要养小弟弟，是好事情，要高兴才对，是不是，腊梅？"

但腊梅没有高兴，反而哭了，而且泪水直流。

"阿母有小弟弟……就不要我了？"她唏嘘着问。

荷花听了，心头一酸，急急跑过来，蹲下身子，一把抱住腊梅，也哭了。

"不会的，不会的，别哭，腊梅，"荷花一边哭，一边搂着腊梅，一边说，"阿母喜欢弟弟，也一样喜欢腊梅。阿母……弟弟……腊梅都喜欢……"

一旁，王二婆的鼻子也酸了。她把哭成了泪人儿似的荷花和腊梅都扶了起来，含着眼泪，笑着说：

"瞧瞧，你们娘两个的，都怎么了？别人家里生孩子可是喜事，添丁生口哪有像你家那样泪汪汪的？好了，好了，荷花，你也别太在意小囡的脑子里想的事情了，腊梅再懂事，也还是个孩子。可就是因为太过懂事了，你这个不是当亲妈的，就更难了。"

二婆婆接着说："后妈真的难当啊，好也不是，不好也不是，是不是？好了，腊梅你也别哭了，你阿母生了小弟弟，你就是大姐姐了，要好好照顾家里才是，对不对？来，去把竹篮子拿过来，把婆婆带来的几只大芋艿拿去洗一洗，我来生灶头，我来烧只葱香芋艿羹，让你们娘两个好好吃，生生精神！"

这一天，四岁的腊梅几乎一夜未睡……

四个月后，荷花真的生了个儿子，腊梅真的有了个小弟弟。给小弟弟接生的，还是王二婆。

没多久，腊梅就四岁半了。从那时候起，荷花开始给腊梅裹小脚了……

张家二婶婶的家住在杨家渡村，与东沙镇仅隔一条东沙湾，如果要去镇上办事，出门不用半个钟头就能走到渡口，坐上摆渡的舢板，不消一根烟的功夫，就能到对岸的下塘桥。到张家二婶婶的家，如果不算上从峙盘村到东沙镇一路所花费的那些时辰，也就这么个把钟头，不过是倒过来走的路线——在镇上的下塘桥坐舢板到对岸杨家渡，然后再走约半个钟头，只要一看到两棵高大挺拔、冠形浓密的新木姜子树，就快到了。

但就是这点路，对不到五岁的腊梅来说，却是一段艰难的历程。为什么？就因为她那双裹了半年的“小脚”。这一天，这个把个钟头的路，她痛得要死，在王二婆和阿母又搀又打、又扶又扯下，一路走一路哭，走走停停，等到看见那两棵新木姜子树的时候，已经走了快两个钟头了。

要让腊梅缠足，是荷花想了好久才拿定的主意。

她说，自己为什么没找到好人家，没过上好日子，就是因为没有那双短小背隆，圆如马蹄的“三寸金莲”。如果自己有了那双小巧玲珑的小脚，是绝不会先嫁那个死鬼，再嫁现在这个穷鬼的。

至于自己那双“半裹脚”为什么缠了又放，荷花说，都怪她的阿母不狠心，没坚持。那时，如果阿母能狠狠心，看到自己哭着叫着闪躲不肯缠裹，或怕痛，自说自话偷偷解开缠脚布，就拿起鞭子藤条重重地抽，她今天自己的这双脚，也就不会这样丑得见不得人了。

有了自己的教训，为了腊梅能有个好婆家，将来能讨丈夫的欢心，荷花说，一定要尽自己作为母亲——尽管只是继母的责任。因此，一定要给腊梅裹小脚，而且绝不半途而废，决不能像那时候自己那样不懂人情世故。

对腊梅是否裹脚，林代富好像有点无所谓。他说，他见过人家裹小脚的，女小囡哭得死去活来，满地打滚，真的是痛啊，怕腊梅受不了。他又说，再说了，裹好了的小脚就像两只肉团团，有什么好看？走起路来跌跌撞撞的，将来怎么挑水、砍柴、做生活？

林代富的这个观点一说出口，立刻遭到荷花劈头盖脸的一顿痛骂。她指着他的鼻子说：你这个逐魂头介一个，你懂什么懂？你看看你自己那两只鸭脚板，走起路来啪嗒啪嗒的，天生一个穷鬼，难看死了！你以为你讨进老婆，就像我就会跟你一起吃苦受累的？女人没一双好小脚，哪一个有铜钿人家看得起！哪能有你这样一个做阿爹的，拿自己女儿将来的婚姻大事作儿戏的？

荷花的观点得到了王二婆的赞同。因为，王二婆对于自己的那双“半裹脚”也已经后悔了整整大半辈子了。所以，可以说，她对荷花的体会感同身受。

于是，在王二婆的支持和协同下，在腊梅四岁半的时候，荷花就开始给她裹小脚了。

要晓得，别人家的女小囡，裹脚要等到五六岁时才开始呢，为什么要提前，荷花心里有打算，但嘴上不说。在另一方面，为了能将腊梅的裹脚进行到底，王二婆还特意让荷花准备了一根寸许粗的木棍，对腊梅说，服服帖帖地裹，阿母喜欢，炒番薯片给你吃，要是不肯裹，或怕痛偷解缠脚布，或是哭叫闪躲不肯缠裹，屡劝不听，就用这根木棍打脚趾，揍打两只脚的脚趾，把骨头打碎，再裹，打烂，再裹，看你还敢不敢不肯裹！

裹，肯定痛，但不裹，要把脚趾骨头打碎、打烂，那更是可怕！

就这样，腊梅裹脚裹了半年，闷声不响地哭也哭了半年。等到了“试紧”的阶段，第三、第四两个趾头也就跟着向脚下蜷曲，换上浆得更硬裹脚布，捶去皱褶，缠在脚上，将要进入“裹紧”阶段，两只小脚有点像样子的时候，腊梅便给荷花跟王二婆硬拉着，到杨家渡村，就是那有两棵新木姜子树的村庄，去见张家二婶婶去了。

去做什么？去相亲。

带腊梅去相亲，找婆家，当童养媳，就是荷花急着要给腊梅裹小脚的一个重要原因。

这个原因，现在是可以说出来了。但还有另一个原因，那另一个原因更重要。那原因是什么？做后娘的，有了自己的亲骨肉，那个拖祭包，怎么看，都嫌弃了！

第六章　相亲

关于张家二婶婶家的家境，以及女家，即腊梅家的情况，经王二婆的穿针引线，来回跑了几回，双方了解得已经差不多了。这次去，主要是让张家二婶婶当面看一看腊梅，看看满意不满意。如不出意外，只要张家二婶婶一松口，这门亲事，就定下来了。

在张家二婶婶方面，她的家不富，但也不穷。

张家二婶婶的男人在家排行老二，大名叫树才。张树才的父辈原来是有些钱的，曾有十几亩良田，一家磨坊。可惜的是，他父亲一死，几个兄弟闹着分家，几兄弟一分，家财就散了，张树才就分得了几亩地。

可张树才不喜欢种地，不愿过脸朝黄土背朝天那种靠天吃饭的日子，于是就把地卖给了他的长兄，留下院前屋后几块零星菜地，让老婆种些菜自家吃，他自己一个人跑到上海，在闸北开了一家糟坊，做起了小生意。

张家二婶婶就一个儿子，八岁，名叫家成，小名阿成。

张家二婶婶生阿成是难产，好不容易把孩子生下，但落下了妇女病，从此就不能再怀孩子了。所以，除了年底年初张树才回家十天半个月，一年中的绝大部分时间，家里就母子两个，确实冷清。

于是，在上一年年底，张树才回家过年，说，是不是给阿成抱个年龄相当的女孩做童养媳。先给阿成做妹妹，家里也添个帮手，等到长大成年后，就做自家的儿媳妇。张树才的这个主意正中张家二婶婶的下怀。于是，张家二婶婶就托人到王家村找到王二婆。

想不到，这介绍的头一个女小囡，一来一往没几次，事情就有了眉目。

尽管张树才在上海做生意常寄钱回来，家里日常开销不缺钞票，但张家二婶婶还是时常在自家菜地里挑些时鲜蔬菜背到镇上去卖，换些柴米油盐钱贴补家用。张树才从上海寄来的钱能省就省了，留着给阿成读书，或将来娶媳妇用。所以，张家二婶婶的勤俭持家，在村里是有口皆碑的。

在杨家渡村，邻里家的小孩都管张家二婶婶叫“张家嬷嬷”。

这天，中秋节过后没几天，张家二婶婶一早就在自家地里挑了些苋菜、蕹菜、丝瓜，又让阿成在鸡窝里掏出几个刚下的蛋。到了上午，把屋里打扫得干干净净，忙了好一阵，刚坐下，就听见门外几个小孩叫了：

“张家嬷嬷，来客人了；张家嬷嬷，你屋里来客人了……”

哪来的客人，就是王二婆跟荷花，还有一个女小囡，腊梅。

“看看，二婶婶，我说的没错吧，”一进门，三个女人刚坐下没多久，王二婆就指了指腊梅，说开了，“女小囡还是长得蛮等样的吧？”

“唔，等样，蛮等样咯。”张家二婶婶点着头，说。

“你现在看不出，二婶婶，”王二婆指了指腊梅的脸，说，“她一笑，你就会看到两个小酒窝。”

“是吗？”张家二婶婶问。

“腊梅，你笑一笑，笑给二婶婶看看，笑一笑。”王二婆对腊梅说。

腊梅没笑，她根本笑不出，她一路哭着过来的，脸上还挂着泪痕，因为脚疼。

“腊梅，笑一笑，”另一边，荷花也说话了，“笑给张家阿母看一看。”

但腊梅还是没笑。她现在不走路了，但脚还是疼。她站在那几个大人面前，两只脚在不停地动，地上好像有个火炉似的。

“你笑啊，腊梅！”见腊梅还是僵着，荷花提高了声调。

但腊梅的脸反而挂了，像要哭出来的样子。

张家二婶婶好像看出点什么来了，赶忙对荷花说：

“算了，小姑娘还小，到了陌陌生生的地方，我看就算了。”

说着，她走上前，拿过一张小竹椅，放到腊梅身边，说：

“脚疼了，是不是？”

“嗯。”腊梅轻轻地哼了一声。

“来，坐下——”

张家二婶婶扶着腊梅的肩膀，让她坐下。腊梅坐是坐下了，但强忍着的泪水也流下来了。

“哎，看看这个女小囡，在家里阿母惯的，”王二婆笑着对张家二婶婶说，“今后，到了张家，你张家阿母要好好做规矩了。女小囡不做规矩，大了怎么办。”

“哪里的话，”张家二婶婶说，“阿拉又不是大户人家，没那么多规矩。我倒欢喜这个女小囡的眼睛。看，她的黑眼珠特别大，整个眼睛都是黑眼珠，水汪汪，漆黑漆黑的，像是看不到底的样子，真好。”

“是啊，这女小囡两只眼睛是好，是好。”王二婆顺着张家二婶婶的话说，“腊梅不仅人长得好，乖巧，别看她人小，在家还帮阿母做许多事，什么洗菜、煮饭、捡柴禾，还有捡虾洗鱼晒鱼干，什么都会做，有时候还帮着他阿爹补渔网，手脚勤快，聪明伶俐。”

“是啊，我看得出，看得出。”张家二婶婶看着腊梅，说。

“这女小囡还人小懂事，心肠好，”王二婆在继续夸腊梅，说，“别看她小小五岁年纪，家里的弟弟阿平，还不满周岁，就是要她这个小阿姐抱，一不见着阿姐，就哭，就闹。阿姐一抱，就不哭了。”

“噢，真乖巧。小弟弟叫什么名字啊？”张家二婶婶看着腊梅，问。

但腊梅没有说话，怯生生地看着张家二婶婶。

“叫长平，林长平。”荷花帮着回答。

“腊梅裹脚裹了多少辰光了？”张家二婶婶忽然转过话头，问荷花。

荷花想了想，回答：“快半年了。”

一说到裹脚的事，王二婆就插上话来了：“这小腊梅裹着脚啊，试缠、试紧都过了，接下来就要裹脚尖了。这裹脚啊，裹脚尖是最要紧的了……”

“是吗？”张家二婶婶说。

“是啊，”王二婆说，“那缠的时候，要用劲把裹脚布缠到最紧最紧，每次解开来重缠的时候要将四个蜷曲的脚趾头由脚心底下向里面用劲勒过，每缠一次要让脚趾弯下去多压在脚底下一些，那时候，还要把四个蜷曲的脚趾，由脚心底下向脚后跟一一向后挪，让趾头间空出一些地方来，免得脚缠好以后，脚趾头挤在一起，脚尖太粗。这样缠，一直要缠到小趾压在脚腰底下……”

“那不成了‘小脚一双，眼泪汪汪’了吗？”张家二婶婶说。

“哎，那也是没有办法的事，”王二婆说，“要做女人，怎么办？做女人是苦，要不女儿经为啥说：为什事，裹了足？不因好看如弓曲，恐其轻走出房门，千缠万裹来拘束。”

她们几个说着，腊梅坐在一边听着，不知怎么的，张家二婶婶忽然想起什么事，站起身，左顾右盼起来。

“哎呀，说着说着就忘了，阿成呢？”张家二婶婶问，但更像是在问自己，“你们没进来的时候他人还在的。人呢？怎么一转眼，人就不见了？阿成呢？这小鬼头，阿成——”

躲在里屋的阿成明明听见阿母在叫自己，但就是不出来。

但他人不出来，听还是不得不听的。除了听隔壁戏，有时候还忍不住看，从门缝缝里朝外看。

看什么呢？看那个坐在小竹椅上一声不响一脸哭相簌簌抖的女小囡，还有她两只一直动来动去的脚。不知何故，听着，看着，特别是听到裹小脚的那段，看到那女小囡眼睛里闪闪亮的泪花，阿成有点怜惜起她来了。

——她穿着绣花鞋的脚为什么一直在动？阿成心里在想。

她的绣花鞋很好看，但胀鼓鼓的，里面好像裹着许多东西。她的两只鞋一层一层的，有许多层，每一层都有不同的颜色，有好看的花纹，特别在银白色的鞋帮面，用五彩丝线绣的凤凰什么的，更好看。可是，穿着这么好看的鞋，怎么还不舒服？还有，她怎么一点声音都没有？

自进门后，阿母和另外两个大人一直说着话，可那女小囡，怎么问她，她也不说话？

她的脚是不是真的很疼？

阿成正这么想着，忽然看见那女小囡的两只脚不动了，而脸呢，好像转过来了，转过来了，眼睛正好对着自己门缝里的眼睛。好像是的，阿母说着对，女小囡的两只眼睛也很好看，漆黑漆黑的，亮亮的……

但正在这时候，阿成突然感觉到自己的视线被一个人影遮住了……他正想后退，门咣当一下，被推开了。他看到阿母站在自己面前。

"阿成，你在这里？我叫你怎么没听见？"他阿母说，"快，跟我出来，见见林家阿母和二婆婆——"

就这样，阿成只得跟在阿母身后，走出里屋。

"来，这是腊梅的阿母，"阿母说，"叫林家阿母——"

"林家……阿母。"阿成叫了，但声音很低。

"噢约，是阿成呀！阿成长得好俊啊！"荷花看着阿成说。

"这是王家二婆婆；叫二婆婆——"阿母又指了指王二婆，向阿成介绍。

"二婆婆……"阿成的声音稍微响了一点。

"唔，相貌堂堂，相貌堂堂，好一个英俊儿郎！"王二婆对张二婶婶跷起大拇指，连连称道，"有福气啊，张家婶婶，你真有福气！"

"什么福气，一点礼貌都不懂。"阿母客气地说，随后，拉着阿成，转向腊梅，对他说："这就是腊梅，来，叫声妹妹——"

"……"不知何故，阿成叫不出来，呆呆地站着。

"叫阿哥，腊梅，叫阿哥！"一旁，王二婆婆把腊梅从竹椅上拉了起来，把她推到阿成面前，"快，叫声阿哥——"

"阿……哥……"腊梅开口了，她看着阿成。

阿成有点发愣，他不知所措了；他忽然转身，蹬蹬蹬地跑向门口，跑出去了。

"阿成！你去哪里？快回来……"他阿母在他身后叫着。

但是，阿成落荒而逃，没有回头，更没有回来。

腊梅感到奇怪。她想，难道叫了声"阿哥"，就把阿哥给吓跑了。

"你看，你看，是不懂事吧？"张家二婶婶自我解嘲地笑了，摇着头，说，"哎，真不懂事，真不懂事。"

王二婆看着，却笑了。她说："会懂事的，两个小囡第一次见面，陌陌生生，我看得出来，是怕陌生，心里是欢喜的。你看看腊梅，这个女小囡进门后没笑过，张家姆妈，你看，看到了吗？她笑了……一对金童玉女，金童玉女一对啊。"

"是啊，是啊，"张家二婶婶也笑了，她一边笑，一边将手伸进了自己的斜襟夹袄的衣袋，掏出一个红纸包，塞到王二阿婆的手里，"二婆婆，让你费心了，费心了，一点小意思，一点小意思。”

“你真客气，真客气，张家婶婶，我就不客气了。”王二婆婆也没推脱，就把红纸包收了。

张家二婶婶看王二婆婆收了红纸包，想了想，就转向荷花，说：“那么，林家阿母，你看，咱俩家小囡的亲事，就这么定了。”

“好啊，”荷花一听，舒了口气，连连点头，“那我们两家，就成了亲家了。”

“是啊，是啊。”张家二婶婶说，“不过，办婚事的日期还要等我家当家人说了定，家里的一家之主，还是我家当家人。”

“那当然了，那当然。”荷花说。

“张先生在上海一定很忙啊，”王二婆婆插上话来，问，“他大概什么时候能回来？”

“年底吧，不过也快了，就两个月了。”张家二婶婶说，“我已经让人带信给他了，我家当家人说了，一过正月初五，就在开年挑个良辰吉日，就把两个小囡的喜事办了……”

“好啊，好啊。”荷花说。

“不过，有个事……我不知该说不该说……”张家二婶婶看着荷花，问。

荷花愣了一愣，一时还没有反应。王二婆婆反应得快。

“哪有不该说的？都是亲家了嘛，”王二婆婆说，“什么都好商量，什么都好商量。”

张家二婶婶没有马上就说，而是转过脸，看着腊梅。

“我们张家也不是什么大户人家，不讲究什么家规家法，也没有那么多的规矩，”张家二婶婶转脸望着荷花，慢条斯理地说，“媳妇上门，就是自家人，也不会养着，是要里里外外帮我一起操持家务的，这腊梅的小脚，如果小囡不想裹，就不裹了吧。”

她这一席话，说得荷花脸上红一阵，白一阵的，很不自在。

“再说，人心都是肉做的，”张家二婶婶接着说，“看到女小囡痛得这么难过，我心肠没有那么硬，是不想看见的。你看呢，林家姆妈？”

“听你的，张家婶婶，听你的。”荷花说，“腊梅过门了，就是你家的媳妇，你做规矩，你做规矩。”

这一天，张家二婶婶留了饭。

吃着张家二婶婶家里饭，腊梅觉得很香，特别是张家二婶婶自家菜园子里种的菜，那些苋菜、蕹菜、丝瓜炒鸡蛋，还有自家腌制的腊肉，好吃极了。

但吃饭的时候，阿成不在。一直到腊梅回家，阿成都没见踪影……

在离开杨家渡村到摆渡口的时候，腊梅没说话。但是，虽然穿着紧绷绷的绣花鞋的脚还是疼，却好像没有来的时候那样钻心地难受了，因此，她没哭，也不老叫疼，喊叫着要坐下歇一歇，而是走得很快。

在摆渡的舢板上，她也没说过话，但脸不那么绷紧了。到了东沙镇，在回家的路上，她走得更快了，常常一个人跑在前面，把阿母和王二婆婆都抛在身后了。

到了家，她还是没说话。一进家门，她就闷声不响地跑进灶头间，找出剖鱼的小刀和剪刀，到了院子里，朝地上一坐，脱了绣花鞋，又是割又是剪，好一阵，把裹在脚上的裹脚布全扯乱，剪断，撒满一地。

阿母见了，又气又恨，跺着脚，但没说一句话。

她阿爹也感到奇怪，抱着弟弟阿平出来看，也没说一句话。

剪完了裹脚布，腊梅站起来，看了看阿爹和阿母，也不说话，一扭头，光着两只血痕累累的脚，忍着痛，就一阵跑，发了疯似的跑……她跑上长满乱草的土丘，跑过乱石堆，到海边，奔向退了潮的滩涂，双脚走进冰凉的海水，站定。

突然扯开嗓子唱，唱起那首她阿爹教会她唱的一首歌谣：

笃笃笃，碰墙角，
姊姊抬去娘要哭。
阿母哎，勿哭喽，
轿到门口已定落。
大阿哥，抱上轿，
小阿哥，送过岙。
送到东沙大人家，
乌漆墙门好地方。
窗门开开地板房，
白骨嵌镶大眠床，
金漆夜桶放踏床，
新花棉被捂新郎。
生出囡来老酒缸，
生个儿子状元郎。
……

趁着过年，林代富去给二大大拜年，瞅了个空，把腊梅要送杨家渡张家的事说了，二大大立刻说：

“这么小的小囡你也舍得卖出去呀？”

“我这不是也没办法嘛！其实也不是卖出去，是想给孩子找个好人家，过上好日子。”代富小声地说着。

二大大想了想觉得也有道理，再说这一带童养媳是很正常的事，但他说：“这可不是小事，要好好商量着办，就这么吧，正月初十，把张家那个当家的一起请过来，到德兴饭庄吃顿酒。”

于是，就这样，在正月初十那天，林德泉把张树才和林代富带到德兴饭庄楼上雅座，边吃酒边谈起两家的婚事来。

“张先生在上海是做什么生意的？”在德兴饭庄，三人围着一张临街的八仙桌坐着，林德泉端起酒杯喝了一口酒，放下，看着张树才，问。

“开糟坊，一家小糟坊。”张树才回答。

“好，好，”林德泉连连点头，说，“这开门七件事，柴米油盐酱醋茶，你就包了四样，油盐酱醋，要过日子，谁也少不了。有眼光，有眼光。”

“哪里，哪里，就一点小生意，一点小生意。”张树才说。

“嗨，别看这点小生意，稳当啊！”林德泉说，“人要过日子，哪一天离得开油盐酱醋？这一年三百六十五天，生意天天有，细水长流，细水长流啊。来，来，吃酒，吃酒——”

三个人都端起酒杯，喝了一口酒，吃了一口菜。这三人中，林代富基本上不说话，就闷声不响地听他们两个说。

“糟坊开在哪里？”林德泉又问，“开在上海的什么地方？”

“在闸北，宝山路，”张树才回答，“离火车站不远，没几步路。”

“好，靠近火车站，闹猛。店面大不大？”

“不大，不大，就一开间，一开间。”

“够了，一开间够了。上海地方嘛，寸土寸金。上海开的糟坊，我见过，跟我们这里东沙，定海，还有宁波，都差不多，是不是？”

“是的，是差不多。”

“两边是柜台，将店堂团团围住，进门的柜台面上有一活络板，翻上翻下。”

“是啊，人就在这里进进出出的。”

“一进店面就是一个大槽，是卖油的，是不是？”

“是的，一进门就是。”

“大槽是凹进去的，凹槽里有三个大油桶，是很大的洋铁锅子油桶，油桶内分花生油、豆油、菜油，顾客来了，要啥买啥。”

“对，要啥买啥。旁边挂着大大小小提吊，一斤的，半斤的，还有四两、三两，还有人买更少的，半两的提吊也有，要多少，买多少。”

“是不是还有一个木筒，丢铜板的木筒？”

“有啊，是钱筒，铜板收来后，伙计就随手一甩，丢进钱筒内。”

“哈，就这么随手一甩，丢进去？这可要有些手势啦，不是只只铜板都丢得进去的吧？”

“不，不，随手一抛，常常有铜板就散落在地板上，不过落下来就落下来了，要等到打烊才去捡。我的店面是从一个绍兴人那里盘下来的，那个糟坊已经开了好多年了，糟坊因年代久远，柜台和地板之间有好几条大的隙缝，有时候铜板就落在里面，看也看不见，一些小瘪三就钻空子，一个不当心就从活络板下面钻进来，伏在地上，用竹爿爿拨出落在地板缝里的铜板，等店里的伙计一看见，一声吆喝，小瘪三就轰地一下，抓起铜板就逃……”

“哈哈，这些小瘪三，哈哈……”林德泉听着，一阵乐，大笑起来。

他们两个越谈越有兴致，越说越多，越说越开心，可林代富被冷落了。他不晓得他们两人这样谈下去要到什么时候才能谈到正事，又不敢明说，于是，他端起酒杯，喝了一口酒，然后，故意将酒杯放得重一点，让他的二大大听到。他这酒杯一放，林德泉倒真的听见，而且听懂了。

“好，好，话说远了，话说远了，”林德泉说，“来，言归正传，该说正事了，来，先干了这一杯酒——”

说着，林德泉先一口喝光自己杯中的酒，然后看着他们二人喝。等都喝完了，看着林代富站起，提着酒壶把三个杯子都斟满了，林德泉才开始说起正事。

“代富这里的情况，你有些清楚吧，张先生？”林德泉说。

“这……先生，小辈不敢，小辈不敢，”张树才说，“就叫树才吧，二大大。”

“好，树才，”林德泉点了点头，说，“代富这个人不识字，别的本事一点没有，既不会种地，又不会做生意，只会打鱼。打鱼这个行当你是晓得的，靠天吃饭啊。一只脚棺材里，一只脚棺材外。老话头说的是，三寸板内是娘房，三寸板外见阎王。就是风平浪静，渔户老大就是满载而归，又能挣多少钱？更何况替人打工的渔工。你自己说说，代富——”

“是啊，就穷、苦两个字，穷苦。”林代富低着头说。

“捕鱼捕得好，一家老小半饥饱；”林德泉念念有词地哼道，“捕鱼捕得坏，鱼行一封书信来，本生利，利生息，连船带人一起卖……”

不知何故，他这一念叨，桌上的另两个也跟着一起陷入沉思，场面好像静止了。稍过了一会儿，张树才抬起头来，看着林德泉。

“我听说，您老想几家鱼行联手办一个大鱼行，”张树才说，“这大鱼行，就是有什么事大家商量着一起办，是不是？”

“是啊，”林德泉点了点头，说，“鱼行不能都把渔民逼死；船都不出海了，鱼行也就完了。咱出来混的，不能拆骨头，做事体要总要看看三色，水涨才能船高啊。”

“是啊，二大大说得对，太对了。”张树才说。

他们两个这样说着，可林代富却心焦了。这顿酒，已经吃了好久了，可正经事，吃到现在，还没提过一个字呢。这正经事是什么？彩礼呀！

“嗯，呵，”林代富出声了，“二大大……”

林德泉一听他出声音了，就明白了。

“噢，忘了，忘了，”林德泉转向张树才，说，“说了半天，把正经事倒给忘了。嗯，树才，这腊梅就要过门了，这彩礼的事——”

“好说，好说，”张树才想了一会儿，说，“那，女家先说吧。”

“我……也没什么好说的，”林代富犹豫着，说，“还是……你先说。”

“你们都不说，我说，”林德泉摆了摆手，看着他们两个人，说，“我刚才说了那么多，其实也不是扯闲白直，树才，你张家虽说不上是大墙门，但比起代富林家，家境要好出许多。代富他阿爹一生劳碌沙蟹命，什么家底也没有，养出儿子也是一个劳碌命。现在你们两家要成一家了，什么事，能帮，就帮着点。”

“是的，是的……”张树才说。

“我家……女小囡，腊梅，养了五年，”林代富说，“又要吃，又要穿，要多少钞票，不容易……”

他的这么一个白直话，把张树才说得给愣住了，一时搞不清究竟是什么意思。林德泉在一旁看着，把林代富拦住了。他看着张树才，说：

“他这个人真是倒夜笨，越活越笨，一点闲话也讲不好，独头独脑，不过讲也讲了实在话。好，树才，你讲……”

“不，你讲，你讲了作数。”张树才说。

“好，我讲。”林德泉轻轻一拍桌子，站了起来，说。

……最后，在林德泉的主持下，两家几经来回、商讨，最后由林德泉拍板、敲定，腊梅过门的彩礼是：一石米、两段布料、一卷棉絮、两块腊肉、三只咸鸡，以及其他一些零星的上海肥皂等日常用品。关于彩礼，林代富曾提出是不是加上两甏老酒，但被林德泉一句话就顶了回去，他问，是你一个人吃老酒要紧，还是一家人过日子要紧？

第七章　初嫁

正月二十，腊梅过门。

这次去杨家渡村，不走陆路，而是借了一条舢板，由林代富摇着去，从峙盘村边上的海岸出发，沿东沙湾海岸线走，到东沙河，沿清源溪，直接摇进杨家渡村，上岸，走刻把钟，到两棵新木姜子树后的张家。

为什么要摇着舢板去？林代富说，摇船去，尽管路是远了一点，但就他一个人吃力，你们母子几个就省力了，这是一；另外，还有更重要的，送腊梅过了门，吃了喜酒，还要把说好的彩礼带回来。那些彩礼，尽管不多，但背还是背不动的。

在另一方面，原来二大大林德泉说好也要去的——不过他要是去的话，就直接在镇上的下塘桥坐舢板到对岸杨家渡，走着去；但后来因鱼栈里的事情实在忙，走不开，就不去了。不过，他人不到，却早早托人送来了五块铜钿，说，给腊梅做一身新衣服吧，嫁女儿，说是说泼出去的水，但不是真的就是泼出去的水，也要像点样子，不要让婆家看不起。

所以，这次去张家，腊梅穿的，都是新衣服，上衣是大红阔花边对襟绣袄，红缎夹袄，下裳是红绣花落裙，脚上是一双凤头绣花鞋。但没有凤冠。腊梅毕竟还是童养媳，不是正式的新嫁娘。

这些新衣服是请隔壁村里的老裁缝连日连夜赶出来的，光人工铜钿就用了两块。腊梅长到这么大了，身上穿的都是荷花用大人的旧衣裳改，一针一线手工做的，请裁缝做，还是头一回。

但现在这身衣服穿在身上，腊梅的感觉也不是很舒服，就怕弄脏，更怕弄坏。走出家门到海滩边上舢板停泊处，一路上腊梅不敢跳，也不敢走得快，缩手缩脚的，远远地跟在她阿爹、阿母和王二婆后面，很拘束。

看她这样子，荷花原是想忍的，一个五岁的女小囡，要离家了嘛，能忍就忍吧。

后来看看实在忍不住了，一转身，骂了。

“你逐魂头介一个，作死啊！”荷花用手指着腊梅，骂道，“走路也走不来了？慢吞吞，慢吞吞，去好人家，又不是去见阎罗王！好心好意跟你说不听，看你这个样子，真真是触了个霉头！”

一听荷花骂女儿，抱着阿平的林代富停了下来，转身。

“你咋能介莫嘎骂人，”林代富气了，瞪着荷花，说，“女小囡这么小，就要嫁出去，走得慢几步，又怎么样？”

“怎么样？你准备怎么样！”荷花转对林代富，大声问，“你这两日其是介在寻吼势，一直想和我造孽？”

“是我想造孽？还是你想造孽？”

“是我想造孽？你看看其，一早起来，我就兜心兜肺也对其讲过，其就是不肯听，还这个死样怪气的样子！”

“啥人死样怪气？我看看你就死样怪气！”

“我死样怪气？你这个直壁死赤佬……”

他们这样一对骂，林代富怀里的阿平吓得哭了起来。王二婆看到他们夫妻俩吵了起来，转过身，上来劝架了。

“好了好了，阿平都吓了，”王二婆劝道，“都别吵了，再吵，辰光就吵光了，到人家张家屋里，就来不及了。快走，快走。”

她说着，回走几步，走到僵在原地一动不动的腊梅身边，凑着她耳朵，轻声轻气地说：

“腊梅懂事呵，快跟二婆婆走，你阿母有毛病啊，介难看，莫睬其，噢，走，乖，阿囡，跟我走——”

就这样，腊梅拉着王二婆婆，一步一步朝泊在滩涂上的那条舢板走了过去。但滩涂是湿的，腊梅走着走着，又停住了，她怕弄脏了自己脚上的凤头绣花鞋。她阿爹回头一看，明白了。于是，她阿爹就先把荷花和儿子安顿好，接着，又扶着王二婆让她上了舢板，最后才来到腊梅身边，弯下腰，一把托起自己女儿，涉水走向稍远处的舢板。

在阿爹的怀里，腊梅的眼睛模糊了，眼泪流了出来……

对于腊梅进门，张树才办了三桌酒，请了兄弟族人，弄得这顿酒确实热闹，宾客们吆五喝六地喝，从中午一直喝到下午，还没散。

但热闹是热闹，只是谁也没有发现，不知不觉中，这场热闹宴席的两个主角，先是小郎官，而后是小新娘，都不见人影了。

这事情是这样的。原来，客人们到了，都聚在一起，起着哄，要两个小新人学着见公婆拜天地，可两个人小，不懂，死活不肯走到一起。再闹，腊梅哭了，阿成逃了。闹了半天，大家看看两个小家伙没戏，就自顾自地闹起酒来，不管他们了。

到了下午四五点钟，原先逃得无影无踪的阿成突然出现了，不声不响地走到腊梅跟前，看着她。腊梅也看着他，也不说话。

两人就这样眼睛对眼睛地看着，看了好一会儿。忽然，阿成一转身，一弯腰，从人缝中钻了出去。不晓得为什么，腊梅看他这么做，也一弯腰，钻进人缝，追了出去。

一出场院，腊梅发现阿成在不远处站着，好像是在等她，就跑了上去。但她没跑几步，阿成又跑开了，沿着村中的那条小路，朝西头跑。但他跑出一段路，又停下。腊梅见他停了，又追了上去。阿成又跑，腊梅就停；阿成再停，腊梅又追……他们两个就这样跑了追，追了跑，不经意间，就跑出了村外。

这杨家渡村，从大的方面看，西北面是黑猫岭，东南面是东沙河，村庄就坐落在黑猫岭下的山坡上。一条名叫清源溪的溪坑从黑猫岭上流下，弯弯曲曲，流经杨家渡村，流向稍远处的东沙湾，并将整个村庄一分为二——杨家渡村的大部分民居，都是沿溪而筑，错落成群的。

在村中，清源溪左手一侧，小巷幽深，石砌小道斑驳，沿街尽是一座座略显破败的老宅，但粉墙黛瓦、雕梁画栋却赫然在目，仿佛岁月已烙印在那墙、那门、那院的斑驳底色上了。其间更有深藏在古树掩映之后的宗祠以及牌坊，似在无声叙述那已经历过的沧桑。

在缓缓流经村中的清源溪上，横亘着一座用青条石浆砌成的石拱桥，是连接村后寂静而又绵延山岭的捷径……就这样，就在这桥上，两个年幼的孩子，逃离了成人世界的喧嚣，一前一后地跑过，奔上通往黑猫岭的曲折山间小径。

但在小径的路口，腊梅害怕了，停下不走了。腊梅从来没有见过这么高的山，更没有进过黑压压的树林。

阿成好像晓得她的害怕，也不跑了，慢慢地转过身，看了腊梅一会儿，随后走回，走到她身边，也不说话，牵着她的手，缓缓朝前走去。

他们走着，踏着乱草，拨开杂错的灌木丛，手牵着手，沿弯弯曲曲扶摇而上的山路，走着……

这时候，腊梅不害怕了，而且觉得自己的心境慢慢地发生了变化……当她跟着阿成爬上一个小山头，呵，那时候，她好像突然感到自己已进入仙境……她偶尔抬头，忽见天边西垂的落日往下一沉，挨着远处的山峰，眼前顿然一片流火般的血色；夕阳中雾色迷蒙，鸟在欢叫……她再仰首，在晚曲中看到若在画中的山峦，它们勃然翘然，在五彩云间忽隐忽现；云雾翻腾，飘忽的连峰又若浮帆，破浪而行。她再转身，回望她走过的山路——那，真是一条五彩路！

“好看吗？”

突然，阿成说话了。他回头看着腊梅，问。

“好看，”腊梅轻声回答，“好看。”

“怕吗？”

“怕！现在不怕了……”

两个人说话了，站在落日的余晖中，像两个小金人。

“我小时候，也不敢进山，”阿成说，“后来，阿爹领我进山砍柴，说，他要到上海去了，上山砍柴的事交给我了。后来，我就不怕了。”

“你一个人来？”

“有时候一个人，有时候几个人。”

“以后我们一起来……”

“你来干什么？”

“和你一起砍柴。”

“不，阿母说，你有你的事，我有我的事。”

“我有什么事？”

“嗯……不晓得。”

腊梅看着他，没再问下去。

“你脚……还疼吗？”阿成问。

“不，不疼了。”腊梅回答。

“让我看看。”

“不，不给你看。”

“人家说，小脚就跟粽子一样的。我看看……好吗？”

“不，不给看！”

她坚决不肯，阿成没办法了。他想了想，又说话了。

“大人说，他们说……”阿成犹豫着，说，“你是我的娘子。”

腊梅有点害羞了，她说：“羞死你，羞死你……”

“可阿爹阿母说，不是娘子，是阿妹，是领进门来的阿妹。”

“那……你就是我阿哥了？”

“是啊，那……你叫我一声。”

“上一次……已经叫过了。”

“上次不算……”

“算！”

“不算！我跑了，没听见……”

“算！”

“你叫不叫？”

“不叫……”

“你不叫，我还不理你！”

“不理就不理。”

“真的？”

“那……我叫了，阿——哥！”

正如阿成所说，阿母不让腊梅跟着阿成一起进山砍柴。阿母的理由是，那是男小囡的事情，女小囡有女小囡做的生活。女小囡做什么生活？阿母说，屋里的事。什么是屋里的事？阿母说，慢慢来，我会一样一样教会你做的。

腊梅进张家家门第三天，张树才就走了，到上海去了。因为年过了，上海糟坊里的生意一天比一天忙了，又要进货又要立柜台，店里的两个学生意的小伙计忙不过来了。在离开的前一天，他特意把腊梅叫到跟前，给她做了几样规矩。他在做规矩的时候，张家阿母也坐在旁边。

“腊梅，你进了张家的门，就是张家的人了，”张树才看着站在面前的腊梅，严肃但又和气地说，“是张家的人，这个意思，你懂了吗？”

腊梅点点头，算是懂了。其实，她是似懂非懂的。

“是张家的人了,叫人叫法也不一样了,”张树才指了指旁边的张家阿母,接着说，“你叫她怎么叫？”

腊梅不解，两眼忽愣忽愣地看着张家阿母。

“你叫叫看”，张树才笑了，说，“怎么叫？”

“阿母。”腊梅叫了。

一边，张家阿母连连点头。

“唔，对了，聪明，真讨巧，不能再叫张家阿母了。”张树才也点了点头，又说，“那么，叫我呢？”

“张家……阿伯……”

“不对。”

“阿……爹。”

“唔，对了。”张树才点头称是，想了想，又接着说，“好，我要到上海去了，要赚钞票，不能一直待在家里；我走了，你要听阿母的话，阿母叫你做啥，你就做啥，阿母叫你朝东，你不能朝西。”

“嗯，阿爹。”

“女小囡要文静，不能到外面去野，我们是规矩人家，要安分守己，不能做野小囡，无法无天，懂了吗？”

“懂了。”

“家里的事情，要看在眼里记在心里，一样一样学会做，女小囡要手脚勤快，不能好吃懒做，要寻生活做；生活生活，是生出来的。家里来客人，要请坐，倒茶，客客气气。女小囡坐是坐，立是立，坐要有坐相，立有立相，不要跑进跑出，蹦蹦跳跳，发人来疯。”

“嗯，阿爹。”

“昨天跟阿成一起到山里去了？”

“嗯，一起去……砍柴……”

“记牢，下次不要去了，晓得吗？”

“晓得，那是男小囡的事情，女小囡……有女小囡的事情。阿母讲过了。”

“好，晓得自己应该做点什么事情吗？”

“阿母也讲过了，会一件一件教我做的……”

阿母在一边听了，摇头了。

“好了，好了，这么小的小囡，只有五岁啊，哪有那么多道理要教训！”阿母说话了，这话她是对阿爹说的，“看你一句连一句，像煞有介事的。好了，差不多了，腊梅，你到菜园子里去捉虫去，看看青菜有没有虫，捉了丢到鸡笼子里喂鸡。去，去吧——”

“好的，阿母。”

一听捉虫子，腊梅马上转身，就要走。但张树才把她给叫住了：

“慢点走，腊梅，出去的时候看看阿成在哪里，看见他，把他叫回来，我也要跟他讲几句闲话——”

到屋后的菜园子里捉虫喂鸡，是阿母教会她做的第三件家务生活。前两件分别是折叠洗干净的衣服和在菜园子里拔葱。在自己家里的时候，家里大大小小四个人没几件衣服，洗净晒干了就穿在身上，也没有专门放衣服的橱柜。在这里就不一样了，要叠整齐，然后放进柜子里。放着，以后替换。拔葱的事是那天阿母在灶头上煎鱼，忘了葱，就叫腊梅到菜园子里去拔。怎么拔？捏住葱连根拔。不过，腊梅最喜欢做的还是刚学会的第三样生活，是捉虫喂鸡。当鸡窝里的一只公鸡和几只母鸡看到虫子就你争我夺抢着吃的时候，腊梅可真高兴了，蹦蹦跳跳的，就再到菜园子里去捉，就怕找不到。

所以，一听阿母叫她去捉虫，腊梅立即出屋后门，就要去菜园子，但转念一想，还要去找阿成呢，于是，又转身到客堂，奔出房门，在一群排成一排打弹弓男小囡那里找到阿成，告诉他阿爹要他马上去后，就跑进菜园子，捉虫去了。

其实，就是初春日子，菜园子里也是有菜叶虫的。听阿母说，就是没有热天多，不仔细找是找不到的，因为那虫子会把菜叶卷起来，躲到里面。除了菜叶虫，还有蜗牛和蛞蝓。但阿母说，蜗牛和蛞蝓鸡不要吃，捉到了，就把它们碾碎，踩死，因为它们也会啃菜叶的。

就这样，腊梅走进菜园子，到一小块种着菠菜的地里，在一边没有捉过虫子的一簇菠菜边上蹲下，在菜叶背面找卷成一团的菜叶虫。她找了半天也没捉到几个，很失望，但总比一个抓不到好。于是，她就起身，握紧手心，跑出后院，穿过客堂，来到场院，咯咯咯叫了几声，那几只正在找食吃的公鸡母鸡立刻扑了过来，腊梅就把手掌展开，一撒，几个虫子瞬间就让那几只鸡给吞了。

喂了之后，腊梅又跑回菜园子，再捉虫，然后再喂鸡；再捉虫，再喂鸡……这样来来回回跑到第五回的时候，只听见里屋的门咣当一响，门开了，阿成走了出来。

一见阿成出来，腊梅就不捉虫子了，就一路跟着，到了门口前的石条台阶上。在台阶的石条上，阿成一屁股坐了下来。但腊梅没有坐，看着阿成。

“阿哥……”腊梅轻轻地唤了一声。

“什么事？”阿成没好气地问。

“阿爹阿母说什么了？”

“他们对你说什么了？”

“说，女小囡坐要有坐相，立要有立相。”

“还有呢？”

“阿爹说，不能好吃懒做，一样一样学做生活。”

“没了？”

“还有，不要野，要听阿母的话。”

“什么不要野？就是要你不要一直跟着我。”

“我要……跟你。”

“不许跟！”

“为啥？”

“阿爹说了，你来了，有人陪阿母了，要让我去读书了。阿爹说，我已经八岁了，再不读书认字，就荒废了。”

“读书？我也要去……”

“你去做啥？女小囡不读书的，女小囡只要管好家里就好了。”

“我要做男小囡，我也要读书……”

“真不懂事情！女小囡就是女小囡，你要变，就会变成男小囡了？”

腊梅不说话了，好像很委屈似的。看她一脸委屈的样子，阿成有点不忍心了，就站了起来，安慰她说：

“好，好，我读书回来，识字了，教你。”

“真的？”腊梅问。

“真的。”

“你读书，到哪里去读？”

“就在村里东头，祠堂里面。”

阿成所说的祠堂，就是坐落在村东那条已经有些断裂，但依然很有气派的青石板道的终端的张家祠堂。

张家祠堂又叫恩荣堂，因为在祠堂大门前数十步远的地方，有一座高大雄伟的三门四柱五楼式石牌坊，牌坊上方正中央刻有斑驳陆离的“恩荣万代”四个大字。

恩荣堂建于何年，阿成听阿爹说，是明嘉靖年间，族人从宁波迁来后，用了几代人的精力和财力才慢慢建起来的。

后来，不知为了什么事，在京城的皇上龙颜震怒了，宣布海禁，所有人都不得出海，不管是做生意的还是捕鱼捉螃蟹的，一律不得违抗。这还不算，后来甚至下“迁海令”，令沿海省份所有居民内迁五十里，不仅所有船只，房屋也全部焚毁。

因此，祖上那辈人只得再迁回宁波，族人辛辛苦苦建起来的整个村庄都毁了，但恩荣堂没烧，还有那幢有“恩荣万代”四个大字的牌坊，也一直矗立在那里。一直到了清末，上两代才有人陆续迁回，但那时，一些不是本族的外姓人已经占了不少地，建了不少房。正因为本族人少，外姓人多，所以，这祠堂，已经没人管了，也很久没用了。

阿爹说过，尽管不用，但这祠堂还是村里规模最大、最阔气、最好看的建筑。祠堂主要是祭祖宗的。

现在还派用场的，就是搭在祠堂大门前的戏台了。每逢重大节日，比如正月十五或秋收过后的中秋节，全村各家各户都出点钱，请来唱戏班子，大家一起看酬神戏。

对恩荣堂，阿成一点不陌生，他经常和那帮野小囡去玩。因为那里面空空荡荡的，房间又多，窜来扎去的，盘野猫、踢燕子、打三角、滚铁环、造房子，很有趣。但那间叫作享堂的大屋子不敢去。为什么？那里有一位花白胡子的老先生把那房间占着，教几个小孩子读四书五经。

那老先生有一把很大的尺子，只要阿成他们一靠近，他就会冲出房门，挥起那把尺子，低声吼道："出去，不读书不知礼的野蛮小囡，再叫，再闹，把你们爷娘统统叫过来，一个一个捉回去，关起来，不许出门！"

但现在，阿成将要去的，就是那间大屋子。见的人，就是那位有一把大尺子和一把长胡子的老先生。他阿成去了之后，老先生不会再让爷娘把他关起来了，老先生自己就会把他关起来。

那天，阿成他爹走后没几天，阿成就去上私塾了，送阿成去恩荣堂见老先生的，除了阿母，还有腊梅。

其实，腊梅不想去，因为她怕。为什么怕，是阿成吓她的，说恩荣堂阴森森的，里面有许多老祖宗，一个个都瞪着铜铃大的眼珠子，眉毛发绿，胡子发白，嘴巴血红，好大好大，女小囡一进去就出不来，被老祖宗当祭品吃了。所以腊梅不敢去。但阿母一定要她去，说，不进去，就到门口。

腊梅为什么也要去，阿母没说。

"阿成啊，进了私塾，要好好念书，听先生的话，啊？"

走在村里的石砌小道上，挎着一个小布包的阿成一个人在前面，阿母牵着腊梅的手，在后面跟着，一边走，一边对阿成说。

"晓得了。"阿成头也不回，应了声。

"阿爹告诉你的，都记住了，先在孔老夫子的圣像前恭立，再向孔老夫子和先生各磕一个头，要有先后，不能颠倒。"

"晓得了。"

"先生教你念书时，你要立在一边，头要低下来，要恭敬。那个老先生你一定要敬重。你阿爹读书识字，就是他教的；村里许多人都跟他念过书。你要恭恭敬敬，懂了吗？"

"懂了。"

"读书声音要响，嘴巴里读得响，心里记得牢。"

"晓得啦，老就教就这么几句，我听也听会了。"阿成转过身来，倒着走了几步，不耐烦地念了起来，"人之初，性本善，性相近，习相远……"

"读读，读下去，就深了，先生还教写方块字，读《百家姓》《千家诗》《千字文》……"

"读书，读书，有什么用，"阿成又转身朝前走了，边走边说，"我现在这个样子不是蛮好嘛。"

"什么蛮好！你读了书才能识字，能记账，有脑筋，人长大了，起码可以帮你阿爹做生意。好一点，还好到宁波大银行去考学徒，学生意。不读书，只有力气，只好种地。这个道理，你一定要懂！"

"我懂，我懂。"

"懂就好，读书是苦，但苦了后才会有出息。吃得苦中苦，方为人上人啊。"

"我晓得了，阿母。"

"有句老古话说，读得书多黄金秋，勿耕勿种自然收，也是这个意思。"

说这话的时候，他们三人不知不觉地就拐了个弯，过“恩荣万代”牌坊，走上了通往恩荣堂的青石板道。走上青石板道，恩荣堂的大门就在眼前了。就在这时候，一直听着他娘俩说话的腊梅忽然摇了摇阿母的手。

“阿母，阿母，老先生要打人的，”忽然，腊梅想起什么，插上话来，“老先生有一把长尺，老长老长。”

“你听谁讲的？”阿母问腊梅。

“阿……哥。”腊梅回答。

“那尺子是打手心的，”阿母转过头，看着阿成，说，“谁不听话，念错字，就立壁角，打手心。阿成，老先生打，是为你好，痛了，才记得住。”

“嗯，我懂。”阿成回答。

“好了，你一个人进去吧。”

“是，阿母，我就进去了。”

阿成说完，一转身，就跑了起来。

“当心，跑慢一点——”

阿母在后面提醒。但阿成没有慢下来，反而更快了。

“等一等——”

阿母忽然叫了起来。阿成停下脚步，转回过身子，有些不解地望着阿母，不晓得还有什么事情没交代。

“阿母，还有什么事啊？”

“当昼过，你就到门口来，我会叫腊梅来的，提着饭篮头过来，阿母……会烧好小菜给你吃的，啊，阿成。”

——原来，阿母让腊梅一起来，是要让她认路的。腊梅认了路，中午就能给阿成提篮送饭了。就这样，每天走青石板路，过牌坊，到恩荣堂门口，给阿成送中午饭，成了腊梅要做的第四件事……

第八章　卖菜

腊梅学会的第五件事，是每隔三五天或六七天，一清早，就跟着阿母到渡口，因为走水路近又省力气，所以人们常常坐舢板到镇上的前塘街去，卖自家种的菜。为什么要带腊梅一起去？阿母说，女小囡人小，不像男小囡，一个人在家，不放心。

东沙镇东头前塘街的热闹和纷杂每天清晨就开始上演，越来越热闹，要到中午前才陆续收场。

不过，也有收摊早的，就如张家二婶婶，有时日头一上来，就可以用一根小扁担挑着两只空竹篮，往下搪街的渡口赶了。

为什么？因为菜是自家种的，新鲜，不像其他摊贩，卖的菜是从农家收的，有的还要从别的地方贩过来。而且，来买张家二婶婶菜的，有许多都是老主顾，只要哪天她一来，那些人就根本不看别的小菜摊头的，就直接过来，“张家二婶婶”“二婶婶”的一招呼，挑也不挑，拿了菜就往自家竹篮里放，并且，付了钱也不马上就走，还要聊上好一会儿，才走。

比如，这一天，张家二婶婶刚放稳两只竹篮，镇上恒祥五金店老板娘李家大嫂嫂就赶了过来，忙不迭声地打起招呼。

“哎呀，二婶婶，你来了？”李家大嫂嫂一边走，一边说着，“我还以为你今天不来了呢？今天小青菜挑来了吗？我家老头子想吃死了。”

“有，大嫂嫂，有，”张家二婶婶一面把小青菜翻上，一面说，“讲好有的，一定有。看，新鲜不新鲜？”

“新鲜，新鲜。好，不要捡了，称个三斤。”

“好，称三斤——”

说着，张家二婶婶就提起一把小杆秤，称了起来。她秤起秤来，秤杆总是翘得很高，自己吃亏。

“噢约，几天不见，腊梅这个小姑娘又长高了，”李家大嫂嫂也不看秤菜，看着腊梅，说，“小姑娘真是，越长越好看了。”

“快叫大姆妈阿，叫人呀——”张家二婶婶对腊梅说。

“大姆妈。”腊梅怯生生地叫着。

“唔，乖小囡，真乖。”说着，李家大嫂嫂摸出两颗水果糖，给腊梅，“来，大姆妈给你吃水果糖，来，手伸出来，拿好，拿好——”

张家二婶婶的菜也称好了，扎也扎好了，在一边说：

“快谢谢大姆妈，谢谢。”

“谢谢大姆妈。”

腊梅谢过李家大嫂嫂，才接过两颗花花绿绿的水果糖，捧在手里。

“唔，真懂事。”李家大嫂嫂夸过腊梅，转过脸，说，“张家二婶婶，小脚菠菜差不多了吧，我家老头子也想吃了。”

“快了，大概还要三四天，唔，三天够了，过三天就挑过来。”

“好，好，多挑点过来哦，我过三天来称。唔，这小姑娘真好看，又懂事，你真福气，真福气！”

“你客气，大嫂嫂，客气……”

但此时两人的对话被打断了，因为这边菜刚秤好，钱还没算，那边已有好几个买菜的熟人围了上来，其中一个酒楼胖厨师的叫声特别响：

“唉，我先来，我先来——先给我秤五斤白头芹菜，捡嫩的秤。还有雪里蕻，上次讲好的，雪里蕻咸菜……”

这一次，也是日头一上来，菜就卖完了。

卖完了菜，回去的路就不像来的时候那样赶得急了。在回去的路上，阿母总会牵着腊梅的手，慢慢走，有时到沈记糕团铺，买两块松糕或两只金团，有时到宏源南货店，买两包云片糕。为什么总是两样？一份阿成，一份腊梅，阿母自己是不吃的。腊梅呢，有了自己的那一份，也不吃，回家后等阿成放学，一起吃。

这一次，阿母在经过城隍庙前的元庆桥时，在一个水果铺上买了一小蒲金塘李。阿母说，这金塘李又叫茄腮李，只有离东沙很远的那个金塘岛有产，皮红肉紫，又脆又甜，吃起来，咬一口，满口香。阿母这么一说，腊梅更舍不得吃了，一个也不吃，一定要回家后和阿成一起吃。至于其他的东西，阿母有时候也买一些，但跟阿成和腊梅两个小囡关系不那么直接了，如油盐酱醋、针线纽扣、鞋面布零头料，等等。

从前塘街到下塘街，靠码头的鱼市是阿母和腊梅去渡口路上的必经之地。

鱼市是整个东沙镇上最繁忙最吵闹的地方，比前塘街的街市要乱，特别在鱼汛前后，整个渔港码头就会像翻了天一样喧闹。

渔港码头前是一条S形的狭长的石板巷道，有八尺来宽，是挨着港湾的形状建筑的。巷道两旁，一边是码头，桅杆林立，像一片颠簸的树林，另一边就是一家紧挨着一家的鱼行。这鱼行的店面多啊，数也数不过来。

鱼行开市要比镇东头前塘街的菜市晚，而且也没有定数，要等渔船进港，鱼货到。有时一个早上也到不了几艘船，有些冷落，但一到鱼汛，满港都是满载的渔船，那时候，整个渔港就热闹得不得了了。

这一天就是鱼汛，鱼货集中到市。当腊梅跟着挑着空菜筐的阿母走过时，就看到鱼行门摆开一长溜装满海鲜的圆篰篮。那亮晶晶的黄鱼、鲳鳊、白虾、红绿头，色彩斑斓的青蟹、白蟹、石斑蟹……腊梅看得眼花缭乱，目不暇接，一边走，一边好奇地问阿母，这是什么呀，那是什么呀。

那些鱼货都是渔工们从海边挑运过来的。那些渔工就是这样，鱼货一到，鱼行里就有人抄起一个大海螺鼓着腮帮一吹，“嘟——嘟——嘟！”，渔工就晓得，“日潮货”到了！就拿起圆篰篮挑起竹杠，争先恐后地跑到码头，只等渔码头的渔船一靠岸，便捷足先登，上船取货，装鱼，挑鱼。

不过，挑鱼的渔工忙，这时候，“秤手”更忙。在渔船边，码头上，只见他们一边称货，一边报账，应接不暇。老秤手有一手快算账目的绝活，只要他一按准斤量，便可立刻报出金额来，分毫不差。

秤手拖着长音唱喏报账，煞是好听：“祥——祥上账唻！鲳鳊——两角八分唻！”

在秤手的唱喏中，那个“祥”是祥瑞鱼行的名号。旁边的账房一听，便会把这笔账记在“祥”的名下，待收市后再结账，而鱼货呢，就由渔工挑着，直接进了鱼行的栈仓，等冰鲜商来转运。

当然，除了鱼行收鱼，也有不少鱼贩抢一些鱼行收剩的货。特别是在“夜潮头”里，鱼贩就有机可乘了，因为鱼行来不及收，鱼老大就把一些零星的鱼货私下卖了。

鱼贩一拿到货，就双肩轮换，挑担一路疾行，途中并不歇脚，连夜急匆匆赶往各处，挑着鱼虾，走村穿巷，边挑边喊：“买下饭啰！铮骨亮咯虾蟾，透骨新鲜咯玉饭虾！”

或是直截了当一些的："新鲜的小黄鱼要伐！青蟹、白蟹、石斑蟹要伐……"

也有鱼贩现收现卖的。他们在鱼市找一个空档摆摊，十来斤重的黄鱼、鮸鱼，大个儿的马鲛鱼，便用刀斧当场切成段，新新鲜鲜的，当场卖。

阿母赶集，卖了自家的菜，也时常会挑些"透骨新鲜"的鱼买，回家烧给阿成和腊梅吃。这一天，她就买了一段四两重的鮸鱼。这段鮸鱼，她准备回去马上就烧，烧好了，就让腊梅给阿成送饭去。

但就在阿母付了钱，把鮸鱼放进竹篮，刚要走，一旁的腊梅看到什么，忽然叫出声来了："阿母，那边……造孽，打起来了！"

阿母一听，掉头望去，正看见渔码头那一边一群人拥在一起，挥着扁担棍棒打作一团。这还不算，在这一边，在码头对面的鱼行门前，更多的人涌出，举起手里的家伙，大喊大叫着奔向码头。

一看渔港码头那边大乱了，阿母挑起竹篮，拉着腊梅，说："莫看莫看了，阿拉快走——"

看到码头那边一片大乱的架势，不仅阿母拉着腊梅要躲开，那些摆摊卖鱼的鱼贩们也慌了，一边看一边收拾竹箩扁担等做生意的家什，也想走，但没有几步，但在另一边的鱼行门口，有另一帮渔工闻风而动，也冲了出来，一下子就把那些竹箩扁担踢翻了，什么鱼呀虾呀蟹呀都撒满一地。更有些渔工还捡起掉在地上的鱼刀，一转身，就朝那出事的地方狂奔而去，不管那被踢翻竹箩鱼贩在后面追，扯着嗓子叫：

"哎，那是我的刀，我的吃饭家什……！"

在慌乱的人群中，挑着竹篮的阿母走不快，被人撞了一下，其中一个竹篮被撞翻，里面装金塘李蒲包滚了出来。腊梅一见，刚要去捡，就被阿母一把拉了起来……就在阿母把腊梅拉起来的那一刹那，有一帮渔工奔过，一下子把那蒲金塘李踩烂了。这可是要带回去和阿成哥一起吃的金塘李啊！

"阿母，金塘……李……没了，统踏烂了……"腊梅哭了，伤心地对阿母说。

"不要紧，烂了就烂了，只要人没事就好，"阿母扶着她，说，"金塘李还好再买，阿母再买，哦，不哭了，腊梅，不哭。"

腊梅不哭了，开始用手背擦拭眼泪。她擦着擦着，忽然又看到什么了，叫出声来："二公公……二公公也出来了！"

——确实是腊梅的二公公林德泉！阿母看见了，林德泉正跑出自己的鱼行，带着一帮伙计，一拐一拐地奔向码头，冲向一片混战的人群……

阿母看着林德泉一拐一拐奔过的背影，愣住了，站着一动也不动，不知如何是好。

给在恩荣堂那里读书的阿成送饭，是腊梅每天中午必做的"生活"。

有时候，阿母还在菜园子里忙，或在井台边淘米洗菜，或还有别的什么事要忙，只要时间一到，腊梅就会走进灶间，把柴禾点燃，塞进炉膛，然后推拉风箱，先把锅里的水烧起来。这"生活"不是阿母教的，腊梅在自己家里就这么做的，只不过是现在更熟练罢了。就是要把缸里的水舀到锅里有些困难，因为腊梅人小，个子矮，灶台高。但那也不是问题，就用一张小凳子垫着，腊梅在缸里舀一勺水，两手提着，爬上小凳子，把勺里的水倒进锅里，再下来，到水缸里舀一勺，再上小凳子，再倒……不多时，锅里的水差不多就满了。

等到阿母在外面忙好了，一进灶间，就可以上锅台了。阿母开始上手煮饭烧菜了，腊梅就在一旁等候，等阿母吩咐。

阿母有时会说：

“腊梅，去拿两只蓝边大碗过来——”

“喔，阿母。”

腊梅一边应声，一边已经跑开了，跑到碗橱跟前，踮着脚，拿了两只装菜的大碗，跑过来，递给阿母。

有时候，阿母煎鱼，就会说：

“腊梅，把酱油瓶拿过来——”

“晓得了，阿母。”

不一会儿，腊梅就把酱油瓶递了过来。还有的时候，阿母会说：

“快点，火要熄火，腊梅，再添一把柴！”

“噢，晓得了。”

说这话的时候，腊梅就会从阿母身边钻过去，钻到灶膛前，抓起一把柴，塞进炉膛，随后，就开始拉风箱，就一会儿，火又旺起来了。

过后，阿母又会吩咐：

“好了，要焖饭了，腊梅，把火熄了。”

“晓得了，阿母。”

腊梅说着，就会把炉膛的门关上，关紧，让里面的火慢慢熄灭。

就这样，阿母和腊梅这么忙着，不多时，菜烧好了，饭焖熟了，水也开了，然后就是装饭、盛菜，往竹壳热水瓶里灌开水。但这些都是阿母的事情，腊梅做的，就是把一个饭篮子拿过来，把要给阿成送去的饭菜放进去。那个饭篮里有一件旧的小棉袄，一半垫在底下，一半压在上面，然后再盖上饭篮盖头，这样，饭菜就不会冷了。当腊梅一路急走，把饭篮送到恩荣堂那边阿成的手里，那时候，里面的饭菜还热气腾腾的。

到了恩荣堂，腊梅还要等一会儿，因为老先生还没放课，阿成还没出来。但是，当阿成一出来，腊梅把饭篮一交给他，他就会催她，快走快走。

但腊梅不想马上就走。她说：

“不嘛，我还要白相一会儿……”

“不行，他们就要出来了，不要让他们看见。”

阿成说的“他们”，就是说和阿成一起上课的那些男小囡，因为他们只要一看见阿成和腊梅在一起，就会叫，“阿成娘子来啦，阿成娘子来啦……”

有时候，那些调皮鬼还会一起七嘴八舌地唱：

“长子，矮子，中子，

策（捡）着一只金戒指，

你拨（给）我，我反其（不要），

因为你是新娘子……”

就因为怕他们闹，所以只要那位老先生一放课，阿成就第一个冲出来，拿过饭篮，就催腊梅快走。如果腊梅走得稍慢一点，阿成就拎着饭篮往回走，直奔恩荣堂的大门，头也不敢回。

那只空饭篮，下午放课的时候，阿成就会提着回家。

阿成读书很用功，一年不到就能读、写好多字了。于是，通过阿成，阿母就能和在上海的阿爹通信了。在此之前，阿成他爹和阿母之间的联系，只能靠来往上海和东沙之间的同乡带口信，往往一年就这么两三次。

但阿成还是写不了很多字，写起来就这么三言两语，简短得很，而且必须由阿母口述，否则难以成章，甚至还无法表达“意思”。

阿成写信通常是在晚上。那时，是阿母点起煤油灯，拿出鞋藤匾，开始做针线活的时候。

这一天也是这样，也是这个时候。

“阿成，我今天到镇上的邮局去过了，”阿母一面带上顶针箍，一面说，“你阿爹在上海写信来了。腊梅，把那封信拿过来，让阿成读给我听听。”

腊梅一听，立刻跑进里屋，拿了信走到阿母跟前，放在桌子上。这封信，是腊梅跟着阿母赶集的时候，一起到邮局去取的。

阿成他阿爹的这一封信，是用毛笔写的，写在一张浅黄色的毛边纸上，阿成拿起来，开始读：

“彩娣吾妻明鉴……”

彩娣就是阿母的名字。一听到这几个字，阿母就放下手中的针线，说：“好了，这几个字就不要读了，每次都一样的，就读下面的字。”

阿成明白，点了点头，开始读下面的字：“近日生意较忙，一直忙进忙出，收到来信已有好多日了，直到今日打烊早，才有空，迟复为歉。”

听到这里，阿母打断了阿成读信，唠叨起来：“忙忙忙，一直忙，到底有多少忙？下半日六七点钟就打烊了，夜饭吃好，还忙点啥？还不是搓麻将、捂沙蟹；这麻将一搓，沙蟹一捂，时光当然就没了。”

“阿母，啥是麻将？”腊梅在一旁问。

“麻将都不懂，”阿成说，“麻将就是竹头做的骨牌，用手来摸文钱和骰子的，还有万贯。”

“文钱是啥？是钱吗？”

“文钱不是钱，是饼……”

腊梅还想问下去，但阿母说话了：“好了，这种事情小囡不要问。阿成，读下去——”

阿成继续读了：“这几天上海一直很乱，特别是文监师路和汉壁礼路日本租界里的虹口市场外，一直有游行，抵制日货，给日本人做生意的人越来越少了。这种事情自从‘九·一八’以来一直有，日本人吞并东三省以来，上海人就抵制日货、游行，不给日本人做工，已经两三年了，但现在越来越严重了。现在在上海的日本人也开始游行了，有的还走出日本租界，在我店门前的宝山路也看到日本人挥着太阳旗走过，还有日本小学生子还唱歌、排队走、喊口号。还有人在虹口看到，在上海的日本人还组成‘自警团’和‘在乡军大会’，拿着枪，在租界里巡逻。所以，现在上海局势也比较乱，不知东沙镇上的情况如何……”

其实，阿成读上面这些文字的时候读得很慢，而且还断断续续的，因为不懂其中的意思，很吃力，有时还不得不停下来，翻一翻私塾老先生给他的字典，然后再照着字典念，否则根本读不下去。

这些字的意思腊梅更不懂，所以，就一个人在旁边折纸船了。

但阿母却听得很仔细，有时没听清，还要阿成再读一遍。但尽管如此，阿母对信上的内容还是一知半解，似懂非懂的。

“日本人，日本人，日本人和我们有啥关系，”阿母自言自语，“好了，读下去——”

阿成继续着：“上个月我寄来的十元钱不知收到了没有……”

“收到了，收到了，阿成，等一等回信告诉他，收到了。”

“好的，晓得了。”阿成回答，然后继续读信，“阿成读书好吗？用功吗？阿成一定要好好读书，将来有出息，赚大钞票。这个道理一定要放在心上。”

“读书用功不用功，等一歇，你自己回信讲。”阿母对阿成说。

“喔。”阿成回答，继续读，“腊梅长高了吧？更懂事了吧？要听妈妈的话，要多帮妈妈做家务事，小姑娘要守本分，要乖，过年回来，爸爸给她买花布料，叫妈妈做新衣服。”

腊梅一听过年要做新衣服，乐了，说：“阿哥，写回信告诉阿爹，腊梅乖，腊梅会做好多事情……”

“好了，好了，一听新衣裳，开心煞了。”阿成白了她一眼，说。

“读完了？”阿母问。

“还有，是问你的。”阿成说着，继续念，“你自己身体要保重。你腰痛，挑菜就少挑一点，不要把自己摒伤，摒伤了，要花钱看医生，要多用钞票，不值得。你的病是妇女病，生阿成时落下的。我问过上海大医院的医生，是带下，要营养，吃的方面不要省，吃得好一点，会养好的。”

读到这里，阿成把信纸放下，抬起头来。

“读完了？”阿母问。

“下面没什么了，就是——”阿成简直可以背了，“特此敬达，敬请大安，夫树才字，民国廿四年，九月十六日。”

读完了阿爹的来信，阿母就要让阿成写回信了。没等阿母吩咐，腊梅就拿来了信纸笔墨砚台，磨起墨来。等准备就绪了，阿母不做针线活了，就坐在阿成身旁，一边想，一边口述。而腊梅呢，眼睛吧嗒吧嗒的，不敢插嘴，一会儿看阿母，一会儿看阿成。

这封信，是这样写的：

树才：

来信收到，十块钱上个月也收到，家里都好，别挂念。阿成读书很用功，已经会背千字文了。腊梅也听话，手脚也很勤快，已经会跟着我做硬衬了，也认钞票了，到镇上卖菜，也学会收钱找钱了。我的身体自己会当心的。你说上海乱，这里东沙镇也乱。前几天我和腊梅到镇上去卖菜，就看见两帮鱼行抢鱼，打得船也翻了，人也伤了，警察也出来捉人了。好了，就这些了。你自己身体当心，少吃点酒。

妻　彩娣　字　民国廿四年，九月廿九日

第二天，正好先生的侄子结婚吃酒去了，阿母带着阿成和腊梅到镇上寄了信来到街上，只见街上冷清清的。

“今天怎么了？”阿母自言自语，“店家都不开门，不做生意了？”

“烧火！”阿成忽然叫了起来，“那里在烧火！”

“我也看见了，”腊梅跟着叫：“那里有烟，阿母，那里在烧——”

阿母听了，转眼一看，不远处，在两边都是店面当中的街上，果真有一堆一堆的火在燃烧，在火光中，还有人正跑进跑出，将从店铺里搬出的东西朝火堆里扔。其中一家，正是阿母想去买鞋面布的德瑞布店。

“出什么事了？”阿母自己问自己，“好好的东西，为啥要烧？”

没有人能回答。阿成和腊梅也看着发呆了，站在那里一动不动。

“有人过来了！有人过来了！”腊梅又小声叫了起来。

“我先看到的，是我先看到的！”阿成说，“这是学堂里的人，他们排着队……”

阿母也看到了，那确实是一群年轻学生，男的女的都有，排着队，喊着口号，手里还挥动各色各样纸糊的旗子。

“他们在喊什么？”阿母问。

“听不见，好像是打倒……日本……主义。”阿成说。

“日本？”阿母又说，“就是你阿爹信里说的日本？”

“不晓得……大概是。”

那群学生越走越近，叫的口号声也越来越响了。

“是的，他们叫……打倒日本帝国主义。”阿成说。

“我也听到了，日本……帝国……主义。”腊梅跟着说。

“他们手里的旗子，上面写着什么？”阿母问。

“抗日……救国。”阿成回答。

“我也看到了，我也看到了……”腊梅也说。

“你看到什么呀？你又不识字！”阿成撇着嘴，对腊梅说。

腊梅不高兴了，转过身子，不理他了。

“那些旗子，还写什么？”阿母又问。

“抵制……日货。”阿成回答。

“啥叫抵制日货？”

“不晓得。”

“噢，我想起来了，你阿爹信里讲过的，你不是念过了吗？抵制日货，上海人游行……你忘了？”

“嗯，阿爹信里是有的，抵制日货。”

“这……抵制日货，是什么意思？”

“嗯……不晓得。”

就这样，看了半天，阿母感到摸不着头脑，有些心慌意乱了，叹了口气，转过身，说：“唉，这世面乱哄哄，就像田鸡克箩倒翻，一天是嘎，又是抢，又是烧，真是不像样了。好了，店也关门了，今天一样事情也做不成了，走，阿成，腊梅，还是早点回家去吧。”

说着，阿母就带着阿成和腊梅从原路返回，朝下塘街的摆渡口走去。

第九章　噩耗

一晃，又两年过去了……

这一年，腊梅九岁，来张家跟阿母在一起，已经四年了。现在，阿成已是一个十二岁的英俊少年了。腊梅呢，也已经不知不觉中出落成一个水灵灵的小姑娘了。

这些年，阿成还是每天去恩荣堂里的老先生那里去上私塾，腊梅还是每天中午提着个饭篮去送饭，除了春播、夏收或三秋不去，因为农忙，先生放课。当然，还有就是过年，也放课。再还有，就是老先生身体不好，起不了床了，也放课。但那样放课时间不多，就一两天，或三四天，待先生下得了床，隔天让几个学生互相通知一下，第二天又要到恩荣堂上课了。

先生教书，要教大大小小十多个孩子，所以要读的书也不一样。小的只有六岁，还在拖着鼻涕哼“赵钱孙李，周吴郑王……”，而大的，那个十九岁的“僵个佬”，也就是村里最有钱的在宁波开洋布店的老板的儿子，已经在读《尚书正义》了。阿成不大不小，正在念四书章句集注中的大学章句。

有时放学放得早，阿成就到后山黑猫岭去砍柴，一回到家，就吃晚饭，一吃完晚饭，阿母就点了灯，让他背书。

那时候，阿成他就眼睛一闭，念：“古之欲明明德于天下者，先治其国；欲治其国者，先齐其家；欲齐其家者，先修其身；欲修其身者，先正其心；欲正其心者，先诚其意；欲诚其意者，先致其知；致知在格物。物格而后知至，知至而后意诚，意诚而后心正，心正而后身修，身修而后家齐，家齐而后国治，国治而后天下平……”

但他到底念些什么，腊梅一点也不懂。不过，腊梅不懂，阿成反而高兴，说，你又不识字，怎么会懂？

现在，腊梅到恩荣堂给阿成送饭，那些私塾里上课的学生也不在他俩身后追着闹了，习以为常了嘛。再说，阿成和腊梅人都大了，不像小时候那样躲躲闪闪了。这样一来，腊梅就可以把饭篮送到恩荣堂内的大厅里，看着阿成吃饭，和他说话，然后，等阿成吃完了，就把空饭篮提着回家，再和阿母一起吃中饭。

这一天，腊梅送饭送得晚了一点，阿成等她等了一会儿了。

“今天怎么晚了？”一见腊梅，阿成就说，“他们几个都已经快吃完了，我饿死了。”

腊梅一边打开饭篮，一边说：

“阿母今天身体不舒服，做着事，又头晕了，在床上躺着呢。”

“我自己来——”阿成说着，把各盛着饭和菜的两个碗从饭篮里拿出来，放到一张小桌子上，又拿一双出筷子，说，“我出来上课的时候，阿母还是好好的，怎么又头晕了？”

“我不晓得，阿母有时候就是这样，做事情，做着做着，就不舒服了。今天烧饭做菜，就一会儿，又头晕了……”

“所以晚了？”阿成扒了一口饭，问。

“今天的菜是我烧的，好吃吗？”

“噢，怪不得这么咸，原来是你烧的，一点也不好吃……”

“不好吃你就别吃！”

“喔，好吃，好吃，太好吃了！”

他们俩就这么一个吃，一个看，说说闹闹，不一会儿，这顿饭就吃完了。

就在阿成放下碗筷，起身要朝私塾里边走的时候，腊梅忽然想起什么，说：“阿哥，阿母身体不舒服，会不会是心里不高兴？”

“什么事不高兴？”

“我……不晓得，我就是看她不高兴。”

“会不会是阿爹的事？”

“阿爹的什么事……让阿母不高兴了？”

“你真笨……”

“你笨！”

“我笨？我都念大学章句了，晓得的事情多了，怎么笨？你不读书识字，当然是你笨。”

“你不教我，我怎么识字？”

“不是教过你了么？你自己没心想学……”

“好，我笨，我笨——那阿爹，到底有什么事？”

腊梅她这一问，阿成不说话了。

“阿爹到底怎么了？”腊梅再问。

阿成想了想，说：

“就是因为不晓得阿爹到底怎么了，所以阿母才担心啊。阿爹好几个月没来信了。

我已经写了两封信了，阿爹一直没有回信。”

“嗯，对了，”腊梅说，“阿母不说，心里想着呢。”

“好了，你快回去吧，”阿成说，“你回去对阿母说，今天放课，我再写一封信给阿爹，让阿母放心。”

阿母确有心事，但没对任何人说，包括阿成和腊梅。这心事就是，好几个月了，阿成他爹就是没有任何音讯。自从阿成读书识字后，与在上海开糟坊的阿成他爹通信，就成了家里的必不可少的一件大事情。阿母每次带腊梅到镇上去摆摊卖菜，完了后，总会顺便到邮局问一问，“杨家渡村张家有没有上海来的信？”寄信更是这样，只要阿成一写好给阿成他爹的信，阿母第二天一定要去赶集，把信送到邮局，贴好邮票，塞进邮筒。

就这样一来一往，个把个月，有时长一些，一个多月，完成蓬莱岛杨家渡村和上海闸北宝山路之间的书信交流。

尽管两地之间的通信不会记载什么大事，就是些家常事，问寒问暖，或生意如何，身体保重之类的，但只要一看到信，一看到那些浅黄色毛边纸上写着的那几个字，阿母就心定了，安稳了，神清气爽了。

这两三年来一直都是这样的，除了阿成他爹回家过年，用不着写信——像这样四个多月音讯全无，而且寄出两封阿成写的信还是石沉大海，就成了阿母一直放心不下的烦心事了。特别是那天树才他大哥，也就是阿成的大伯来了之后，阿母的心，更有些隐隐作痛了。

树才他大哥叫张博才，尽管就住村南头，但很少来往。那个阿母让自己叫大伯的人，腊梅也只见过一次，就在四年前的那个正月二十，腊梅过门的那一天。不过，那一次人太多，腊梅人又小，根本没记住。所以，这一天，当腊梅见有个胖胖的陌生人门也不敲，一推门，自说自话就跑了进来，吓了一跳，赶紧跑到后院，边跑边“阿母，有人来了，阿母，有人来了”地叫了起来。

这时，阿母正坐在屋檐下的一张条凳上往几只瓮里腌雪里蕻咸菜，忙着，一时没听清，等到腊梅跑近，才听见，直起腰，抬起头，问：“啥人来了？”

“不晓得，他没说。”

“他没说有什么事吧？”

“他也没说……”

“那好，还有几棵雪里蕻你来放进瓮里，照我样子做，排排齐，压压紧。我去看看，啥人来了。”

说完，阿母站起身来，用一块老布毛巾擦了擦手，转身离去。

阿母走了，腊梅就在阿母坐过的条凳上坐下，开始吧晾干的雪里蕻一棵一棵往瓮里放。

她放着放着，放了没几棵，停下了，想，那来的到底是什么人？要找阿母做什么？这样想着，她站起身来，轻手轻脚的朝屋后门走去。但在客堂门后，她听了下来，侧耳细听。

“树才他多久没消息了？”那个胖胖的陌生人在问阿母。

“几个月了，阿成写了两封信，都没有回音。”阿母对那个胖胖的陌生人说。

“也没有人带信回来？”

“没有。一起跟树才到上海做生意的几个人，也都没有消息。”

“唉，上海钞票好赚，但日子不一定好过，上海乱啊。”

“上海怎么乱了？”

“你不晓得？上海出事情了……”

“上海出什么事情了？”

“上海打仗了，日本人打进来了！”

“上海又打仗了？不是打过一次了吗？怎么又打了？”

“上一次是一二八，民国十九年，这次是八一三，民国二十六年，七年啦，又是日本人，兵舰大炮，飞机扔炸弹，不得了啊！”

那个胖胖的陌生人这么一说，阿母没声音了，好一会儿都没声音。腊梅有些担心，身不由己地跨出一步。这响声阿母听到了，她转过脸，对着门后说：

“腊梅，快去给大伯伯倒杯茶——”

腊梅一听，应了一声，赶紧跑到灶头间，泡了一杯茶，端了进来，放到那个叫大伯伯的人的面前。

“嗯，这就是腊梅，长得这么大了。”看着腊梅，大伯伯说。

“这么不懂事，快叫大伯伯——”阿母对腊梅说。

“大伯伯。”腊梅低头叫了一声。

“唔，有点像小姑娘的样子了。”

“样子是像了，人还像小囡。”阿母说，“好了，快去把我关照你的事情做好，去吧——”

腊梅应声走了，但没走远，仍听隔壁戏。

“这日本人打上海的事，大阿哥你是怎么晓得的？”

这是阿母的声音。这声音很低，还听得出有些颤抖。

“宁波的报纸登的，交关辰光了，我也是看了报纸才晓得的。”大伯伯说，“前一两年里学生子不是一直游行游行，抗日抗日，抵制日货抵制日货嘛，我就晓得要出事情了，你看，现在真的出事情了。”

“上海……打仗，是真的？”

“报纸都登了，是真的……”

“一打仗，信就寄不到了，是不是？”

“嗯，这倒讲不清了。”

“否则，树才怎么会几个月不寄信来？”

“这……很难讲，火车不通，还有水路；从上海到这里，从这里到上海，邮局是用轮船的……”

“飞机扔炸弹，轮船也不能走了吧？”

“唉，这个事情我怎么会晓得呢，我心里也很着急，所以过来问一问。不过上海地方大，放心，打在江湾打，不会有事情的，不会有事情的。”

“我想是不会有事情的，不过，几个月接不到信，还是有点担心。”

“好了，这事情就不要再说了；说了，我看你心也慌了。我这次来，是要说一声，我张家老头子的忌日就在阳历年底，冬至日后没几天了，所以……”

“我晓得了。我就去拿，我就去拿。”

阿母说着，就走进里屋，拿了几块钱，放到桌子上。大伯伯一看，就收起钱，站了起来，说了声，“好，就这样”，就走了。

那一边大伯伯一走，腊梅就赶紧跑到后院腌雪里蕻咸菜的咸菜瓮旁，把边上的雪里蕻一棵一棵地放进去，排整齐……

这天夜里，一家三口刚吃了晚饭，阿母就把灯点亮了，拿到阿成跟前，让他写信。在阿成写信的时候，阿母什么针线活都不做，就看着他写。

阿成的这封信是这样写的：

树才：

好久没收到你的来信了，身体好吗？生意忙吗？家里一切都好，请勿挂

念。听说上海打仗了，日本人打进来了，我很担心。如果确实是打仗了，生

意也难做了，也快要到年底了，糟坊就早关几天门，早点回来，过了年，等上海太平了再说。

收到信尽快回信，让家里晓得。

妻　彩娣　字　民国廿六年，冬至

第二天一早，阿母就带着阿成和腊梅一起到镇上去了。这次去，是专程到邮局寄信去的，不赶集摆摊。为什么要这样，阿母没说。为什么阿成不上学，也一起去，阿母说，阿成好久没去镇上了，信一直是阿成写的，让他学学怎么贴邮票，怎么寄信。但阿母心太急，去得早了些，等她带着阿成和腊梅到邮局的时候，邮局还没开门，排门板还上得紧紧的。

“阿母，我们来得早了，”阿成指着上紧的排门，说，“我带腊梅到桥对过的城隍庙去看看，再回来，好吗？”

“不要去了，”阿母说，“先把给你阿爹的信寄了，正事办好了，我带你们一起去。”

“可现在……门还没开呢，要等开门，还有……”

“你这孩子真不懂事，心怎么一点也不急？我说了，先把信寄出去。”

“阿哥，听阿母的，等一会儿去。”腊梅对阿成说。

“你看，你看，还是腊梅懂事，”阿母指责阿成说，“你还算读过书的呢，怎么这点道理都不懂。”

阿成不说话了，虎着脸，走到一边，踢起石阶路上的一块翘起来的石板了。

但正在这时候，邮局的边门“哐”地开了，一个邮差走了出来，开始卸门板。

阿母一见，内心一喜，对阿成说：“你看，我说就开门了吧。来，阿成，快把

寄给你阿爹的信拿出来——”

阿成听了，就打开布包，把里面的那封信拿了出来，交给阿母。

阿母接过，急急走到那个正在卸门板的穿着制服的邮差身后，说：“对不住，先生，这两天，上海邮路通吗？”

“通啊，就是慢了点。”那人回答。

“上海有信，还是寄得过来咯？”

“上海来信多了，是寄到哪里的？”那人问。

“是河对过杨家渡村的；杨家渡村张家，有信吗？”

“记不得。好，等一歇，我去帮你查一查。”

“好的，谢谢你，先生。”

说话间，邮差把门板都卸了，然后走进邮局。阿母跟在他身后，把阿成和腊梅也带进邮局。

这邮局不大，只有一开间门面，但还要一隔为二，朝街面的小半间立着一只半人多高的柜台，对外营业，里面是写字间，还兼做邮差的卧室。那邮差一进门，就直接走进里面的写字间，查信件去了，阿母就在柜台外面等，而阿成和腊梅，就一边一个站在她身后。

不多一会儿，邮差出来了。

“我查过了，”他对阿母说，“上海来的信倒有好几封，但寄到杨家渡村的没有……”

阿母一听，有些不相信，急急打断对方的话，说：

“你再看一看，仔细查一查，好不好？”

“都看过了，没有杨家渡村张家的信。”

“请你再翻一翻，讲不准会落在地上，角落头……”

“你这女人家啥拎勿清，莫对你讲了，我是吃这行饭的，还会骗你？要再查，好，你来查，我这身行头让你穿算了！”

“对不住，对不住……”

阿母一见那人光火了，忙不迭声地打招呼。

“算了。”那邮差回了挥手，说。

见此，阿母就把手中捏了半天的信放到柜台上，推到邮差面前，说：

“那这封信，请先生帮我寄出去——”

“寄到哪里？”那人问。

“上海。”

“好的，两分邮票。”

“阿成，买邮票，贴邮票——”阿母对阿成说。

阿成应声上前，拿出两个角子，交那邮差，取了邮票，用舌头舔了一下邮票背面，然后贴上信封，看着阿母。

“外面有只邮筒，丢进去。”阿母吩咐。

阿成又应了一声，转身跑出门外，找邮筒去了。这时候，腊梅看到阿母转过身来，脸上堆着笑，问邮差：

“先生，这封信，我想问一问，寄到上海，大概要几天？”

“现在讲不准了，东洋人打上海了，日本飞机掼炸弹，炸得一塌糊涂。上海乱啊，本来蛮快的，到上海，最多一个礼拜就差不多了。”那邮差回答。

“掼炸弹，掼哪里？”阿母一惊，问。

“好几个地方，川沙，大场，先施公司……”

“还有啥地方？”

“还有火车站，火车站也炸了。……”

“火车站……”阿母最后就说了三个字，说不下去了。

这是腊梅第二次听到有人说上海打仗。但打仗到底是怎么回事，腊梅不懂。

她懂的，晓得的，就是阿母这次听邮差说了以后，阿母不说话了，从邮局出来之后就一直闷声不响，一句话都没说。

腊梅还看到，阿母好像路也走不大动了，拖着脚，走走停停……等到了老石桥的桥脚下，腊梅看着阿母，只见她慢慢转了一个身，张望着，竟不知该往哪儿走了。

阿母神情恍惚，阿成也看出来了，他上前，拉着阿母的手，问：

“阿母，你怎么了？”

“没什么，”阿母说，“嗯，我想坐坐。坐一会儿……”

说着，她就靠着老石桥的桥栏，半靠着坐了下来。

“阿母……”

腊梅想对阿母说什么，但被阿母拦住了。

“让我静静，我想……静一静。”阿母说。

就这样，三个人都不说话，仿佛时光停滞，尽管在他们的眼前，老石桥上人影晃动，川流不息……

好一会儿，阿母定了定神，站起身来，神情一转，笑了：

“好了，肚皮饿了吧？走，我带你们两个到城隍庙旁边的点心店，吃酒酿圆子去……”

“我想回去，阿母。”阿成望着阿母，说。

“你讲啥？”阿母有点不高兴了。

“阿母，我也想回去，早点回去，好吗？”腊梅也看着阿母，认真地说。

阿母一听他们两个都这么说，就故意虎起脸，说：“怎么啦？回去，回去，刚刚出门就要回去，真呒趣相！今天我们晚点回去，白相一天。跟我走，先吃酒酿丸子，吃好了，再带你们到火神庙戏馆看绍兴戏。晓得吗，三个人看戏只要买一张票，小囡不要票，不出钞票看白戏，去不去？好了，看你们，两只嘴巴翘啥翘！跟我走——”

不过，真的到了点心店，阿母只要了两碗酒酿丸子，阿成、腊梅一人一碗，她自己没吃，说早饭吃多了，现在还有点胀，吃不下。

吃了酒酿丸子，阿母说，现在时间还早，戏要到下午开场，先在城隍庙走走吧。于是，到了城隍庙，阿母就牵着腊梅的手，一路走，一路看，走得很慢。阿母没有牵阿成的手，阿成不要阿母牵，因为他人已经和阿母一样高了，就一个人时快时慢地跟着阿母。

火神庙就离城隍庙不远，坐北朝南，前面隔一条石板路便是一处富贵人家宅院的高墙，因火神庙戏馆远近闻名，又每天日夜两场演出，弦歌之声不断；而院墙与庙门之间这块空地也成了黄金宝地，做小生意的在那里装棚搭架，是个既赚钱又闹猛的地段。

阿母说，在这里做生意的摊贩有两种，一种是卖吃食的，看看，有冷有热，什么都有，热的如拖黄鱼、油墩子、油氽米糕、油豆腐线粉、茶叶蛋、生煎包子、馒头、烧饼、馄饨面等，一到热天，还有水拖糕、碗儿糕、地栗糕、洋菜冻，等等，更别说还有百草梨膏糖、棉花糖、五香豆……

另一种摊头，阿母说不许看，更不许走近，因为那是教人学坏样的，就是那些有绘着虾、鱼、蟹、鲎、蛇、乌龟的押宝摊，掷骰子赌大小，抽竹签赌牌九的牌九摊，猜象棋车马炮的赌摊，那些摊头就等着有人上钩，骗你钱。此外也有看西洋镜、耍猴子戏的。

阿母说，西洋镜可以看看。于是，阿成和腊梅都钻到那块黑布头里面，两人各看了一回，兴奋得不得了。

阿母说，白天日场看戏的人少，到了夜晚，庙宇里戏馆戏演得红火，人多得不得了，庙门外灯火通明，这里更是热闹。

从这条石板路再往里走，就是火神庙了。

这天上演的是什么戏呢？阿母说，是有“机关布景”的绍兴戏《白蛇传》。

这次看《白蛇传》，不晓得阿母是不是真的在看戏，还是在想事，她手里拿着的那把香瓜子，也一直没吃，直到戏演快要演完，灯光都熄了，台上的那张床上忽然钻出一条大蛇，蛇头从帐子里钻出来，两只蛇眼睛亮得吓人，把全场看戏的都吓得尖叫出声了，阿母还是坐着不动，手里的香瓜子没有磕过一粒……

但就是在这个时候，在两只蛇眼睛的光照下，腊梅忽然看到阿母的眼睛也在闪闪发亮。

那么阿成呢？腊梅看见，她自己在看阿母的时候，阿成也在看阿母……

这一天，阿母、阿成和腊梅三个回去得很晚。为什么会很晚？因为阿母走得慢。阿母还是头一次那样，从镇上回来，走得那样慢……等下了渡口，一路走，拖着脚步走，到村口，天快黑了，那两棵新木姜子树，也已变得虚幻、模糊了。

快到家时，走在前头的阿成忽然停下。

“阿母，家里有人！”阿成指着家门，回头对阿母说。

“不会，”阿母说，“走的时候，门是关紧的。”

“你看，门开着，”阿成说着，就跑了起来，“我去看看……”

一看阿成跑起来了，阿母也跟着加快了脚步，朝家门走去。而腊梅呢，更是跑得快，抢在阿母前面到了家门。但一到家门前，腊梅就停了下来，吃惊地睁大两眼，看着家门。

那一刻，就在家门里，阿成引着一个年轻男人走了出来，迫不及待地走向后面的阿母。那个年轻人，一脸风尘仆仆的样子。

“阿母，就这个人，”阿成指了指那个人，对阿母说，“他说要找我们张家。”

对此不速之客，阿母愣住了，感到一阵心惊肉跳。

“你……你找啥人？”阿母颤抖着，问。

“你是师母？”那人走近一步，反问。

“你是谁？”

“我是师傅的徒弟啊。你就是张师母？”

“你……你师傅呢？他人呢？”

“师傅……他，我……”那人语无伦次了，“轰炸，日本人炸上海……炸了火车站，宝山路……也炸了，一颗炸弹……糟坊……”

“你师傅……你师傅呢！”阿母声嘶力竭地喊着，“你师傅……人呢？”

那人说不下去了，开始哭，无声地哭。

“你师傅呢？树才呢！”阿母哭了，大叫着问。

那人擦拭着泪眼，抬头，看着阿母，断断续续地说：

“炸弹……炸了糟坊，师傅……死了……”

阿母一听，站不住了，身体晃了一晃。腊梅一见，跑来，欲伸手搀扶。

“阿母……”

阿母站不住了……腊梅想扶助她，但人太小，扶不住，也一同倒了下来，倒在地上……

“阿母！”腊梅翻身爬起，扑到阿母身上，哭喊着。

“阿母……”阿成呼唤着跑来，跪倒在地，恸哭……

第十章　还家

第二天，一个陌生人找到林代富，说杨家渡村的张家让他带个口信，要林代富去一趟。林代富感到纳闷，这张家从来没有主动找过他，要他去，会不会要他还钱？

于是，他就随便说了声：“自己现在正忙着，有空再去。”

可那人说：“不行，叫你立刻就去。”

林代富觉得奇怪，又问：“什么事？”

那人说：“你去了，就晓得了。”

那人对他说这话的时候，林代富正光着上身，赤着脚，和几个渔工在他二大大的鱼行仓房里搬圆篰篮里的鱼。那些圆篰篮里的鱼是刚刚从渔码头那里的班船上挑过来的，进了仓，加些冰块，等着转运。等那带口信的人一走，他林代富就带着浑身的鱼鳞腥走到旁边的账房间，找他二大大去了。

那时，在账房里，林德泉正在和他的账房先生对账，林代富进来时他也没抬头，正提着个熄了火的水烟筒，目不转睛地看着账房先生一手拨算盘珠、一手在账册上记录，左右开弓地算着账。

林德泉现在的肩膀，是一头高一头低了。

这是他在两年前的那次码头暴乱事件留下的“标记”。在那次事件中，他右肩的肩胛骨被一根很粗的竹杠打碎了。所幸，还是惠黎医院的王医生判断正确，及时把他送到宁波的大医院，请国外留学回来的外科大夫做了手术，治好了他的伤，否则现在能不能动，还很难说。但后遗症是免不了的。那后遗症就是，他的右肩明显地要比左肩低。

当然，这只是明的，还有暗的。那暗的只有自己晓得，那就是，一到阴雨天，这肩膀，就会隐隐作痛。

但正所谓有失必有得。这“失”，是他的肩胛骨斜了，变形了，而“得”呢，是那次风潮过后，当地县衙为整顿各处频繁出现的渔业乱象，决定成立“渔政管理委员会”，重新发放“牙贴”，以加强对所辖各地几百家大大小小鱼行的管理。管理“加强”之后，在蓬莱岛，又有几家小鱼行加入了东沙公所，而林德泉又是大家一致推选的会长，所以，德泉鱼行的生意不仅得以恢复，更是前所未有的好了。

而他的冤家对头，那个聚众闹事、大打出手的包记鱼行渔老板包成虎，也已被法办，让警察局关了一个月，具结认错，罚了一百大洋，才被放了出来。

也正因为如此，林德泉很忙，就是有人进来，他也来不及抬头，就怕账房先生算错账。但账房先生察觉到有人来了，打算盘的手停了，抬起了头，这时候，林德泉才跟着转过脸。

“鱼都抬完了？”林德泉看着林代富，问。

“还没有，差不多了……”林代富回答。

“还有活，怎么停了？”

“我……想歇一歇，他们几个，人手也够了……”

“你歇了，他们不说闲话？”

“我……有急事，二大大。”

“什么急事？”

“那边，张家来人了，说要我现在就去。”

“是腊梅的婆家？树才回来了？”

“唔，不晓得。不像是树才叫的。”

“是彩娣叫人来的？”

“也不是。”

“谁叫的？”

“好像说是……树才他的长兄。”

“这既不是当家人叫，又不是人家腊梅她婆婆彩娣叫，是他家的长兄派人来叫，会不会出了什么事？”

“不晓得。我没去，怎么晓得？”

林德泉听到这里，低下头，“噁”地一下，吹亮了纸媒，点燃水烟筒，吸了几口，然后，对林代富回了挥手，说：“有事回来跟我说，那就快去吧——”

于是，林代富就赶紧跑到院子里的井台旁，吊了两桶井水，洗去了身上的鱼鳞腥臭，擦了擦身子，就换了条干净的土布龙裤，穿了双芦花蒲鞋，抓起一件布衫，一面走一面往身上套，急匆匆地，就朝下塘街的摆渡口走去了。

他进是进了院子，可那些正走进走出搬东西的人谁也没理他。那些人搬些什么东西呢？柜子、桌椅长凳的，什么都有，那些人提着、搬着就往外走。

到底出了什么事，像强盗抢似的！他心里想，但没敢问，就摸不着头脑似的跨进了张家的客堂。就在客堂，他看到一个身穿一条斜纹布旧长衫的胖男人把长衫的下摆撩起，扎在裤腰上，正指手画脚地让人动这动那，搬这搬那，忙得满头大汗，就走了上去。

林代富认识那个人，那个人就是张树才的长兄，叫张博才，在腊梅过门那天，林代富是见过他一面的。

一见林代富进来，张博才眼睛一抬，就说：

“你总算来了，叫你早点来，早点来，怎么到现在才来？”

“我……”

林代富刚想做解释，但张博才早已转过脸，叫唤起其他人来：

“快，快，腊梅这个小姑娘呢？这个小姑娘眼睛一眨哪里去了？快把这个小姑娘叫出来，让他阿爹带回去！”

什么腊梅带回去？林代富懵了，简直是丈二和尚摸不着头脑了！

“什么带回去……”林代富上前一步，问。

“把腊梅带回去。”

“什么腊梅带回去？”

“好了，好了，你不要搞不清楚了，叫你带回去，你就带回去！这里忙得要命，你还搞什么搞？”

“……”林代富傻了，竟不知说什么了。

见林代富傻瞪着眼的样子，张博才好像明白过来了，就擦了把汗，把林代富拉到一边，说：

“哦，看来你真不晓得，那我来告诉你，我家老二树才死了……”

“什么？树才死了？怎么死的？”

“怎么死的？日本人打上海，八一三啊，飞机掼炸弹，要炸火车站，正好掼到火车站旁边的宝山路，糟坊炸了，树才逃得慢，炸死的。”

“他……什么时候死的？”

“看你，我不是说了，八一三，阳历八月十三日，也就是四个月前，大约三个多月吧，我家老二就死了，尸骨全无啊，只找回几件破布衫。可怜，我家老二，可怜……”

“那他开的糟坊呢？”

“哪里还有糟坊！一颗炸弹下去，全变成断墙碎瓦了！”

“人……就这么死了？”

“人不死，我还叫你来做啥？”

“那你……叫我来做啥？”林代富又不明白了，他傻瞪着眼，问。

“叫你来做啥？”张博才白了他一眼，“把你女儿领回去啊。”

“树才……死了，那腊梅她还有婆婆，树才他老婆……”

“噢，你真什么都不晓得啊，”张博才看了看他，口气有所缓和地说，“树才他老婆，我那弟媳妇彩娣，一听到这消息，昏厥了，就倒在地上，气回不过来了，请的郎中还没到，就气绝了。”

“腊梅她婆婆……也死了？”林代富看着对方，问。

“死了！我弟媳妇不死，还用我来找你？”张博才反问，随后，又对一个正搬着一床被子走过的人叫着，“这被子是老三的，说好床上的东西都归老三——拿那边去，那里，别搞乱。哎，那个小姑娘呢？腊梅呢？怎么一晃就不见了？快找出来，把她找到，她阿爹来了，快让她跟她阿爹回去……”

林代富这么一想，就走到张博才跟前，说：

“哎，这腊梅，你说领，我就领回去了？”

“你说什么？”张博才愣了一愣，问。

“这腊梅，是谁家的人？”

“谁家的人？”

正说着，腊梅找到了，被拉着，拉到林代富跟前。这时候的腊梅，早已哭成一个泪人了，浑身发抖，站也快站不住了。

“不，腊梅，就留在这儿，你不能走。”林代富把腊梅往旁边一推，对张博才说，“腊梅是我的女儿，但是张家的人，她已经嫁过来了……”

“嫁过来了？怎么嫁的？”张博才笑了，反问，“八人花桥抬过来的？三跪、九叩首、六升拜了吗？吃过贺郎酒了么？进了洞房了？真是笑话，真成了张家的人了？不就是一个童养媳嘛……”

“童养媳，不也是张家的人？”

“没成亲，就不是！”

“你说不是就不是了？天下还有个理是不是？是人，都该讲理，对不对？”

“什么理不理的？阿公阿婆都死了，家破人亡了，自家小囡阿成都要靠阿伯阿叔养了，谁来养还没过门的童养媳？”

“不行，阿成到哪儿，腊梅就跟到哪儿……”

“有你这样的爹吗？自家的女儿，你不领，就让她流落荒天野地不成？”

“要领，也不能就这么白白地领呀……”

“那你说怎么领？你女儿过来，带过什么东西？就一个人，白吃白养了这么多年，你还要什么？”

“反正就不能这么空手就走……”

“那你说要什么？”

“我绝不会就这么你一句话，就领着腊梅走！”

“那你还要什么话？”

“反正腊梅已经是你们张家的人了，就是说到天边，道理也是这样的。要不，我俩就出去，让全村的人都来评评理！”

“好吧，你就看看吧，”张博才的口气有点松了下来，朝四下看了看，说，“要不，除了腊梅的替换衣服，你看看，还剩点什么。东西……已经不多了，你看了再说……”

“好吧。”林代富点了点头，也无可奈何了。

他们正这么讨价还价地说着，没有发觉，原先簌簌抖的蹲在墙角边流泪的腊梅，一晃眼，又不见了……

腊梅不是从前院正门出去的，走的是后院，从篱笆墙的一个窟窿里钻出去的。一出后院，她就一路跑，一路哭，不多一会儿，就跑上了出村的碎石板路。那时，天色已近黄昏……

阿成不在家，差不多已有一整天了。

阿成不在家，但谁也不去管他，那几个阿伯阿叔们，就忙着搬家里的东西，顾不上他了。但腊梅他们是管住了，就把她反锁在堆柴和杂物的小房子里，不让她出来，就等她阿爹来；她阿爹一到，就交人，让她跟他走。

关于家里的事，阿成阿母还没落葬，张家几兄弟就开始吵了，吵得很凶，甚至还动起手来，闹得全村人都晓得了。最后，在一位远房阿公的调停下，几兄弟的争吵才平息。怎么平息的？就两条，一是，张家老二树才的房产归老大博才，这第二，树才留下的细软部分，即钱财、金银首饰、家具以及其他，分成三份，平均分给其他弟兄三家。阿成呢？既然老大得了最大的份，当然由张博才抚养，直至婚嫁、成家立业。至于腊梅，这不在协议的内容之内；腊梅又不姓张，还是个没过门的童养媳，没人要，就叫她那个打鱼的穷光蛋阿爹来，领了回去。

上面那些事，其实谁也没有对腊梅说过，尽管听是听到一些，就是他们把她关起来以后七嘴八舌吵的时候，隐隐约约传来的，就是听了，也不懂。只是，当她看到她的阿爹来了，不知怎么的，就一下子明白了：她阿爹要把她带走了，带回家去。这是腊梅最担心的事情。可是，阿母死了，现在这个家，又怎么住得下去呢！怎么办呢？就跑！

于是，腊梅跑出来了。往哪儿跑呢？就一直往前跑……跑着，跑着，她就跑上村中的那条小路，穿过幽深的小弄堂，踏上高低不平的石砌小道……她还是在跑。跑过那幢三门四柱五楼、刻有“恩荣万代”四个大字的石牌坊，绕着阴森森的张氏家祠斑驳陆离的围墙，就跑出了村外……

为什么要朝村外跑？腊梅心里很乱，也没有多想，想也想不明白，反正，她就要跑，而且要哭，好像哭了，心里的烦乱就会跑掉……她就这么哭着，跑着，很快就跑上了清源桥，穿过清源溪，一直奔到进入通往黑猫岭的山间小径的路口。直到这时候，她才放慢脚步，喘着气，沿着山路，开始慢慢地往前攀爬。

腊梅第一次爬着山路的时候，也是一个黄昏。

那时候，她起先害怕，慢慢地就不害怕了，而且感到开心……因为她看到自己走过的是一条五彩缤纷的路，特别是前面的那个小山头，只要爬上去，就能看到一个和身后决然不同的世界，那简直就是仙境，流光溢彩，绚丽多姿……今天，她还要再走一次，踏着乱草，拨开杂错的灌木丛，沿弯弯曲曲扶摇而上的山路，爬上那个山头。为什么？她晓得，阿成在那里！

阿成果真在那里，正坐在山头旁边的一块突出的石头上。一听到有脚步声，他就回过头来，看着一步一步走近的腊梅。

“阿哥……”

腊梅轻轻地叫了声，走到他身边。

“你怎么晓得我在这里？”阿成问。

“我看不到你，就晓得你在这里。”

“他们怎么放你出来了？他们不是把你关起来了？”

“我阿爹来了……”

“你阿爹来了，你就要走了。”

腊梅听了，内心猛然一震，又哭了，开始抽泣。一会儿，她擦拭一下眼睛，声音有些颤抖地问：

“你……怎么晓得的？”

阿成没有立即回答。他的头沉了下去，沉得很深。好久，他才嗫嚅着，说：

“家……没了，你还有家，可以回去。”

“阿哥，我不想回去……”

“你不想回去，那你能到哪里去呢？”

“我要和你在一起。”

“我也不晓得……要到哪里去，我到哪里去都不晓得，怎么跟我在一起？”

“……”腊梅说不出话了。

两人都不说话了，因为说不出话。为什么说不出话？原因是他俩的心里都很乱；怎么乱。就是乱，只有感觉、感受和体验，但没法说清楚——他们都还小啊，阿成只有十二岁，腊梅才九岁，怎么说得清这炎凉世态之下的叵测人心？

尽管说不出，但阿成和腊梅都晓得，他们即将分离，天各一方。

“为啥阿母一死，我就不能在家里住下去？”腊梅想了半天，问。

阿成一时回答不上来，想了想，才说：“他们把家里的东西都拿走了，什么都没有了，你怎么住？”

“阿伯阿叔……他们为什么要拿家里的东西？”

“他们说，这是张家的东西，也是他们的。”

“那你也姓张，阿爹阿母的东西，你为啥不能用？”

“……”

阿成回答不上，又低下了头，在想。

“阿爹阿母在的时候，他们怎么不来拿？”腊梅又问。

“阿爹阿母是大人，他们不敢拿。”阿成说。

“大人都是这样吗，拿死人的东西？”

“活人的东西，他们也拿。我不是活着么？还有你，你也还活着……”

“他们说我是童养媳，不是家里人。”

“谁说的？”

“我听大阿伯对我阿爹说的。”

“他瞎说，你就是我们家里人。”

“他们说，没成亲，不算……”

“算！我说算！”

“真的？”

“真的。我会长大的。我长大了……”

“你说啊，快说——”

阿成忽然站了起来，看着腊梅，神情肃然地说：“我长大了，一定要把给他们抢走的东西抢回来！”

腊梅也站了起来，天真地望着他：“真的？那抢回来了呢？”

“我一定抬你来我家，一定……成亲！”

“阿哥……”

腊梅又哭了。但这一回，不是伤心，而是因为激动。阿成一看腊梅哭了，也忍不住了，眼泪就淌下来了……

就这样，在夕阳中，在一片晚霞的映照下，就在腊梅第一次进山阿成带她来的地方，他们两个又成了一对小金人。不过，这一次要比那一次大了许多，因为，时间已经过去了四年，他们，都长大了不少。但就是长大了，还是像两个小囡。

“这地方真好，真静。”腊梅擦干眼泪，轻轻地说，怕声音大了，会打破着山野中的宁静。

这时候，阿成转过脸，看着腊梅，问她：“你走了，还会记得这里吗？”

“记得，不会忘。”

“还会来吗？”

“来，来看阿哥。”

但腊梅说这话，阿成没有反应，不晓得他在想什么。

过了好一会儿，他才抬起头，说：“不，我来看你。”

“你会晓得我在哪里吗？”

“峙盘村呀，就是海北边的那个渔村，我怎么会不晓得？我对你说，不管你在哪里，我都会晓得你在哪里。”

“真的？阿成哥？”

“真的，腊梅……”

接下来，两人又都不说话了，谁也不晓得谁的心里在想什么。忽然，不知何故，腊梅忽然想起阿母曾经教过自己的歌谣，轻轻地哼了起来，阿成听了，也跟着一起唱，不一会儿，两个人就流着泪，在空寂的山坡上，放声唱了起来：

一粒星，格楞敦

二粒星，拖油瓶
油瓶漏，加水塔
水塔乌，加鹁鸪
鹁鸪头上一滴血，拷开三斗三升血
老鸦畜生是格坏，一拖拖到河中央
长晾竿，擦擦擦勿起
短晾竿，擦擦擦勿起
隔壁叔婆夜桶盖头一擦就擦起……
……

当林代富背着一个大包袱，提着一个小包裹，带着腊梅回到蓬莱岛偏北的峙盘村的时候，天已经完全暗了下来。

在林代富背着那个大包袱里，是张家二婶婶穿过的旧衣服，包括棉袄棉裤，几件平常穿的布衫布裤。这些东西张家那几兄弟没人要，就扔在一边，等别人来捡，如果实在没人捡，就要一把火烧了。林代富见了，觉得自己女人还可以穿，就抖抖清爽，再加上一床旧被子，以及其他一些零星物品，叠在一起，扎了一个包袱，带了回来。

而那个小包裹里，是腊梅的几件替换衣服。腊梅的衣服其实是不少的，光新的缎面新棉袄、新夹袄就有一套，是张家二婶婶新做的，准备让腊梅过新年穿，还有平常穿的好几套衣裳裤子，还有新式的女小囡百褶裙，都不见了，阿成他几个伯母婶婶眼快手快，先拿走了，就只剩下这几件单衣单裤了。

反正，有总比没有好，也省得腊梅回到家里没衣服穿，要再做新的，于是，林代富也带了回来。

腊梅的手也没空着。她一手提着一个钢精锅子，另一手拿着一个竹壳热水瓶。这两样东西就在张家灶头间的角落里，林代富一见，正是自家没有的。就说自家灶台上的那两个铁锅吧，一个大的还是他爹活着的时候让村口铁匠铺打的，几十年了，还在用，那小锅呢，早已裂了，一直空放在那里，摆个样子，有了这钢精锅子，做做样子的小锅就可以扔了。

至于那竹壳热水瓶，家里还从没有过，有了它，以后冬天也不用喝凉开水了。这样想着，于是，也拿了回来。

——总之，腊梅离家四年，总算没有空着手回来。

但荷花不这么看。

那天夜晚，门一开，一见林代富身后跟着的腊梅，没听完自己男人的一番解释，荷花就骂开了："这是什么话？阿公阿婆死了，媳妇就该回娘家？天下哪里有这样的道理？她老公也死了吗？就是老公死了，也不能回门，这泼出去的水，还能倒回来？走，哪里来，回哪里去！不许进门！"

她这么骂的时候，腊梅就站在门口，不敢动。

这时候，在床上，已经睡着的阿平给闹醒了，他张眼一见阿姐，高兴得不得了，立刻爬下床，光着屁股扑上来，拉着她，阿姐阿姐地叫。腊梅抱起阿平，走了几步，这才进了屋。正在这时候，床上的被窝里又有动静了，一阵婴儿的啼哭声响了，越哭越响。荷花一听，立刻停止叫骂，一转身，双手抱起床上的婴儿，哼着，摇着。

——又多了一个小弟弟了！

腊梅心里想，忽然觉得一阵似水一般的柔情涌了上来，就抱着阿平上前，惊喜地看着荷花怀中的小弟弟。

看到这情景，林代富好像捡着了话题，于是，就赔着笑脸，对荷花说：

“其实呢，这也不是坏事。你现在拖着阿平，抱着阿豆，还要烧火做饭，挑水洗衣，哪里忙得过来？腊梅回来了，正好有个帮手，帮着你……”

荷花白了他一眼，诘问：

“什么帮手，多一个人就多一张口，不要吃饭啊？吃西北风啊！”

“哎呀，能吃多少？不也是一锅饭，就这点米，就是多放几块番薯干……”

“你说得轻巧！你这个打鱼的，能赚多少？”

“话可不能这么说，唉，饿不煞，就行了……”

“饿不煞，饿不煞！你老酒饱介一个，一有钞票就喝老酒，一有钞票就喝老酒，钞票都给你喝光了，饿煞一家门都不管，还有脸皮说饿不煞！”

荷花着一阵奚落，林代富就说不上话来了。

这时，由于荷花说得起劲，怀里的阿豆又哭了，又哭又叫，荷花摇也不停，哼也不停。见此，腊梅放下阿平，上前，从荷花手里抱过阿豆。腊梅这一抱，阿豆立刻不哭了。这让荷花感到惊异，一时说不出话来。

趁此当口，林代富走到床前，打开包袱，对荷花说：

“好了，好了，阿豆就让腊梅抱吧，你来看看，我带了点东西回来——”

一见有东西，荷花的心就有些平了，于是，就开始一样一样地翻捡起来。但是，她一边翻捡，一边还数落她男人：

“这就是张家阿母穿过的夹袄？哦，到底是有铜钿人家，还镶边呢，丝线缝的，真考究。怎么就拿回来两套？你这个人事体做起来，真有点木性性，一样拿就多拿几件！这两条裤子太大了，我哪能穿得上？等空下来再改一改小。这就是腊梅的衣裳？那么多年数，就这几件？真木性性啊，阿木林！我记得张家阿母给腊梅做了不少衣服，有一件是织锦缎的，新做的，怎么没看见？你咋会不跟他们要？是腊梅的，就是腊梅的，就要全部要回来！腊梅穿不下了，改改小，让阿平穿；阿平穿不下了，阿豆大了，让阿豆穿……”

……

就这样，那天夜里，在自己家里，腊梅住了下来……

第十一章　过年

腊梅回家后第一年过年，大年三十晚上，阿母就对她说："不能在家过年，年夜饭也不能吃，要到北边山坡上的娘娘庙去，到正月初一早上才能回家。"

腊梅问为什么，阿母说，嫁出去的女儿泼出去的水，不管是男人死了，还是被男家休了回娘家的女人，不管是大是小是老是少，都不能在家过年，否则就要败了娘家的风水，要让海神诅咒，一家人都不得好过。

而实际情况也正如此，这附近一带所有倒回了娘家的女人，过年都只能上娘娘庙，聚在一起过。

这时，村中几户有钱人家的门前早早挂上灯笼，贴着春联，那些穿着新棉袄的男孩女孩奔东跑西，吃着叫着，甩着鞭炮准备过年。而腊梅呢，不用阿母催，就准备了一个破被卷，拿了点生番薯干，背了一件她父亲的破棉袄，迎着北风爬向北山山坡，到娘娘庙去了。

这北山山坡靠海，到了冬天，无论白天黑夜，海浪呼啸，寒风刺骨。而山坡上的娘娘庙已残破多年，差不多已经弃之不用了，很少有人祭海，香火又少，因此常年失修，四面都是断裂的墙，正殿的两扇大门又坏了一扇，特别冷。但是，也正因为残破不堪，才有一些附近村子里回娘家过日子的女人能在此聚在一起过年，如果香火旺，人气盛，像镇上的天后宫，能让这些年顺不利的女人进庙门吗？赶都来不及！

镇上的天后宫腊梅去过，就在状元桥南面，城隍庙东头，是阿母带自己和阿成一起去的，里面天天挤着许多烧香敬佛的人，殿前的大香炉整天烟雾缭绕，殿内鼓乐声声，好大好气派。

阿母，当然是张家阿母——那时，还对阿成和腊梅说，这天后宫正式的冠名叫"天妃圣母祠"，是宁波来的船商和本地的渔民一起出资建造的，明朝就开始建了，越建越大，越建越宏伟，后来改朝换代了，还在建，一直到清朝才完工，是本地最大的天后宫，所以香火最旺。

不过，除了鱼汛祭海，平时还是女人来得多，特别是春、秋两祭，许多渔家女人都从四面八方赶来，奉上祭品，献上香火，愿天妃娘娘保佑自己男人、儿子或家中的其他男丁，一路顺风顺水，平安归来，鱼货满舱。

但话说回来，最热闹的还是祭海。

阿母说，一到鱼汛，船老大们出海前都要到天后宫祭海，烧香祈祷，捐香捐得多的，可把天妃娘娘神像请到船上，得到保佑，捐得少的，至少也可将香灰带上船，出海后，如遇风浪，便将香灰撒出去，祈求平息风浪。同时，也只有祭过天妃娘娘后，才能在拔锚起航前，船老大和船工默念“顺风得利转出去，一本万利转屋落”，才能寄希望于天妃娘娘带来平安和好运，不然，是得不到保佑的……

一想到娘娘庙，腊梅就想到那阿母带她去天后宫的情景；一想到阿母，腊梅就会伤心；一伤心，腊梅就想哭，又不敢哭，把眼泪直往肚里咽……阿母啊，阿母，老天为啥要把你和腊梅分开呢？腊梅我为啥不能一直在你身边！

但是，腊梅现在要去的娘娘庙，则完全是另外一番景象，凄凉、残破而又空空荡荡。

水仙是临近的北山村人，十四岁就嫁到庙址村，那时，她的老公只有六岁，成了名副其实的“大娘子”。那个时候，她“老公”不仅尿裤子，还有气喘病，一天到晚咳嗽，动不动就犯气喘病，上气不接下气的，喘不过气来。她嫁过去，婆家就是要她冲喜的，冲走她老公的痨病。就这样，嫁过去后，水仙除了砍柴做饭洗衣服，还要服侍老公，一有空就背着老公东奔西走，一刻也不得停歇。所以呢，水仙背老公一背就背了四年，小娘姨也做了四年。前年，那个僵个佬“老公”的病没冲好，反而死了，她被赶回了娘家。

当腊梅急匆匆地赶到娘娘庙时，时间还早，殿内的贡台上还亮着蜡烛，香案上还有香火，放着祭品。但上供的人已没几个了。不过，这时候像腊梅这样身份的女人还不能进，要进，还得等到二更天后。所以，腊梅到了，不进庙，现在娘娘庙的四面墙内墙外找水仙。但是，腊梅找来找去找了好长时间，就是没找着水仙。而就在这时候，二更天已过，那些到娘娘庙来过年的女人也陆续赶到，跨入庙门，进了正殿，找一个避寒的角落，被卷打开，铺在地上，就三三两两地聚在一起，叽叽喳喳地说开了。

而腊梅还在门口等，等水仙。

其实，对这些不能在家过年的女人而言，平时又难得一见，在忙死忙活忙了一年之后，能有个地方让大家坐在一起说东道西，拉拉张家长李家短的，尽管是苦中作乐，但何尝又不是落难女人难得的聚会？所以，当大家相继赶到，立刻围成几堆，点着蜡烛，摊开各自带来的瓜子花生之类，嗑开了，也聊开了。

但腊梅还在庙门口，坐在石阶上，等水仙。

在正在聊家常的女人中，有一个年纪稍长的阿婶见腊梅还站在门口，忍不住了，问另一个阿婶：

“那个小姑娘是哪村的人啊？”

“是东面峙盘村的，叫腊梅。”

“这么小的小姑娘，男人也死了？”

“不是男人死，是阿公阿婆死了，被男家的阿伯阿叔赶出来了。”

“那男人呢？怎么不跟着男人？”

“那个男人自己也还小呢，做不了主，家里钱财都让阿伯阿叔拿了去，人也跟了阿伯阿叔，小姑娘就成拖祭包了。”

“唉，作孽，作孽啊。哎，腊梅，你这个小姑娘——”

那个年纪大的阿婶在叫唤腊梅。腊梅一听，站起身，转过脸来。

“快进来，腊梅，”年纪大的阿婶说，“外面冷，西北风割刮转啊，进来轧一轧，暖和、暖和——”

“谢谢你，阿婶，我等一等进来，”腊梅说，“我在等人，等一个人。”

“等啥人啊？”阿婶问。

“等水仙姐。”

“是不是北山村的水仙？”另一个阿婶问。

“是的。”腊梅回答。

“水仙今年怕是不会来了，”又一个年纪很轻的回门媳妇说，“听人说，水仙要改嫁了，相亲去了。”

腊梅一听，愣住了，想说什么，但说不出来。

“快进来吧，腊梅，快半夜了。”年纪大的阿婶催促着，说。

“不，我等她，”腊梅摇了摇头，说，“她说好的，水仙姐说好会来的……”

说着，她又坐了下来。这时候，她眼泪不知怎么的，流了下来。

但水仙一直没有出现。真正到了半夜，庙殿内的女人都没声音了，都蜷成一团的睡了，腊梅觉得实在冷，实在困，就蹑手蹑脚进了殿，在门后的一个角落里铺开被子，蜷缩着，就睡了。但刚闭上眼睛，又饿醒了。于是，她就从包袱里拿出生番薯干，咬了几根，再睡，想不到，这一睡，就睡着了。

腊梅正睡得迷迷糊糊，在天蒙蒙亮的时候，她突然被人摇醒了，眼睛一睁开，借着香案上的一丝烛光，就看到一张正凑着她的脸。

“水仙姐……”她喜出望外地叫出声来。

但水仙轻轻捂住她的嘴，止住了她：

“嘘，轻一点，别闹醒她们——”

“你怎么来了？”腊梅还是按捺不住内心的喜悦，压低声音，问，“她们都说你不来了呢……”

“怎么不来，”水仙笑了笑，低声说，“说好来，一定来。”

“那……怎么这么晚才来？我等啊等，心都急死了……”

“走，到墙后面去，到那里去说话，不吵醒她们。”

就这样，一大一小两个姑娘轻手轻脚地钻进墙后那个有着一个大窟窿的堆放杂物的小房间，点亮一支小蜡烛，把被子裹在身上，席地而坐，挤在一起，开心得你看我，我看你，好一阵就这么互相瞧着，话也不说。过了好一会儿，水仙才想起什么，打开小包袱，拿出几个红枣，塞给腊梅。

“饿了吧？我带了红枣，好甜，快吃——”

腊梅拿过，迫不及待地往嘴里塞了一个，嚼了起来。

“嗯，好吃！真甜……”腊梅边嚼边说。

“好吃就再吃，我还有……你脖子上是什么？”水仙借着烛光，看到腊梅脖子上的印痕，问。

“唔……没什么？”腊梅支支吾吾了。

“是你阿母打的？”

“嗯，是的……”

“她为啥要打你？”

“阿母让我……上山砍柴，柴少了，不够烧。”

“柴少了，隔天还可以再去砍，怎么就打人！再说，哪家有让女小囡上山砍柴的？那是男人后生做的生活！真是后娘凶、后娘狠啊！”

“阿母还不让我吃饭，只能吃番薯藤饼……我偷吃了一口饭团，她看见了，又打，用烧火钳子打……”

“她还打你哪儿了？”

腊梅没吱声，只是怔怔地望着水仙。

水仙见此，心里明白了，于是，她侧身解开腊梅身上那件开着口子，用一根布条系着的旧棉袄，退下，一看，那腊梅瘦小的身上，满是青肿的印痕，有些还裂开，结着痂。水仙看了，一阵心酸，抱住腊梅，忍不住眼泪直往眼眶里涌。

“腊梅，我的小腊梅……”水仙搂紧腊梅，哭着，轻声喊，“你真受苦了，我的小妹妹……”

“水仙姐……”腊梅也哭，伤心地哭，话也说不出了。

两个人就这么抱头痛哭，哭了很久、很久……

到了天快要亮，远处传来迎新的鞭炮声噼里啪啦乱响的时候，两个哭成泪人儿一样的姐妹才哭个爽，好像才把心里埋藏许久的怨和愁释放一空，舒服了许多，你给我擦眼泪，我帮你擦眼泪，会心地笑了起来。这时候，腊梅才想起要问水仙的一些事情。

“水仙姐，她们说，你家里哥哥嫂子要……逼你改嫁了？”腊梅问。

“唔，你也晓得了？”

“昨天晚上，我等你，你不来的时候，你村里的那个婶婶说的。”

“是啊。”

“你要嫁到哪里去？”

“大黑猫岛，一个哑巴老男人。”

“哑巴？老男人？”

“是啊，上一次，他们让我嫁一个痨病鬼男小囡，这一次，又要把我卖给一个老男人，这落棺材事体，叫我咋做做！”

“那你怎么办？”

“他们要嫁，他们去嫁吧！”

“他们……你哥哥嫂嫂要是……”

“走，远走高飞！我已经不是一个听人摆布的小姑娘了，我十九岁了，我是大人了，受罪过为啥都要我来做？我想好了，横竖横，走！”

“水仙姐，你……真的要走？”

“对，我的好妹妹，真的要走，所以我昨天来晚了，就是为了这件事。你看，我的东西都准备好了，这就是我的行装，一个大包袱——”

腊梅一看，果真是一个大包袱，可是，她看了，不知为了什么，心里很难过。

“这你明白了吗？我半夜里出门，到这里来，就是为了跟我的好小妹妹腊梅说一声，阿姐要走了，就在明天——噢，天亮了，是今天……”

听到此，腊梅慢慢地站起身来，泪汪汪地盯着水仙：

“水仙姐，我也要去，我……跟你一起去。”

一见腊梅如此认真，水仙也站了起来，扶住腊梅的肩膀，安慰她说：

“腊梅还小，啊？阿姐晓得妹妹苦，但妹妹还太小；等腊梅长大了，还这样苦，阿姐一定会来，带你走……”

“不，我现在……就要……跟阿姐一起走……”腊梅抽泣着，断断续续地说。

“腊梅要……懂事，啊……”水仙也哭了，抱着腊梅，说。

“我……想阿姐……”

“阿姐……也想腊梅，阿姐欢喜腊梅，最最喜欢……腊梅……”

两人又哭了，抱在一起，一面哭，一面痛诉衷肠……而在庙外，在远处的村庄，迎新的鞭炮声噼里啪啦，此起彼伏。

“阿姐……”

腊梅总算不哭了，转过脸，贴着水仙的耳畔怯生生地叫了声。

“说吧，腊梅，说——”水仙贴着腊梅的脸，说。

“阿姐，你去哪里？能告诉我吗？”

“能，怎么不能呢？阿姐去长虾湾岛，长虾湾岛上有阿姐的阿姑，像阿母一样喜欢阿姐的一个阿姑，阿姑在长虾湾岛是做随民嫂的；阿姐就到阿姑那里去。阿姐去了会回来的，回来就看小腊梅。呵，呵，我的小妹妹，不哭，乖，乖妹妹，不哭……”

大年初一早上，几乎一夜未睡的腊梅拖着疲惫的双脚但轻松愉快的心情，离开娘娘庙，朝家里走去。还没到家，荷花正好领着阿平抱着阿豆走了出来。阿平和阿豆都穿着新衣服，戴着狗头帽，脚蹬老虎鞋。看到腊梅，荷花就对她咯咯辱地大声叫骂起来：

“怎么死到这个时候才回来？跟你说好一早就要回来的，娘娘庙里讲讲、吃吃，睡得不要爬起来了，粘屁股啊？粘屁股是不是粘得开心煞了？快到屋里去，换件清爽衣服，邋里邋遢，难看煞了！换好衣服就出来，快点，领阿平阿豆到人家屋里去拜岁去——”

所谓拜岁，又谓之“小人拜岁”，是本地无论农家还是渔民多年以来形成的一种习俗，那就是，一到正月初一清晨，男小囡、女小囡都三五一群地到同村的各家各户串门，到了一家，就挤在那家人家门口大喊“拜岁了、给你家拜岁啦……”，主人一听，也高兴，赶紧开门，将预先准备好的糖果糕点、番薯干片、花生等送给每个小囡，小囡们拿到后当然更高兴，便一哄而散，但不回家，再转到另一家人家去。

关于“拜岁”的起源，已难以考证，但有一种说法可能比较说得通，那就是，一般乡下人家都穷，平时能不能吃得上饭都成问题，在年末春初，更是青黄不接，难免有揭不开锅的，而这时正好过大年，一些有钱人家乐得表好心，做善事，所以就准备了一些好吃的，一到过年，遇上贫家孩子，就给一些，老少同乐，久而久之，就形成了如此这般的风俗。

所以，正月初一又叫“讨饭日子”。

但拜岁讨吃的，仅限于大年初一，而且要一早，一旦日上竿头，早半上了，就是敲破门，也拜不着了。

但正如以上所言，拜岁是有时间限制的，从天亮到上午是拜岁的时光，日头当空了，就不能再拜了。所以，不用大人讲，男小囡女小囡都晓得，为了多拜到吃的，先到哪一家，后到哪一家，线路的选择都是有讲究的，必须分秒必争，少走弯路，绝不会做其他事。

正因为拜岁是小囡们一年中最高兴的事情，而且要赶早，所以，除夕之夜，他们是睡不好觉的，就盼望天早点亮。天刚蒙蒙亮，小囡们就起床了，穿上新衣服，背着包包，顾不得洗脸吃早饭，各出家门，前呼后拥的，去拜岁。于是，那些早饭都不吃的小囡们，饿了就吃一点拜到的东西，包包满了，就飞快跑回家，腾空了，拿了空包再去拜……这样，来来回回几次，太阳就升得老高了，一年一度的小人拜岁，也就结束了。

这一年的正月初一，由于腊梅回家回的晚，所以拜岁也有些迟了。但尽管拜岁拜得迟，但拜到的东西也不少。

这是为什么？因为有几家邻居都喜欢腊梅，都晓得腊梅是个好女小囡，但命苦，所以见她没赶早，还留下点东西，特意等她。

比如隔壁的大嬷嬷，一见腊梅背着阿豆，牵着阿平朝她家走来，人还没到，就把门打开了，腊梅刚一开口拜年，说年年有余长命百岁，就捧着一个钵，把里面的瓜子、花生和焦黄焦黄的番薯片全倒在阿平胸前挂着的那个包里了。

还有，那村口的张家公公，一见腊梅和她的两个弟弟给他拜，就赶紧走回家们，拿出一包炒倭豆和一包金丝蜜枣，就往阿平的包里装，看看装不下，再往腊梅的兜里放。

再有，就是临近的宁波阿婆了，她不仅给了腊梅宁波带来的几块豆酥糖，还给了好多个又白又圆的宁波汤团，连连关照，回家就煮，就吃，猪油黑瓢素宁波汤团，刚刚做好，刚刚做好……

刚刚做好的猪油黑瓢素宁波汤团不能放包里，否则就会粘在一起，只好捧在手里。当腊梅背着嘴里塞着一根棒棒糖的阿豆，后面跟着正剥着花生吃的阿平，一手捧着汤团回到家，就看到阿母已等在门口了。

“你这个小娘鬼，叫你早点回来，早点去，早点回来，早点去，死到这个辰光回来，能拜到点什么东西？早就被那些一早就去拜的小赤佬讨光了！小娘鬼啊，快死进来，让我看看你到底讨到点啥东西——”

阿母就这么说着，从腊梅的背上抱过阿豆，赶着阿平，走进屋里。到了屋里，腊梅就把拜岁拜来的东西一一放上桌，阿母一样一样盘点起来。

“还算好，还算好，”阿母一面翻检，一面说，“番薯片还真不少，不过这东西贱，家家都有，花生，炒倭豆，香瓜子，红枣，噢，还有豆酥糖……你手里是什么？哦，是宁波汤团？是不是宁波阿婆送的？我早就晓得她会送汤团来，猪油黑瓤素宁波汤团，好好，阿平，快进来，阿母就烧水下锅，煮给你们吃。腊梅，快去烧火，钢精锅子里放水——”

腊梅应了一声，就要往灶头间走，但这时，阿母又叫住她了：“腊梅，这米糕，怎么就讨了这么几块？米糕可以当饭吃，叫你多讨点，多讨点的。”

“阿姐吃了，”阿平抢着说，“阿姐一个人吃……”

阿母一听，眼睛立刻就竖了起来，转向腊梅：“你饿煞鬼投胎啊？不晓得要省给弟弟吃的？叫你统统拿回来，统统拿回来，你一看到米糕是命也不要啦，饿煞鬼投胎东西！”

“我饿了，”腊梅小声辩解，“就……吃了一块……”

“这小娘鬼，啥好拨你讲着啦，一讲着就应嘴勒勒响！”

“我就吃了一块……”

腊梅话音未落，阿母早已一个巴掌上去，然后，接着骂：

“看你嘴巴还犟！”

“阿平阿豆能吃，我为啥不能吃……”

阿母又打了腊梅一巴掌，把她的脸都打红了。腊梅感到不平，大声说：

“别人家小囡都吃，我为啥不能吃！”

“呵，不得了了！要造反了，是不是？”

看到腊梅敢犟嘴了，阿母火了，大叫起来，拿起桌子旁边的一把竹扫帚，就没头没脑地在腊梅身上抽打起来。腊梅没有躲，任她打，而且也没有哭，尽管眼眶里滚动着泪水，但倔强地含着，不让它流出来。

“我为啥不能吃！”腊梅出人意料地倔着头，大声问。

“就是不能吃！”

“就是吃！”

“就不能吃！你这个阿作姑！扫帚星！我打死你——”

……这一顿打，足足打了半个钟头，直到荷花打累了，才罢休。为什么荷花这一次打腊梅打得这么厉害？是因为，这一次，腊梅头一回犟嘴，敢于反抗了。

第十二章　外逃

林代富这大年初一一整天都没在家，一早就出了家门，到村西头的王宝贵家去，又是喝酒又是搓麻将，直到半夜才醉意醺然地回了家。一回家，摸黑进了屋，碰着床，衣服也没脱，倒头就想睡，但不料闹醒了荷花。荷花一起身，用力把他给拉了起来。

“你怎么了？怎么了……你？”林代富有些不情愿了，语无伦次地问。

“什么怎么了！先别睡，先去看看腊梅回来了没有。”荷花说。

“腊梅？腊梅她怎么了？”

“吃了中饭，我叫她去砍柴，一去，到了夜里还没回来……”

“她能到哪儿去？明天一早再说……”

“不，我总觉得……这一次不对劲，你看去看看。”

“什么不对劲？你又打她了？”

“没打……”

“没打，你担什么心？”

“就拍了几下，小囡不打行吗？老古话不是说，棒头里出孝子，筷子里出忤逆嘛……”

“还什么老古话，老古话，你这个母夜叉！”

林代富骂了声，起身，摸黑穿过灶头间，朝隔壁的柴房走去。但不多一会儿，他就噔噔噔地跑了回来，手忙脚乱地点着了煤油灯。

一见男人如此这般，荷花忙问怎么了。

“什么怎么了？是没人！”林代富说了一声，就走。

这时，荷花也有点着急了，赶忙抢在他前面，吱呦一声，推开柴房的房门，移过灯火来一看，腊梅的地铺确实是空的。这一下，荷花真的慌了。

“来，我来拿灯，你看看，她的衣服还在不在？”荷花对林代富说。

荷花说着，拿过煤油灯，提高了一点。林代富跨步上前，打开一个破箱子，一看，里面什么东西都没有了。

“这小丫头，衣服鞋子都拿空了，要做啥？”林代富纳闷了，自言自语。

“快去找——”可荷花急了，她叫了起来。

“这深更半夜的，她能到哪里去……”

“去找！你这个老酒饱！你是死人还是活人啊？你真呒活灵！”荷花声嘶力竭地对着林代富吼，“这个小娘鬼会死到什么地方去？真正究作煞嘞！你这个死赤佬，咋会介拎勿清！快到外头去找！”

一见荷花如此焦急，林代富拿过煤油灯，一转身，就跑出去了。

……林代富这一出去，从这天半夜一直找到隔天中午，找遍村里村外所有角落，敲遍了各家各户的门，问遍能问的大人小孩，他女儿腊梅，不仅影子，甚至连个音讯都没有！

要离家出走，腊梅不是想了一天两天了。那年一回到家，看到阿母那个样子，那样对阿爹吼，腊梅就想，阿母是不要她回家的。但阿成都被他阿伯领了去了，她不回家，能去哪儿？阿爹把腊梅领回来，不是回自己的家吗？

但话又说回来，这有家和没家有什么两样？回家一年多来，阿母有事没事就寻吼势，不是打就是骂，天天砍柴烧火挑水洗衣，管一个弟弟抱一个弟弟，像个小娘姨，还吃不饱饭饿肚子。饭吃不饱也就算了，有时还不让吃，饿得腊梅偷偷地跑到人家地里挖个小番薯往嘴里塞……

所以，腊梅想，水仙姐也是有家的，但她不想待在家里，就一个人走了，到长虾湾岛去找她阿姑了，水仙姐喜欢腊梅，疼腊梅，她到长虾湾岛去了，腊梅有家也不想住下去了，也要走，一个人走，也要到长虾湾岛。

这一次，腊梅不只是想，而是有方向，真的下了决心了。

这一天，也就是大年初一，阿母为了惩罚腊梅“偷吃”拜岁“拜”来的米糕，罚她不吃饭，让她拿上柴刀和草绳，去北山坡砍柴，而阿母自己吃了饭，抱着阿豆，领着阿平，到邻居家串门去了。阿母走后，腊梅一个人躲在柴房里大哭一场，之后，就擦干眼泪，拿了些自己替换衣服，包了个包袱，想了想，又到灶头间拿了几块米糕和番薯干，一起塞进包袱，随后出了屋后的门，一看没人，扭头就走。

但腊梅没走几步有回来了，到柴房，拿了柴刀。为什么要拿柴刀？是真去砍柴？不，腊梅想，我一个人走在路上，万一碰上野狗怎么办？有了柴刀，就不怕了。

于是她把柴刀也塞进包袱，推开后门，就头也不回地走了。

为啥要走后门？是因为腊梅不敢走村口，怕有人看见，所以就出后门，从村后的海滩走，穿过海边的礁石，绕到村口，然后才走出峙盘村。

就这样，腊梅出了村，因为同样的道理，也不敢直接走大路，而是在路边的灌木或草丛里走，又一步一回头，东张西望的。为什么要回头？为什么要东张西望？不怕别的，就怕有人追出来……就这样走，费时费功夫，但没办法，只能这样。

也正因为只能这样，所以到了东沙镇入口长庆桥的时候，已是家家灯火了。

腊梅为啥要去镇上？

这是因为，腊梅想到长虾湾岛去，因为水仙姐已经去了那儿，但长虾湾岛在什么地方，朝哪儿走，怎么走，她不晓得；她只晓得，到什么地方，都先要到镇上，而到镇上的路，她认得。

于是，腊梅一个人在路上走，饿了，吃一口米糕，渴了，喝一口路边水沟里的水，走走停停，终于在晚上到了镇上。

这时候的东沙镇真是热闹，大年初一的晚上啊，热闹得不得了，整个镇子，家家户户门前都亮着灯笼，挂着彩旗，无论大街小巷，到处都是窜来轧去燃放烟花炮仗的小孩，噼里啪啦之声此起彼伏，不绝于耳，抬头望去，那五彩缤纷的天空，简直就是火树银花不夜天！

那些烟花炮仗，花样繁多，难以悉举，什么霸王鞭、竹节花、泥筒花、金盆捞月、叠落金钱……最响的当然是双响震天雷，猛然之间一声爆响，还来不及掩耳，那第二声又响了，不让人大惊小呼才怪。最吓人的还是地老鼠，人在街上走得好好的，冷不防窜出一个来，在你脚下盘来盘去，突然窜上，啪的一声在你耳边震响，真叫人吓出一身冷汗。最令人叫绝的就是“水老鼠”了，竟然能够在水上划着弧圈飞，最后，忽地一声升上半空，爆出一团火花，引来呼声一片。

就在这千树万树梨花开的光和影的映照下，却还能看到街头仍有人挑着担，在攒动的人影中，一面燃放大梨花、千丈菊，一面叫买：

“烟火嘞，炮仗，滴滴金，梨花香，买到家中哄姑娘……”

买到家中哄姑娘？这叫卖声让一个姑娘也听到了，这姑娘就是腊梅。听着那叫卖声的时候，此时的腊梅正蜷缩在元庆桥的桥根下，听着乒乒乓乓响成一片的炮仗声，看着缤纷烟花在东沙河水面上映出的光和影，又冷又饿，拿出最后一块硬邦邦的米糕，啃了起来……整整一个大年初一的晚上，腊梅就是在这元庆桥的桥根下度过的。

在元庆桥的桥根下，腊梅实在累了，就缩成一团，睡着了，但不一会儿就被近在耳畔的炮仗声震醒……她一会儿睡过去，一会儿醒过来。

在醒着的时候，她就期待着明天，心中默念：天啊，快快亮，快点亮……

但是，腊梅毕竟还小，过了年也只有十一岁，能够料想的事情实在不多。

到了第二天，腊梅爬上金鼓山，站在半山腰，透过都停在渔港码头的像树林一样密集的桅帆，看着远处波光粼粼的大海，腊梅茫然了——这时候，她才想到，长虾湾岛一定是在海上，去长虾湾岛要过海，要过海就要坐船，坐船就要钱，但自己就是没钱，身无分文。

腊梅晓得阿母屋里双层箱柜左手抽屉的针线洋布底下是放着钱的，有银洋钿，也有铜板，临走之前性急慌忙，怎么就没想到拿几个呢？

而且，更没想到的是，现在还是大年初二，没船出海，就是有了钱，也没有出海的船……还有，她的米糕，仅剩的一块米糕，已经吃完了！

怎么办？

这样想了半天，腊梅突然想起自己包袱里的柴刀，于是，她蹲下，解开包袱，取出柴刀，又扎紧包袱，背在身上，然后站起，提着柴刀，朝山腰上的杂树林走去。过了当昼过，当腊梅背着一捆柴爿走出杂树林的时候，满头是汗，已经累得路也快走不动了。

东沙镇东头前塘街腊梅晓得，阿母——当然是张家阿母，不是自己家里的阿母……活着的时候，就常常带自己来这儿摆摊卖菜，这地方熟悉，所以，腊梅砍了柴，就背到这里，要在这儿卖，卖了柴爿，就能买吃的了。

但没想到的是，现在大过年的，镇上住的人家大都备足了过年用的煤球和柴爿，哪还有人缺柴烧？不仅不缺柴爿，来这儿摆摊的摊头也很少，甚至店铺都关门大吉，整条街冷冷清清的，就一些穿戴整齐的大人小孩走过，提着大包小包走亲访友，忙着拜年，这里几个屈指可数的卖年青菜萝卜葱姜大蒜的摊位，看也没人看，更别说腊梅的柴爿了。

就这样，腊梅整整一个下午，一根柴爿都没卖出去，到了晚上，只好把柴爿背着回元庆桥。在桥根下，靠着那堆柴，腊梅又过了一个又冷又饿的夜晚。

隔天一早，腊梅又背着那捆柴爿去摆摊，但不是前塘街，而是城隍庙不到一点的城中街，因为这天是初三，那里逛庙会的人多。

但等腊梅来到那里一看，才发觉，这又是一个绝对的常识性错误！逛庙会的哪会来买柴爿？没办法，来也来了，再说也是没地方去，又累又饿的，走不动了，实在不想再走了，于是，腊梅就在一个冷僻的小弄堂口放下那捆柴爿，坐了下来，远远地看着城隍庙人头攒动的庙门。

那庙门外真热闹，腊梅看得见，那地方沿着一条石板路，人挤着人，都在两排长长的小吃摊转。那些小吃摊卖什么的都有，什么瓜子、五香豆、馄饨还有各色糕点，特别是油炸的吃食，现炸现卖，那股香味啊，一阵阵飘过来，直往腊梅的鼻子里钻，闻得她直咽口水。那油炸芝麻巧果腊梅是吃过的，是阿母买给腊梅吃的，真是又甜又脆，一口吃下，满嘴芝麻香。

再过去一点，就在油炸摊的旁边，腊梅也晓得，那是小孩们都喜欢的花纸摊和玩具摊，在那里，腊梅和阿成看过好几回西洋镜。也就在这地方，在前年的清明节，阿母还给阿成买过一只做成蜻蜓模样的纸鸢，买回去后，阿成就带着腊梅到恩荣堂前的空地上去放，让村里的孩子眼红得要命——而现在，同样的地方，不同的时间，腊梅只能远远地看了。

就是城隍庙，腊梅也去过。当然，也是阿母带着她和阿成进去的……阿母，你活着多好啊；你在，就有人疼腊梅了！

这天，腊梅就在城隍庙前待了一天，也没卖掉一根柴爿……

到了年初三，腊梅走不动了，就把那捆柴禾堆在元庆桥上，一看有人过来，就轻轻地哼一声：

"柴爿要伐，卖柴爿啰……"

但没有人停下来，甚至看一看的人也没有……

到了中午，太阳照在身上，有点暖洋洋的感觉，腊梅感到累了，困了，想睡了，就头一横，毫无知觉地倒在桥栏杆下……就在这时候，在她迷迷糊糊之中，突然听到有人叫她的名字：

"腊梅？这不是腊梅吗？你怎么在这里？腊梅……"

一听见有人叫，腊梅睁开眼睛，又叫卖了：

"卖……柴爿啰，柴爿要伐……"

"腊梅，你怎么一个人在这里？"那声音更响了，像晴天霹雳，在她的耳边震响，"你阿母呢？你怎么一个人……腊梅，造孽啊，你眼睛睁开来，腊梅，你看看我是啥人？快醒醒，我是大姆妈啊，李家大姆妈！"

当腊梅眼睛再次睁开来的时候，人已经在恒祥五金店了。

东沙镇上比较像样的店铺一般都临水而筑，前厢是店铺门面，紧贴街道，后厢是账房，再往后是院子或仓库，再后，后门一开，就是水桥，既能停船装货卸货，又能洗衣刷菜，而楼上，则是起居室。

恒祥五金店就是其中比较典型的一家。腊梅醒过来的时候，发觉自己正躺在后厢账房的一张竹榻上，身上裹着一条厚厚的棉被。

此时，已是掌灯时分了。

腊梅是恒祥五金店老板娘李家大嫂嫂拉了一个过路的熟人，把她背到自己店里的。恒祥五金店和别的店家一样过年打烊，老板到朋友那儿搓麻将去了，唯一的一个学生意的学徒也回家过年了，所以，店里只有大嫂嫂一个人。

李家大嫂嫂本来是想去走亲眷的，没想到路过元庆桥，竟看到一个衣衫褴褛的女小囡在桥上卖柴爿，而且一副昏头昏脑的样子，叫也叫不出声音来，上前一看，是认识的，是几年前还在镇上卖菜的张家二婶婶的童养媳，快要饿昏了，不禁恻隐之心萌动，于是，正好看到一个熟人走过，就拉住了他，把腊梅背回自己的店里。

至于那捆柴爿，就留在元庆桥上了。柴爿不值几个铜钿，还是人要紧。

到了自己店里，谢过那个熟人，关上店门，大嫂嫂立刻冲了一杯热腾腾的红糖茶，让腊梅慢慢喝。

喝过红糖茶，看到腊梅脸色好多了，大嫂嫂就扶着腊梅到竹榻旁让她躺一会儿。没想到，腊梅着一躺下，就睡着了。这一次，是真的睡，不是昏睡。

原来，大嫂嫂是想让腊梅睡到楼上的床上去的，小姑娘这么小，不知遭了什么罪，好可怜，但一看身上的衣服实在邋遢，所以，只好让她先在竹榻上睡一睡。

腊梅一醒过来，李家大姆妈的饭菜也热好了。李家大姆妈望着腊梅，问：

“肚子饿了吧？几天没吃饭了？”

“初一，初二，初三，三天……”腊梅算了算，回答。

“啊呀，真作孽，大过年的，啥人作个孽！”李家大姆妈说，“我一看就晓得你几天没吃饭了，晓得你肚子饿，不过，饿过头了，不能马上就吃，要先喝杯热茶，醒一醒再吃，否则，要吃坏的。现在，来吃吧——”

当腊梅跟着李家大姆妈走到灶头间，看到一张八仙桌上放着一碗盛得满满的纯米饭，一碗炒青菜，一碗咸鸡肉，还有一碗虾皮汤。看到如此丰盛的饭菜，腊梅却不敢动，似乎不相信是真的。

“吃啊——”李家大姆妈推了她一下，轻轻说。

腊梅怯生生地望着李家大姆妈，还是没动。

“吃啊，就像自己家里一样，你不吃，大姆妈要不开心了。”李家大姆妈故意虎起脸，说。

腊梅这才坐上八仙桌，拿起碗筷，起先很慢，后来很快，越来越快地吃了起来。但她光吃饭，没怎么吃菜。李家大姆妈看了，心又酸了，就拿起另一双筷子，把一块连精带皮的咸鸡肉放在她碗里，看着她两口吃下，接着，又夹着一筷青菜，朝她碗里放。

夹着青菜，李家大姆妈就说起了青菜：

“青菜也吃，多吃一点……唉，这青菜啊，吃来吃去，总没有你屋落阿母的干头小青菜好吃，油里一炒，翻两翻，碧绿生青的，又糯又有嚼头，我家老头子就喜欢吃，一吃吃起来，就筷子也不放了。现在算算，也有一两年没看到你屋落阿母挑菜到镇上来卖了，有辰光想想，真想，你屋落阿母，人怎么了，菜还种吗？身体还好吗……”

一听到李家大姆妈说到阿母，腊梅僵住了，一口饭还含在嘴里，眼泪就簌簌地往下掉，淌过脸颊，掉在捧在手中的饭碗里。

“你怎么了？腊梅？”李家大姆妈感到惊奇，禁不住问。

“阿母……”腊梅放下碗筷，嗫嚅着，说，“阿母……死了……”

说着，腊梅哭出声，情不自禁地大哭起来。

“慢慢说，腊梅，不哭，吃了饭再说；慢慢说……好，哭吧，哭吧，哭出声音来，哭出来……呵，可怜的小腊梅，你年纪小小，一定吃了不少苦，说吧，给我说，一五一十地说,阿母怎么了,你屋里到底怎么了,到底出了什么事,你……怎么会……一个人出来卖柴爿的？”

恒祥五金店老板李先生是半夜里回到店里的。当李老板提着灯笼，推开虚掩的店门，连声叫着“老婆，老婆，我回来了……”，走进店内，忽然看到自己账房里的竹榻上躺着一个人，吓了一跳，又叫了：

“老婆，这是啥人啊……”

他话音未落，李家大姆妈早已下楼，一把拉住他，轻声说：

“轻点，轻点，不要吵醒小姑娘！”

“啥地方来的小姑娘？”

“轻点，来，楼上去讲。”

于是，李家大姆妈和她的先生李老板到了楼上，开始讲话。他们两个讲话的声音一会儿高一会儿低，讲了好长时间。

“那你可以说了吧，这个小姑娘是啥地方来的？”这是李老板的声音。

“张家二婶婶你晓得吗？就是我一直跟你说起过的张家二婶婶？”那是李家大姆妈的声音。

“哪个张家二婶婶？我哪里记得住？”

“嗨，你这个人的记性啊！你还记得吗？你最喜欢吃的干头小青菜？就是这个张家二婶婶自己种的，从杨家渡挑到镇上来卖的……”

“噢，想起来了，想起来了，你还讲起过一个小姑娘，她家里的童养媳，一个眼睛又黑又亮，聪敏伶俐的小姑娘——下面躺着的，就是这个小姑娘？”

“哎，对了，你今朝总算老酒没有吃饱，脑子还算清爽。对，就是这个小姑娘，叫腊梅。”

“这个叫腊梅的小姑娘，怎么会到我屋里来的？”

“你急什么急啊，听我慢慢讲……”

“好，我听你讲。”

“张家二婶婶死了……”

“啊，怎么死的？怪不得我交关辰光没有这种好吃的小青菜吃了——张家二婶婶，怎么死的？”

“张家二婶婶的男人是在上海开糟坊的，生意做得蛮好，日本人八一三打上海，飞机轰炸，掼炸弹，炸了糟坊，她男人炸死了，尸首全无。张家二婶婶一听到这个消息，一急，屋里的一根顶梁柱倒了，一口气屏住了，就一口气，绝了，回不过气来，就跟她男人一起去了。”

“八一三日本人打上海？这已经两年了，这样说，张家二婶婶已经死了两年了，我也已经两年没吃到又糯又香的干头小青菜了……”

“你只晓得干头小青菜，干头小青菜，人家人死了，一户人家家破人亡了！”

“不对，不对，张家不是还有儿子吧？否则腊梅怎么会上门做童养媳？有儿子怕什么？”

“有儿子，但儿子还小，张家二婶婶死的时候，她儿子只有十二岁，做不了主，就让他大阿伯领了去，当儿子了。”

“那是黄鼠狼给鸡拜年，不安好心呐！当儿子养，还不是看中他家的家财？”

“是啊，是啊，一点没错。”

“那，腊梅这个小姑娘呢？”

“腊梅就给一脚踢了回去，赤条条地回了娘家。”

“那，小姑娘又怎么会到这里来了？”

“你听我慢慢讲……”

“我不是在听吗？你讲——”

“小姑娘屋里的娘是后娘……”

“啊，苦了，后娘凶，后娘狠，后娘手里能有好日子过？好，好，我不讲了，你讲下去——”

“唉，不多讲了，讲了，我也伤心。总而言之，小姑娘日子过不下去了，大年初一就被后娘打，不给饭吃，就逃出来了……”

“就逃出来了？日子怎么过？”

“想想小姑娘真作孽，三天三夜没有饭吃，就缩在元庆桥下卖柴爿。可新年新势，啥人还缺柴爿烧？唉，作孽啊，作孽，罪过啊，罪过。”

“小姑娘……她没对你说，今后的日子怎么过？”

“小姑娘这么小，懂什么懂？她说了，要去长虾湾岛，找她的阿姐去。”

“她还有阿姐？”

“不是的，就一个认识没几天的女人，也是一个小寡妇。”

“那怎么成？陌陌生生的，要出事情的，再说，长虾湾岛要过海，比小黑猫岛还远，她怎么去？她阿爸是做什么的？”

“是个捉鱼的。”

“捉鱼？又是个一生劳碌沙蟹命！”

“那倒也是，否则哪能让自己女儿去做童养媳。”

“她说过吗？那个小姑娘说过她娘家屋里在什么地方吗？”

“没说，她不肯说……”

“不行，明天我来问。”

“问什么？”

“她屋里在哪里，她阿爸在哪里。”

“问了呢？”

“我就去，明天就去，找她的那个装白泥其的阿爸，好好教训他，要管好屋里那个雌老虎女人！自己的女儿是自己心头的肉啊，别人不宝贝，你自己也不宝贝啊？人心都是肉做的，是不是？我明天就去，你好好在家，烧点好吃的，让小姑娘多吃点，多住一天，好好听话，她阿爸来了，就跟她阿爸回去……”

“你明天不是讲好要去都神殿看戏的吗？”

“不去了，听了都一肚子气了，哪有心思去看戏！好了，不说了，睡觉，明天一早，你就问小姑娘，她屋里在哪里，我去找她老子，好好跟他论论做人，尤其是做长辈的道理，人哪能介莫介？做人就要拿出点做人的样子来！”

第二天，也就是年初四，一早，李家大姆妈下楼，一看，竹榻是空的，腊梅不见了……

第十三章　出岛

“东升”号船老大王老七决定一过初五，拜过财神爷，初六就出海，到海礁、浪岗、中街山一带海面，去捕冬汛大带鱼。

一般说来，大过年的，渔船是不出海的，但今年的情况有所不同。

怎么不同，有两个原因，这一，是上年冬至后，本应“旺发”的大带鱼没有应汛而来，不知都游到哪儿去了，捕获量比往年要少得多。而第二，也是最主要的，在黄大洋、灰鳖洋一带，有人已经看见挂着太阳旗的日本兵舰了，看到的次数越来越频繁，而且一次比一次近，因此，本地人都在传，日本人要打过来了，要打过来了……如果日本人真的要打过来，一封海，渔民们只有喝西北风了。

王老七这一思量，过年也就没心思了，就想早点出海，打一网算一网，先下手为强啊。

所以，初六一早，王老七就招呼他的渔工聚到船头，先祭海，一祭完海神爷，就起锚，张帆，出海。

本地的渔民都这样，每逢出海，之前都先要在船上祭祀神祇，烧化疏牒，酬游魂，完了，才能离港。这还是小祭，在船上祭，还有大祭。那大祭可不是一条船的事了，那可要船商和船老大都聚在一起，在每季鱼汛来临之前，在镇上的天后宫正式举行，那可隆重了，而且礼仪繁复，要吹号，供奉全猪全羊，要一敬酒二敬酒三敬酒，还要奏鼓乐，念经文……而这小祭就简单多了，但祭祀神祇、烧化疏牒、酬游魂这三样，一样都不能少。

祭祀神祇都在船头的一副太平坊上进行。

这“太平坊”，其实就是棺材板。棺材板用在这里是有寓意的，因为葬身大海是渔民大忌，因此放一副棺材板，以求太平无事，若死，也就象征着死在家里，睡“棺材”，寓意“入土为安”了。将棺材板冠以“太平坊”之名，就是这个意思。而祭祀呢，也不用全猪全羊，有酒有肉供上香火就行。

所谓烧化疏牒，俗称“行文书”，就是把写有祭文的纸烧了，将纸灰撒入大海，通知海神，让海神保佑。最后是“酬游魂”，即由老大将杯中酒与盘中肉抛入大海，让那些在海中游荡的亡灵吃了喝了，别来打扰，以求出海打鱼，鱼货满仓，平安归来。

这一天顺风。祭海仪式结束后，一起帆，没多少时间就出了东沙湾。出了海湾，

“东升”号就转了个弯，一路向北，朝预定的渔场驶去。

看来一切顺利——当“东升”号鼓着帆，驶上选定的航线，王老七这才松了口气，拿出吊在裤腰上的荷包，取了一小撮烟叶，用一小片黄标纸卷了，擦着自来火，点燃卷烟，走上船头，一口连着一口地吸了起来。

但就在这时候，他听到船舱底下传来一阵响动，而且还有人叫出声来，感到奇怪，扔掉才吸了一半的卷烟，转过身，正要朝船舱走去，就看到渔工阿荣从船舱底下钻了出来。

“啥事？”他跑到舱口，问。

“一个人……”那阿荣才钻出一半身子，指着舱口底下，说，“老大，有一个人躲在下面！”

这阿荣一说舱底下有人，另几个渔工都赶了过来，手里都拿着鱼叉、鱼钩等家伙，围住舱口，以防不测。

“什么人？是船上的人吗？”王老七走近，又问。

“哪能是船上的人，船上有几个捕鱼汉子，我还认不出来？”

“那是什么人？让他出来——”

“是，老大。”

阿荣说着，就先钻出舱口，朝底下喊：

“来，出来——”

但舱口一时没有动静。其他渔工都感到不解，争相朝底下看，想看个究竟。

阿荣又朝舱底下叫了，但声音有所缓和：

“来，别怕，吃不了你，快——”

就这样，慢慢地，那个人也出来了……那是个瘦小的身影，很小，还在发抖，站也站不住，两只惊恐不已的眼睛睁得很大——那个人，竟然是腊梅！

那王老七，其实也吃惊不小，半天说不出话来。这究竟是怎么回事？怎么舱底下就冒出一个人来，还是一个小女孩！

其他渔工先是吃了一惊，而后，一看是个吓得簌簌抖的可怜小女孩，也就放松了，围着她，还逗起乐来。

“哇，原来是个小海怪！”

“什么小海怪？小海怪还不吃了你……”

“对，分明是个小龙女呢！”

“别吓着她！你们这帮粗汉，看都把她吓哭了！”

“没关系，吓不着，我们又不吃人。”舵手老阿林挤了进来，看着腊梅，装着一副和气的样子，说，“我来问，喂，小娘婢，你这女小囡，怎么不在家里好好过年，好好玩，怎么会在舱底下的？你一个人跑出来，阿爹阿母晓得吗？你不见了，他们不急吗？”

他这一问，腊梅真的哭了，但不敢哭出声来。

一看腊梅哭，王老七就走上前来，拨开众人，把他们推向一边。

“走开，你们都走开！”他想了想，说，“真是奇了怪了，怪不得我昨夜做了一夜怪梦，这船老是走不动，帆都撑足了，就是打转，老是转，像着了魔！好了，你们都走开，别围着，该干什么就干什么去——我来问，到底是怎么回事。”

说着，他把腊梅拉到船尾，弯下腰，看着她。

“好吧，你说，你怎么会在我这船上的？”

腊梅没回答，只是泪汪汪地看着他。

“你不会说话吗？”王老七急了，提高了声调，“你晓得吗？这是捉鱼的船，要出海，一出海就十天半个月的，你偷偷上船，一上船，就回不来了！你不怕吗？你是谁？为啥要到我船上？为啥要躲在舱底下？”

腊梅哭了，哭出声来，又惊又怕的样子。

她这一哭，王老七又束手无策了，他站直了，后退一步，转了一圈，又转了一圈，站定，两眼一瞪，欲再问，但转念一想，怕了一下自己的脑门，定了定神，却蹲下了身子，好声好气地看着她。

“别哭了，小囡囡，不哭，行不行？”他的声音柔和了许多，“是不是饿了？是不是夜里上的船？是不是有人吓着你，上船躲着？几天了？一天，还是两天？你说呀，别哭，我就怕孩子哭；什么也没吃，对不对？别怕，是不是饿了？渴了？口渴不渴？”

腊梅抽泣着，点了点头。王老七看着腊梅，想了想，站起，转过脸，对着船舱那个方向叫：

“阿荣，你过来，拿水过来——”

“是，老大！”那边，阿荣应声。

“再拿一个饭团子来，不，两个，两个饭团子……”

直到下午，这场不大不小风波才有所平静。但紧接而来的问题更棘手。那时候，王老七喝了点酒，摇摇晃晃地走到掌着舵的老阿林身边，吸着烟。

“小姑娘呢？”老阿林问。

“在船舱里，睡着了。”王老七吸了最后一口烟，把烟头一扔，踩了一脚，回答，“怪可怜的，这么小的一个小姑娘，两天两夜没吃没喝，就躲在舱底下，孤苦伶仃，孤苦伶仃啊。”

“问出点什么了？”

“问出来了。”

“怎么说？”

“这小姑娘前天夜里就上船了，不晓得怎么了，七摸八摸就摸到这条船上来了，一直躲在底舱里，两天两夜了，要不是我们出海，再过几天，饿死了，也没人晓得。”

“她为啥要到船上来？”

“她说她要到长虾湾岛去。真真天晓得，要到长虾湾岛，坐摆渡船呀，怎么就钻到这条捉鱼的船上来了。我的船又不去长虾湾岛，我们要去的是北面的灰鳖洋，差得远了！”

“唉，这么小的小姑娘晓得点啥？她怎么晓得啥是捉鱼船，啥是摆渡船。你没问她有没有爷娘？”

“问了，不肯讲，死活不讲。”

这时候，王老七又拿出荷包，卷了一根烟，递给老阿林，自己又卷了一根，点燃，吸了起来。

“唔，看样子，是逃出来的。”老阿林吸了口烟，说。

“我想也是。”王老七说，“不过，说不定是童养媳，从婆家逃出来的，爷娘是不会不管自己小囡，让她一个人出门，死人不管的。”

“这倒也是。”老阿林说，“你还问了点啥？问过小姑娘要到长虾湾岛做什么，找啥人？”

“小姑娘说，长虾湾岛有个阿姐，她要去找她阿姐。”

“她阿姐？嫁到长虾湾岛去的……”

“啊呀，你怎么问我，问我这么多干啥！”王老七被问得有点不耐烦了，他抛掉烟头，转过脸，“我是要来和你商量的，怎么办？”

“你是老大，你说怎么办，就怎么办……”

“我晓得怎么办，还来跟你商量？”

“这……灰鳖洋和长虾湾岛，路可不是一点点啊……”

“这不是说了也白说嘛，我当然晓得路不是一点点。”

“这……一出洋，海上风大浪急的，这小姑娘这么小，恐怕受不了。还有，俗话说，吃鱼不翻鱼、女人不上船嘛，这女人一上船……”

“这小姑娘也是女人？”

“那……小姑娘不算女人？”

“说了半天，你还是没说……”

“我说过了，船是你的，你是老大，你说了算。”

王老七一听，有点恼火了，一甩手，把半截子烟一扔，边走边说：

“算了，我真白叫你阿林叔了……”

“老七，等一等——”

王老七已经掉头走了，一听，就停下脚步，转过脸，看着他。

“这小姑娘，还真有点像……小龙女，”老阿林慢吞吞地说，“别看她穿着邋遢，可眼睛亮，黑漆漆的亮，真有神。善财龙女洞我去过，那观音菩萨跟前的小龙女，和这小姑娘，还真有点像。这小姑娘别家的船不上，就上你的船，是不是就是缘分？是不是龙王在冥冥之中的安排？我想说不定，是的。”

“好吧，”王老七想了想，说，“转舵，先去长虾湾岛。”

“东升”号到达长虾湾岛，靠了岸，已是第二天的当昼过了。

因为大过年的，渔船不出海，大大小小的船把码头都塞满了，“东升”号靠不上，要上岸，只能从一条一条泊着的船上跨过去。于是，王老七就背起腊梅随身带的包袱，拉紧她的手，又是托又是抱的，过了三条船，才把她送上了岸。

到了岸上，就该告别了。但怎么告别，腊梅不晓得，就这么站着，抬头看着王老七，眼泪在眼眶里转。

“阿叔……”腊梅想说什么，但又说不出。

“好了，到了，”不知何故，王老七也感到有些心酸，就把包袱递给腊梅，轻声说，“包袱里有饭团，还有米糕，饿了……就吃。”

“嗯。”腊梅点点头，眼泪掉下来了。

“你到长虾湾岛来，你阿姐晓得吗？”

“唔……晓得。”腊梅没敢说真话。

“晓得你阿姐住哪里，怎么走吗？”

“晓得……”

“那就……走吧。”

腊梅犹豫片刻，慢慢转身，要走了。

“等一等——”

王老七叫住了她。腊梅停下，转过身来。王老七几步上前，从衣兜里掏出两个铜板，拉起腊梅的手，放进她的手掌里。

“要是……”王老七顿了顿，又说，“要是一时找不到，这两块钱，可以路上用。”

“阿叔，谢谢……”腊梅嗫嚅着，说。

王老七的眼睛也有点红了。他站起身，回了挥手，说：

“好，去吧——”

腊梅用握着银圆的手的手背擦了擦眼睛，转过身，走了，但没几步，王老七又叫住她了。

“小姑娘，你叫什么？”王老七问。

“腊梅。”腊梅回答。

“好的，腊梅，我记住了。走吧——”

就这样，腊梅走了，走几步，回头看看，走几步，回头看看……王老七就这么一直站着，向她挥手。

就这样，腊梅上了长虾湾岛；但上了岛，往哪儿走，她，根本不晓得……

那一天晚上，是腊梅到长虾湾岛第五天，她在这个小渔镇镇东面的一个小龙王庙内的一个墙角下准备过夜，忽然听到从远处传来一阵呼号声，而且，好像越来越近，觉得奇怪，就一骨碌地爬起身来，跨出庙门，朝声响处望去，眼前，在远远的海滩上，正有一片星星点点的火光忽聚忽散，缓缓游动，映在正在涨潮的海面上，像一个个飘忽不定的魂灵。

腊梅身不由己了，仿佛那就是召唤，朝前走了几步，又几步；那里还有呼唤声，呼唤什么，这里太远，听不清，于是，她不由自主地就加快了脚步，跌跌撞撞的，摸着黑，沿着山路，走下山坡……

当腊梅跌跌撞撞走近时，有点听清楚了，那里，在海滩边上，有一群人跪向大海，遥拜着，一齐喊，反复地喊：

“阿土根嗳，海里冷冷嗬，回屋里来嗬！阿土根嗳，海里冷冷嗬，回屋里来嗬……”

待走得更近了，腊梅才看得清，那些跪在海边向大海呼唤的人，有老有小有男友女，他们都穿着白衣衫，头缠白布巾，一边呼喊，一边向海面跪拜。

……他们在做什么？海上有什么？谁的魂灵？

那里，在海滩边上，还有许多人围着，打着灯笼火把，还有在海风中飘动的烛火，一排又一排；还有香，在烛光中，香雾萦绕，上升，被风吹散……

那里还有扎成一个人样的草把，穿着衣服，活人的衣服，放在跪拜的人的前方，被那些人供奉着。那些跪拜的人还在呼唤。其中还有大大小小的孩子，但他或她呼唤的不是“阿土根”，而是其他，夹杂在大人们的呼唤声中：

“阿爹嗳，海里冷冷嘀，回屋里来嘀……”

“阿伯嗳，海里冷冷嘀，回屋里来嘀……”

“阿叔嗳，海里冷冷嘀，回屋里来嘀……”

……

那里还有一些人，他们没跪拜，而是围在那些跪拜着的人的两旁，有男有女，男举火把，女提灯笼。他们的穿戴都差不多，男的是长辫子头，发辫盘在头颈间，戴着狗头帽，身穿左肩高、右肩低的长袍，腰束撩绞，牵左袍塞在腰间，女的呢，则束长发，挽成高髻，插如意簪，身穿蓝色横布裙，外面套着黑色背心，下着黑色折裥裙……他们中间还有人或低声唱喏，或敲锣击钹，整齐一律，似乎在用他们的节奏控制着跪拜人的情绪和呼喊声。

看着，看着，腊梅不知不觉中渐渐走近。那种呼唤声、唱喏声和锣钹的击打声煞是恐怖，灯笼和火把的光亮在茫茫的黑夜中显得格外阴森，但腊梅不觉得害怕，相反，还觉得好奇。

她已经走得很近了，走到了那群人的身后……

忽然，就在腊梅走近的那一刻，那些人骤然止声，无声无息地移动，举火把的在前，提灯笼的在两旁，上前，引那些跪拜的人起身，到草把假人前，让数名成年男人将之托起，随后，离开海滩，转向，所有人都跟随那托起的假人，前呼后拥着，朝后缓缓走来。

他们是向腊梅走来……

腊梅害怕了，非常害怕，想走，但两只脚却不能动，死死地钉在原处，一动不动！

唱喏声和锣钹的击打声又响了，他们走来了，灯笼和火把，围着那个在火光中忽闪忽闪的、象征着海上亡灵的假人，继续走……

腊梅惊诧的眼睛！

也有一个人的眼睛在闪动，也有些惊讶，但这种眼神仅一闪而过，就像什么也没发生过一样……那个人，竟然就是水仙！

那人确实是水仙。她和其他女人一样，挽着高髻，穿着套着黑背心的蓝色横布裙，提着灯笼……她一步一步地走来，一步一步地走近，但眼睛就看着前方，就像没看见腊梅一样。

腊梅很沮丧，想叫，又不敢叫，张口结舌的，就这么呆呆地站着，转过脸，看着将要从她身边走过的水仙姐，看着水仙姐走过的侧影……但就在水仙走过的一刹那，以一种他人几乎无法察觉的动作暗中牵了一下腊梅的手，轻而有力。

腊梅震动了，高兴得哭了。

招魂的人群走了，从腊梅身边走过，越走越远。

腊梅起先站着不动，哭，擦眼泪；就是哭，就是擦眼泪……过了好一会儿，她突然撒腿飞奔，朝那越走越远的火光追去……

腊梅到长虾湾岛好多天了，一直在找水仙姐，但怎么找，到哪里去找，却毫无头绪。她镇上去过，四周乡下田间地头去过，岛上的山头、山沟都去过，就是不晓得如何才能找到水仙。但就在这一晚，在海边，在招魂的人群中，她遍寻不见的水仙姐，就这么不期而遇了！

其实，水仙就住在镇上，和她的做堕贫嫂的阿姑一起住在镇子边上的一条小巷子里，也做了堕贫嫂。

那天晚上，腊梅在做招魂的大渔户那家人家等着，一直等，等到水仙一出来，就迎着她跑上去，快得像个小兔子。那水仙也是的，一见腊梅，就奔……两个人就这么奔着、跑着，终于到了一起，抱头相拥，相拥而泣，一会儿哭啊，一会儿笑啊，就是没法说话……

这样，她们俩笑了好久，也哭了好久，总算想到该说些什么了，于是，就走到一边，在一户人家的台阶上，手拉着手，坐了下来。

“哎，腊梅，我的小妹妹，我的好小妹妹，”水仙轻轻地捏了捏腊梅的鼻子，说，“你怎么会真的找来了？你怎么会找到这里的？你怎么真会找得到？”

“我晓得找得到阿姐，”腊梅在挂着眼泪笑，说，“我要找阿姐，就一定会找到阿姐……”

“真是傻丫头，要是万一找不到怎么办？”

“不会，一定会找到的。”

“怎么找的？”

“坐船找的，一个阿叔开的船，一条捉鱼的船，送我过来的。”

“阿叔？你有阿叔？”

“一个不认识的阿叔……”

“不认识的阿叔？啊呀，要是个坏人呢？”

“阿叔不是坏人，和阿姐一样，是好人……”

“好，好，以后不能这样了，啊，不能一个人走，好不好？答应我——”

“嗯，好的，阿姐。”

“好，真是个好丫头！”

“阿姐……”

“什么？”

“我来了，你……不会叫我……走吧？”

“不会的，我的小妹妹，我是你的阿姐，我到哪里，你也到哪里，我吃什么，你也吃什么。”

“阿姐……”

“你说呀，说——”

“我也会做事，我会做许多事，会烧饭，会洗衣，会上山砍柴……”

“还会什么？”

“还会唱歌，和阿姐一样唱歌……”

“呵，真是我的好妹妹！”水仙感动得又哭了，她一把抱住腊梅，脸贴着腊梅的脸，“我的好小妹妹，小妹妹……”

水仙住的地方其实就在腊梅一上岛就到的那个渔镇边上的一个冷落的小巷子里。

在上了长虾湾岛之后的那些天里，腊梅晚上就在那个破败的小龙王庙过夜，白天就走街串巷镇里镇外地走，昏头落冲地东张西望，毫无头绪地找水仙，那个叫“三十间头”的小巷子，腊梅也是走过的。

但不知怎么的，到也到了那里，竟怎么没有发现一丝踪迹，而与水仙姐的不期而遇，却是在这天夜里海滩“招魂”的一片灯笼火把下，这难道真正是“众里寻他千百度，蓦然回首，那人却在灯火阑珊处”？

这到底是巧遇，还是老天的安排，腊梅不晓得，不去管，也不想去弄明白，找到水仙姐，能和水仙姐在一起了，这才是最重要的！

三十间头的房子都是歪七倒八的，外砌碎瓦泥墙，内用竹笠间隔，十分简陋。水仙住的，就是其中的一幢。那天夜里，水仙就领着腊梅到三十间头，点着灯笼七转八转，就停下，推开其中的一扇门，就到家了。

她们俩一进门，就有一位上了年纪的女人走来，手里提着一盏油灯。一见水仙身后的腊梅，那人有些吃惊。

那女人也挽着高髻，穿着和水仙一样的蓝色横布裙，但没套黑背心。

“阿姑，你看，”水仙对她的阿姑说，“你能猜出这是谁吗？”

“不会是腊梅吧？”她阿姑把灯火移近了点，看着腊梅，说。

“就是腊梅，阿姑，就是我说起的腊梅，”水仙说着，转对腊梅，说，“腊梅是我的小妹妹，快，腊梅，快叫大阿姑，叫大阿姑呀——”

“大阿姑……”腊梅叫了。

“哎——”大阿姑应了一声，笑了。

这时腊梅才看清，大阿姑脸上皱纹很多，门牙还缺了两颗。但她的笑，是真的高兴。但大阿姑笑过之后，紧接着，就皱起了眉头：

“唔，水仙，你不是说腊梅是个聪敏好看的小姑娘，现在怎么看上去就像个邋遢小鬼头，身体气味重得来……”

“好，马上沐浴，”水仙拉起腊梅，一边朝里走，一边说：“到了屋里了，就沐浴，阿姑家里有一个大浴盆，很大的浴盆，阿姐和腊梅一起沐浴。阿姑，热水烧好了吗？”

阿姑家房子不大，但浴盆确实不小，也很高。那大浴盆就放在灶头间里。灶头间是泥巴墙，屋顶是竹篾搭的。灶头上的大锅里早就烧开了水。水仙和腊梅一进灶头间，阿姑就打开锅盖，舀着热水往一旁的浴盆里放。

尽管灶头间四面透风，但有了热气腾腾的水，一点也不冷。

阿姑说，招魂回来，身上有晦气，一定要洗澡，洗去晦气后，才能进屋睡觉。

于是，水仙就先让腊梅脱了衣服，进浴盆，随后，自己也开始脱衣服，一件一件地脱，说了声阿姐来了，就扑通一声，也进了浴盆……就这样，这两个一大一小的姑娘，在浴盆里，你帮我洗，我帮你擦，一边说，一边笑，开心地洗起来。而阿姑呢，一边还舀着锅里的热水，看着她俩，往浴盆里添。

这样热水澡，无拘无束，开开心心，腊梅还真有一种脱胎换骨的感觉。

“阿姐……”

“唔，想说什么？”

“你身体……真好看！”

“哇，腊梅嘴真甜！阿姐的身体真的好看？”

“好看，阿姐……”

“腊梅又想说什么了？”

“阿姐真的喜欢腊梅？”

“喜欢，阿姐就喜欢腊梅。”

“阿姐……会不会……也赶腊梅走？”

“阿姐晓得腊梅苦，阿姐也苦，苦人和苦人在一起。”

“真的？”

“阿姐和阿姑也说过腊梅的苦日子了，所以阿姑也晓得阿姐有一个小妹妹腊梅；阿姐是想来接腊梅的，要过一段时间，想不到，腊梅自己过来了。”

“阿姐……”

腊梅听了，一阵感动，情不自禁地伸出双臂，搂住水仙的脖子，甜蜜地笑了，但紧接着又哭了……

第十四章　学唱

阿姑家里说是说有两个房间，其实只是用一个竹笠墙把一个房间隔成两间，一个阿姑睡，另一个阿姐睡。腊梅想跟阿姐睡，但等着要睡的时候，阿姐却说，腊梅跟阿姑睡。

既然阿姐说喜欢自己，为什么却让腊梅跟阿姑睡呢？腊梅有些不情愿，但也没法说，只好跟阿姑一起睡一张床了。但跟阿姑睡一张床，尽管很累，这么多天来一直东蜷一夜，西缩一晚，从没睡过一个好觉，真的睡在比自家柴房还要舒服的床上了，可还是睡不着。

为什么？大阿姑一躺下就打呼噜，打个不停，不打呼噜了，就咳嗽，也咳个不停。但就是大阿姑呼噜或咳嗽，腊梅也不敢动，不敢翻身，怕吵醒大阿姑，只能静静地躺着，一动不动。

就这样，已到半夜了，忽然听到阿姐房间有声响，她感到奇怪，怎么，阿姐也睡不着？

阿姐睡不着，腊梅也睡不着，那就干脆别睡了，在一起说说悄悄话。

这样想着，腊梅就轻手轻脚地翻了个身，爬下床，无声无息地朝隔壁阿姐的房间走去。到了阿姐房间的门口，她刚想推门，忽吓了一跳，立刻缩回了手——怎么，阿姐屋里还有一个人！这个人是谁？

于是，腊梅就将脸凑近裂开的门缝，朝里探去……这一看，腊梅又赶紧退了回来，因为，她从门缝里看到阿姐什么也没穿，就像刚才和腊梅一起沐浴的时候一样，和另外一个人，也是没穿衣服的人，紧紧地抱在一起，在阿姐的床上滚来滚去，还不时地叫出声来……

——两个人是在打架吗？

腊梅心里想，但很快就摇头了，那么，是喜欢？

——是的，是喜欢，是喜欢得不得了……

腊梅的心里在继续想，阿姐喜欢腊梅，但阿姐还喜欢另一个人，那个人，是男人；大概，女人喜欢一个女人，和女人喜欢一个男人，是不一样的；女人喜欢男人，他们不用说话，也说不了话，就像阿姐和她搂着的那个男人一样，就搂紧，紧得不松手……

——那么，那个阿姐喜欢的男人又是谁呢？

阿姐喜欢的那个男人，叫阿虎。

阿虎是个剃头匠，也住在三十间头，离大阿姑的屋子只隔三间房。阿虎白天就在三十间头的弄堂口摆个剃头摊，给来来往往的男人剃头、修面、汏头。阿虎在推剪子的时候，腊梅没事，但只要一修面，阿虎就会叫：

“腊梅，热毛巾——”

这时候，腊梅就赶紧从旁边一个架子脸盆的滚烫热水中撩起一条毛巾，吹一口，绞一下，吹一口，绞一下，绞个半干半湿，递上去，让阿虎捂热那人的脸，然后涂上肥皂水，打开剃刀，在一条刮刀布上磨蹭几下，凑上去，弯下腰，几乎脸对着脸，给那人刮胡须。

要给客人汏头了，阿虎也要叫：

“腊梅，汏头热水——”

这个时候，腊梅就要先提起竹壳热水瓶往架子脸盆里倒半盆热水，再拿一个铜吊给脸盆注冷水，随后用手试试冷热，如太烫或太凉，再冷水或热水，直到温吞，不冷不热，就说声：

“好了！”

于是，阿虎就引那客人过来，汏头了……

三十间头靠近大街的弄堂口有三个剃头摊。自从有了腊梅这个小帮手，阿虎的手脚明显快了许多，不像另外两个剃头师傅，样样都要自己动手。阿虎手脚快了，生意也多了，每天要比另外两个剃头师傅要多剃好几个头。

那刮脸汏头用的热水，是大阿姑在家里灶头上烧的，腊梅提着两个竹壳热水瓶去灌的。一天中，腊梅要提着热水瓶来来回回地跑好几次。

但阿虎也不是一年三百六十五天天天摆剃头摊的，一旦镇上有有钱人家有丧事做佛事，要唱“念伴”，或一到阴历七月半，要演一种叫“下弄上”的杖头木偶戏，阿虎就要去拉胡琴，吹唢呐，不摆剃头摊了。

“念伴”就是放焰口，另外就是“开地狱门”，或“采花叹灵”什么的，是做鬼戏，腊梅不喜欢看；腊梅喜欢七月半在镇南门大街上出演的杖头木偶戏，或是出“堂会”，跟着阿虎哥去大户人家，专场出演成本的戏文或折子戏，在后台传递各种道具和器具，做个小帮手。

木偶戏又叫傀儡戏，腊梅看过，是在阿母家时，阿母带着自己和阿成在赶庙会的时候在城隍庙那里看的。不过，在城隍庙那里看的，只有一个人演，就用一个木箱，将箱盖打开，箱盖就是一个“戏台”了。那做木偶戏的人就在箱后，把木偶以线牵于箱下，用脚踏出种种动作，又一手敲小锣，又一手为木偶执役持器，嘴里呢，一会儿要念，一会儿要唱，一嘴两手两脚都不停地动，没片刻停息。所以，这一个人又唱又演的木偶戏又叫“独脚戏”。也有人叫“凳头戏”的，因为它的舞台就一个大木箱子。看那样的所谓“凳头戏”的，不一定都要给钱，有人看得久了，不好意思，随便给一些就行，至于那些路过的人，停下脚来看看，是不要给钱的。

但阿虎他们演的“杖头木偶戏”就不一样了，他们有好几个人，有牵木偶唱戏的，有吹打乐器伴奏的，还有一个专门锣声召客，并负责演完后收钱的。不一样的还有“戏台”。

“凳头戏”就一个木箱，翻盖为台，而阿虎他们是围幕作场，不仅有戏台，还有布景，甚至更有灯光。

比如，有一次，本地的一个大渔户家死了老阿公，九十多岁了，丧事要当作喜事办，阿虎他们出“堂会”，到他家祠堂演《宝莲灯》，在戏台上一一呈现的，除了花灯、旗牌、龙船等，阿虎他还别出心裁地在花灯中燃起一支红蜡烛，此时，大渔户家祠里灯火全灭，唯有花灯炫亮，煌辉而又耀目，看者无不为之叫好，全场喝彩声一片。

最最不一样的是，“凳头戏”的傀儡小，一只手就可以演，是布袋木偶，而阿虎他们木偶的手脚是由竹竿操纵的，木偶的头和身子比布袋傀儡大得多，要大好几倍，因而，叫作“杖头木偶戏”。

但如果说阿虎他们演“杖头木偶戏”，腊梅仅仅是个小帮手，那倒也不一定，有时候，腊梅也能做些令人刮目相看的事情来。

阿虎他们几个平时各有各的生意，阿虎是剃头的，其他还有制竹灯的，打棕绳的，打铁的，抬轿的以及收旧货的，等等，但一有“念伴”，或出“堂会”，要演“杖头木偶戏”，一有人召集，只要放得下，他们就放下手中的活计，在哪个地方一聚，抬上各自演戏的家伙，就出发了。

有一次，他们要到一大户人家“堂会”，东家指定要演文戏《碧玉簪》中的最后一折《送凤冠》，因为病故的是一位八十多岁的老阿娘，老阿娘活着的时候就喜欢听绍兴戏。但巧了，唯一能唱文戏的那位收旧货的嗓子哑了，一点声音都发不出来。怎么办？哑着嗓子的去唱，喝倒彩是小事，被人家赶了跑，传出去，以后哪有人会再请出“堂会”啊！

正急得团团转的时候，大阿姑忽然说了，让腊梅试试。那哪能呢？阿虎笑了，说，这么小的一个小姑娘，怎么会唱《碧玉簪》？大阿姑说，我听腊梅唱过，在腊梅在灶头前烧火烧得高兴的时候唱的。

阿虎说不相信，水仙说，你相信不相信，先听听再说。于是，阿虎把那个收旧货的叫了来，让他一起听。

腊梅起先不肯，说什么也不唱，后来经水仙和大阿姑劝了，就哼了一段，想不到那收旧货的一听，一拍大腿，说，行，由他教几遍，准能行！

腊梅怎么会哼《碧玉簪》的？因为在杨家渡村的时候，阿母喜欢听戏，也喜欢哼戏，腊梅在一旁跟着学，久而久之，也会了一些。到了现在，那收旧货的一本正经地教，腊梅一本正经地学，没几遍，就会了。

于是，那一晚腊梅就真的去唱了，反正在幕后，谁也看不见，腊梅放开了胆子唱，结果，效果出奇的好。为什么？因为那收旧货的是个男的，唱女声要咔着喉咙用假嗓子唱，就是那种阴阳嗓子，听起来总有点别扭，而腊梅是天生的真嗓子，又清纯，又自然，又响亮，旁边又一个哑了口的收旧货做导演，不停地给她各种暗示，所以唱得特别好。

特别是《碧玉簪》中李秀英的那一段，是这样唱的：

你不要多言多语多相劝，
害得我多思多想多心酸。
怪爹娘错选错许错配婚，
配了你这个负情负义负心汉！
你不该不声不响不理睬，
你为什么要瞒书瞒信瞒玉簪？
我主婢受苦受辱受到今，
害得我是哭爹哭娘哭伤肝。
既然你是大富大贵的大状元，
你就该去娶一个美德美貌是美婵娟！

——那腊梅唱的，曲折委婉，如泣如诉，再加上那台上木偶的逼真表演，尽管看不见是谁唱，听得全场鸦雀无声，一片静穆，尤其是那家大户人家的几个女眷，竟未有不泣下而沾襟的。

自那一场临时补缺后，阿虎他们几个就经常带着腊梅去赶场子了。当然，平时还得给阿虎哥做理发小帮手，帮着他给客人剃头汰头修面，但一有文戏要唱，那收旧货的感觉自己唱不好，怕搞砸，就一定要阿虎哥带上腊梅，一起赶堂会，让腊梅躲在幕后唱上几曲，阿虎几个吹打，收旧货和另一个弹棕绷的，就可以放心地演“杖头木偶戏”了。

但有时候腊梅也会走到台前。

有一次出会，东家的几个女眷一听幕后的小姑娘唱得实在好听，就一定要腊梅出来唱一曲，于是，阿虎几个就胡琴一拉，弦子一弹，笛子一吹，腊梅就唱，就唱了一支张家阿母教会的歌谣。

那腊梅啊，不知怎么的，不唱也罢，唱着唱着，忽一阵心酸，眼泪汪汪了。不过，可能就因为真正伤感，所以唱得确实是好，一曲终了，竟获满堂喝彩。

那支她最喜欢唱的歌，是这么唱的：

小哥哥你要早点回来，
勿要拘到日头落西山；
小哥哥你要早点回来，
勿要拘到白鸥归沙滩。
小哥哥你要早点回家来哟，
天暗了，大洋里厢要出水妖怪；
小哥哥你要早点回家来哟，
风起了，虾公恶煞要来把船翻。
小妹妹哟，炒了小菜野鸭蛋
小妹妹哟，热了老酒纯米饭；
你若再勿来，冷了妹的菜和蛋，
你若再勿来，冷了妹的酒和饭。

阿虎是剃头兼吹打，而水仙，从事的则是另一种叫作“送嫂”的活计。

这“送嫂”是做什么的呢？就是常穿青衣蓝裙，髻如蝉翼，耳不饰环，出门时总肩背方格子蓝布袋，手执长柄蓝布伞，平时替良家女绞面，如有良家嫁女，为新娘陪送、扶拜、换装、梳洗等，或有东家满月得周、起屋上梁、乔迁新居、寿诞丧葬，则主动上门服侍，领取赏赐。这赏赐是什么呢？什么都有，或是银角，或是大米、年糕、粽子之类，随东家的客气。

送嫂其实就是俗称的“堕贫嫂”。但送嫂之间不这么叫，就叫“送嫂”，或叫“送娘”。因为“堕贫”这两个字，是那些看不起她们的人叫的，而自己能看不起自己么？

关于“送嫂”或“送娘”，还有一种微妙的区分，即，没结婚的，叫“鳗线”，结了婚的，称“老鳗”。一般来说，“鳗线”年轻伶俐，手脚勤快，比较容易得到东家的青睐，所以，尽管水仙已经和阿虎在一起了，但没有对外言称结婚，为的就是这个“鳗线”。

水仙来到长虾湾岛之前，她的阿姑是做“送嫂”的，但现在阿姑身体不好，走不动了，做不成“送嫂”了，水仙来了，就传给水仙，自己待在家里，不出门，操持家务了。所以，水仙、阿虎在外面忙，也就不用担心家里事了，一回来就有热饭吃，热汤喝，还有热水澡洗，毫无后顾之忧，只要把铜钿或东家的赏赐带回家就可以了。

不多，因为做送嫂的要一直在几个东家之间走动，几乎没时间待在家里，阿姑身体不好，一个人忙里忙外，家里应该有人帮帮手，腊梅在，正好。

其实，说来也怪，腊梅和大阿姑在一起，感觉就像和阿母在一起一样，所以做起“生活”来，根本不要吩咐，自己一样一样都会按部就班地去做，做好。腊梅和大阿姑之间的话也特别多，说也说不完，也像跟阿母在一起一样。

当然，这“阿母”不是自家的阿母，是张家阿母。

在那天出会时唱了《小哥哥你要早点回家》后的第二天下午，腊梅和大阿姑一起忙好了晚饭，把饭菜都捂在灶头上，就等水仙和阿虎回家，这时候，这一老一小就说开了。这一次的话题，是从《小哥哥你要早点回家》开始的。

“腊梅，阿虎回来说，你‘小哥哥你要早点回家’这支山歌唱得真好听，”大阿姑一边扎着鞋底，一边说，“这支歌，也是你阿母教的？”

“是阿母教的，”腊梅回答。她在绕鞋底线，“阿母会唱的山歌多了，还会唱戏，她唱着，我也跟着学，就学会了。”

“那么，歌里面的小哥哥是谁呀？”大阿姑故意眯着眼睛，问。

“不告诉你。”腊梅脸红了，又低下了头。

“你不告诉我，大阿姑也晓得。”

“那……你说是谁？”

“唔，我晓得，也不告诉你……”

“你说，大阿姑，你说！”

“你不说，我也不说。”

“嗯……是阿成哥。”

“你看，我一猜就晓得了，那歌里的小哥哥，就是阿成，你唱着唱着，流眼泪了，就晓得你心里在想阿成了。阿成……你后来见过他吗？”

“没有。我是想去的，但是，在家里阿母一直管头管脚，生活做也做不完，所以……只好心里想了。”

“那么，阿成那里一点消息也没有？”

“有，有个阿叔去过杨家渡村，看到阿成在山上放牛。”

“阿成放牛了？书也不读了？”

“不读了，阿母一死，就不读了。他家大阿伯还要他割猪草，砍柴，到田里割稻子，都是重生活，人是瘦得来，精瘦。”

“哎，真是命苦，真是苦！爷娘一死，大树倒了，一家人家也拆了。阿成他家的大阿伯，也真是一只白眼狼，你抢了你兄弟的财，还不好好待你兄弟的儿？阿成是他大阿伯嫡嫡亲亲的侄子，不给他读书也就算了，现在当自己亲侄子是长工，还是短工，还是牧童啊……真正是，人靠良心树靠根，走路纯靠脚后跟，这样的人，将来是要遭天打的……”

大阿姑说着说着，停了下来，她看到腊梅哭了，抽泣着，在擦眼泪。

“好了，好了，不多讲了，”大阿姑抚摸腊梅的肩膀，安慰说，“会好起来的，我没见过阿成，就听你讲，就晓得阿成是个好孩子，跌勒倒，爬勒起，大了一定会有出息。老话讲，人穷志气高，勿好也会好。会好起来的，呵，总有一天会好起来的。腊梅，不哭了，不哭——”

腊梅总算不哭了，继续绕起鞋底线来了。大阿姑看着她，扎了几针鞋底，想起了什么，又转过脸，说：

“腊梅，我还想问你一件事。”

“什么事，大阿姑？”腊梅问。

“你这样出来了，你家阿母……会找你吗？”

“不会的，她就看着我眼里出血；我死了，她也不会管。”

“你阿爹呢？”

“也不会。他说了，我从小他就说，女儿养大了也白养，总是人家的人，是泼出去的水。”

“那……还会不会有别的人在找腊梅啊？”

听到这里，腊梅忽停下绕线，抬起头，看着大阿姑，问：

“你……是不是不要我在这儿了，大阿姑？”

“不，不，腊梅，大阿姑喜欢腊梅；大阿姑没小囡，腊梅就是大阿姑的小囡……只要大阿姑在，腊梅就在，一直在大阿姑身边；大阿姑老了，动不动了，就靠腊梅养老送终，还有水仙……”

大阿姑说不下去了，抱着腊梅就流泪。这一老一小两个就这么抱着，哭着，直到天黑，水仙回家。

一晃眼，腊梅到长虾湾岛差不多已有一年多了。这时候，夏天到了。

在这夏天的某一天日里，一个头戴蒲帽，身穿大襟衫，下着笼裤，脚蹬蒲鞋的青壮汉子出现在三十间头，逢人也不说话，就低头朝里走，七转八转地摸，一直摸到阿姑住的屋里门前，停下，四周张望了一阵，然后上前，轻轻敲门。

此时，就阿姑一个人在家，阿虎上一户人家为一个老阿公剃头修面去了，而水仙则带着腊梅，到镇上的一个鱼老板那儿，为他家即将出嫁的女儿薙面毛了。听到有人敲门，就走了出来，把门打开，一看，就是那个陌陌生生的青壮汉子。阿姑感到有些奇怪，就问：

“你是……”

“阿婶，能讨碗水喝吗？”

“想喝水？”

“是啊，阿婶，天热，嘴真干。”

“好的，你等等，我去端碗水过来。”

阿姑说着，就转身往里走。但那人没等在门口，而是跨步入门，在身后合上了门，跟了进来。阿姑觉得有些不对劲，就停步，转过身来。

那人也停住了，看着阿婶。

“你不是嘴干吗？”阿姑不解地说。

“嘴是有点干，但不要紧，”那青壮汉子笑了笑，摘下蒲帽，说，“阿婶，这家里，你一个人住啊？”

“一个人住还是几个人住，和你有什么关系？你嘴还干不干？要是你嘴不干了，就走吧。”

“干，嘴干。”

“那好，你等着，我去端水。”

“好，我等，就等这儿。”

看他不跟进来了，阿姑就到了灶头间，倒了碗凉开水，走了出来，递给他。那人接过，端起，一口喝完。但他没把空碗还给阿姑，仍拿在手里。

“阿婶，我想问你一件事……”

“什么事？”

“你家里……是不是还住着一个姑娘，小姑娘？”

“你到底想喝水呢，还是在找人？”

“一个小姑娘，十二三岁……”

“你要找小姑娘做什么？”

“一年多前，是前年过了年，一个坐船过来的小姑娘，是从蓬莱岛过来的……”

“你是谁？”

“有没有这样一个小姑娘？”

阿姑不想回答了，她一把拿过那人手中的碗，绕过他，到了门后，拉开门，转过身子，看着那青壮汉子，说：

“你想喝水，现在水喝了，走吧——”

“好的，阿婶，谢谢啦。”

那人说着，戴上蒲帽，又笑了笑，转身，跨门而出。

到了晚上，都掌灯了，阿虎、水仙和腊梅才陆续回家。一见他们都到了，阿姑就想说说白天遇到的事，但一看他们都嘻嘻哈哈地说着笑着，想说的话，又缩了回来。到了吃晚饭的时候，等大家都吃完了，都放下碗筷了，阿姑憋不住了，就说起有人来找过腊梅了。

“那个人是谁？”水仙心里一沉，问，“他没说过自己是谁吗？”

“没说。”阿姑回答。

“他长怎么样，大阿姑？”腊梅却有点兴奋，问，“是不是个子高高的？”

“有点高，跟阿虎差不多。”阿姑说。

“和我差不多高的人多了，谁晓得是哪一个。”阿虎插上话，说。

“是不是肩膀宽宽的，眉毛浓浓的？”腊梅又问。

“唔，没看清，不过，一看就晓得是个打鱼的……”

“阿姑，他没说要找腊梅干啥？”水仙问。

“我晓得，我晓得，”腊梅抢着说，“就是那个阿叔，我跟你们说过的那个阿叔！只有他一个人晓得我来长虾湾岛，他一定是来看我的，想看看我过得怎么样……他说过他在哪里吗？大阿姑，你没问他在哪里吗？大阿姑……”

腊梅正说着，又有人敲门了。腊梅一听，喜出望外，急急离开饭桌，转身上前，一把拉开了门……她正要喊出声，却突然愣住了，不由自主地后退一步，站着，不动了。

门外，站着的是林德泉，他正看着一脸惊慌的腊梅。

在他的身后还有两个人，其中一个，就是王老七。

屋里的另外三个人也有些惊诧，看着门外的三位不速之客，不知如何是好。最后，还是水仙首先反应了过来，上前，看着林德泉。

“你是谁？”水仙问。

林德泉没有直接回答，跨进了门，走到腊梅跟前，说：

“你告诉他们，腊梅，我是谁——”

“二公公……他是我……二公公。”腊梅转向水仙，轻轻地说。

“对，二公公，”林德泉点了点头，上前一步，看着水仙，“我就是腊梅的二公公，我找腊梅，已经找了一年多了。”

林德泉说着，把手往后一伸，随行的王老七就给他递上一个小布包。看上去，那小布包是沉甸甸的。林德泉接过，掂了掂，然后上前几步，放到桌子上。

“我也不想多说了，就几句。”林德泉看了看水仙，又转脸，看着阿姑和阿虎，“我很感激你们，真的，非常感激，如果没有你们，特别是你，水仙姑娘，没有你，我真不晓得，我的小孙女腊梅究竟会怎么样。但感激是感激，人，我还是要带走的。”

屋里的几个人，水仙，大阿姑，还有阿虎都茫然不知所措了，一句话也说不出来，都直愣愣地望着林德泉。

“因为，我姓林，”林德泉没看他们，而是低下头，望着泪汪汪的腊梅，一字一顿地说，“腊梅，她也姓林。”

第十五章　路遇

林德全领着腊梅回到了东沙镇，走到一座大庙门口，他叫腊梅在门口等着他。

腊梅等啊等，等久了，天也有点黑了，她就开始想事。

想什么事呢？想许多事，许多人，许多片段，断断续续地想……想着阿母，想着阿成哥，想着想着就想到恩荣堂给阿成送饭，想到阿母带着自己和阿成哥一起到都神庙看戏，想到和阿母、阿成哥一起在灯下写信……高高兴兴的，真暖心！

想着想着，还想到阿成他阿爹过年回来的样子，真是和和美美、甜甜蜜蜜……她想着想着，又想到找到水仙姐的那个晚上，那有酸有甜的感觉，真像两个久别重逢的亲姐妹。

由此，她又想到了阿虎哥、大阿姑，想到杖头木偶戏，想到自己唱的“小阿哥你早点回来”……想到此，又一阵心酸。

她想是想到过自己的阿母和阿爹的，但不多，一想，就挥之而去了，因为她不想多想阿母和阿爹，倒还是想到自己两个弟弟阿平和阿豆的时间多……自己离开家半年多了，两个弟弟一定又长高了。一想到两个弟弟，一肚子苦水涌上心头，腊梅的眼睛又酸了，泪水不知不觉地流了下来……

想着，哭着，有点累了，腊梅就倚着墙角，不由自主地闭上眼睛。眼睛是闭上了，那一幕幕又点点滴滴的浮了上来……在梦中真好，人能不能一直在梦中啊！

就在腊梅迷迷糊糊之中，她忽然听到有人在呼唤……这声音好像很远，又很近，一会儿模糊一会儿清晰，但真真切切……是阿成！

“阿成哥……”

她轻轻叫了声，突然睁开两眼，忽地站了起来，揉着眼睛探寻……真是奇了，她真的看到了阿成。那高高瘦瘦的阿成的身影，就在她面前！

“腊梅，你怎么在这儿？”那是阿成的声音。

“真的是你吗？阿成哥？”腊梅不相信自己的眼睛，问。

“是我啊，怎么不是我？”阿成笑了，看着她说，“你再看看仔细，是不是我？看到了吗，是不是？”

“阿成哥……”

腊梅说不下去了，她脸在笑，眼中却滚动着泪水……她就这么站着，盯着阿成看，又惊又喜。

——阿成长高了，有点大人的样子了，但很清瘦；他在笑，既狡黠又亲切，还是和以前一样。

“你怎么了？你怎么在这里？”阿成又问，“你晓得这里是什么地方吗？你来这里干什么？”

“我……二公公带我来的，”腊梅擦拭着眼泪，说，“二公公让我在这里等，他在里面。这里……是什么地方？”

“你人在这里，怎么不晓得这是什么地方？”说着，他拉着她的手，走到指挥部大门前，指着门上的匾额，一个字一个字地念，“你看那上面的字——定海县国民抗敌自卫团司令部第三大队指挥部。懂了吗？”

“不……懂。”腊梅说，“我又不识字，你……又不肯教我。”

“教了，教过你的，你没心思学。”阿成想了想，说。

“我学过；我会写我的名字……”

“你名字？林腊梅，就三个字。”

腊梅感到不好意思了，破涕为笑了。稍后，她想起什么，看着阿成。

“阿成哥，”腊梅说，“许多大人都在里面，扛着枪进进出出的，他们都在干什么呀？”

“你不晓得？”阿成感到不解，“日本人打进来了，要打仗了！”

“我晓得，我看见了，日本飞机开枪，还撒传单……”

“日本人撒传单是要我们投降，不投降他们就要开炮，扔炸弹，就攻城。他们昨天就打进县城了。”

“日本兵打进定海了？”

“这你也不晓得？真是个样样都不懂的小姑娘！好了，我来告诉你吧，日本兵先是开炮，是两只大兵舰，就停在定海港，开大炮，打了好一阵，就派飞机来了，有三架，又是开机关枪又是撒传单，打死好几十个人。但县长和抗敌自卫团决不投降，日本人又炮轰，接着就放下登陆船，攻城了……”

“真的打起来了？”

“真打！日本兵分三路同时登陆，一路在沈家门墩头上岸，占领沈家门；一路从螺头登陆，绕过晓峰岭扑入县城西门；一路从田螺峙附近上岸，翻过西溪岭，经小碶冲进东门……中午不到，日本兵攻进县城了。”

“我们打不过他们？”

“嗯，是……的。也不是，不能硬碰硬，要先撤退，保存实力，然后再一点一点打！日本兵有一千四百多人，有机关枪、大炮，定海的抗敌自卫团只有三百人，只有老爷枪。”

“那……这里，东沙……也会打吗？”

“当然会，日本鬼子一定会来。”

“那……阿成哥，你来这儿……”

“我也要加入抗敌自卫团。”

“你也要打仗？你又不是大人……”

“我是男人，是男人，都要保家卫国。”

“你加入了？你只有十五岁！”

对腊梅的这个问题，阿成一时回答不上了。他叹了口气，然后转身，仰面望着指挥部大门上的匾额。

“他们说……不要孩子，他们说我还太小。我已经十五岁了，还小？”

“那……”

“他们让我明年再来。”

“明年？你十六岁？”

阿成又不说话了。他低下头，想了好一会儿，才抬起头，说：

“是的，明年，我就十六岁了；明年，一到十六岁，我就参加。”

不知何故，两人之间的话说到这里，都说不下去，就这样你看着我，我看着你，都沉默不语了。

这时候，天已完全黑了下来，有一个扛枪的人走出指挥部大门，点燃门前的长明灯。这样，借着那光线，阿成和腊梅才能勉强看见对方的脸。

“阿成哥……”好半天，腊梅轻轻地叫了一声。

“唔，什么？”阿成看着她，问。

“你……还去恩荣堂念书吗？”

“早就不去了，天天干活，放牛，砍柴，割猪草，下地插秧……什么都干。”

“他们……你大阿伯……欺负你吗？”

阿成没有马上回答，打了一个嗝论，反问：

“都什么时候了，你还问这个？”

“我……”

“你到底想说什么？”

“我想问……阿哥……过得好吗？”

“不好。还是说说别的吧，我……不念书了，不过，有时还去恩荣堂。”

“不念书了，还去做什么？”

“借书啊！先生说了，要书看，就过来，不认得的，就过来问。”

“那个老先生……真好。”

“腊梅——”

“嗯？”

“你……过得好吗？”

阿成这一问不要紧，一问就点到了腊梅的心头之痛，就像阿母身前常说的，五投六奔，落油锅一样的痛。她回答不上，哭了，而且是恸哭。

一见腊梅如此这般，阿成急了，拉也不是，劝也不是。

“你怎么了？腊梅，怎么了？”

“你……让我去，”腊梅哭着说，“你让我去……”

就在他们两个一个哭，一个干瞪眼那当儿，就见抗敌自卫团门前一阵脚步声响，随后，一群扛枪的渔民前呼后拥地走了出来。其中之一，就是林德泉。

林德泉一出大门就找腊梅。一见腊梅和阿成在一起，就走了过来。

“阿成，你还没走？”走到阿成面前，林德泉说，“夜晚头了，墨墨黑了，这个辰光，摆渡船也没有了，你哪能回得去？跟你说你人还小，人还小啊，大了再扛枪打东洋鬼子，早点回去，早点回去，怎么到现在还没走？这抗日抗日又不是一天两天、一个月两个月的事情，上头说了，是持久战，是全民抗战，日本人不消灭，就一天也不罢休！你这个半大小囡，真不懂事情！”

他说着，发现腊梅在擦眼泪，又转过脸，看着腊梅，又看看阿成，好像明白了什么，心肠一下子就软了下来。于是，他就走上一步，一手抚摸着腊梅的头，另一手按着阿成的肩膀，长长地叹了口气。

“唉，真苦煞了你们两个小囡了！”林德泉的眼睛也湿润了，看看这个，看看那个，有些伤感地说，“树才、彩娣两个一死，没了爷娘，两个小囡就落难了，真像戏里唱的，从此一别，人海茫茫，天各一方啊！孤苦伶仃，孤苦伶仃的阿成腊梅啊！原来人家看见就讲，看见就讲，一对金童玉女，金童玉女，可现在，看看，真叫人心酸；现在日本人又打进来了，战乱啊，乱上加乱！哎，今后日子真不晓得怎么过了，苦日子啊，嗨——”

林德泉这一番话说得更让人心酸，听得阿成也哭了，腊梅更是哭出声来。而林德泉也不叫他们别哭，而是紧紧搂着他们俩，和颜悦色地说：

“好了，好了，今夜晚头里，月亮菩萨倒亮噢，不过走夜路是来不及了。腊梅，今朝就到二公公屋里住一夜，明早一早送你回去吧。阿成，你也一起走，到我屋里去——你们两个小囡几年不见了，我晓得有交心话要讲。要讲话要屋里去讲，讲一夜天，不要在外头讲，哭哭啼啼的，让人家看到，多不好看？好，腊梅，不哭了，走，阿成，腊梅，一对金童玉女，跟我回家去——”

阿成在林德泉鱼行栈附近的家里住了一晚上，第二天一早，吃了早饭，就告别林德泉，准备到下塘街渡口，搭乘摆渡船回杨家渡村。临走的时候，腊梅对她二公公说，想送送阿成。林德泉想了想，点头答应了，只是加了一句话，说，送了阿成，就早点回来，因为，他也该送腊梅回自己的家了。

就这样，腊梅和阿成两个就走出鱼行栈，穿过渔码头，弯过都神庙，跨过元庆桥，走过上塘街，绕过城隍庙……直到下塘街。

不知为什么，两个人就这么走，走得也不快，不像急着赶路的样子，可就是不说话。可能是昨天晚上说话说得太多了，把要说的话都说完了？但也不对，就腊梅而言，她还有好多话没说，就憋在肚里，可现在，就两个人了，想说，有千言万语，却又不知从何说起了。

最后，到了下塘街，看着对岸的摆渡船摇晃着渐渐摇了过来，两个人面对面地站着，又要惜别了，腊梅实在忍不住，哭了，伤心地哭，哭出声来。

可阿成却笑了。

“怎么又哭了？”阿成还像小时候那样，逗着她，“不是哭过了么？怎么又哭了？昨天一天还没哭够？”

“你……别管……我，”腊梅哭着，捂着脸，说，“我想哭，让……让我哭……”

阿成又笑了，轻轻掰开腊梅捂着脸的两只手，看着哭成泪人儿的她，说：

“你这样哭，我怎么走得了……”

“那就……别走了，阿成哥，不要走，好……好不好？”腊梅抽泣着，断断续续地说。

“真是的，还是一个小姑娘，长也长不大！不走，我到哪儿去？”阿成问。

“到……”腊梅只说了一个字，就说不下去了。

“唉，你还有家可回，可我，是无家可归了。”

“别这么说，我有家，那也算是家吗？”

“……”

“阿成哥……”

“什么？”

“无论……你走到哪里，别忘了……来看我……”

“我一定来看你。”

“阿成哥……”

“唔？”

摆渡船已经靠岸，下船的和上船的下下上上，互相推挤着，叫嚷着。

阿成闻声，扭头看了看，又转过脸。

“腊梅……”

但此时此刻，腊梅已经说不出话来了，她任凭泪流满面，一转身，急急朝来路奔去……

“腊梅——”阿成顿感失落，追出一步，喊。

但腊梅没有停步，更没有转身，很快就消失在来来往往的人影中……

当阿成回到杨家渡村村西头时，已过了当昼过了。

阿成原来的家，就是原来那两棵高大挺拔、冠形树枝浓密的新木姜子树下的屋子，他已经进不去了。自那屋子归了大阿伯，大阿伯就让自己家的大儿子和媳妇，也就是阿成的堂兄阿荣和阿荣的女人住了进去，过起他们一家的小日子了。阿成对腊梅说自己无家可归，没明说，实际上就是这个意思。

所以，每当路径自己原来的家，他总是不扭头，看也不看，因为看了，心就一阵刺痛。但不看，心也痛。

这时候正是麦收时节，烈日当空，麦子早已变得焦黄，农人们都到地里去割麦子去了，连孩子都跟着到地里去拣麦穗，所以村中人很少，几乎就阿成一个人在走。他走着走着，不知不觉就到了恩荣堂，他停下脚步，朝四周看了看，还是没人，于是，干脆就在那刻着“恩荣万代”四个大字的三门四柱五楼式石牌坊下放下肩上的包袱，坐了下来，擦拭着额上的汗水。

阿成似乎并不急着回他现在住的大阿伯家，因为他心里明白，自己已经几天不在家了，一回家，肯定是一顿责骂，然后就给逼着到地里去割麦子。

大阿伯有七八亩地，其中的一半原来就是阿成他阿爹的份，后来让大阿伯连骗带哄地买了去，前几年，自家房子菜园也归了他，自己倒成了吃大阿伯饭的人了。

什么都没阿成的份，还管什么割麦子？

这次阿成独自一人到镇上去，要参加抗敌自卫团，是想了好久才决定要做的事情。三天前他到镇上去，对大阿伯说的借口是要割麦了，到镇上的铁匠铺子打几把好使一点的镰刀，实际上就是为了报名参加抗敌自卫团。

阿成为什么要这样想？

因为，阿成的父亲是被日本人的飞机炸死的，尸骨全无，现在日本鬼子打到自己家门口了，又是飞机炸弹，又是开枪开炮，又是杀平民百姓，家仇国恨啊！更何况父仇子报，一定要报，现在不报，何时能报？

这已经是他想了好久的事情了。正好，前几天有传言说抗敌自卫团正在招募壮丁，他想也没多想，就找了那个借口，去报名，而且义无反顾……但没想到，在抗敌自卫团指挥部磨了三天，人家就是不要他。

他非常失望。

这失望来自好几个方面。首先，父仇子报一定要报的愿望落空了；其次，他读过书，懂得一个男人应该修身齐家平天下的，但徒有一腔热血，却报国无门，怎不令他惘然惆怅？

不过，还有一个问题，这最后一个问题最现实。那就是，他是到镇上打铁铺打镰刀要拿回去割麦子的，应该是最多一天就能走个来回的，现在三天过去了，总要回去，但一想到回去，大阿伯肯定要问个究竟，说，还是不说？但不管说还是不说，结果恐怕只有一个，大阿伯就算不打死他，也会骂死他的。因为他大阿伯已经几次三番地对阿成说过，你父母都已过世，我大阿伯严父慈母一个人都做了，什么是“慈”？就是管吃管喝，什么是“严”？就是，若敢顶撞，违抗“父”命，一定棍棒加身。

事实上，这种棍棒加身，在父母过世后到大阿伯家两年多的日子里，已记不清有多少次了。

怎么办？就这么办，在没想到一个两全之计之前，先到恩荣堂避一避毒日头再说。这样一想，阿成就起身，一阵小跑，就跑进恩荣堂，走过大殿，避开享堂，穿出后院，在左边侧殿里找了一个通风的阴凉处，就半躺着坐了下来。

他为什么要避开享堂？因为他晓得他的先生正在里面教他的学生，那一阵阵朗朗的读书声就是证明——他既想找先生，又怕他的先生看见。这真是一种矛盾的心理。

阿成现在对先生的怕，和小时候的怕，早已不一样了。

小的时候，他就怕先生手里的那把大尺子，吹胡子瞪眼地吼，出去，不读书不知礼的野蛮小囡，再叫，再闹，把你们爷娘统统叫过来，一个一个捉回去，关起来，不许出门——但自他八岁那年进了恩荣堂，在孔老夫子的牌位前恭立，拜过孔老夫子，向先生作揖，进书屋，做了四年多的学童之后，反而觉得先生可敬可亲，连他老花眼镜后两个又大又浑浊的眼珠子和念起书来的满嘴白沫，也不那么叫人恶心了——现在怕见先生，是怕先生责怪，说他半途而废，不求上进，虚度光阴。

可是，不上学，是他阿成的错吗？

但他又想见他的先生。为什么？在这个村里，能说说心里话的，也只有先生一个人了。

这时，课堂里传来琅琅读书声。其实那一段阿成早已背得滚瓜烂熟，了然于心了，所以一听到这里，他也琅琅出声，接了下段：

“……谚曰：‘狼子野心。’是乃狼也，其可畜乎？”

正当他自说自话背诵的时候，先生进来了。显然，先生是听见他在背书的。

“唔，还记得，”先生点了点头，说，“读了没忘，还记得；那么，你说说，此语之用意何在？”

阿成想了想，回答：

“凶暴之人，必有野心。”

先生又点头了，随后，又问：

“唔，对。那，‘父母在，不远游，游必有方’，出自何处？”

“晓得，先生，出自《论语·里仁》，意思是说，父母在世的时候，不出远门去求学、做事、当官，子女应奉养并孝顺父母……”

“那‘游必有方’呢？”

“若子女出远门而又没有一定的去处，那么父母的牵挂之情势必更甚，因此，万一要出远门，必须有一定的去处，以免父母担心。”

“那么，你呢，阿成？”

“我父母……他们都已不在人世了。”

“何谓‘伯父’？伯父伯父，其中不也有个‘父’字吗？”

“……”

“父母不在，长兄为父，这意思你也应该晓得的，是不是？”

“是，先生。”

“那你就更应该遵从你伯父的话了，阿成。”

“我……”阿成想说，又说不下去了。

“你想说什么，就说什么。”先生望着他，说。

“我没有家。在大伯父家里，我……只是长工，整天放牛、割草、砍柴、下地干活，睡柴屋头……如果真是父母在，我也会干活，但是，还会来这里念书的，念更多的书，识更多的字的！”

听到此，先生想了想，又转换了一个话题：

“古人云：二十曰弱冠。这道理懂不懂？”

“晓得，先生，”阿成回答，“男子二十弱冠，三十而立，四十不惑，五十而知天命……”

“你呢？今年多大了？”

“十……五。”

“唔，二十不到，还是舞象之年啊。舞象之年，就想离家出走，远走高飞？”

“是……的。”

“你想去哪里，告诉我，讲给我听听——”

阿成没有立即回答，想了想，从衣兜里取出一份皱成一团的旧报纸，展开，看了他先生一眼，念了起来：

“……至于战争既开之后，则因为我们是弱国，再没有妥协的机会，如果放弃尺寸土地与主权，便是中华民族的千古罪人！那时便只有拼民族的生命，求我们最后的胜利……”

先生听着，眼睛一亮，打断了念报纸的阿成，问：

“这是什么报纸？什么时候的？”

“《定海日报》，民国二十七年。”阿成回答。

“两年前的？是两年前的报纸，哪来的？”

“镇上，抗敌自卫团那里看见的，就拿了。”

先生小心翼翼地从阿成手里拿过报纸，掉了个头，戴上老花眼镜，仔细地看着，接着念：

“战端一开，地无分南北，年无分老幼，无论何人，皆有守土抗战之责任，皆应抱定牺牲一切之决心。在此安危绝续之交，唯赖举国一致，服从纪律，严守秩序。希望各位回到各地，将此意转达于社会，俾咸能明了局势，效忠国家！”

念到此，先生放下报纸，疑惑地盯着阿成。

“要打仗了？”先生问，“日本人要打过来了？”

“已经打了，”阿成说，“日本人打过来了，日本兵……已经占了定海县城，很快就要攻打东沙了。”

听阿成说着，先生陷入沉思，好长时间说不出一句话。过了半天，他才长叹一声，摇了摇头：

“呵，我真成了一个老朽了！按理说，秀才不出门，能知天下事，可我，连近在咫尺的事情都闭目塞听，不闻不问……老朽，老朽啊！”

“先生，日本鬼子就想吞并中国，就像刚才《左传·宣公四年》的那一段，狼子野心！”

“那当然就是，当然就是——你，是到过镇上了？”

“是的……”

“想去做什么？”

“我……”

“告诉我，到底想去做什么？”

“我想……当兵，打日本鬼子……”

“当成了吗？”

“没有，他们不让我参加……”

“当然不能参加，你还是个孩子，还不到弱冠之年。刚才不是已经说了，舞象之年；你不能去，保家卫国，那是成年人的事。”

“先生……”

“你不能去，要去，也得等到弱冠之年！”

“那我……怎么办？我到镇上去，是说到打铁铺子去打几把镰刀的，可是……我都忘了，打铁铺子也没去成，镇上的店铺都关门了，打铁铺子的门……也没开，镰刀也没打……”

“钱呢？钱也花了？”

“嗯，是的。”

“花了多少？”

“带去三块，要吃饭，花了……一块，还剩两块。”

“就花了一块？多乎哉，不多也。没事，没事。”

说着，先生就走到柜子前，拉开抽屉，稍许掂量后，就取出一块大洋，走回到阿成跟前，拉起他的一只手，把那个银圆放在他的掌心里。

“先生……”阿成的眼睛湿润了。

“拿去，不会有事的，”他的先生看着他，关照，“向你大阿伯交个差，不会有事的。”

“这钱……”

“不说钱，君子喻于义，不说钱。”

“我以后……一定还。”

“不是说了嘛，君子喻于义，不说钱！”

“晓得了，先生。”

说着，阿成退后一步，朝着先生欲拜，但先生一把拦住了他。

“早点回去吧，”先生说：“阿成，回去了，就跟你大阿伯好好说，要忍，懂了吧？忍。”

“是，先生。”

第十六章 回家

林德泉原来是想让腊梅一个人走回家的，但仔细一想，现在兵荒马乱的，一个才十岁出头的女小囡，独自一人要走七八里地，而且那么落乡，荒天野地的，还要翻过几处悬崖，怎么放心？于是，他就带着腊梅穿过几条小巷，拐弯抹角地把腊梅带到离镇子不远的一个小渔村，敲开一家渔户的门。

出来开门的是一个中年女子，一副渔家女的装束。一见是出了名的鱼行老大，那渔家女把门完全打开，将林德泉和腊梅引进家门。

“哎呀，林老大，你咋还在镇上？”那渔家女说。

“我不在镇上，该在哪里？”林德泉笑了笑，反问。

“都在说日本人要打进来了，要打进来了，日本兵舰已经开到东沙湾了……要真打进来了，想想也怕，这日子怎么过呀！”

“日本人要打进来，没那么容易！当年英国红毛洋鬼子敢打定海，就是不敢打东沙。东沙湾就是一个天然屏障，进得来，出不去，一条小小的日本兵舰，就几个日本兵，怎么打的进来！”

“我家那个死男人也这么说，拿着杆鸟枪就走了，屋里死人也不管了……”

“呵，你不要骂你男人阿海了，一个顶天立地的男子汉，能眼睁睁地看着强盗闯进家门而不顾吗？阿海有种！好了，不多讲了，阿海家女人，我托你个事。”

“什么事你尽管吩咐，林老大。”

林德泉把腊梅拉过，推到阿海家女人的面前，说：

“这个小囡是我孙女，叫腊梅。本来我是要送她到峙盘村她屋里去得，但现在来不及了，我现在有急事要办……”

“要打仗了，还有啥急事？”阿海家女人抢着问。

“傻急事？跟你屋里男人一样的急事。好了，不要多问了，我想让腊梅在你身边住两天，最多三天，好不好？”

“哪有不好的？你林老大这么看得起阿海，你的事，就是我阿海屋里的事，放心。这个女小囡长得真是水灵灵的，好看得来！来，你是叫腊梅，是吗？腊梅，过来，快到我身边来——”

但林德泉没有马上让腊梅过去，而是弯下腰，望着腊梅。

“你好好在这里，要听阿婶的话，”林德泉对腊梅说，“二公公是要去办要紧的事情，要把胆敢闯进东沙的日本鬼子赶出去，把日本鬼子赶出去了，我就来接你，阿，晓得吗？”

“嗯，晓得了，二公公。”腊梅点了点头，说。

“晓得了，就好。你也十一岁了，要懂事。你看看，你这一走，一年多，二公公着急啊，到处打听，到处找，胡子白了，人也落了好几斤肉，要找到你，晓得有多难吗？好了，再也不能自说自话了，你看现在有多乱，我这么一大把年纪了，你再走，恐怕再也见不到你二公公了。”

“我懂，二公公，我……不走了。”

不知为什么，腊梅说着，眼睛都湿了。

“好，好，懂了就好，懂了就好。”

林德泉说着，直起身子，再对阿海家的女人叮嘱了几句，转身走了。

抗敌自卫团没有挡住敌人的进攻，日本鬼子就要攻入东沙镇的消息，一转眼就传遍了整个镇子，那些原先想看一看等一等舍不得家园暂时还不想走的人，一见大势已去，扛不住了，也不想想究竟该去哪里，便举家而出，扶老携幼前呼后拥的，朝镇外四散奔去。

一时间，在整个东沙镇，无论大街小巷，又到处都是摩肩接踵、呼儿唤女、落荒而走的人了……

林德泉是最后一批撤离阵地的人员之一。看来他亲自上阵了，但还是没有压住抗敌自卫团第三大队的阵脚。他原先还想拦一拦，挡一挡的，把那些夺路而逃的自卫队员拦住，继续抵挡，但一看确实拦不住了，就随手拿起一支别人丢弃的七九毫米“毛瑟”步枪，挥着枪杆，大叫几声“别乱跑，往后滩上撤，那里有船……”，随后，就一瘸一瘸的，朝后山腰跑去了。

但林德泉没有直接跑向后滩，而是先到镇子边上的那个小渔村，想找到腊梅，带着腊梅一起走，但是，当他到了阿海家，推门而入，那里面空空荡荡的，一个人都没有了。无奈之下，他只好一个人朝后滩奔去了。

其实，那个时候，腊梅还在镇上……

当日本人要打进来的消息刚刚传到渔村的时候，阿海女人还犹豫不决，等到一看到别的人家都呼号着，男女老幼都争相破门而出，朝家门外跑的时候，阿海女人真的怕了。于是，就赶紧拿了些吃的用的，打了两个包袱，一个自己背着，另一个让腊梅提着，随后就抱起一个小小囡，拉着一个大小囡，心急慌忙地跑出家，连门也忘了关。

但是，出了门，往哪儿走呢？阿海女人想来想去也想不出到底该往怎么走，一定神，想，哪儿人多，就跟着走。就这样，腊梅就紧紧跟着阿海女人，跟着那些人跑，晕头转向地跑，跑着跑着，就跑到了镇西头。那时候，早上还冷清的镇子上一下子就涌出了许多人，有的人要往东，有的人要往西，都挤在一起了。

在摩肩接踵人来人往的人堆里，一开始，阿海女人和腊梅还能互相照应，一个叫“腊梅，快到这儿来，跟紧我，别走散”，一个喊“晓得了阿婶，我来了……”到了后来，当腊梅从人缝中挤来挤去，最后总算钻了出来，一抬头，要再找阿海女人时，不仅声音听不到，而且，背影也找不见了……

“阿婶，你在哪里？阿婶，你听得见吗？阿婶……”

腊梅叫着，拼命地叫，但人声嘈杂，呼号连天，把她的叫声淹没了。

“阿婶，我在这里……你在……哪里？”

腊梅哭了，她突然感到一阵骨骨抖。一种孤立无援的感觉涌上心头。她哭着喊出声，但声音很低，更像是一种内心的嘶叫，有些凄惨。

这时候，还有许多人争相着奔来涌去，全然不顾地把腊梅推向一边，令腊梅脚下一绊，跌倒了……她挣扎着爬起，转身，朝阿海女人跑散的方向奔出两步，但很快又止步不前了，因为，她已经辨不清东南西北了……

到了当昼过，东沙镇就空了，人都跑光了，连狗影都不见一个，整个镇子空空荡荡的，只有风在刮，把那些没关上的门吹得咣当咣当的响，像个鬼城……

那个时候，腊梅仍在镇上，一个人坐在长庆桥不到一点的火神庙门前的台阶上，满面蒙尘，靠着一个石狮子底座，抱着阿海家的女人的那个包袱，蜷成一团。

她实在走不动了，也不知该往哪儿走，就在那里，一动不动。

腊梅是晓得回家路的，峙盘村尽管偏远，但就在这蓬莱岛上，也不用坐船，就是要走许多路，但她不敢一个人回去，怕阿母的脸。

如果是二公公带着她回家，她就不怕了，因为二公公说一个“是”，别人是不敢回一个“不”字的，阿母更不敢，可是，二公公说好来接她的，但一直没来，不晓得哪里去了。

杨家渡村也不能去。一是要坐摆渡船，刚才她去过渡口，那里一只船也没有；二是腊梅原来跟阿成一起住的那房子、院子和菜园子，都归阿成他大阿伯了，阿成都没地方住，她还能再去吗？

水仙姐的长虾湾岛……也不能去了，那是要跨海的，现在日本鬼子打进来了，就是有船，谁还敢出海？就是“东升”号船老大，腊梅叫他阿叔的王老七，怕也不敢了。

那么李家大姆妈呢……当腊梅一个人在镇上慌不择路、昏头落冲地走，跟在几个人的后面跑过元庆桥，一定神，一眼就看到恒祥五金店的时候，腊梅就想起李家大姆妈，就想到李家大姆妈喜欢自己，一定会收留自己的。于是，就跌跌撞撞地跑到恒祥五金店，一边叫着“李家大姆妈，我是腊梅，李家大姆妈，你开开门……”，一边敲门，拼命地敲门，可是，敲了好长时间，门一直没开……

腊梅……怎么办呢？腊梅能到哪儿去呢？

想到此，腊梅又哭了，但不敢哭出声，捂着自己的嘴，闷声闷气地哭，越哭越伤心……但就在这时候，忽有一阵狗叫声从长庆桥另一头的街角那里传来，紧接着，只听到“啪”的一声，那狗哀转地呜咽几声，就没声了。

腊梅一惊，忽地站起，就瞧见在不远处的街角，有两个戴着圆铁罐一样的帽子，端着长枪刺刀的人闪了出来，正朝这边跑来……

“日本鬼子！”

腊梅心头一跳，想也不多想，一把抓起地上的包袱，转身就跑，拼命跑，一头钻进一个小巷子，稍稍放慢脚步，小心翼翼地往里面走。

当腊梅气喘吁吁地走出小巷，停下，一看，正好是城隍庙后院墙下的弹格路小街，她熟，于是，她左右环顾，辨认了一下方向，一个前冲，就绕着弹格路朝西奔去，一直奔到另一个街口。到了街口，她停了停，正想往酱园子路跑去，但正在那时，一眼看到又有两个日本鬼子，一前一后，戴着一样的圆铁罐帽子，端着长枪刺刀朝这边走来，她一慌，赶紧折回，疾跑几步，一头钻进另一条很深的巷子。

这时候，她不敢快奔，怕闹出声响，于是，就轻轻地走，一步一回头地看……这样，她东张西望地走，走过一个个宅院。

正当她走过其中的一个破落的小宅子的时候，那宅院的门忽然一开，一个人影跳将着窜出，奔上几步，从身后一把抱住了她……腊梅刚要叫，那人却早已一伸手，捂住她的嘴。

“别叫！”那人压低嗓子，低吼一声。

腊梅听出那声音了，那是阿爹！她猛扭头，一看，那真是她的阿爹！

“阿爹——”腊梅叫出了声。

“是我，腊梅……”林代富放下腊梅，压着嗓子：“是我啊，是阿爹。”

“阿爹……”腊梅又惊又喜，轻轻地叫了一声。

林代富也不多说，就拉着腊梅，一转身，就跑进那小院，然后伸出头，朝四下观望几眼，退后，紧紧地关上了那院门，随后，就牵着腊梅的手，一直走，走到一个墙角落下，停，转身，蹲下，双手扶住腊梅的肩膀，摇了摇，想说，又说不出，愣着，凄楚地看着自己的女儿，眼泪纵横。

“阿爹——”泪流满面的腊梅叫了一声，扑上去，抱住了林代富。

而林代富，此刻也倍觉伤感，一股热流涌上心头，自腊梅出生十一年来，还是第一次抱着，抱得紧紧的，生怕她离去。

这个时候，也不晓得为什么，她的阿爹，那个打他骂他对她嫌，让她既怨又恨，一天到晚娘死娘倒地骂她扫帚星克死娘的阿爹，此时此刻，对腊梅，忽然之间变得如此可亲，如此贴近，那样难以分舍，这悲欢离合，这滋味，这心情，真是五味杂陈，百感交集……

就在林代富带腊梅回家的前一天，吃了饭，刚过当昼过，荷花要到隔壁陈家大阿嫂家里串门，关照七岁的阿平带好三岁的阿豆，就在自家院子里玩，要出门玩，也只能在院门外不远的空地附近玩，不能走远，要是昏头昏脑走远了，回来当心吃耳刮子，阿平说了“晓得了”，就拿了根小竹竿，领着阿豆骑起“马”来，荷花一看放心了，就跨出门，到陈家大阿嫂家里去了。

荷花在陈家大阿嫂家里“闲白直”，两个人一边做做针线活，一边拉拉东家长西家短的，一直讲到快到下午了才收场，荷花意犹未尽地出了陈家的门，往自己的家里走。

进门一看，两个男小囡都不在，荷花这才有些着急，一声“阿平”高、一声“阿豆”低地叫唤着，里里外外地找，叫了半天，找了半天，却还是没见自家两个野小囡的影子。

那时候，荷花真叫急得团团转了，脚底像抽了风一样地朝外跑，一边跑，一边叫，“阿平啊，你这个野小囡，人在哪里？”“阿豆，阿豆，快回来……！”

她就这样跑着、叫着，从村里跑到村外，从小溪边一直跑到北山的山脚下，逢人就问，抓着一个不管认得不认得的人就打听，看到过我家两个男小囡吗，一大一小的两个男小囡……但是，直到夜快朗了，阿平、阿豆还是没有找着。

外面找不着，是不是荷花找错了方向，自己朝东，两个小赤佬在西，说不定正在自己晕头转向地在找的时候，两个野小囡已经自己回家了。这样一想，看看天色将暗，荷花猛然收住脚，一转身，就朝自己屋里方向走……当她一路疾跑，刚刚看到自己家的家门，就见有一个人影站在哪里团团转，一看荷花跑了过来，就心焦焦地向她挥手。

那个人荷花认识，是阿六头，但从来对他不屑一顾，因为他村里出了名的僵个佬，说起话来结结巴巴的，木讷得很。阿六头一家几兄弟都是打鱼的，就他一个人个子小，上不了船，平时只能在家晒晒黄鱼鲞做做咸蟹咸虾，或在退潮的时候，在滩涂上摸蜻子挖泥螺，混口饭。

但现在就是这个结结巴巴的僵个佬出现在她的家门口，而且浑身上下都是血，荷花突然感到一阵头晕，两腿发硬，脚步慢了下来，拖也拖不动了。但她还是硬挺着，坚持着走过去。

“不……不……不好了，林……林家……阿嫂……”

荷花还没走近，那个僵个佬就对着她叫了起来。这简直就让荷花眼睛也有些发白了。

“你说什么？”荷花对着阿六头就喊。

“出……出事了，出事……了！”阿六头奔上几步，对着荷花，指手画脚地说：“你……你家……阿……阿毛豆……阿豆……”

“阿豆？”荷花大声问，急得眼泪都出来了，“阿豆怎么了？人在哪里？”

“在……在你……屋里。”阿六头说得很吃力，吐沫都飞出来了。

一听阿豆在屋里，荷花也不管阿六头了，就心急火燎地一把推开屋门，跑了进去。荷花一进门，就见阿平蜷缩在门后，两眼发呆地看着她。

一见大儿子如此神情恍惚，荷花即刻感到大事不妙。她几步上前，一把抓起阿平，大声问：

“阿豆呢？你这个死赤佬！你弟弟阿豆呢？”

阿平没有回答，哇的一声哭了。

“你弟弟阿豆呢？阿豆在哪里？”荷花打了一下阿平的脑门，厉声问。

“在……阿母，阿豆……在床上……”阿平哭着，指了指里屋。

荷花一听，立刻跑进里屋，就看到小小的阿豆仰面躺在在床上，浑身血迹斑斑，一动不动。见此状况，荷花先是一阵痉挛，站着抽搐，片刻之后，哇地大叫一声，扑到床前，伏在阿豆身上，癫老戎一样的捶胸顿足，大哭起来。

“我……我……是尖嘴礁……看……看见的，”不知什么时候，僵个佬阿六头走了进来，在荷花身后，说着话，还是那样结结巴巴地，“尖……尖嘴礁，老高老高，我挖……挖泥螺，挖泥……螺，看……看到阿……阿平，阿平哭……哭，逐魂头……逐魂头介一个，我看见，就……就去尖……尖嘴礁，尖嘴礁尖啊，阿豆……死了……”

这一天，从夜晚头到隔天当昼过，在林代富屋里，就不断传出荷花吼叫一般的哭喊声，直到林代富带着腊梅回到了家，那哭声嘶哑了，但仍时断时续、忽高忽低地传来……

在东沙镇，当林代富搭了条舢板从黑猫子岛回来，遇上日本兵攻打东沙，吓得灵魂都出了窍，又见镇上许多人家都举家逃难了，赶紧东躲西藏，无意之中，却正好撞见孤身一人的腊梅，父女两个久别重逢，真是悲喜交加，抱头痛哭……

那时，日本鬼子已经占了整个镇子，正两个一伙三个一队的，端着上了刺刀的步枪，满街地走，搜索四散奔逃的抗敌自卫队，零星的枪声时不时地从各处传来。这镇上是决不能呆的，要送命，怎么办？头夜忖忖千条路，天亮还是摸老路——跑，回老家，那里靠近海边，够偏远的，日本人到不了！

于是，父女两个好不容易跑出镇子，走小路，翻山坡，穿海滩，筋疲力尽的总算在当天下午回到了峙盘村，就在村口，林代富就听得自己的小儿子，腊梅的小弟弟阿豆在爬尖嘴礁的时候摔死了……

一开始，听到第一个对他说的，他还不相信，当第二个、第三个还是这样说，他就像被霹雳劈了，惊呆了，两只脚像扎了根似的，站着不动了。而腊梅呢，一听，就像发了疯一样，哭着，叫着，就往家里跑。

一看腊梅跑了，林代富这才撒开腿，朝前奔去。

但是，当林代富一回到家，还没靠近那张放着阿豆尸体的床，更没晓得个究竟，他老婆就扑向他，一把揪住他，像个癫老戎，又叫又骂，乱抓乱打，就像火药碰了自来火，迸发了，爆炸了，把所有的怨恨都出到他的身上来了。

“你这个死人啊，吊死鬼！咋会有你这个呆佗泡啦！”披头散发的荷花抓着林代富不放，又喊又叫：

“你死到啥地方去啦？啊！你死就死啦，还回来做什么？你死了就不要回来……好了！你……你这个直壁死，僵尸鬼，你看看，你不回来，好好的一个小囡……欢奔乱跳的一个小囡，就……没有了，哇，你这个死鬼！穷鬼！穷煞鬼！我真是瞎了眼了，怎么会嫁给你这个穷煞鬼啊……你这个死老酒饱，我怎么就这个沙蟹命啦，就嫁给你这个屙缸块啦！是你害死了我的儿子！你这个杀千刀的穷煞鬼，我要跟你拼命，我要跟你拼命……”

荷花就这么连声叠句地骂着，全然不顾屋外正围着一大堆人，交头接耳、七嘴八舌地说着，在看着白戏。而代富呢，也已被他雌老虎女人闹得晕头转向，不知如何是好了。

而腊梅，这时候，已经端来一盆水，拿起一块手巾，走到床前，蹲着，一边哭，一边擦洗阿豆脸上和身上的血迹。

这情景，荷花是看不见的。她哪能看得见？她正对着代富又打又抓又骂又闹呢，还顾得上其他？

但是，再怎么闹，也不可能就这么一直闹下去的，至少要喘一口气吧，否则怎么长久持续地闹？就这么样，荷花实在闹累了，要缓一缓，喘口气，就松开了抓着代富的手，退后一步，拿出手巾来，想擦一把鼻涕，拭一把眼泪……

就在那当儿，她冷不防突然发现了在床边的腊梅，一股莫名怒火随即涌上心头，鼻涕眼泪也不擦了，火冒三丈了，就腾腾腾地跑了过去，对着腊梅的后背就是一脚，将腊梅踢得滚倒在地。

“你死回来啦？你死回来做什么！”荷花开始对着腊梅吼，“要死怎么你不去死？要死就该你去死！你这个扫帚星！白虎星……”

这时，林代富看不下去了，上前拦住荷花，吼了一声：

“你这是干什么？你这个雌老虎女人……”

有阿爹拦着荷花，腊梅才爬了起来，移了几步，站在一个墙角里，索索抖地看着荷花。但那时，荷花又推开林代富，冲上几步，继续对着腊梅骂：

“怪不得，怪不得阿豆会从尖嘴礁跌下来跌死，原来是你这个克命鬼回来了！你这个索命鬼啊，你克死了自己的亲娘还不够，还要克死你的阿豆啊！”

“阿豆跌死，管腊梅什么事？”林代富也火了，他大声叫了。

但他这一叫不要紧，荷花的火却更大了。

“就是她的事，就是她这个白骨精害的！”荷花骂道，“她不回来就没事，她一死回来就出事！”

“腊梅是我的女儿，”林代富瞪着眼睛，说，“她不回来，到哪儿去？”

“你女儿？那你带着走，一起滚……”

林代富一听，也火了，就一个巴掌上去，打了他女人。这下可好，荷花发狂了，就一转身找家伙，一看，就随手抓起一根铁火钳子。

“好啊，你打人……”荷花叫着，“你打我，我就打她，打死她——”

说着，就冲着腊梅，劈头盖脸地就打，一边打，还一边骂：

“你这个丧门星，扫帚星，克命鬼，我打死你！打死你这个烂匹啦囡！没人会要的拖祭包……”

这一打，林代富耐不住了，他抢步上前，横在荷花与腊梅之间，欲以自己的身体阻挡荷花，但荷花哪管这些，又弯着身子，瞅着空档，继续打……

荷花她这么打腊梅，手脚又这么重，原来那些在门外看白戏的，也看不下去了，一个个闯了进来，有的护着腊梅，有的抓住荷花的手，其中一个，就是白天和荷花一起闲白直拉家常的陈家大阿嫂，上前夺下荷花手中的铁火钳子。

“这就是你的不对了，荷花！”陈家大阿嫂把夺下的铁火钳子往门外一扔，对着荷花说道：

“啥人打小囡打得有介莫介凶的？人心都是肉做的，你的心是铁打的？石头做的？人靠良心树靠根，走路纯靠脚后跟啊，你好好要心定下来想一想了，你这个当后娘的，再凶，也不能乱打一气啊，阿豆出了事情了，大家都晓得你伤心，但是你也不能把气出在腊梅头上啊！你看看腊梅，让你打得……啥人不晓得腊梅是个好小囡？村上啥人不晓得？你好好看看，林家阿嫂，腊梅多懂事，一回来，看到阿弟出事体了，就帮阿弟擦啊洗啊，这么好的女小囡，你哪能落得下这么重的手啊！”

陈家大阿嫂这样一说，其他邻舍也上前，七嘴八舌地指责荷花，说得荷花脸上红一阵白一阵，哑口无言。

这一夜，腊梅没在自己家里过，而是让隔壁的宁波阿婆领了去，住在她家里了。腊梅第二天也没回来，第三天也没回来，……直到第八天，阿豆做过材头祭，也就是在阿豆的那副小棺材上覆一红毡，上安祭盘，立过灵牌，请几个吹打的，热闹了一番，落葬后，腊梅才由林代富领着，回了家。

第十七章　阿成

阿成回到大阿伯家的时候，已是掌灯时分了。当阿成进门，就看见大阿伯一家正围坐着一张八仙桌吃晚饭。看到阿成进门，大阿伯只是抬头看了他一眼，随后就像没见着一样，又端起面前的小酒盅，喝了一口。

“大阿伯……”阿成上前一步，轻轻地叫了一声。

但大阿伯没理他，拿起筷子，夹了一筷咸萝卜，往嘴里一送，嚼了起来。

“大阿伯，我……回来了。”阿成又叫了一声。

这时候，大阿嬷端着一碗菜从灶头间走出，从阿成面前走过。

“回来做什么？”大阿嬷哼了一声，阴阳怪气地说，“吃饭的时候回来，白肚材啊？真正思食痨，勿做事体白肚材！”

“我……”阿成想说，又不知怎么说。

“我什么我！”大阿嬷往大阿伯旁边的长凳一坐，抢断着，说，“不是白肚材？你看看，一家老小从大天白亮一直在地里忙，忙到夜晚头才坐下来定定心心吃夜饭，你倒好，几天几夜看不到，粘屁股粘到啥地方去了？开心得不得了了，是不是？到啥地方去花天酒地了？”

“大阿嬷，我没花天酒地……”

“啥人是你大阿嬷？”大阿嬷端起饭碗，又放下，抢白道，“对不住，不敢当！真是馋痨看牛等种田，馋痨新妇等送年，张家门里哪会出这么一个忤逆不孝，真是下代不修，屙缸块！”

这一顿骂，阿成听了，脸上一阵青，一阵红，身体也有些发抖了。

“好了，好了，”大阿伯又喝了一口酒，对大阿嬷说，“你也讲得差不多了，先歇一歇，让他讲；阿成，你还上报门来，要讲得清爽——这几天，你到啥地方，做啥去了？”

“我到……镇上，”阿成说，“日本人……的飞机来了……”

“日本人飞机来了，关你什么事？”大阿伯摇着头，说，“你这是来讲老虎天话啊，防来莫有介事体勿？”

“镇上的店都关门了，日本人的飞机开枪开炮，打铁铺子……也关了。”

“真是大头天话！”阿成的大堂兄，也就是那个占了阿成家房子的阿荣笑着插上话来，说，“这种大头天话啥人会相信？日本人飞机来了，打铁铺子搭什么介？关什么门？”

“日本飞机……还撒传单，说，不投降，就要扔炸弹，许多人……都逃了，店都关门了，逃到乡下去了。”

“别人都逃到乡下去了，就你一个人在镇上？”大阿嬷问。

“我……”

“什么我、我、我，”大阿伯一拍桌子，大声说，“快说，你这几天几夜做什么了？是不是上赌摊、逛戏院、看庙会了？”

“没……有。”

“那你做什么了？”大阿嬷厉声问

“我……没做什么……”

“你没做什么？”小堂兄阿华也插上嘴来，说，“那么几天几夜都在哪里？睡了几天几夜？”

阿成看了他一眼，不想回答。

“那要睡，也得有地方啊？”阿荣在一旁跟腔，“睡哪里了？云里雾里？还是山里海里？”

阿成还是没有应答。对他的那两个堂兄，他有点不屑。

“是不是下地干活累死累活，你存心闲逛，癞四避端午了？”大阿嬷又问，“到底死到哪里去了？说——”

“我……就在镇上。”阿成回答。

这时，大阿伯起身，离座，走到阿成跟前，盯住他，问：

“在镇上做什么？”

“我……不说……”

他话音未落，大阿伯就一个巴掌打上去，把他的半边脸都打红了。

“说不说？”大阿伯再问。

“不说！”阿成站着不动，大声喊道。

“啪”的一声，大阿伯一个反手耳光又打上去了……这一个耳光打得很重，阿成站不住了，退了两步，但挺着，站住。

“我不说！”阿成竭力忍住眼泪，叫道。

大阿伯再上前一步，还要打，这时大阿嬷抢先一步拦住了他，把大阿伯拖了回来。

“算了算了，这小赤佬从小就是心思鬼，打了也白打，”大阿嬷一边劝大阿伯，一边仍指桑骂槐，“你打了有啥用？你心焦煞，头大煞，他还是这样，你在火里他在水里，阴斯疙瘩。好了，不要多讲了，钞票叫他拿出来，拿不出，用掉了，再打，打死他！”

一听钞票两个字，大阿伯又来气了，立刻别转身，瞪着阿成。

“钞票呢？”大阿伯伸出手，问，“你镰刀没打，钞票呢？”

阿成没回答，从衣兜里掏出三个银圆，放到大阿伯伸出的手掌上。

大阿伯手掌正要收拢，大阿嬷已抢先一步，把银圆拿了去，数了数。

“还好，钞票还是三块，一块没少。”大阿嬷说。

“什么没少？”大阿伯一扭头，对大阿嬷提高音调，说，“你怎么不算算另外一笔账？这个讨债鬼到镇上连头带尾总共四天，三天没下地干活，他的生活啥人做？不得已，我不是还请了一个短工顶替，这难道不是一笔多出来的钞票？除此之外，割麦子就等着好用的新镰刀，但阿成一把也没带回来，那些旧的镰刀刀口又窄又钝，干起活来费时费力，累得我腰酸背疼，手臂膀也抬不起来，这难道也不要算在这个小赤佬的头上？是我自作自受？好了，你们快吃饭，吃了饭，就收桌子——”

说着，大阿伯转向阿成，瞪了他一眼，说：

“你，今天没有你的饭吃！几天没下地干活，还想吃饭？好吃懒做，拖祭包啊！明朝一早起来，就下地，否则，还是没你饭吃！你信不信？不信，你试试，你这个没良心的讨债鬼！”

但是，第二天一早阿成没有下地干活。他当夜就跑了，不知去向……

阿成痛下决心，要离开杨家渡村的那个晚上，其实，人还是在杨家渡村。

直到后来，心情稳定了，阿成才明白，自己要离家出走，其实并不仅仅是因为大阿伯及其一家奚落他，虐待他，也不是因为大阿伯打了自己耳光，不给饭吃，而是自己心底深处早已埋下火种，不过是在那一晚，导火索被引燃而已。

阿成上过学塾，是识文断字知书达理的，但在所谓家长强权之下，讲理，又有什么用？来日方长，将来或不止此；现在没自己大阿伯讲理的实力，但总有能够讲理的那一天……那么，现在，是决不能再在这个屋檐下待下去了。

那一晚，阿成是在杨家渡村东头阿先伯家的牛棚里度过的。为什么？因为那晚上没月亮，星光黯淡，荒郊野外漆黑一片，赶不了路，阿先伯家的牛棚就靠近村口，先宿一夜，谁也不晓得，天一亮就走，谁也看不见。

阿爹、阿母死后，起初阿成还年少，干不了重活，但大阿伯又不想阿成半刻闲着，就让阿成放牛。但只管自家的一头牛又嫌少，这不是和闲着玩差不多？

一样放，就帮着几个邻家的牛一起放，正如《儒林外史》第一回所言，“如今没奈何，把你雇在间壁人家放牛，每月可以得他几钱银子”，多放一头就可多赚一笔，几头就是几笔啊，何乐而不为？

正好，阿先伯儿女在外，孤身一人的，家的牛没人照应，于是，也牵了过来，让阿成管着，一起放。因此，阿先伯家的那头老牛认识阿成，阿先伯家的牛棚阿成也熟门熟路。

那晚，当阿成将自己仅有的几件衣服及其他属于自己的零星物品扎成一个包袱，绝不贪图大阿伯家的一针一线，穿上一双还是阿母在世时给他买的、现在已经有点破了的芦花蒲鞋，抓起一把从自家带来的柴刀，插在裤腰上，出了门，摸黑来到阿先伯家的牛棚，蹑手蹑脚地推开门，钻了进去。那头老牛见了，没叫，只是哼了一声，然后就是晃了晃断了半截牛角的脑袋。

“你好，”阿成轻轻抚摸老牛，对它说，“没忘了我吧？”

老牛又哼了一声，又晃了晃头。

“唔，晓得你没忘。今天我陪你好吗？就一晚，天一亮就走。”

老牛又哼了。这次的声音稍稍响了一点。

“那好，就这样定了。”

阿成说着，就摸索着走到一边的干柴堆，解下柴刀，放下包袱，就躺了下去。而那老牛呢，也不声不响，继续咀嚼着从胃里反刍出来的草料了。

乡野的夜晚并不是无声无息的，只是没了人的喧嚣，蛙鸣蝉噪此起彼伏，反而让人觉的空旷而又宁静。这感觉，会令人断了思绪，空灵一心，不去多想明天会有多远，不知不觉中，润物细无声地催人入梦。

就这样，在阿先伯的牛棚里，在干柴堆上，阿成很快就睡着了，睡得很沉……直到一道光亮突然照着眼睛，让他惊醒，一跃而起。

但天没亮，亮的是一盏油灯，油灯后是一张皱纹密布、胡子拉碴的人脸。那个人，是阿先伯。

“别怕，别怕，”阿先伯移开油灯，凑近着，说，“我不赶你，不会赶你的，阿成，别怕。”

“阿先伯，我……”阿成想说，但说不出。

“我是来看牛的，”阿先伯问，“一看却看到了一个人影，你怎么会来这里的？没出什么事吧？”

“我……我……”阿成还是说不出。

“夜饭吃了吗？看你脸色，夜饭没吃过吧？”

“没……没吃。”

“跟我来——”

就这样，阿先伯掌灯在前，阿成背着包袱跟随，没几步就到了灶火间。到了灶火间，阿先伯也不多说话，就将油灯放在一张小桌子上，然后就走到灶头，掀开锅盖，拿出几个吃剩的番薯，装在一个蓝边粗瓷大碗里，走回，往桌上一放，然后坐下。

“阿先伯不晓得阿成要来，没什么好吃的，”阿先伯望着阿成，说：“就几个番薯，将就着，吃吧。”

阿成一时没动，就站着。

“怎么？不饿？”阿先伯又问。

这一问，阿成不犹豫了，上前，在阿先伯对面坐下，拿起一个番薯就朝嘴里塞，连皮也没剥。但没几口，阿成就噎着了，喉咙一阵哽塞，上下不得。

阿先伯一看，笑了，赶紧起身，到了碗凉水，递给他。

“来，喝口水，慢慢吃，慢慢吃。”阿先伯说。

阿成也不说话，就端起碗，喝了一小口水，过了好一会儿，才把那塞满嘴巴的番薯慢慢地咽了下去。接下来，阿成就吃得小心了，一口番薯一口水的，慢条斯理了。

看阿成饿成这样子，阿先伯有些伤心。

“唔，阿成，是不是出事了？”阿先伯卷着一根烟，问。

“没事。”阿成想了想，回答。

“没事？真的没事？”

“嗯……”

“好，你不想说，我也不问了；你不说，我也晓得。寄人篱下啊，这味道，我晓得。你委屈了，阿成。”

阿成听着，不知不觉的，泪水就流了下来。

“好了，不多说了，阿先伯就问你一句，”阿先伯指着阿成身边的包袱，说，“你这是……准备出远门了？”

“是……阿先伯。”

“去哪里？”

“嗯，还不晓得……”

“要干什么？”

“打日本鬼子。”

“你打日本鬼子？”

“对，要报仇雪恨。日本鬼子杀我爹，尸骨全无……要是我爹不死，我阿母也不会死，我阿爹阿母都不死，我现在……就不会是这个样子了。”

“你多大了？你还是个孩子啊，最多是个半大小子！”

“我会长大的，很快。”

“你……怎么打日本鬼子？”

“我找自卫团，他们有枪……”

“我听说，自卫团都打散了，都撤了，撤到哪里谁也不晓得，你单身一人，怎么找得到他们？”

“我……不晓得。”

“你不晓得，又怎么找？”

“会找到的，一定会找到的。”

“阿成啊，听阿先伯一句，你还年少……青春年少，血气方刚，但也不能光凭一股冲劲干事，做一件事，要三思而后行啊。”

“我晓得，可现在，日本鬼子打到家门口了，又是飞机炸弹，又是开枪开炮，杀了多少平民百姓，家仇国恨啊！阿先伯，更何况父仇子报，一定要报，现在不报，何时能报？”

这一席话，阿先伯听了，连卷好的烟都忘了点，一直捏着，捏在手指间。好半天，他才想起，点了烟，接连吸了几口，点了点头。

“好，阿成，有志向，”他沉思片刻，说，“好，年少志高当自强，有志者事竟成！

我阿先伯年纪大了，扛不动枪了，不能跟你一起走，但可以帮你一把，我成全你！”

说着，阿先伯把刚吸了几口的烟往地上一丢，踩上一脚，然后站起，转身，一言不发地走出灶火间。这让阿成有些不解，他不晓得阿先伯所谓的成全、帮一把是什么意思，也不晓得他想要做什么，一低头，看着还剩下的两个番薯，就拿起其中的一个，剥了皮，咬上一口，吃了起来。

不多时，阿先伯又走了进来，两只手都拿着东西。

阿成有些疑惑，看着一脸凝重的阿先伯。

阿先伯也不说话，先把一双新的芦花蒲鞋往阿成面前一放。

“阿先伯……”阿成看着他，迟疑着，说。

“我看你脚上的蒲鞋破了，”阿先伯说，“这一双你带着，路上穿。”

“……”阿成一时无语，手里拿着的那个番薯就这么悬着。

接着，阿先伯又把一个荷叶包打开，里面是几块又大又厚的米糕。

“这几块米糕，是新蒸的，路上吃。”

“阿先伯，我……”阿成欲言又止。

“这里还有几块铜钿，”阿先伯另一只手伸出，把三个银圆放在阿成面前，“这一路，说不定有多难，铜钿不多，你带着，阿成，有用的时候，要用。”

阿成听着，慢慢地站起身来，愣着。

“今晚，也不用再去蹲牛棚了，”阿先伯看着阿成，眼里闪着泪花，“牛棚里黑势懵懂的，又闷又热，到屋里睡，陪陪阿先伯，好好睡一觉，醒了，有力气，有精神，好赶路。”

阿成手一松，那个咬了一口的番薯掉了下来，掉落在桌子上……这时候，阿成明白了，心里一阵激动，哭了，突然退后一步，单腿跪地，对着阿先伯拜了一拜，嗫嚅着，说：

“阿先伯，您的好意，我……心领神会，将来……我阿成……出人头地回家乡，我……一定加倍……奉还！”

阿成是在那天清晨离开阿先伯家的。

阿成此次出走不走东沙河，而是相反方向，过清源溪，翻黑猫岭，从南面绕过东沙镇，然后再往西，到大蛤蟆滩。

到了大蛤蟆滩就要等机会了，看看有没有船肯出海，哪怕是条舢板也行。要是有船，阿成想去大榭岛去。阿成听说，定海的抗敌自卫团总部就是撤往大榭岛的。在东沙，第三大队和日本兵打，打散了，据说，也有一部分人撤到了大榭岛。

大榭岛很远，有好几十里海路，没有船是绝对到不了的。

但大榭岛再远，阿成也是下决心一定要去的。不过，怎么能到，他心里没底。总之，无论如何，要先翻过黑猫岭，到大蛤蟆滩；到了大蛤蟆滩，总会有办法的。这样想着，拿定主意，阿成就进了黑猫岭。

黑猫岭的山都不高，但绵延起伏，一个小山头连着一个小山头，要翻山越岭，而且山路崎岖，有的地方甚至没有路，要抓着灌木杂树蔓藤攀爬。不过，这难不倒阿成，因为他从小就在山里砍柴，进进出出的，山路熟。就这样，阿成那天进了山，攀上爬下，一路曲折向西，一个上午就走了十几里地。

到了当昼过，找了一块较为平坦的坡地坐下，吃了点阿先伯给他准备的米糕，喝了几口山涧清凉甘洌的清泉，歇了一会儿，然后，又继续赶路。到了夜快朗，他已走到黑猫岭西面一个叫乌鸡坡的山沟沟了。

到了乌鸡坡，阿成四下环顾之后，决定今天就到此为止，要在这里找个安全的地方歇一晚了。为什么？阿母生前曾说过，夜路不能赶，赶夜路要出事的，有一句老话说，吃过晚饭赶路，越走越黑——所以，阿成只能在乌鸡坡过夜了。

要过夜，就得找个合适的地方。于是，趁天色还有点亮，夜晚头还没到，阿成就走出山沟沟，爬上一个陡峭的山坡，钻进一片杂树林。阿成晓得，穿过那片杂树林，那里就是一处怪石嶙岖山坳，有好些个山洞，那里是藏身的好去处。

于是，阿成就进了杂树林……但意想不到的事情就出在那里！

但就在他刚刚走上大路没几步，就听得前方突然闪出一个人影，拉响枪栓，用那种听不懂的外国话大叫一声。

就是那声大喊，让阿成怕了，不由自主地停了下来，身上的冷汗出了个透。因为，那人喊什么，他一点也听不懂……

——是日本兵！

那个黑影确实是日本兵，手中正握着一杆明晃晃的刺刀枪。一看是个孩子，日本兵放下了枪，对着身后，叽里咕噜地又喊了几声。

就在这当儿，那日本兵旁边又闪出几条人影，其中一个还提着一盏马灯。透过马灯，阿成看得见，那些人有些是日本兵，有些不是日本兵。

“你是什么人？”一个黑影移近马灯，照着阿成，问了一句本地话，“这么晚了，在这里干什么？”

“我……我……”阿成一时说不上话来。

“噢，还是个小孩子……”另一个人说。

“小孩子也不能相信！”原先的那个黑影一把推开那人，对着阿成又问，“说，夜晚头了，你在这里干什么——”

“我……回家。”阿成回答。

“你回家？你屋里在哪里？”

“就在……前面……”

“我晓得什么是前面，什么是后面；我是问你屋里在什么地方！”

那个人的脸凑得更近了。那是张长长的马脸，好像在哪里见过，阿成看着，总觉得有点眼熟。

“就在……前面的……村子。”阿成只能这么说。

“前面的哪个村？”

“我不晓得，我是找……我阿舅的……”

“你阿舅是谁？叫什么？”

“叫……叫……”

阿成支支吾吾的，还在思忖，那长着马脸的家伙突然朝阿成打了一巴掌，然后对着身后，手一招。

“把他扣起来！”那马脸叫着，“我一看就晓得这小子是个小奸细，或许就是个探路的。先把他扣起来，带回去审问！”

就这样，阿成被那马脸以及马脸的手下扣了一夜，第二天一早就被带到镇上原来的警察所，关了起来……

扣押阿成的那个长着马脸的人，就是东沙镇上出了名的渔霸，包记鱼行的渔老大，包成虎。

就是这包成虎，日本人来了，就摇身一变，成了日本人的带路党，带着自己的几个手下帮着日本人四处捉拿抵抗过日军进攻的抗敌自卫队员。

后来，日本人派了个宣抚班的来找他，要他出面组建“治安维持会”，包成虎一看机会来了，一口答应，随即就找了几个地方长老，软硬兼施威逼利诱地磨了好些天，最后，总算让那几个在一份章程上签了字画了押，“治安维持会”就建起来了。而包成虎，就做了维持会的“会长”。

“会长”是什么？好像要比县长小一些，但比镇长大一些；但到底是大是小，只有日本人说得清……但无论如何，包成虎说，那会长，就好比鸡头上那块肉，不管大小，总是个“官”。

自从做了日本人的“官”，包成虎俨然而成地方一霸，以日本兵为靠山，网罗地痞流氓和那些平时游手好闲的家伙，成立了所谓的“治安队”，四处安设哨卡，并在镇内镇外张贴告示，要求居民顺从日本占领当局，不得隐匿并协助捉拿抗日分子，以维护地方治安，恢复地方秩序。

阿成就是包成虎带着治安队在一次下乡“清剿”抗日分子行动中被抓获的。阿成被抓之后，就被关在镇上原先警察所的拘押室里。

在那里，阿成被关了好几天，却一直没人过问。有时，那些看守想起来了，就给些吃的喝的，想不起来，什么都没有，就饿着。

在阿成被关着的那些天里，拘押室关着的人有时多有时少，但大部分都是青壮年，有本地的，也有不是本地的，有渔民、学生、做生意和从别的地方逃难至此的，还有就在附近乡下种地挑着担到镇上卖鸡卖鸭的农民，什么人都有，而且每天都有变动，进进出出的，忙得很。

但就是阿成一直被关着，没人问。

第十八章　再嫁

腊梅回是回家了，但日子已不复以往，和过去不一样了。

这“不一样”，也不是说原来的一家五口就少了一个小弟弟，更是因为，日本人占了东沙，封锁了周边海域，船出不了海，鱼行关了门，商户做不成生意，做小生意的摆不了摊，农村里的农户不敢上集镇，这岛上的大部分人，包括渔户，都断了生活来源，整个蓬莱岛，无论集镇还是乡村，都一片萧条，日益困顿……

这当然也影响到峙盘村，影响到腊梅的家。

现在，从热天到过了秋老虎，林代富一直出不了海，整天在家待着，不是埋头大睡，就是唉声叹气地抽烟，或到海滩边的尖嘴礁上，看着海，一坐就是半天。至于酒，林代富回家以后就没喝过。

他不是不想喝，而是不敢花那个钱。自从上次遇到日本人的军舰后，代富就一直没有出过海。也不只是他，全村的人包括郑老大都没有出过海。

那天，担任“嘹望”的是林代富。在整一个上午，林代富就趴在桅杆上，悬在半空中，不停地东张西望，把脖子都扭酸了，两个肩膀都憋紧了。实在吃不消了，他就爬了下来，想歇一会儿。但他刚一下来，就撞上了郑老大。

“你怎么了，代富？”郑老大盯着他，问，“怎么刚一上去，就下来了？”

“什么刚一上去？老大，都半天了！”林代富摇着头，解释，“下来撒泡尿，抽口烟，就上去，就上去。”

“什么泡啊？鸟泡哇，这么点时间都憋不住！”

“哪像你啊，猪水泡，想尿就尿……”

“你说什么？”郑老大说着，伸出巴掌，像要打上来的样子，“什么泡？再说一遍！”

“我说什么了？”林代富没躲，反而把脸凑了上去。

“谁的尿泡？”郑老大瞪大眼睛，问。

“好好，我是泡，猪水泡，行了吧？”林代富退了一步，掏出烟荷包，“来，老大，抽烟——”

就这么玩笑着，两人开始卷烟，点烟，抽烟。抽着抽着，两个人又说起话来了。

“老大，这爬上桅杆去看，看什么？”林代富说，“就是看见了，看到了日本的烂泥膏药旗，又能怎么办？”

“你这是什么话！”郑老大瞪了他一眼，说，“你就晓得瞎说八说！看着总比没看着稀里糊涂的好。”

“怎么瞎说八说了？不是明摆着的？就是看见日本人了，它真是要追，你还逃得掉？他们是兵舰啊，突突突，冒烟的，要是真打，一开炮，你再怎么快，快得了洋枪洋炮？”

“看你乱话三千，什么叫快手势，勿值慢两爹？懂吗？再说了，看见了，心里就有底，要死，也不会局局死了。”

“好好，去看，去看，”林代富举着手里的小半截卷烟，摇了摇，说，“死啊死啊的，等我抽完这支烟就去……”

到了船舷边上，面向大海，他扯裤裆，开始撒尿。

“真是，什么都能催，就是撒尿拉屙不能催！”扯开裤裆后，他自言自语地嘀咕着，

"娘希劈，这一催，就撒不出了，哇，真是婆婆理，嗒嗒滴……"

他开始朝海上撒尿，嘴里还在叽里咕噜地骂着，偶尔抬头……这抬头不要紧，一抬头，就看到在极远极远的远方，就在那海天一线之处，忽有几个黑点跃出水面，一转眼，就变得一道黑影，犹如横空出世的大鹏鸟！他大惊失色，急停撒了一半的尿尿，转脸，大叫：

"快看！老大！那边——"

正走向船头的郑老大一听，也吃了一惊，急急走回几步。

"看什么？"郑老大问。

林代富提着裤子，手指着远处：

"那儿，你看——"

"什么呀，是海鸟啊……"

"不是；什么鸟哇，鸟有这样叫的？你听——"

"真是的，你见了鬼了！听什么……"

"别说话！听——"

他们两个正闹着，一阵轰鸣声由远而近……随着那轰鸣声，几道黑影越来越近，越来越大。

郑老大这下不说话了，就愣在那儿，两眼盯着前方，嘴张的老大，但一点声音都发不出。这时候，其他渔工也都慌了神，都走了过来，围拢在郑老大和林代富的身后，一起干瞪着眼看。而在另一边，那几艘小对船也发现情况，慌了手脚，开始逃窜。

就在这时候，几架日军的水上飞机轰响着，扑面而来。

"飞机，日本飞机！当心炸弹！"

不知哪个叫了一声，所有人都惊叫了，东窜西跑的，想要找个地方躲起来。但就在这渔船上的人都惊慌失措乱作一团的时候，那几架低空飞行的日军水上飞机却已掠过这几艘团团乱转的渔船，轰鸣着，旁若无人地朝西南方面飞去。

这飞机一共有五架。当飞机贴着桅杆飞过之后的时候，那机尾上的"烂药膏"标记清晰可见。随着日军水上飞机渐渐远去了，那些渔工，包括郑老大和林代富在内，才纷纷从各自躲着的地方爬了出来，惊魂未定地走到一起。

"噢，太吓人了！真是究作煞，娘希匹！"

"真的是飞机！日本人的飞机！"

"啪啪爆，耳朵都聋了……"

"哇，谁吓出尿来了？"

"代富，代富吓出尿来了！"

"谁说的？"林代富不认账，"我先撒尿的，我先撒了尿，日本飞机后飞过来的……"

"那好，不打自招，是你撒尿把日本飞机引过来的！"

"那不就神了？你再撒泡尿，试试……"林代富争辩说。

"别闹了，都住嘴！你们听——"

郑老大突然叫了一声，大伙儿都静了下来……这时候，果真又有轰鸣声从不远的海面上传来，大家又都紧张了，不约而同地扑向船舷，朝声响处观望。

这真是不看不要紧，一看又吓一跳……那时候，在郑老大那艘船的右舷外东北方向不远的海面上，有两艘日本炮舰正一前一后飞速朝此驶来，而且，炮舰上的“烂药膏”旗也看得见了。

见此，船上又一片惊慌，那些船工们又像一群无头苍蝇到处乱钻了，都想找个地方躲起来。

这时候，还是郑老大冷静。

“别乱跑！各就各位！扯帆，转舵！到黑猫子岛去——”

于是，大伙儿都镇静了下来，手忙脚乱地干起活来。不多时，船扯足了帆，掉头，转向黑猫子岛方向……但来不及了，此时，日本炮舰已经驶近，其中一艘还远远地射来一排机枪子弹，把主帆的桅杆都打烂了……

幸好，日本炮舰就打了一阵机枪子弹，也没追上来，而是擦肩而过，就朝日本飞机飞去的方向，全速驶去了……

自从那天以后，郑老大再也不敢出海了。

就这样，代富每天窝在村里，没了以前的脾气更没了以前的心思，也没了以前想喝酒的愿望。就这几个子儿，买了酒，一家老小吃什么？

有时看看家里实在揭不开锅了，林代富才涉水爬上礁滩，撒下渔网鱼线，捕些小鱼小虾，让腊梅晒成鱼鲞虾干，找人家去换点烂番薯干吃的。

那个虎头虎脑调皮捣蛋尽闯祸的阿平呢，自从阿豆出了事，就变得闷声不响老实多了，连家门也不出了，成天在小院里一声不吭地堆泥人，堆像小孩一样高的泥人，堆了，推倒；再堆，再推倒……

就荷花一个人常常不在家，就吃饭的时候回来。荷花到哪里去，她不说，林代富也不问，就随她去。

到了吃饭的时候，一家四口就大眼瞪小眼，也不说话，稀里哗啦地吃番薯干煮稀饭，吃完了碗筷一放，就散，让腊梅一个人收拾，再等下一顿。

这个家，现在里里外外就腊梅一个人撑着了，挑水砍柴做饭，有时还要拿些家里剩下的鱼鲞虾干，挨家挨户地去和人家换些番薯干。现在，村里许多人家藏粮都不多，更有些人家番薯干也不多了，只肯将一些番薯藤粉拿出来换。

宁波阿婆的女儿是嫁给宁波城里一个典当行老板的二公子做媳妇的，家里一直比较宽裕，但自从日本兵打进东沙，封了海，人进不来、出不去，断了联络，家里的存货也不多了，别人家要来跟她调剂点米面，她老人家一概拒绝。但对腊梅，却总是另眼看待。

一天，腊梅挑水经过，宁波阿婆正踮着小脚在竹竿上晾晒衣服，弯上弯下很吃力，于是，腊梅就放下水桶，上去，说了声宁波阿婆我来，就帮着她把衣服一件件晾上竹竿，又一件件抖了抖，晾得整整齐齐服服帖帖，一旁宁波阿婆看得真高兴，连声称赞腊梅手脚勤快。

等到腊梅帮着晾好衣服，拿起扁担，挑着水要走，宁波阿婆叫住了她。

“腊梅，你屋里还有点啥咸货？”宁波阿婆问，“我这个老宁波阿，三天不吃咸东西，脚骨有点酸汪汪了。”

“有，还有一点，”腊梅想了想，回答，“有咸虾米，咸黄鱼鲞，咸蟹……”

“咸蟹好，这咸蟹下泡饭最好。还有没有多？”

“有，前几天，阿爹一网捞起来十几只白壳蟹，刚刚做好一钵头。”

“要是有多，给我拿两只过来，好吗？”

“好的，我这就回去拿。”

“好，阿婆等你。”

腊梅应了一声，一转身，走了几步，挑起水桶，就往家里跑。

“走得慢一点，不要急，”宁波阿婆跟上几步，在她身后叮嘱，“这么小的女小囡，挑这么重的水，罪过，罪过——走得慢一点，当心……还有，腊梅，不要忘记带一只小钵头过来，大一点的小钵头！”

“晓得了，阿婆。”

腊梅又应了一声，一路小跑，就朝自己屋里走去了。不一会儿，当腊梅再次走回时，宁波阿婆已经在门口等着了。一见宁波阿婆，腊梅就将一只小蒲包递了上去。宁波阿婆接过，打开一看，果然是两只煞是大煞是挺括的咸蟹，很高兴。

“好，腊梅，真好，阿婆有的吃了，”宁波阿婆喜上眉头，说，“咸蟹宁波阿婆要了，小钵头呢？小钵头带来了吗？”

“带来了。”

腊梅另外一只手原来是放在身后的，这样说着，那只手伸了出来，把一只小钵头递给宁波阿婆看。宁波阿婆一看，就拉着腊梅走进了门。

“来，快进来——”

于是，腊梅就跟着宁波阿婆，走过客堂，穿过夹弄，到了灶头间。在灶头间，宁波阿婆拿过腊梅手中的钵头，打开米缸盖头，伸进去，舀了满满一钵头的米，转身，交给腊梅。

“这一点点米，拿回去烧点粥吃吃，”宁波阿婆望着腊梅，关照，“唉，真真作孽啊，真作孽，光吃番薯藤粉怎么行，一吃胀鼓鼓，一歇歇功夫，肚皮就空落落了，你一个女小囡，还在长发头上，就是烧番薯藤粉，也要放点米进去，多放点米，腊梅，晓得了吗？”

“晓得了，阿婆。”腊梅捧着那个钵头，点头说。

“好，晓得就好。噢，还有，腊梅，吃饭的时候，不要看你阿母的脸色，该吃多少，就吃多少；你这么小的女小囡，要做这么多家务事，千万不能饿自己肚皮。懂了吗？”

“懂了，阿婆。”

“懂了好。当心，端好了，回去吧——”

腊梅应了一声，就双手捧着那一钵头米，很当心地走，就走回了家。

……就这样，腊梅回了家，一晃眼就两三个月了，才十一岁的小姑娘就这么里里外外地忙，俨然已成一个小当家了。

那么，理应真正当家的荷花又在忙什么呢？她正忙的是另一件事——再把腊梅嫁出去。

腊梅究竟是不是克星，村里相邻意见不一。

有些人认为是，是克星，否则，怎么会腊梅她人还没出生，亲娘就死？嫁杨家渡村做张家童养媳，一嫁过去，没几年，阿公炸死阿婆急死，家破人亡，难道不就是“克”？当然，更包括最近荷花小儿子阿豆落崖身亡，确实有点不明不白，村里哪个男小囡不到那里去野，爬上爬下的，就单单阿豆一个小囡出事？怎么阿豆早不出事晚不出事，腊梅回来的前一天，就出事了？

但村里大部分人都不同意这些说法。村口张家阿公的说法就代表了这大部分人的想法。

张家阿公说，腊梅亲娘死于难产。腊梅亲娘嫁过来时还不到十六岁，那时，代富说是个捕鱼汉子，有多少日子是正儿八经出海打鱼的？自家媳妇吃没有好好吃，喝又有没有好好喝，没一天过上过好日子，他媳妇十八岁怀上代富的孩子，身子又瘦，骨盆又小，哪有不出事的？

再说，这么些年来，一个个、一家家数过来，村上就没因为生孩子而死的女人？难道女人生孩子死了，都是孩子克的？

关于腊梅克死公婆那说法，张家阿公说，更是活吞活滚，没一句好作准。

张家阿公是识字看报的，所以他说的话是有理有据的。

他说，腊梅他阿公死在上海，是民国二十六年的八一三，日本人打上海，飞机扔炸弹炸火车站，有几颗扔偏了，炸了宝山路腊梅阿公开的糟坊，腊梅阿公逃得慢，才炸死的，如果说腊梅阿公死是腊梅克死的，那日本人打上海是腊梅叫日本人打的？再说现在，日本人打定海打东沙，也是腊梅叫来的？真是七搭八搭，乱话三千！

至于腊梅阿婆的死，更是前有因后有果，日本人炸死了腊梅阿公，男人是一爿天啊，天塌下来了，腊梅阿婆身体不好，早有病，一气一急，哀莫大于心死啊，就倒了……这也是腊梅克的吗？

腊梅阿公阿婆的死算账要算在日本人的头上，是日本人要吞并中国，是战祸，说腊梅克死阿公阿婆，简直就是大头天话，百骗里气，只有没有脑子的人会相信！

说到腊梅小弟弟阿豆的死，张家阿公要么不说，一说就一肚子火气上来了。他概括成一句话，说这是代富家女人自讲自话，打缆头扳。有人问，什么叫“打缆头扳”？

张家阿公说，就是虚晃一枪，卸自己担子的意思。

又有人问，怎么虚晃一枪，卸担子了？

张家阿公说，代富家女人小囡没管好，让只有一个七岁的大小囡管一个还不到三岁的小小囡，也不好好想一想，自己倒有讲呒讲到隔壁人家扯闲白直去了，出了事，却怪三怪四怪到人还没有回到屋里的腊梅头上，这不是卸担子、掉枪花？

但张家阿公这些话，荷花是听不到的，就是传到了耳朵里，荷花也只当没听见；她就找那些说话投机的人家去串门，聊天八脚随弯随阔地聊，一聊就要聊上半天。有时候，聊到特别竖长阔短有劲道时，荷花就将自己要把腊梅嫁出去在当童养媳的想法兜底兜面兜出，趁机托起人来。

不过，这一段时间来，人是托了不少，但真正有回音的，却一个也没有。到了后来，横想竖想，她决定，还是到山北坡的王家村走一趟，托王二婆去。

十几年过去了，王二婆真的有些老了。但这所谓的“老”，不能和别人比，要比，和自己比。

如果就和别人比，像她这个岁数的女人，头发早就白了，腰也很难挺起来了，牙也差不多都掉了，一笑笑起来呀，脸上的皱纹都跟老榆树的树皮一样了……而这王二婆哪，先说头发。她的头发当然也白，到底年岁也上去了，哪能还跟年轻时一样？但不是纯白，更不是银白，而是花白，这就说明其中还保有“年轻”成分。

但这不重要，重要的还是保养。

别的人家的老太婆就不讲究了，能每天把头发梳理整齐就算不错了，但王二婆不一样。她每天一早一起床，就先要用樱木梳子沾着泡花水一遍一遍地梳，然后再用牛角篦几一层一层地理，过后再用手一点一点地盘，仔仔细细地挽成一个不松不紧的半圆发髻，随后插上一枚雕花银簪，最后对着镜子照半天，才算完成，那功夫，少说也要一个钟头。

这样做出来的头发，别的老太婆哪个能比？

不过，懂的人，应该晓得女人那头发能保养到这个地步，其秘籍还是在王二婆每天用的泡花水上。

那泡花水不是一般的水，而是要用楠木泡花慢慢浸泡出来的。而且，那楠木一定要新鲜，刨成薄片，在冷水中浸泡好多天，让里面细腻清爽的滑液一点一点渗出来，捣均匀了，才能用。楠木泡花又称美人泡花，用了过后，发滑而不黏，蓬松又自然——用“美人泡花”梳理，能不显得后生吗？

和别的人家老太婆不一样的，还有洗脸。

什么叫出水芙蓉？关键就在于“水”，而且必须是温水，反复洗，轻轻拍，再洗，再拍……王二婆的脸皱纹没像老榆树皮那么疙里疙瘩，就是这么天天洗，洗出来的。

洗完之后，当然还得抹上雪花膏。对于雪花膏，无论春夏秋冬天天要用，所以，吃的能省，这雪花膏不能省。而且，这雪花膏一定要用上海牌子，上海广生行双妹牌的。

实际上，在上海，双妹牌雪花膏还有大瓶零拷，无论大街小巷，还是幺尼角落弄堂口的烟纸店，都有零拷，价钿更加便宜，要多少拷多少，拿个空罐去拷，就是了……但东沙镇不是上海，不是宁波，也不是定海，只好让和乐升杂货店老板多赚点钞票了。

最近，都说日本人打进来了，镇上店铺都关门歇业了，不知和乐升有没有关。想想自己双妹牌雪花膏已所剩无多，王二婆心里真有些急。

这一天，当荷花抬脚跨进她王二婆家门的时候，王二婆刚刚抹完上海广生行双妹牌雪花膏，走出里屋迎接荷花，尽管涂得省，但身上还是香喷喷的。

“哎呀，是荷花吆，”一见荷花，王二婆真是高兴，几乎笑裂了嘴，“是什么风把你给吹到我这个落荒乡下头来了？”

其实王二婆的牙已掉了好几颗，但巧就巧在全掉里面的牙，门牙一颗不缺，所以还能咧嘴笑，看不到里面全是空窟窿。

“什么风啊风啊的，还不是想你老人家了么。”

荷花说着，把手里提着的竹篮往桌上一放，取出两条斤把重的咸香鱼，递给王二婆。王二婆一看，可高兴了，但嘴里还是说：

“哪能好意思呢？我又没有做啥事体，哪能好意思？”

“不要不好意思了，我送咸香鱼来，就是要请你做事体的。”

“做啥事体？坐，坐下来讲——”

王二婆把两条咸香鱼收了，指了指桌边的凳子。于是，两个人都坐了下来。

“啥事体，还不是我屋里那个死丫头腊梅的事体。”荷花说：“腊梅这个死丫头，嫁也已经嫁出去了，你介绍的那家蛮好的人家，想不到只有几年，阿公阿婆都死了，又赤条条地回来了……”

“唉，你也不能这么讲，”王二婆说，“要掉过头来想一想。”

“怎么掉过头来想？这个死丫头耿是耿得来，骂也骂不得，打也打不得，脾气一发，撅起屁股就跑。跑就跑了算了，到长虾湾岛就到长虾湾岛了，她要死要活要讨饭，也是她的命，反正是个嫌多头，想不到我家死男人他的二大大还多事体，千方百计找回来……你晓得吗？人找到了，你看看，人还没有回来，这个讨债鬼，克命鬼，阿豆就出事体了！”

“我怎么不晓得？我还走得动，耳朵还是蛮灵光的，这个事情，你也不能怪腊梅……”

“不怪她怪谁？怪我？这个克命鬼再在屋里待下去，我的命也要让她克了走了！把我克了去，我还有一个大儿子阿平呢，怎么办？”

“你……是不是还想找了人家，把腊梅嫁出去？”王二婆问道。

“是啊，就请你老阿婶帮个忙了，随便什么人家，不管有钱没钱跷脚瞎子，这个赔钱货，送出去就行！”

“唉，我这个人啊，宁可给乖人背包袱，莫给笨人出主意，你这个人，脑子这么别不转，我哪能给你讲？”

“我脑子怎么别不转？”

“你这个人，看看面孔好像还聪敏，实货咋介笨啦，问勿肯问，真是聪明面孔白肚皮啊；我不是讲了，要掉过头来忖一忖，掉过头来想一想……”

“怎么掉过头来想一想？你说啊——”

“穷女富嫁这道理你晓得法？你看看腊梅，人长得多灵巧，啥人看了不欢喜？你也真是，自家有个生财的宝，还当是个赔钱的货。你赔过什么钱啦？上次嫁杨家渡村张家，还是童养媳呢，你收了人家多少彩礼，忘记啦？现在人家阿公阿婆一死，腊梅又没有破身，干干净净地回来，还是好端端水灵灵的一个小姑娘，赔钱货，赔钱货，你想想，到底是赔了，还是又能赚了？我叫你掉过头来忖一忖，掉过头来想一想，你再想一想，好好想想！”

王二婆这么一说，荷花突然开了窍，扑哧一声，笑了，说：

“啊呀，让你这么一讲，腊梅要嫁，也不能随随便便就嫁，也要找了富贵人家。可这方圆百里，又打仗了，有钱人家跑的跑，散的散，怎么找哇？”

“所以，这急不得。”王二婆说，“老话讲，劈柴爿看丝流，抬老婆看阿舅，要再给腊梅找个婆家，要好好打听，慢慢寻，不怕找不着，就怕眼光低。你话，是不是？”

“唔，对啊。二婆，这事……”

“好，有句话说，人家事体头顶过，自家事体穿心过，荷花，你的事体就是我的事体，不是人家事体。这事体，你就放心，放在我身上。”

那天，从王二婆家一回来，荷花把腊梅叫到自己跟前，让她把那身的破短衫脱了，换上一件荷花自己只穿过一次的夹袄。

那件夹袄，穿在腊梅身上大是大了些，但天气凉了，总比那件短衫好。

此外，荷花还让腊梅围上一块绣着“腊梅迎春”四个字的花布腰巾。腰巾也就是布襕，是一种海岛常见的系在腰间的长及膝的裙裾。

那腰巾一穿上身，腊梅就像换了个人似的，精神多了。

晚上，荷花把腊梅从柴房里叫了出来，让她睡屋里，和弟弟阿平一起睡一张床上。夜里，腊梅睡在床上，不知为何，无声无息地哭了……

直到快到五更头上了，她才拖着沉重的脚步，慢慢地，一脚高一脚低地走朝海边走，一边走，还一边哼唱：

啥鱼眠床在娘肚，
啥鱼阿娘当老婆，
啥鱼捉牢眼泪流，
啥鱼嘴巴生在脚夹缝？
鲨鱼眠床在娘肚，
鲎鱼阿娘当老婆，
海龟捉牢眼泪流，
望潮嘴巴生在脚夹缝……

在以后的一段日子里，只要旁边没有人，腊梅一个人的时候，就老唱这首不知从哪个朝代传下来的伤心歌谣，有时候低，有时候高，有时候就在心里唱，一直唱到进了包家的门……

第十九章　蛰伏

直到第四天中午，才有一个背着一杆枪，又瘦又长的“直壁细”家伙打开门，两只眼睛在被关押的几个人中间看来看去，最后停在阿成身上，说了声：

“你，小赤佬，出来！”

阿成听了，也不说话，就跟着那个“直壁细”走出拘押室。出了拘押室，那“直壁细”带着阿成七转八转，转到镇上城隍庙附近的一条巷子，进了去，摸着一家人家后院的门。那“直壁细”叫了一声开门，门就开了，出来两个也带枪的家伙，其中一个斗鸡眼的家伙瞧了瞧阿成，一把扭住他，就把阿成带了进去。

当那个斗鸡眼把阿成带到那家人家客堂的时候，客堂里正有几个人围着一张八仙桌喝酒吃饭，其中一个朝南坐的，正是那个在那天晚上抓住阿成的长着一张马脸的包成虎。

一见包成虎回头，那斗鸡眼就让阿成站在门外等着，自己一步跨进门，站定。

“老大，那个小赤佬带来了。”

“好，让他在隔壁屋里等着，我就来。”

于是，那斗鸡眼就把阿成带到旁边的一个屋子里，卷着一根烟，抽了起来。不一会儿，包成虎进来了，身边还跟着一个胖女人。一进屋，包成虎就和胖女人往桌子两边的椅子上一坐，就让斗鸡眼把阿成带过来。

“你老实跟我说，小家伙，你到底是哪里人？”包成虎问。

“杨家渡村的。”阿成早就想好怎么回报门了，就干净利索地回答。

“姓什么叫什么？”

“张阿成。”

“多大岁数了？”

“十五岁。”

“你爷娘呢？”

“都死了……”

“爷娘死了，你跟谁住？”

“大阿伯。”

“你大阿伯叫什么？”

“张博才。”

“那天夜晚头，你在鸡头湾旁边的山脚下干什么？”

“没干什么……”

“什么叫没干什么？你屋里在黑猫岭那一头的杨家渡村，人却在黑猫岭这一头的鸡头湾，远开八只脚了，还叫没干什么？”

“我……逃出来了。”

“逃出来？为什么逃出来？”

“大阿伯、大阿母打我，骂我，还不给我吃饭，我就逃出来了。”

“逃出来了，要逃到哪里去？”

“不晓得……”

“要逃，不晓得朝哪里逃？你想骗啥人？”

“真的不晓得；我只想逃，没有想到逃哪里，我就是不想回去，怕大阿伯、大阿母再打……”

“你不想回去，也不晓得要到哪里去，就翻过几座山，到了鸡头湾了？”

“我……不晓得……鸡头湾。”

对话到此，包成虎暂时不再问了，侧过身子，那胖女人也凑近脸，两个人隔着桌子小声耳语起来。

“你看，这个小棺材，样子还满意吗？”包成虎问那个胖女人。

“唔，样子倒还可以，”那个胖女人点着头，说，“比上次那个木性性的呆佗泡看上去好多了，就是人瘦了点。”

“男小囡嘛，瘦不要紧，只要手脚活络就好。”

“也好，留下来试试看。”

“好，就这么定了，先试试看。”

这样说着，包成虎缩回身子，坐定，看着阿成。

“你——真的没地方去？”

“唔……”阿成想了想，点了点头，回答，“没地方去。”

“我这里缺个烧火的，灶头间要个帮手，没地方去，就留在这里。”

“我……”

还没等阿成说下去，那胖女人就脸孔一板，说：

“要是不肯，就再关你进去，关到你死！想一想，留下来，做生活，有饭吃；关进去，没有饭吃，还要吃生活。”

“我……不晓得……”

“你不晓得？”包成虎头一转，叫那个斗鸡眼，“阿土根——”

“在，老大。”斗鸡眼阿土根应声上前。

“把那个小众生再捉回去，再关起来，等几天就拉到岱山去做苦力，修日本人的飞机场！真是敬酒不吃吃罚酒，我倒要看看到底是你凶还是我狠，你这个不知好粮的小赤佬！”

“我……好的，我……留下来。”阿成看着包成虎，说。

就这样，不得已，阿成留在了包成虎的家。但留下来只是权宜之计，只要不关进去，就有机会跑。这一点，他心里很明白，非常明白……

自从包成虎一手抓起“维持会”，另一手操办“治安队”，他的家，好像就成了东沙镇的“权力中心”，来来往往的人多啊，什么样的人都有，常常是几个人关起门来交头接耳密谋策划，更多的时候还来更多的人，吃吃喝喝闹闹哄哄的，简直就成了一个杂狗窝。

但真正的权力还在日本人那里。不过日本人不来找包成虎。如果日本人有什么事，比如那个占领东沙镇的日本最高指挥官松本小队长，只要传一个话过来，包成虎立即“哈伊”，就带着几个贴身随从，噼里啪啦地跑着，就过去了。

松本小队长让包成虎过去干什么？就是要粮、要盐、要布、要铁……几乎无所不包，什么都要。还有就是以下乡清剿抗日分子为名，抓苦力。

要粮、要盐、要布、要铁……到哪里去要，要么就地征用，要么就到乡下去，拿着枪逼老百姓交，特别是粮食，你不交，就到你谷仓里去查，谷仓里没有，就砸米缸。

包成虎所谓的“治安队”，做的就是这些事。

那些日本鬼子侵占定海没几天，就发布告示，实行物资统制。这一“统制”，大多数平时稀松平常的东西就不能自由买卖了。

这告示到了东沙，许多早就关了门的商铺更是没法开张了。但就是关了门也逃不了，日本兵就由“治安队”领着，端着刺刀上门“征用”，挨家挨户地查，不开门就用枪托砸，谁也躲不了。就连街上的几家铁匠铺子也逃不了，锻钢生铁，包括废旧铁料都搜了去，没铁打了。

镇上征收得差不多了，就到乡下去征粮……这征粮哪里是“征”啊，就像上面说了，是不由分说地抢！就这样，乡下也闹得鸡犬不宁了。

关于苦力，“治安队”抓了，就交给日本人，用船拉走，送到各处，去修公路建桥、造炮楼扩据点，或是送到定海，去扩建日本人军用机场的机场跑道。前几天包成虎刚刚抓了一批所谓的“抗日分子”让日本人送到定海做苦力。那些人哪里是“抗日分子”呀，其实就是从宁波、镇海等地为避战乱流落至此的外乡人。

阿成在拘押所关着的时候遇到的那些外乡人，后来就有不少被日本人拉去做苦力的。那些外乡人啊，有的还是青年学生，本想来这里来逃难的，可最后还是没逃成，反而更遭殃，真是倒霉倒到上到头顶心下到脚底板了！

正因为有了上述种种情况，阿成到了包成虎家，就像进了虎窝狼窟，感觉自己也成了汉奸狗腿子，所以，就一直想找跑，但始终没找着机会，因为他一直被盯着，做什么事都有眼睛，特别是那个斗鸡眼阿三头，总是在他身边闪来闪去，像个幽灵。

阿成觉得那个斗鸡眼特别讨厌，也特别难缠，问题就是那双“斗鸡眼”。

一般的人想什么做什么，看看他的眼神就能琢磨个大概，可那“斗鸡眼”怎么琢磨？他两个眼珠子明明凑在一起，可眼光说不定就定在你的后脑勺上；他两个眼珠子滚啊滚，眼神就这么滴溜溜地转，好像转的是别的什么地方，但突然之间一停，实际上还是在瞧着你。

有时，包成虎的老婆，就是那个胖女人阿莲，会差阿成上街买些什么。这当然是开溜的绝佳机会，至少也能先看看外面到底是什么情况，哪儿有日本兵，哪儿有治安队的哨卡，朝哪儿走最安全吧，但没用！

那斗鸡眼也跟着，背着那杆七九毫米“汉阳造”，阿成快，他也快，阿成慢，他也慢……阿成进了店铺买东西了，他也跟进跟出，真像一个绕笼头一样的跟屁虫！

其实，时间长了，阿成心里也就明白斗鸡眼为什么老盯着自己了：斗鸡眼老盯着自己，是因为包成虎对自己不放心，如果能让包成虎放心，时间一长，斗鸡眼也就不会这么一直做跟屁虫了。

于是，阿成就故意装出一副漫不经心若无其事的样子，叫做什么，做什么，给吃什么，就吃什么，像个呒活灵、木性性的“倒夜笨”。就这么过了一段时间，斗鸡眼倒也真的放松了许多。

一天，过了当昼过，包成虎那一帮人吃了完中饭，阿成洗完一桌子碗筷杯碟，就对烧饭师傅阿牛说，烧火用的柴快用完了，不再上街买，晚饭就没得烧了。阿牛一听，就找胖女人阿莲去说。阿莲一听，就对阿牛说，把阿成叫过来。

阿成到胖女人阿莲房里的时候，她正和另几个女人在搓麻将。一见阿成进来，她就在手旁的筹码堆中捡了几个铜板，交给阿成。

“阿成，去，到柴爿店里挑两捆柴爿。”胖女人阿莲说。

“这几个铜钿……不够，”阿成说，“上次买柴爿，还欠了柴爿店老板好几只角子呢……”

“还欠什么铜钿？我看得起他，才到他店里去买。跟他说，是包家老板娘要柴爿，要有什么不二不三闲话，问他柴爿店还想开下去吗？”

“好的。”

“阿三头呢？”

一听叫，斗鸡眼突然现身，跨进门来：

“在，老板娘。”

“你跟阿成一起去，看牢他。”

“是，老板娘。”

就这样，阿成到灶火间拿起一根扁担，套上两条捆柴的绳索，往肩上一挎，跟着斗鸡眼出了门。

到了柴爿店，果然，柴爿店老板就问阿成要上次欠下的几个铜钿，说，如不还，这次不卖。柴爿店老板刚一开口，后进店门的斗鸡眼就跨步上前，一把横过背在后背上的抢，稀里哗啦一阵摆弄。

“什么什么？包家欠你铜钿？”斗鸡眼晃着枪，对着老板叫，“欠几个，你自己怎么上不包家的门去要哇！”

“你这是讲的什么话……”

柴爿店老板想争辩，但斗鸡眼把枪一顶，顶住他：

“什么叫什么话？你听不懂？快，把柴爿扎好，要干的，不要湿漉漉的！”

“好好好，”柴爿店老板一边走，自言自语地嘀咕着，“强盗上门，我怎么敢拿豆腐挡刀……”

“什么话？什么叫拿豆腐挡刀？”

“拿豆腐挡刀，招架不住阿。”

“哪个是强盗？你说说，哪个是强盗？”

“好，好，我是强盗，我就是强盗一个，好了吧？柴爿拿去——”

就这样，柴爿店老板扎了两捆柴爿，往阿成那里一推。阿成看了，也不说话，拿出几个铜钿，就交给了老板。老板收了，叹了一口气，说：

“请，快请吧——”

斗鸡眼跟着阿成，路上看见一个要钱的地方便钻进去了。

阿成一个人挑着柴爿路过老才盛饭庄附近一条小弄堂，忽然看到林德泉。

阿成就喜出望外地叫出声了：

“二公公！”

“轻一点，阿成，轻一点……”林德泉一把拉住他的手，说，“哎，阿成啊，苦了你了，苦了你了。”

“二公公，你是来接我的吗？”

“唔，接，是想来接你的……”

“太巧了，我正想跑，七叔就来了。我们到哪里去？是到洞岙吗？”

“嗯，阿成，我们什么地方也不去……”

“什么？二公公？”

“阿成，今天我们讲话的时间不多，就一歇歇功夫，不能讲很多话，我就想看看你，看看你人怎么样了，另外，还想问你一句话……”

“什么话？”

“‘卧薪尝胆’这个典故，你还记得吗？”

“卧薪尝胆？当然记得，越王勾践反国，乃苦身焦思，置胆于坐，坐卧即仰胆，饮食亦尝胆也……”

“不要你背，只要你记得，记得就好。”

“二公公，你是不是要我……”

“是啊，是啊，我就想要你不走，就住在包家屋里。”

“住在……包家屋里？”

“对。现在日本人来了，到处杀人放火，无恶不作，那帮汉奸伪军狗仗人势，比日本人还坏，天天到乡下清剿游击队，征兵征粮，老百姓叫苦连天，日子过不下去了。一定要狠狠打击日本鬼子和汉奸，所以，我想啊……我要你留下来，留在包家……”

“卧薪尝胆？”

“嗯，也不全是这个意思，但意思是……你还是一个孩子，和大人还是有点不一样的，你首先要懂得如何保全自己。有什么事要你做，会有人来找你的。你懂了吗？”

“我懂了，二公公。”

“好，今天不能多讲，辰光一多，他们会起疑心的。阿成，今天你先回去，你看好不好？”

“我晓得，我就回去，二公公。”

自从有了那次在镇上老万盛饭庄附近的那条小弄堂同林德泉的秘密会晤，阿成回到包成虎那宅院以后，做什么事都勒勒转，勤快多了，甚至有时候根本不用那胖女人阿莲使唤，就把该做的事给做完了，而且干净利索，不用别人“擦屁股”。

这样一来，时间一长，对他的看管自然也就放松多了，那盯着他的两只“斗鸡眼”，也就不那么一直骨碌碌地转了。

有一天，包成虎在家，他的老婆阿莲差了斗鸡眼，把阿成叫了去。

那时，包成虎也在，正叼着一支香烟和他老婆说话，一见阿成进来，就招了招手，让他走近一点。

阿成就走上几步，站在两个人面前。

“阿成啊，你来了也有两个多月了，”包成虎看着阿成，说，“现在，你还想不想跑啊？”

“不想。”阿成就回答两个字。

“为什么不想跑？”阿莲问。

“这里……有饭吃。”阿成想了想，说。

“这就对了，”包成虎点了点头，说，“民以食为天嘛，吃饭就是天大的事，你想想，你这么点年纪，爷娘又都死了，你一直野在外头，要不是撞见我，好心收留你，这么些日子了，说不定早就饿煞了。你看看在我这里，想吃有吃，想穿有穿，啥人家有这样的日子过？你说呢，阿成？”

“是，老板……”阿成说。

“唔，不许叫老板！”阿莲在一旁插上话来。

“那……”阿成有点疑惑了。

“以后看见了，就叫老爷。”阿莲指着包成虎，对阿成说。

“是，叫老爷。”阿成说。

“那，看见我呢？”阿莲问。

“叫……太太。”阿成回答。

阿成的这一敏捷反应，让那两个人都听得心满意足了，都连连点头。

“那么，阿成，还想不想在这里住下去？”包成虎问。

“想，老爷。”阿成说。

“好，我晓得你会讲这句话。”包成虎说，“要在这里住下去，一定要勤快，叫你做啥，你就做啥，懂了吗？”

“懂了，老爷。”阿成说。

“另外一点最重要，那就是，嘴巴一定要紧。”包成虎说到这里，忽然神情严肃起来，“这里是重要机关，是治安队指挥部，除了日本人的司令部，第二要紧的就是治安队了。所以，这里来来去去的人很多，都是军事机密，说出去是要杀头的。所以我讲嘴巴要紧，啥人来，啥人去，听到的，看到的，只能吃进肚皮里去，不能说，谁说了，谁就会没命。你懂了吗？”

“是的，我懂了……”阿成说。

“懂了什么了？”包成虎问。

“吃进肚皮里去。”阿成回答。

“对，我晓得你人不大，脑子还是蛮聪敏的，”包成虎说，“要比阿三头聪敏多了……”

“哪里是一个阿三头啊，”阿莲插上话来，说，“你不要看阿成不声不响的，脑子好好交比你身边的几个逐魂头清爽了。你身边那几个，不是老酒饱，就是呆佗泡啦！好了，阿成，你以后就听我的，我叫你朝东，你就朝东，我叫你朝西，你就朝西，只要你听我的，就有好日子过，晓得了吗？”

“晓得了，太太。”阿成回答。

包成虎老婆阿莲让阿成朝东朝西要做的几件事当中的一件重要之事，就是“打探洞”，有时候一想起了，就让阿成去打打探洞看，看看她的独养儿子包龙到底在外面做些什么。

包成虎的宝贝儿子包龙十九岁了，在后塘大街斜对面关帝殿内刘老先生学塾念书已经念了好几年了，但至今还和一堆七八岁的学童挤在一起读千字文。

自从他老子包成虎当了维持会长，包龙更不把刘老先生放在眼里了，天天逃课，每天就到课堂上晃一晃，一转眼就溜，不是到赌馆就是酒馆，有时甚至还去逛窑子，整日游手好闲，吃喝嫖赌五毒俱全，还老欠账，一个不折不扣的混账东西。但就是因为他是所谓的维持会会长长的儿子，另外还有一帮“治安队”撑腰，镇上的人一看见他，就绕着走，怕惹着他。

但不知为什么，包龙看上去天不怕地不怕什么人也不拍，但一看到比他小四岁的阿成腿就发软，就想躲，实在躲不了，就溜，溜也留不掉了，就好言好语地对阿成说软话，求阿成老弟高抬贵手。

其实这也没什么，就是包龙晓得，阿成是他老爹老娘派来盯他梢，寻隙头的，如果阿成如实报告，他包龙一回家准有一顿臭骂，甚至不给钱。

臭骂他倒不拍，心横一横就过去了，皮不痛肉不痒，伤不了筋骨，但没了钱，他该如何逍遥作乐、花天酒地？

一次，包龙他娘阿莲到后院中的井台边上来找阿成，让他把水挑完了，就到后塘大街关帝殿内的学塾去看看，看看包龙在不在，是不是规规矩矩地在刘老先生那儿念书。阿成应了一声，晓得了，太太，就继续挑水，一把水缸挑满，就拿了件夹袄，往身上一披，跑出后院，一转身，就往关帝庙跑去了。

一到关帝庙，阿成人还没进学堂的门，里面正领着一帮小学童念“天地玄黄，宇宙洪荒。日月盈昃，辰宿列张。寒来暑往，秋收冬藏……”的刘老先生已看见了他，也没停下念书声，就抬起一只手，对着他直摇晃。

阿成一看，明白了，就别转身，跑出关帝庙，一口气就到了永汉街上的番摊赌馆。进了赌馆的门，阿成也不说话，绕过乌烟瘴气的番摊、骰宝堆子，就直往牌九桌那儿走，人还没到，包龙和另一帮人吵架的声音就听到了。

一般来说，恪守信誉，是赌馆牌桌上不成文的行规，翻成行话，就是“赌奸赌诈不赌赖”。这话的意思是，你可以运用你能用的任何手段去击败对手，只要你做得高明巧妙不被人发现，即使机巧奸诈也都可以被允许，但必须愿赌服输，下出的任何赌注都必须兑现，不得反悔……但包龙就老是反悔，老是甩赖，因此吵架就成了家常便饭，甚至打架也是常有的事。

那时候，阿成到的那会儿，包龙输了，反扭着别人的衣领子骂，正吵得面红耳赤，不可开交。

"谁说我做手脚了？谁？"包龙揪着那人叫，"怎么就你一个人看见，别人没看见？谁，还有谁看见，站出来说！"

"谁都看见的，"那人还想争辩，"那个牌，就是从你的袖口里掉出来的……"

"我袖口里掉出来，就是我的牌？"

"那是谁的牌？我的？"

"好，看，他承认了，是他做的手脚！"

"你……你这样事体做得，真得人识的来……"

"你说什么？烂匹儿子，再说一遍！"

"你骂什么人阿，做贼心虚了是不是！"

"我做贼？看我不揍你……"

包龙骂着，正要打，却正好瞧见阿成站在他面前，于是，举起来的手就赶紧放了下来。

"好，这回放过你，"包龙朝地上唾了一口，对那人说，"下次你再敢闹，看我不带杆枪来，一枪崩了你！"

他这么说着，就绕到阿成跟前，嬉皮笑脸地对阿成打哈哈：

"嗨，阿成兄弟，别当真，是闹着玩的。"

阿成看了他一眼，也不说话，转身就往外走。包龙一见，也跟了出来。两人到了赌馆外面，就阿成在前，包龙在后，一前一后地走着。

"嗨嗨，阿成，你怎么不说话？"包龙在后面说。

"你要我说什么？"阿成回头问。

"你回去……不会说我在赌馆吧？"

"现在，只要跟我去关帝庙，我就说你在刘老先生那里。"

"好好，跟你去，跟你去关帝庙。那念书，有什么用，不就是摆弄几个字嘛……哎，阿成，我要你帮我抄的那篇什么、什么……何处……"

"何处秋风至。"

"对对，还有……什么……萧萧……"

"萧萧送雁群。朝来入庭树，孤客最先闻。"

"对，就这个；要抄十遍，阿，别忘了是十遍，抄了，我给你五个铜板……"

"上次抄'落日五湖游'的钱呢？"

"一起算，一起算……好，到了，你可要说话算数，阿成，我就在刘老先生这里，一步也没离开过，对不对？一直在关帝庙？"

他们俩一路走，一路说着，关帝庙就到了。这时，阿成就停了下来。

"嗨，你还没答应我呢！"包龙还有点不放心。

“好了，就在关帝庙。”阿成答应了。

“哎，还是阿成好。我会给你五个铜板的，抄那个‘何处……’”

“是三次五个铜板。”

“嗯，我忘了，是三次吗？十五个？”

“对。”

“好，一起算，一起算……你回去千万不能说我不在！”

“好，你在。”

一看阿成应了，包龙就转了个身，就进去了。

第二十章　偶遇

看着包龙进了关帝庙，阿成转身，朝四下环顾片刻，就头一低，走了。但他没朝包家大院那个方向走，而是另一个方向，一拐弯，进了一个僻静的小巷，又七转八转，到了一家平常人家，有节奏地扣了几声门，那门轻轻一开，里面的人也没说话，阿成一侧身，头一低，进去了……

自阿成与林德泉、王老七他们联络上以后，一段时间以来，治安队的五次“清乡”只有两次能勉强称得上“成功”。

那三次空手而归的清乡，一次在东沙南边山脚下的桃花村，那天中午，当治安队扛着枪，拉着好几辆板车进村，村里一个人都没有，连鸡鸭猪狗都没影子，村民家里的粮仓里什么都找不见，而地里又都是青苗，气得那些个治安队只能在空无一人的村民家里乱砸一气……

另一次是一个靠近北边的渔村。那渔村人都在，没逃，就是没东西可“征”。那里的渔民好久不出海了，要钱没钱，要粮没粮，米缸都是空的。一问，米缸都是空的，那吃什么？渔民回答，番薯和番薯藤。那番薯和番薯藤怎么“征”？就是“征”了，正在武汉、长沙和中国军队打，在太平洋和英国人打的日本兵怎么吃？吃了哪有力气打？

还有一次，是在黑猫岭东边的顾山弄村。

那一次“清乡”行动的初始阶段是成功的，治安队半夜悄悄地出了东沙镇，一清早就神不知鬼不觉地进了村，村里的人都来不及逃，粮食也来不及藏，在治安队的威逼之下，那些大户人家的粮仓被搜刮一空，小户人家也不放过，装了十多辆大车，拉了走。

可是好景不长，就在途径黑猫岭东山坡的时候，治安队遭遇一支不明身份的游击队的伏击，长枪短枪一齐开火，还扔下几个土制的燃烧瓶，治安队立刻懵了，被打得晕头转向，最后一死两伤，丢下大车，像兔子一样朝东沙镇方向逃去了。

自那几次“清乡”征粮落败，特别是顾山弄村的那一次，还一死两伤，被游击队的一次伏击战打得落花流水，这包家大院可乱得一团糟，白天黑夜都人进人出的，团团转。

这样忙了几天，治安队就开始在东沙镇的每一个道口都设置哨卡了，不管你是住在镇上的还是来镇上做买卖的，都要搜查，卡得很严。还有，就是治安队每晚都派人巡逻。那些家伙一到夜晚头就三个一组五个一队，点着灯，提着枪，敲着锣，在大街小巷中四处逛荡，一看陌生人就盘查，一见可疑的就抓，关在拘押所的人又多起来了。

除此之外，包成虎还亲自出马，带着一群治安队在前面打冲锋，一小队日本兵在后压阵，去黑猫岭清剿游击队。可是，他们在山里山外转了十多天，那游击队呢，连一个影子都没看见，日本兵和那帮汉奸狗腿子一无所获，只好灰溜溜地回了东沙镇。

这样忙了好一阵子，没什么结果，这东沙镇，又慢慢地平静下来了。这时候，已经快过年了。

就在快过年但还没到过年的时候，也就是阳历新年的前两天，包成虎老婆阿莲把厨房师傅阿牛和阿成叫了去，说要让他们准备几桌酒水，后天要请客。

“阿成，你去街上买菜，”阿莲特地吩咐阿成，说，“要多买些菜，什么鸡鸭鱼肉，多买些回来，后天来的客人多，人一多，就要多吃。”

“好的，太太，可是……”阿成有点犹豫。

“什么可是？你说——”

“现在镇上什么摊都没有，人都进不了镇子了，太太，这鸡鸭……”

“人进不了镇子，你不会到镇子外去买，到乡下种田的屋里去捉？要动脑筋，阿成，脑子要活络。”

“还有……鱼，渔船都不出海了，这鱼……”

“唔，这倒也是。好，我就去叫包老爷放一条船出去，今天就出海去捉鱼，船一出去，鱼就有了。阿成，你就快去准备吧。”

但阿成没就走，还站着。

“太太……”阿成支支吾吾了。

“噢，钞票是伐？钞票我有，喏，拿去——”

这一次，阿莲很爽快，手也没抖，就给了阿成十块大洋。

于是，阿成就开始忙了，里里外外地忙，忙到半夜，第二天一早起来再忙，一直忙到早半上，才稍有停当，在灶头间外的一张矮凳上坐了下来。因为到了这当儿，主要就是厨师的活了，阿成只要当个帮手就可以了。

就在这时候，包龙跑了过来，还没走近，就叫了起来：

“阿成，阿成，你晓得吗？我要讨老婆了，我新娘子要进门了！”

“那么，你要当新郎官了？”阿成问了一声。

“嗨，什么新郎官啊，还早着呐，要好几年呢！”

“唔，这我就不懂了。”

“你怎么会懂，你这个呒脚色，要讨进来的还是个愁愁哭的小姑娘，瘦骨伶仃的，哪里派得上用场，只好看，不好碰。告诉你，是个童养媳，只有十一岁……不过人倒长得蛮等样的。你在听吗，阿成？”

“我不是在听嘛。”

“你晓得这个小姑娘用几个铜钿买来的？”

“人是用铜钿买来的？”

“对，十块洋钿，只要十块！我爷娘也真是一对倒夜笨，一样买，不会买大一点的，唉，人要大一点就好了。”

“你到底要讲什么？”

“真是死人讲拨棺材听，讲了半天，讲了还是白讲。”

“白讲你就别讲。”

“好好好，讲点别的。阿成，倚香阁又来了一个新的，啥辰光我带你去看看。哎，真是标致得来，面孔雪白粉嫩，屁股圆啊，圆滚滚，滴溜溜，一摸摸上去，哇，真是……还有，讲起话来，嗲是嗲的来……”

“好了，我要去做活了，”听到这里，阿成站了起来，说，“你讨你娘子去吧，没工夫听你闲白直。”

说着，阿成一转身，进了灶头间。

到了阳历新年那天，包家大院果真来了许多人，穿长袍戴礼帽的有，穿西装戴领带的有，穿中山装夹公文包的有，甚至还有几个着龙裤穿蒲鞋的捕鱼汉子，一个个都捧着装有礼金的红封袋，争先恐后地朝那个胖女人阿莲贺喜，闹闹哄哄，热闹得很。

其实阿成心里明白，这些宾客为什么来，他们来，不都是来巴结讨好包成虎的？

那个从乡下买来的小姑娘——唉，真可怜啊，不知哪家的女小囡，才十一岁，好端端的就跳进了虎坑，将来的日子怎么过……

才十块钱，再加上办酒水的十块钱，总共才二十块铜钿，可他收的礼金啊，不知要多出多少，这不是敲竹杠，是什么？

人差不多都到齐了，阿成就要忙了。

那一边，厨师和另外两个临时请来的帮手在灶头间里忙，阿成就端着盘子，低着头，穿过觥筹交错、人影晃动而又喧哗的酒桌，一次次地往里送，几个来回下来，开始还没什么，后来，隐隐约约的，总觉得这客堂中的气氛有点异样。怎么异样？就那种说不明道不白的感觉。到底是什么感觉……阿成总觉得好像一直有人盯着他看！

到了阿成第六次上菜，他决定抬起头，看看究竟是谁在盯着他看……这不看不要紧，一看，就该他发愣了。

他先是看到了林代富……那林代富一副酒势糊涂的样子，满脸通红，也不说话，正在一口接着一口地喝酒。

紧接着林代富，他又看到了……一个打扮得花枝招展的女人，那女人真眼熟啊……那是荷花，腊梅的后妈！那时，荷花正和坐在她旁边的几个女人咬着耳朵，又说又笑的样子。

——他们怎么会来？他们来这儿做什么？他们来了，会不会……

阿成这么一想，就顺着一个个人头往下看，找那个令他感觉异样的眼神……最后，他看到了那盯着他看的人，像被雷电闪了一下，内心猛地一震，手里捧着的菜盘子险些掉下来！

——那个一直盯着他看的人，是腊梅……

腊梅进了包家门的第一天，竟意外看到阿成，看到他也在包家，这是她万万没想到的。

在此之前，她想到的还只是自己，自己的悲与苦，命运诡异而且不可捉摸。

当她的阿爹和阿母告诉她，说又要把她嫁出去当童养媳了，她竟然没说一句话，更没有哭，一点反应都没有，好像此事于己无关，要嫁的是另一个人。但到了夜晚头，她轻手轻脚起了床，无声无息推开门，趁着天边云中幽幽亮的月亮，一边走，一边就哭了……等到了海滩，爬上高高的礁石，对着无尽的黑夜，失声大哭，哭了很久、很久……

直到在包家大摆酒席的那一天，在喧哗吵闹的人影中，她忽然看到阿成……

一开始，腊梅看到阿成，可阿成却没发现腊梅，不管腊梅怎么盯着他看，看着他走进又走出，端着盘子忙，阿成就是没朝她那儿抬眼睛。到了后来，他又一次端着一个盘子走了进来，或许感觉到了什么，抬起眼睛，开始找，一个人一个人地看过来……最后看到了她！

那时候的阿成啊，就站着不动，好像把手里端着的菜盘子都忘了，差一点就要掉下来……腊梅看得懂他的神情，是惊诧，是愕然，还有迷惑不解。腊梅也看着他，但两眼一下子就模糊了，酸楚的泪奔涌而出……

那一刻，腊梅模糊的眼前忽然浮现出那最初的一幕。在杨家渡村，八岁的阿成领着五岁的她，一前一后，穿过村中幽深的石砌小道，跑过深藏在古树掩映之后的宗祠以及刻有“恩荣万代”四个大字的牌坊，沿着清源溪，奔上那座青条石浆砌成的小桥，走进通往黑猫岭的曲折山间小径……腊梅和阿成走着，踏着乱草，拨开杂错的灌木丛，手牵着手，沿弯弯曲曲扶摇而上的山路，走着……在那条五彩路上，她第一次叫他“阿哥”……

想到此，腊梅猛然睁开眼睛，想再叫一次“阿哥”……可是，等她眼睛睁开的时候，眼前仍是那么嘈杂和喧嚣，但阿成，却早已不见踪影。

自那时候起，腊梅和阿成又在同一屋檐下了。但此一时已非比那一时，两人形同陌路，阿成看见腊梅，就像没看见一样；腊梅想叫声“阿哥”，也只能在心里默默地叫了。因为，腊梅就是叫了，阿成也只当没听见。

进包家门后的第二天一早，那个胖女人，也就是现在腊梅的“阿婆娘”阿莲，就指着一堆老老小小换下的衣裤鞋袜，让腊梅洗。于是，腊梅就拿了一只大木盆，抱着衣物都装了进去，再拿起一个小木盆，然后提了个搓板，就朝后院井台走。

当她刚跨出门槛，就见阿成在井台边上打水。腊梅一见，就赶紧走上去，挎着木盆，提着搓板，站在他身后。

但阿成没有转身，只是提着吊桶的手稍稍停了一停。

“阿哥……”

腊梅叫了，但声如蚊呐。但她晓得，声音虽轻，阿成肯定是听得见的。但阿成还是没有回头，提吊桶的手势加快了……他提上一桶，就倒进一边的水桶里，紧接着，再将吊桶“噗通”一声放入水井口，打第二桶。

“阿哥，我，我……”腊梅想说什么，却一时又说不出什么。

阿成第二桶的水打得更快，一提上，就倒进另一个水桶，倒完后，将吊桶往井台边上咣当一扔，别转身，提着两个水桶就往厨房里跑，不回头，连脸也没侧上一侧。

看着阿成的背影，腊梅的眼睛又模糊了，泪水不停地往外涌。

但衣服还得洗，不能光站着。于是，腊梅就打起井水，在井台边上蹲着，擦着肥皂，一件一件地搓洗起衣物来。她洗得很慢，井水打了一桶又一桶，衣服搓了一遍又一遍。为什么要洗得这么慢？因为腊梅心里估摸着，这包家是大户人家，有祖孙三代了，那厨房的水缸不会小，阿成才打了两桶水，肯定没满，一定会再出来打水……

可是，晓得她肥皂擦了三次，木盆里的衣物在搓衣板上搓了一遍又一遍，阿成还是不出来。

腊梅还想再洗一次，就拿起吊桶，准备再吊一次水，但正在这时候，胖女人阿莲跑出屋来，阴阳怪气地吊着嗓子叫：

“你这个小娘鬼，偷生爿啊？几件衣裳汰到现在，老半天了，还没汰好，阿是想磨洋工啊？作死是不是？”

腊梅一听，心里可抽紧了，立刻站了起来，轻轻回话：

“汰好了，马上就好……”

“你还真的以为到包家来，是来做娘娘的？”阿莲腾腾腾走上前来，手戳着腊梅的额头，继续骂：“你不要捏鼻头做梦！做娘娘？不给你吃点苦头，还晓不晓得天高地厚！你以为这里就是你乡下头穷屋里啊，天天外头野，像个种生，爬起来就吃，倒下去就睡啊？你这个阿作姑，快点！”

“晓得了……”腊梅应了一声。

听到这胖女人这样破口骂，腊梅更紧张了，绞衣服的手有些抖。

“晓什么晓得！你这两只手甩来甩去做啥？像什么样子，留根尾巴掸苍蝇啊？真是黄狗到屙缸边头发愿，本性难改！看看你一脸蜡烛胚的样子，真想一记巴掌刮上来！你手要这样动，真真贱啊，来，看我样子，这样做——”

说着，阿莲稍稍给腊梅做了一些所谓的“示范动作”，让腊梅跟着做，但做着做着，又骂了：

“你看你看，真正死人讲拨棺材听，教了半天，还是这样木性性，不做规矩怎么办？不做规矩，你还要不得了了！真是讨饭三年，做官也呒心相。算了算了，不多讲了，给隔壁邻居听到，还以为我这个阿婆凶相，像个雌老虎，来勿迟了，天亮头一起来就寻吼势，吃新妇牌头。快点汰，汰好，就晾好；晾好，就扫地，几间房子里里外外通通扫一扫——我倒还想看看，你这个小娘鬼，拖祭包，扫地还有没有一点扫地的样子。”

胖女人阿莲就这样，来个下马威，把腊梅夹屎夹屙的一通骂，骂了之后，爽快了，就转身走了，回屋去了。

那一段时间，就在阿莲骂腊梅的整个过程，在不远的灶头间，那里一点动静都没有，就像里面没人一样。

不晓得腊梅就是那个包家用十块铜钿买来的十一岁的女小囡的时候，阿成就在想，苦了，那个小姑娘苦了，跳进老虎坑了……但这样想仅仅就是阿成心里想，对谁都没说，当然更谈不上对腊梅说了——自腊梅进了包家的门，晓得那个买来的童养媳就是腊梅，阿成理都没理过腊梅……

腊梅啊，腊梅，天地无垠，你哪儿不能去，为何独独要来包家？那不是飞蛾扑火、自投罗网？不过，事实也正是这样，腊梅进了包家，正如阿成原先所料想的，确确实实，是进了老虎窝。

每天天不亮就起床，一直忙到深更半夜，扫地洗衣端水端饭整理房间自不必说了，那一家老小好几口，还有来来往往的那些乌龟王八蛋，这里一声腊梅，那里一声小娘婢，腊梅都不敢怠慢，都得去服侍，慢一步，轻则骂，重则打。

说起打人，当然是她的“阿婆娘”阿莲最凶。

包成虎也打腊梅。一个不满意，饭有点凉了，洗脸水烫了，来了什么要紧的客人端茶端得慢了，什么东西放错地方找不到了，就一个耳刮子刮过来，骂声“烂匹儿子”，也就过去了。但阿莲打起来，什么花样都有，而且一打打起来，就恼恨腊梅咬紧牙关憋着不哭，腊梅越是不哭，她就越是打，要一直打到腊梅实在忍不住，哭出声来，才消恨解气。

一次，县城那头来了一个穿西装、留着两撇日本式小胡子的男子，神秘兮兮地找包成虎。那人一到，包成虎就将那人引进书房，关起门，密谋商谈起来。在包成虎关门前，吩咐腊梅“端茶来”。于是，腊梅就泡了两杯茶，放在一个托盘里，轻轻地推开书房的门，端了进去。

这应该没什么，因为“端茶来”是包成虎亲自吩咐的，但一见腊梅端着茶进来，包成虎却两眼一瞪，火了：

“你这死丫头，怎么门也不敲，就进来了！”

腊梅一听，愣住了，上也不是，退也不是，就站着，不知所措。那留小胡子的男人转脸一看，是个小姑娘，就笑了一声，打圆场了。

“算了算了，包会长，”留小胡子的男人对包成虎说，“一个小姑娘，不懂，没关系。”

听客人这么一说，包成虎虎着的脸才放松下来：

“好，等一歇跟你算账。茶，端上来——”

于是，腊梅就托着托盘，把茶端上去了。她先走向客人，客先主后嘛。那时候，那留小胡子的男人正眯着眼，盯着腊梅看。当腊梅正要把茶端到客人面前的时候，那留小胡子的男人却把手伸向向腊梅，摸着腊梅的脸。

“这个小姑娘长得真好，”那留小胡子的男人一边摸，一边说，“面孔嫩是嫩的来，滑溜溜，啧啧……”

腊梅没提防，心一惊，手一松，茶杯掉了，水泼了那客人一身。这一下可好，那留小胡子的男人倒没什么，包成虎光火了，他跳了起来，跑到腊梅跟前就伸手一记耳光。

“你这个死娘鬼！手脚这么笨，一点点事体也做不好！”

包成虎骂着，又要打，但那留小胡子的男人拦着他。

“好了，包会长，小姑娘人还小，”那留小胡子的男人劝说道，“算了，一点点茶水，不要紧，不要紧。”

包成虎这才收手，对着腊梅大吼一声：

“滚，你这个死小娘鬼，死出去——”

腊梅出来了，但事情还没有完，因为她的阿婆娘不想放她过门，一见腊梅出来，阿莲就几步上前，一把揪住她的头发，把她拖到另一个房间的墙角落，甩手就打，一边打，还一边压低着嗓子骂：

“你这个死娘鬼啊，眼睛瞎掉了，也不看看来的是啥个客人！”

“他……摸我面孔……”腊梅想争辩。

“摸你面孔又怎么了？”阿莲拧着腊梅的脸，喝问，“你是啥个面孔？王母娘娘的面孔啊？摸不得啦？摸一摸又哪能啦？我打也要打啦！”

骂着，阿莲就真的打了，拿起墙角边上的一把扫帚，倒过来，用扫帚柄，没头没脸地抽打腊梅。

腊梅被逼在墙角落，没地方躲，只能以手护着自己的脸，但阿莲哪管这些，打不着脸，就掰开腊梅的手，继续打，一记比一记厉害。

“你还敢犟？你这个吊脸鬼！”阿莲边打边骂，“老实告诉你，我刀快勿怕头大，你再犟，我再打；你放哑炮啦？你放哑炮，你哑炮，我就打死你这个闷声包……”

阿莲这个“闷声包”一出口，腊梅就哇的一声叫了，哭出声来。这突如其来的哭叫声让阿莲吓了一跳，但很快就回过神来，还要打。

“你叫！我让你再叫！”阿莲挥着扫帚柄冲上去了，“看我打不死你这个烂性狂……”

但正在这时候，一条身人影闪出，突然出现在阿莲身后。

“太太——”

阿莲一听，收住扫把，转过身来，一看，是阿成。

“什么事，阿成？”阿莲问。

“阿牛师傅要我来问，这鱼——”阿成提起手里的两条鲳鱼，说，“怎么烧，红烧，还是清蒸？”

阿莲一看，这鱼是要招待客人的，要紧。

“好，我马上过来。”阿莲说着，又回过头，压低声音，对着腊梅，“再哭！

哭煞鬼啊！快去汏把面孔，弄弄清爽，你这个死小娘鬼，真是木器店里做出来的货色，木是木得来，呒活灵，打也打不好！”

阿成为什么会突然出现，腊梅不晓得，她也不能去问，因为你再怎么叫他“阿哥”，他也不理你。他不理你，怎么去问？但腊梅倒是真的希望，阿成是特意来给她解围的……

不过，这个阿成，好像跟原来的阿成不一样了。但怎么不一样，腊梅说不清，更想不明白……反正，好像表面上不声不响，心里总在动脑筋。

腊梅怎么会有这种感觉的？是她看出来的。别人不懂，腊梅看得懂，不然，叫他“阿哥”，他为什么不认？一时不认，为什么时间这么久了，阿成为什么还是当作不认识自己？

当然，其他的一些事，腊梅也看得出个大概来。

那天，那个穿西装留小胡子的男子来和包成虎谈事，磋谈了很久，吃中午饭的时候，腊梅脸给打肿了，难看，胖女人阿莲就让阿成端酒送菜，在一边服侍，而腊梅呢，就罚她去灶火间炉灶后面烧火。

端酒送菜其实是用不了多少时间的，可腊梅看得清楚，阿成一去，就会留在那里，等灶头上的阿牛师傅有一个菜烧好了，等到要叫了，阿成才回来，端着烧好的菜，再去。

这么长时间阿成在做什么？

那会儿，腊梅在灶火后添柴，看看柴爿快烧完了，就去柴房间捧柴爿，开始她也没注意，一推门就进去了，但一进门，就见有一个人影动了动，在柴堆后站了起来，并迅速将一张纸一样的东西塞进衣兜里。

那个人，是阿成。

想想也怪，腊梅突然见了人影是应该吓一跳的，但她一点也没跳。那时，阿成就看着她，用眼神对她说话。腊梅晓得，那眼神就是说，别说话。腊梅懂这眼神，一句话也没有，捧起一捆柴，就走了出去……

瞧，这不是阿成心里有事？但是，是什么事，腊梅不晓得。

自那个从县城来的穿西装留小胡子的家伙来了之后，一连几天，这包家大院里忙啊，一伙人进一伙人出，川流不息，把肩上背的那些枪弄得乒乒乓乓的，响个不停，好像有什么大事将要发生。突然之间，某一天，整个大院又静了下来，那些拿枪的人都不见了，包括包成虎，他也不见人影了。又过了几天，这大院又忙乱起来，那些带枪的人回来了，其中还有好几个浑身是血，嗯啊啊的，抬进抬出，叫个不停。

第二十一章　争斗

究竟出了什么事，腊梅起先不晓得，后来晓得了。

怎么会晓得的？听来的。

那一天，腊梅在后院的井台边洗衣服，斗鸡眼阿三头走来，向厨师阿牛师傅讨支香烟抽，腊梅就听见他们两个一边抽烟一边聊了起来。

“阿三豆，是不是出事了？”阿牛师傅问，“我看见有好几个都挂彩了？”

“都看见了？”斗鸡眼说，“看见也不能说啊，要军法论处的……”

“什么军法论处呀，街上早就传开了，哪个不晓得哇，都说治安队中了埋伏，死也死了好几个。”

“真的？”

“当然是真的，不然我怎么会问？”

“唉，是啊，死了两个，伤了三个。幸好，我一点事也没有，你瞧，胳膊腿的，什么都在，该在哪儿还在哪儿，一根毛都没少。”

“这次日本人也出动了？”

“这你也晓得？”

“我有什么不晓得的？”

“是啊，日本人有一个班，这次，是联合行动。”

“日本人有死伤吗？”

“妈的，哪会有啊！都是治安队打头阵，日本兵远远地跟着，要死，也轮不上他们呀！”

“那，游击队被打跑了？”

“苦啊，一场苦战，打了半天，日本兵的小钢炮开炮了，才把他们赶跑……”

“游击队没死人？”

“死啊，怎么会不死人？死了十个。”

“我可听说没死人，游击队一个没死，全都撤了。”

“哎，你又说着了，确实没抓到一个游击队。”

“那，死的人……”

“都是村里的老百姓，男的，年纪轻轻的，整整十个……”

“是你们杀死的？”

“不杀怎么行？这叫杀一儆百！这是县里头和日军司令部下的命令，日本兵死一个，就杀十个中国人，治安队死一个，就灭五条中国人的命。包老板也说了，不这样杀不行，要不，谁还听你治安队的？”

"唉，这不是中国人杀中国人啊，平白无故地杀嘛……"

"你不能这么说！阿牛师傅，跟我说说不要紧，要是别人听见了，你就咔嚓，脑袋落地了。"

"好，不说，不说了。"

"嗨，可事情也真蹊跷，你听说了吗？这几回，每次进剿，每次清乡，老是遭埋伏，这真奇了。"

"你是说——"

"会不会有人走漏风声啊。"

"走漏风声？"

"对，包老板也起了疑心，担心会不会出了内奸。"

"查出点什么了吧？"

"唔，不晓得；我就是晓得了，也不能对你说；对你说了，咔嚓！我的脑袋也难保了……"

一听到这里，腊梅的心像被揪了一下，悬了起来……

但对腊梅而言，眼下最恼人的，还不是仅仅是被人打，而是被人欺负，并且，受欺负了，还要打。那欺负她的人是谁？就那个歪种，矮笃鼓包龙。

自从去年春节前被自己阿爹阿母送进包家的门，开始还没什么，冷天衣服穿得厚，有点像个"杜仲包"，可随着天气一点点转暖，衣服单薄了，那个包龙就像老鼠闻到了麻油香，一见到腊梅，两只眼睛就滴溜溜地盯着她看，一见没人，就故意找事，上前摸一下，拧一把。所以，腊梅只要一见包龙，就想躲开，躲不开了，就挡住他的手，和他推搡起来。

"不许你碰！"

"怎么不许碰？你是我老婆！"

"现在还不是！"

"现在不是将来总归是的，碰碰又怎么了？抱也好抱……"

"你手再伸过来，我就要叫阿母啦，阿——"

腊梅故意装着要叫。一见腊梅要叫，包龙脚底一滑，就溜走了。但腊梅还在这个屋檐下，又没地方藏身，防不胜防，很难防备那个矮笃鼓胆敢再犯。

一个下午，包龙从关帝殿溜回来，看到阿莲摊开四肢在房里睡午觉，暗自窃喜，就退了出来，蹑手蹑脚地走，转着眼珠子四处找。那时，腊梅正在客堂扫地，包龙一看机会来了，就唰地一下跑上去，从背后搂住腊梅。腊梅一惊，正要叫，但包龙早已伸手捂住她的嘴。

"别叫！"包龙压低着嗓子，威吓说，"你叫，我就闷死你……"

腊梅一时叫不出声，但仍在挣扎。这时候，包龙伸出另一只手，开始在腊梅身上乱摸。

"别动，我的小奶奶，"包龙一边摸，一边说，"早晚都是我老婆，装什么劲道？你……别动，人都是……我的，还……不能摸！我不摸，谁摸？"

但腊梅拼命挣扎，欲挣脱包龙的搂抱，声响越来越大，最后把一个凳子踢翻了，动静很大，把隔壁房里正在睡午觉的阿莲给闹醒了，就赤着脚，啪嗒啪嗒地跑过来看。一看老娘来了，包龙赶紧溜走，只有面红耳赤惊魂未定的腊梅站着，一动不动，喘着气。

阿莲一见，火了，跑上来，对着腊梅就一个耳光。

“你这个贱货，趁我困个中觉，偷偷摸摸地想做什么？”阿莲骂道，“你人还没像人了，就迷男人了？你是狐狸精投胎啊？骚货啊？骚是骚的来这副样子了，一看到男人就流涎吐水啊？我儿子蛮好蛮好的一个人，你一来，看看，魂灵头都给你勾去了，真是一个搭伙精！你这个死小娘鬼，下次再看到你跟阿龙不二不三，我就敲断你的脚骨！你这个小狐狸精，一个好好的中觉就让你给搅得一塌糊涂，作死啊，真真叫恶弄送啊，滚——”

瞧，这是不是虎坑狼窝？如果这里不是，哪里是？可这虎坑狼窝不是别人推她进来的，推她进的正是自己的爷娘。尽管说起来荷花不是腊梅的亲娘，可爹是自己的亲爹啊，他怎么能就为了钱，把自己的亲生女儿往火坑里推啊？

腊梅想到过逃。

可往哪里逃？现在日本人当道，哪一家人家能过太太平平的日子，都自身难保了，谁还会管她？就是逃回了家，包家投靠了日本人，势力这么大，她阿爹肯定会把她送回来的。逃了再送回来，那，日子一定更没法过了……

她想着想着，也曾想到阿成……可现在的阿成，已经不是以前的阿成哥了，不然，为什么自己叫他“阿哥”，他理都不理呢？难道他恨腊梅？腊梅苦，他不懂吗？他不理自己，看到自己就像没看到的一样，她怎么能够向他诉说，自己为啥会来这里……她想来想去也想不通啊！这难道就是命中注定？

最后，腊梅想到了死……但死没这么容易，要一命抵一命！如果再有不测，就拼死。这样想着，于是，腊梅就准备了两把剪刀，分别藏在自己拿得到的地方，如包龙要是胆敢再欺负自己，就拼死一搏，同归于尽！

腊梅想是这样想，也有这样那样的打算，甚至在没人的时候，还挥着剪刀比画过几次，但没想到，当她预想的事情真的发生了，自己竟然会束手无策，一点还手之力都没有。

那天，包成虎到日本人松本小队长那里去商量什么事去了，其他人也跟着一起走，胖女人阿莲到另几个女人那里串门去了，天一黑，两个老的都早早睡了，包家院里静悄悄的，只有包家大院门外有几个挎着枪的在站岗。到了晚上，在外面游荡了一天的包龙回来了，一见家里没人，贼心上来了，就到处乱窜，急着找腊梅。

包龙摸黑找着，没找着，心想，腊梅一定是在自己老娘房里，就一转身，向阿莲的房间走去。到了房间，见门关着，就轻轻推，推不开，好像门被顶着。于是，他就凑着门缝，压低声音，朝里面叫：

“哎，腊梅，我晓得你在里面，快开门——”

但里面没有动静。

“嘿，我的小心肝，我晓得你在，”包龙又轻声喊，“开门！你开不开，不开，我就撞门了！”

门仍旧没开。但包龙侧着耳朵贴紧着听，听到了一阵窸窸窣窣的响声，一阵窃喜，就又对着里面叫了：

“你这个敬酒不吃吃罚酒的东西，腊梅，你开不开？你不开，我今天非把你扒了不可！你等着——”

说着，门还是不开，他就撞了，用力气撞，一连撞了好几次，一次比一次更用力……正当他满头大汗，使出全身力气，撞出更重一撞时，门突然打开，他收不住，扑了个空，扑倒在门槛上……说时迟那时快，房间里的腊梅趁机冲出，夺路而走，但已经倒地的包龙手快，一把抓住腊梅的一只脚后跟，腊梅一个趔趄，合伏在地，当她翻身而起，正要跑，包龙已抢先一步，从身后用力抱住她，把她抱起，让她两脚离地，转身朝她老娘房间走去……

“你放开我！”腊梅一面挣扎，一面叫，“你这畜生，放开我……”

“放什么放？”包龙喘着气，反而抱得更紧了，“小娘鬼，你算什么东西，钞票买来的，就我的女人！”

到了房内，包龙将腊梅往他爷娘的床上一放，正要扑上去，却一惊，缩了回来，因为他看到了腊梅手里的东西。那屋里虽然暗，但那东西却很亮——一把明晃晃的剪刀。

但那包龙起先是有些怕，但仔细一看，胆子又上来了。那剪刀是把剪刀，但口子很短，哪扎得死人啊！

“哈，想扎死你男人啊？”他笑了，“你扎啊，你扎——”

包龙说着，又扑上去了……腊梅是扎了，但只扎了两下，就给包龙一把夺了过去，扔在地上，随后又一扑，压在腊梅身上，一只手捂住她的嘴，另一只手扯她的裤子……

腊梅拼命挣扎，但包龙死死压住了她，并用力掰她的腿……

腊梅叫不出声，挣扎的力气也越来越小，而包龙的脸正对着她，一头壮猪的嘴脸朝着腊梅的脸上拱着……

正在这时候，只听见包龙脑后“嘣”的一声，包龙忽然不动了，两眼一瞪，沉沉地伏在腊梅身上。

一见包龙不动了，腊梅下意识地想要挣脱，但那包龙的身体实在太沉，腊梅一时挣脱不了……此时，包龙忽地一下翻了个身，仰面朝天地倒在床上了，与此同时，腊梅只觉得被人一拉，起了身……这一切，变化实在太快了，几乎触触快，眼睛一霎的功夫，令腊梅根本来不及反应……

当她站稳了，定睛一看，叫了出声：

“阿成……”

站在她面前的真是阿成，在他的手里，是一根拨火棍。

“阿哥！”

“别出声！跟我走——”

阿成说着，一拉腊梅的手，就跑出房间……

就这样，腊梅紧紧跟着阿成，无声无息地穿过走廊，跑向后院……在后院，阿成停了停，朝一侧退了几步，在井台边上拿起一个包袱，往身上一挎，随后又牵着腊梅的手，走到后门前，轻轻推开们，探出头，稍稍观望片刻，然后，一拉腊梅，两人就一前一后，奔出包家大院，跑进茫茫黑夜……

在日本人占领东沙之前，一到晚上，夜幕降临，虽谈不上“万家灯火吹箫路，五夜星辰赌酒天”，但整个东沙镇也差不多是盏盏灯火齐齐亮，家家窗前透浮光。那些灯火，点点线线，迷乱交错，再加上袅袅炊烟飘散弥漫，一片晕光炫色，远远望去，也确有一点“乱花渐欲迷人眼”的味道。特别是镇上南门到元庆桥一带，一路长街。

一条清源河穿流而过，一到“月亮菩萨弯弯上，弯到小姑进后堂”的时候，天上月光和两岸灯火交相辉映，倒映在微微流动的水面上，流光溢彩，波色粼艳，看了，真叫人心神荡漾。

但这一夜，当阿成和腊梅奔过元庆桥的时候，眼前一片漆黑，几乎没有一点光亮，只有一丝惨淡月光照着清源河，满目肃杀……

变化最大的，当然还是镇上的人。

阿成记得，那时，阿母还在的时候，带着自己和腊梅到镇上来，那可是一番与眼前多么不同的情景啊，简直是沧桑两重天了！那时，过年、正月十五闹元宵或中秋自不必说了，一过黄梅，直到秋厄伏，整整一个夏天，这清源河两边满眼都是纳凉的人，就连这元庆桥的桥栏上坐了好些人，摇着蒲扇，讲鱼市，谈买卖，谈天说地讲新闻。

更有绘声绘色地说山海经讲东海龙王或狐狸精的……神魔鬼怪让小囡们既怕又欢喜，常常围成一堆，听得大呼小叫，而后又吓得窜来扎去，一哄而散。当然更少不了是那些女人们，她们来来去去，一声声阿婆阿婶阿姐的，紧接着，镇里镇外，四邻之地，飞流短长，只消片刻工夫，就“天下”闻矣！

现在正是仲夏，是一年之中天最热的时节，这元庆桥上，只有阿成和腊梅两人悄然走过……

当然，街上没人，桥上没人，不是说什么地方都没人，自从日本人发布了宵禁令，那大街的几个街口，还有连接镇里镇外的所有道口，都有治安队的哨卡，甚至还有刚刚修建起来的岗楼，一到晚上，任何人都不得进出了。

这一点阿成心里清楚，但也难不倒他，因为他晓得什么地方能逃出去。因此，一过元庆桥，阿成就领着腊梅钻进一条戚戚黑的巷子，翻过几处残垣断壁，转出几间没人居住的破院，七转八弯地走了好一阵，最后，钻进一个土洞……当他俩爬出那个土洞时，已经出了东沙镇了。

阿成拉着腊梅的手又走了一段夜路，爬上一个山坡，到了一个破龙王庙。那时，差不多已经是半夜过了。

在庙内侧殿的一个角落，两人都站着，眼前漆黑一团的，谁也看不见谁，只能凭喘息声感觉到互相之间的存在。

腊梅喘了好一会儿，才慢慢得平息下来。她想说话……这一路走得急急冲冲，再加上害怕和紧张，话都没法说一声，现在总算安全了，可以说了，但说什么，又一时想不出。就在她想说什么又说不出什么的时候，阿成出声了。

“腊梅……”阿成轻轻地呼唤了一声。

这一声“腊梅”，是腊梅进包家门后最想听最期盼，过了半年多才第一次听到的呼唤声，但一听到这盼望已久的声音，腊梅却感到一阵揪心，浑身战栗，好像还在担心，这不是真的。

“腊梅，你在听吗？”

这再一声，腊梅悲喜交加，一股热流涌上心头……她伸出手，摸索着，摸到了阿成的手，紧紧抓住。

“阿哥！”腊梅大声地喊，这既悲恸又充满喜悦之情的声音非常响，似乎穿透龙王庙，一直刺向黑暗笼罩的天空……

腊梅喜极而泣，一直抓着阿成的手，哭了很久很久。

这样过了好一会儿，腊梅自己也感到不好意思了，才慢慢平静下来，松开紧握阿成的手，擦拭眼泪。

“阿哥，你……恨我吗？”腊梅忽然想起什么，问。

“恨？为啥？”阿成反问。

“我做……包家的童养媳啊。”

“我……不晓得……我，怎么晓得……”

“那你真的恨我了……”

“你什么地方不能去，为啥偏偏要到包家来？你不晓得包成虎是什么人？他是汉奸呀！你看看他卖身投靠日本人，残害百姓，做了多少坏事！他还背着一身血债，好多条人命呢，这种地方你能来？”

“我……是想待在家里的，再穷，再苦……就是死，也一家人在一起，可是，我阿爹阿母他们……”

“他们怎么了？就嫌多你一个？”

“小弟弟阿豆死了，是在尖嘴崖摔下来……死的，阿母说是我克死的，是……白虎星，扫帚星，克命……鬼。阿母说我……见谁克谁。”

“真是瞎说八说，你见的人多了，都死了？如果你真的是克命鬼，那你进了包家了，包成虎怎么还没有死？”

“阿哥——”

“什么？”

“还有……”

“还有什么？”

“家里苦，阿爹不能出海打鱼了，天天都是……番薯藤粉、糠饼，没吃的，日子……过不下去了，所以……”

“所以把你卖了，做童养媳？”

听到此，腊梅说不下去了，又哭了，无声地抽泣。这样过了好一会儿，阿成伸出手，碰了一下腊梅，想要安慰她，但一时又不知说什么。

“阿哥——”还是腊梅先叫了声他。

“唔，你想说什么？”阿成应了一声，问。

“包龙……他死了吗？”

“不晓得。但死了更好。一个坏种，根本就不是个好东西！他要……对你……做坏事，就是死罪，还有，他老子包成虎害了多少条人命，总要还的，父债子偿！就怕他没死。”

“要是没死……怎么办？”

“所以……要逃啊。这种地方，你想想，还能呆吗？”

“我也是一直想逃的，可是，朝那里逃啊？阿哥，现在逃出来了，可……到哪里去？”

“天无绝人之路，找游击队，打日本鬼子和汉奸！”

“你晓得……游击队在哪里吗？”

“不晓得，但找得着，一天两天……八天、十天，一定能找到！”

“太好了，我们一起打日本鬼子……”

“你不能去。你是女小囡，打日本鬼子是男人的事。”

“那……我……怎么办？”

“先找到游击队再说，等找到了游击队，一定会有办法的。”

“我要和你在一起……”

“不行。”

“要在一起！”

“不，不行。”

一听不行，腊梅又不说话了，两个人都陷入沉默之中。过了好一会儿，腊梅又碰了碰阿成的身子，小声问：

“那你……阿哥，你怎么……也会在包家的？”

阿成没有马上回答，他想了想，转脸，抬起头看了看龙王庙一处断墙外的夜空，才说：

“这……现在没法给你说，过后再跟你说；现在是下半夜了，天一亮，就要赶路，不歇一会儿，明天就没力气赶路了。现在先睡一会儿，明天在路上给你说，好吗？”

“不，我现在就想听。”

“现在已经很晚了，一会儿天就要亮了，不歇一歇，明天怎么有力气赶路？听阿哥的话，先睡一会儿。”

“好的。”

于是，两人就蹲下身子，席地而坐，靠着墙，蜷缩着，就歇息了。可能缘于紧张过度，或惶恐不安，现在一放松，疲倦的感觉就一下子袭上身来了；更可能是因为一路不停地跑，而且还时不时地躲躲藏藏，一定下神来，安稳了，疲惫的身心急于得到恢复，因此，没过多久，腊梅就一动不动，睡着了。

感觉到腊梅好像是睡着了，但阿成不放心，还想证实一下，就侧着身，轻轻地碰了一下腊梅。

“腊梅——”阿成低声呼唤了一声。

“嗯，什么……”腊梅动了动，迷迷糊糊地问。

“没什么，睡吧。”

阿成说着，也安心了，就头一仰，靠着墙根，很快的，也闭上了眼睛……这一睡，就睡得很沉；但也正因为阿成放松，睡得沉，就觉得好像已经虎口脱险，大意了，什么叫“安危相易，祸福相生”这常有的事理都忘得一干二净了，以至就在他们没多久前急急走过的通往龙王庙那条小道上闪出光亮，传来噼里啪啦的脚步声都没听到……

阿成还在睡，但外面的脚步声越来越响，晃动的灯光越来越近！

腊梅惊醒了……

但她没动，想再仔细听一听，辨别一下到底是什么声音，从哪儿来。当她确定那声响是朝这儿来的时候，就警觉起来，慢慢地站起身来，轻轻推着阿成。

“阿哥，有人！”腊梅轻声叫着。

“什么……有人……”阿成睡意蒙眬地问。

“有人朝这里来了！”

阿成一听，一跃而起，急步跑到龙王庙的正殿门后，侧着脸想往外看。但不看不晓得，一看吓一跳，那时，那些来者提着的煤油灯的灯光正朝着庙门，一面叫着“里面有人，里面有人”，一面快速奔了过来。阿成一看事情不妙，急急跑回，一手拉着腊梅，一手提着包袱，叫了声“跑，快跑——”，就要往后殿跑，想从后门奔出去……但当他俩跑到后殿，那里正有一束光亮挡住他们的去路。

“看你们往哪儿逃，两个小赤佬！”

阿成听得出，那是斗鸡眼阿三头的声音。情况万分紧急，于是，阿成又一拉腊梅，想往回走，但不料腊梅站着不动。阿成急了，催促说：

“快走！腊梅，快……”

“不，阿成，你走——”腊梅忽然变得镇静起来。

“你说什么？快呀——”阿成紧紧拉住腊梅的手，几乎要喊叫出声。

正在这时候，龙王庙前后两边都传来脚步声，灯光闪着，一晃一晃的。除此之外，还听见斗鸡眼阿三头和另一个家伙的讲话声。

“捏了大头昏了，两个小赤佬不晓得天高地厚，看你们逃到啥地方去！”

“还想逃，真叫逃得了和尚逃不了庙，快，快死出来……”

听到这里，腊梅突然猛一用力，甩开阿成的手。

“你疯了，快跟我走，腊梅……”阿成低声喊道。

“你走，阿哥……”腊梅哭了，猛推阿成。

“腊梅，你怎么了？”

“不要管我！你快跑——”

“腊梅——”

阿成又上前一步，欲拉腊梅的手，但腊梅推开他的手，再次猛推阿成。

“阿哥，你快走！阿哥……别忘了……救腊梅！”

“腊梅……”

阿成还想拖拽腊梅，但腊梅用尽全力再一次猛推阿成，随后转身，冲出，故意弄出很大的响声，迎向那些晃动着的灯光……

第二十二章　锄奸

只抓回腊梅，却让阿成跑了，这让包成虎很不满意。但他的女人阿莲却不以为然，和他想的不一样。那天，把腊梅带回来，关起来之后，夫妻俩就为这没抓到阿成的事，争了起来。

“喔吆，一个小种生逃就逃掉了，是啥个大不了的事体阿，”阿莲甩了甩手，不屑地说，“再去柯一个就是了，外面这个样子的小赤佬多得是，又不出钞票，柯一个回来，又好派用场了。腊梅不一样了；腊梅是十块洋钿买来的，是出了价钱的……”

“你懂什么懂？眼睛里只有钞票、钞票，”包成虎抢断着，说，“你看看阿成人小，但心思大，一直眼睛翻翻，不晓得忖啥心事，你看不出来？”

“看出什么来？一个小众生忖啥心事？”

“他是一个奸细！我查来查去，一直想查出是什么人走漏风声的，怎么每次清剿游击队，每次都遭埋伏，每次清乡，每次都空手而归，日本人那里排头吃足，差不多要拿刺刀刺杀我了，再仔细查，一点一点摸……你看看，看看我桌子上的那些东西——”

“什么东西？我来看看。”

阿莲走到包成虎的桌前，就看到几张纸和几个铅笔头，让包成虎的一把盒子枪给压着。

“就这些纸头和铅笔？”阿莲疑惑了，“这不是阿龙读书写字用的东西？”

“东西是阿龙的，不错，”包成虎点上一支烟，摇着头，说，“但是，是从阿成席子底下查出来的！”

“我们儿子的东西怎么会到阿成席子底下去的？他偷的？”

“偷倒不一定，说不定是你那个憨大儿子给他骗得去的！”

“可这个纸头……和奸细有什么关系？”

“你看看，看看这一张——”包成虎拿起一张写着字的纸，让阿莲看，“这是阿成来不及送出去的情报。”

“我看什么看，”阿莲说，“你不晓得我不识字啊，你念给我听——”

“好，我念给你听——”包成虎开始念，“六月十六日，松溪村，十二个人，九支枪……”

“这是什么意思？六月十六日，松溪村……”

“还不明白？我们治安队十二个人带着九支枪，六月十六日要到松溪村清乡，征粮，抓游击队！这个意思你还不懂？这个小众生，怪不得我一来人，治安队一开会，他就勤快得来，一歇歇进来，一歇歇出去，一歇歇进来，一歇歇出去，不是倒茶，就是点烟，不是端菜，就是添酒，只想等在旁边不想走，看看闷声不响，实际上是在探听消息。一有消息，好，就写好纸头，送出去，偷偷摸摸送给接头人。唉，真怪我自己啊，太相信这个小赤佬了！”

“不怪你怪谁？不是你自己柯得来的？你啊你啊，讲讲神仙阿伯，做做死蟹一只……”

“难道你就没有关系啦？不是你说，这阿成不要看他人小，聪敏啊，有活灵啊，人看上去清爽啊，手脚勤快啊……你看，到头来，引进了一只心思鬼，游击队派来的暗探！”

“唉，真正叫知人知面不知心啊！那没捉牢，让他逃走了，怎么办？”

“一定要捉牢！我人已经派出去了，料想他也逃不远，一定要抓住，抓了，关起来好好审问，一定要顺藤摸瓜，将游击队一网打尽！”

“好好，就看你的韧斗势了。”阿莲说着，又顺势将话头一转，“那么，你看，那个小姑娘怎么办啊？”

“怎么办？送掉她！这么一个拖祭包，白虎精，来了没有几天，差不多要拿我儿子的命也送掉了，害得我儿子脑袋开了花，到现在还躺在床上，还要这个讨债鬼做啥？真是触霉头触到天花板了！送掉她，不管啥人，跷脚、瞎子、聋爿、哑巴，只要不赔本就行……”

“你看看你，我就晓得你会说这种倒夜笨的闲话；你怎么不想想，腊梅这个小娘鬼是怎么进来的？就白送？”

“怎么进来的，十块钱买来的……”

“十块洋钿买来，送给人家，养了半年多，不是倒贴了吗？”

“你的意思是……”

“我已经想好了，三十块洋钿卖出去。三十块，只好多，不能少……”

“啥人要啊，一个十一岁的丫头，还在长发头上，又不能马上讨来做娘子！”

“哎，你这个人啊，说你倒夜笨，你真的是倒夜笨！我已经托好人了，东门开当铺的李老板想给自己的憨大儿子讨个老婆，讨来讨去一直讨不着……”

“我晓得这个憨大儿子，憨是憨得来，只晓得吃，只晓得屙……”

“你插什么嘴，你还让不让我讲下去？”

“好，你讲，你讲——他肯出三十块买腊梅？”

“不肯。这个死老头子，只肯出二十五块铜钿，还有五块死也不肯出！”

“好，这件事我来办……”

“你怎么来办？我倒要看看你有什么本事，让三寸舌头抬煞人啊？”

“你以为我去吊煞鬼劝上吊啊？”

“那怎么办？”

“怎么办？带两个人去，摆上两杆枪，台子上一放，看他五块洋钿是拿出来，还是不拿出来……”

“不是五块，你这个人，真是前讲后忘记——是三十块！”

“唔，对，一共三十块；三十块，看他拿出来，还是不拿出来！”

“好，这个办法好！”

就这样，包成虎和他的女人商量好了处置阿成和腊梅的办法，就着手具体实施了。关于阿成，继续派人四处搜寻，一定要找到，抓回来，严刑拷打，让他供出游击队的线索，然后出兵进剿，如不能将游击队一网打尽，那至少也要把游击队赶出蓬莱岛，不再添乱；至于腊梅，包成虎准备亲自出马，带着枪去东门当铺，让李老板拿出三十块铜钿，把腊梅讨去，给他的憨大儿子做童养媳。

但人算不如天算，包成虎万万没想到，一个突如其来的事变，不仅将他的如意算盘彻底打碎，甚至还将他的老窝翻了一个底朝天！

那是一个月黑风高的夜晚……

那一晚，东沙附近海面上有雾，浪也很急，一阵一阵地涌来，扑打着岸边的礁滩，发出阵阵波涛声。尽管有雾，但日军的巡逻艇仍然出巡，打着强灯光，缓缓驶过。似乎海上太平无事，日军巡逻艇按部就班地来，循规蹈矩地去，就这样经过渔港码头稍远处的水面，朝另一个向巡驶去，亮着的灯光越来越远。

就在日军巡逻艇过后不久，在雾蒙蒙的海面，忽又几个小黑团破雾而出，快速突现……很快，小黑团就变成了小黑影，又很快，就成了几条快速滑动的舢板。不多时，那几条舢板就绕过东沙渔港码头，驶向海湾一侧礁石嶙岖的海滩……

夜很深的时候，在东沙镇东门附近黑漆漆的一个街角，有好多条身影突然从各处闪出，无声无息地汇聚一处，然后一路轻奔，奔过元庆桥，一转眼，又穿过城隍庙高墙后的东门大街，潜行一段路后，刷刷刷地，就到了包家大院附近，再散开，将整个大院包围起来。待那些人走近一看，都是短褂龙裤蒲鞋，一身本地渔民打扮，但都背着枪，腰间插着明晃晃的鱼刀。那些渔民中的为首一人，正是身材彪悍的王老七。

包家大院的戒备森严是人所尽知的，不仅大院正门有岗哨，就是后门也有人站岗，并且院内还有人定时巡查，严得很。他包家为什么要守得那么严？就是因为这里既是镇上“治安队”的队部，此外，还有治安队的军械库，什么枪支弹药武器装备都存放在这里，一有事就要用，所以不严不行。

但实话实说，这再严，也严不过日军松本小队长的日本军营，那里不仅有铁丝网、碉堡、炮楼、探照灯，还有四挺机关枪。所以，对那些一路袭奔而来的渔民说，要进这包家大院，办法还是有的。

等人都到齐了，分头准备好了，就只见王老七手一挥，又一指，就见六个渔民各分成两组，蹑手蹑脚地跑到大院正门一侧，每组一人在下一人在中一人在上，噌噌噌几下，最上头的那两个就上了墙，轻轻一翻，就进了院。

到了院里头，那两个守在门后的家伙正在打瞌睡，一听到声响，还没醒，刚想站起来拿枪，枪还没碰到，早有两条黑影闪出，一人一个从身后抓住，手起刀落，两个守卫哼都没哼，就倒下了。

两守卫一解决，大院的门就打开了，门一打开，早已等候在外的渔民们在王老七的带领下，蜂拥而入。

进大院后，王老七等人也不喊，更不叫，就直奔包成虎的老巢。但尽管不喊也不叫，但这么多人一下子冲进来，还是有些动静的，这些动静把睡在队部的好几个值班警卫给惊醒了。值班警卫一醒，晓得事情不妙，就立刻拿起枪朝外射击。于是，一场枪战开始了。

但枪战也正是王老七预想之中的。这边枪一响，打得火热，而他不慌不忙，带着两个渔民直朝包成虎的里屋闯。

王老七跑着，先迎面撞上光着膀子想出来看看究竟出了什么事的包龙。看见抖成一团的包龙，王老七上去就是一拳，把他打倒在地，随后一弯身，亮出一把鱼刀，指着包龙的鼻尖。

"你老子呢？"王老七喝问。

"在……在屋里，就……就是那里——"包龙回答。

王老七一听，也不多说一句，朝着包龙的小肚子猛踢一脚，随后一转身，朝包成虎的房间跑去了。

到了包成虎的房间，一看，灯亮着，但只有胖女人阿莲吓呖骨骨抖地坐在床沿，包成虎却不见踪影。见此，王老七几步上前，一把尖晃晃的鱼刀上去，抵着阿莲的喉咙。

"人呢？"王老七问。

"我……我……"阿莲吓得话都说不出来了。

"包成虎呢？"

王老七的那把鱼刀已经刺着阿莲的皮肉了。

"人……人……"

阿莲还是说不出话，但眼珠子却朝下沉，一直朝下。王老七一看就明白了，后退一步，解下肩上的枪，一弯腰，就将枪口对准床底下。

"出来——"王老七大声喝道。

起先没动静，但等到王老七要再喊第二声时，床底下有响动了，随后，包成虎就爬了出来。

"别……别开枪，我……投降……"

包成虎出来了，王老七看了他一眼，就对身旁的两个年纪很轻的小伙子说了声"拖出去"，就押着包成虎走了。

包成虎是抓获了，但王老七没有立刻撤退，而是拿起一盏煤油灯，急步来到后院的灶火间，一脚踹开灶间的门，走了进去。他进去之后一看，厨师阿牛正躲在灶头后面，瞪大两眼，骨骨抖地看着他。

“我……我……我是个烧火的，”阿牛师傅吓得要死，语无伦次地说，“没……没干坏事，请……高抬贵手……”

“阿成呢？”王老七没听他解释，问。

“什……什么？”阿牛好像没听懂。

“阿成呢？”王老七又问，“阿成人在哪里？”

“走……走了……”

“什么走了？”

“逃……走了，和腊梅一起逃，逃了……两天了。”

一听阿成不在，王老七再问：

“那腊梅呢？”

“抓……回来了，在……库房里。”阿牛回答。

“库房在哪里？你带我去——”

阿牛一听，就站了起来，一转身，一脚高一脚低地走着，带着王老七来到一个堆杂物的小房间。但是，当王老七用枪托砸了门锁，推门进去，提着煤油灯一看，里面尽是杂物，没有人影，再走近这屋子唯一的一个窗子一看，窗户被打开了，窗台底下，是一个显然用来垫脚的凳子……

这一场战斗不到半个时辰就结束了。战斗的结果，是治安队被打死三个，打伤五个，活捉四个。但不管打伤的还是活捉的，最后缴了械，教训了几句，让他们以后别再在治安队混，伤天害理，跟着日本人欺负中国人的话后，就放了。但也没全放。那没放的是谁？包成虎。

这支由渔民组成的游击队捣毁了东沙治安队，全身而退，很快就撤到了他们来的那片礁滩，忙着把缴获的武器弹药扛上舢板，并做好随时起航的准备。但这时候王老七还没到。王老七为什么还没赶到？因为，他还有一件事没办好。

就在其他渔民等着王老七的时候，王老七正在东门大街左手弯城隍庙后的一堵高墙下，身后两侧是两个挎着枪的青年渔民，而在王老七的正对面，靠着墙跪着的，就是那个浑身颤抖的包成虎。看上去，这很像是审问。

“南山村的十个人是你杀的？”王老七问。

“不，不是我杀的……”包成虎回答。

“是你下的命令？”

“是……的，不，不是！是日本人逼我下的……命令。”

“大蛤蟆滩的五个出海渔民三死一伤，是你干的？”

“是……是日本人的……下……下的禁海令……”

“东沙的苦工是你捉的？”

“是日本人要苦工……修飞机场，造公路……”

“四批苦工，五百多个人，已经死了七十多个……”

“那……那是日本人害死的，不是我……”

“好了，就这些，够了，还有的账，就不算了——”

说着，王老七抬起枪，对着包成虎的脑门，看也不看，乒，就是一枪！

当包家大院枪声大作，乱成一团的时候，腊梅正在一个堆满杂物的小屋子里。

一听到外面的枪声、喊叫声和杂乱的脚步声，她吓坏了，就蜷缩在杂物堆后，一动也不敢动。

稍后，她侧耳细听，觉得那些枪声、喊叫声和脚步声是在大院的另一边响动，于是，就站了起来，跑到门后，抓着把手，想把门拉开。尽管腊梅晓得门是被胖女人阿莲反锁着的，但她还是拼命拉，希望奇迹发生。但又推又拉，气力都用尽了，门还是没开。她想叫，又不敢叫……怎么办？最后，她想到了窗。这屋里只有一扇木窗。腊梅前天被关进来的时候，就曾想过从那个窗口钻出去逃走的，但试了几次都没成功，因为那木窗是被钉死的，她又不能用太大的劲，怕弄出响声，让阿莲听见；而现在，外面这么乱，那么响，她也就不用担心了……于是，她就在杂物堆里翻来翻去，最后总算找着一根不知派什么用场用的小铁棍，拿着它，到了木窗前，没几下，那窗就给撬开了。

窗一开，腊梅想也没多想，就移过一个断了一条腿的凳子，一蹬一钻一爬，就上了窗台，也不看看外面是什么状况，眼睛一闭，就翻了出去……幸好，那窗子离地面不高，摔得不算重。

腊梅爬起身，一看，是一条院墙和屋子外墙之间的一条小夹弄，稍稍喘了一口气，抬腿就跑，沿着院墙跑，到了后院小门，见门开着，就跑上去，夺门而出。出了门，腊梅一右转，看也不看，一口气地跑，头也不回……

腊梅这一晚还是躲在元庆桥的桥洞底下。半夜过了，天那么黑，整个镇上几乎看不到光亮，摸不着东南西北，没法走，而这地方，她熟。

几年前大过年西北风割刮转的时候，她从家里跑出来，要到长虾湾岛去找水仙姐，饿得发昏，就曾在这桥洞底下过了几个晚上。在东沙镇，腊梅只晓得这么一个藏身之处。

夏日的日头起得早。当腊梅在桥洞下刚要睡着，天就开始发亮了。正当她迷迷糊糊之间，忽有一阵脚步声从她头顶上方的桥面上传来，她惊醒了，警觉地钻出桥洞，想看个究竟。

这时候，她看到不少人一个劲地朝镇南方向跑，嘴里还叫着“快去看，出事了，快去……”

起先腊梅还不敢动，但是，当她看到越来越多的人朝一个方向跑，而且还大惊小呼的，心里想，什么出事？会不会就是昨天晚上包家出的事？这样想着，好奇心战胜了恐惧感，于是，她胆大了，情不自禁的，也跟着一起走了。

一走，就跟着众人到了东门大街，再一拐弯，跑到已有一群人围观的城隍庙的院墙下……

那时，许多人正朝一个方向看，七嘴八舌地议论着。

腊梅人小，见着人缝就挤，不多一会儿，就挤了进去。当她到了前面，一看，就见一个人摊开四肢仰天躺着，一动不动，身下有一摊早已凝固的血，脑门正中有一个洞，显然是枪眼。再仔细一看，那个死人，正是包成虎！

那时候，那些从人群中发出的议论声响成一片，闹闹哄哄的，什么也听不清。稍后，只听见有人高声说“谁识字的？父老乡亲们，哪个识字的，上来，念一念”，不多一会儿，就有一个看来识字的人跨过包成虎的死尸，走到高墙前，指点着一张大白纸上的黑字，开始念。

这份告示是这样写的：

汉奸恶霸包成虎，卖国求荣臭万年，为虎作伥恨无耻，清乡扫荡抽苦工，残害百姓罪行多，杀人放火恶无数，切齿痛恨今擒之，立地正法杀无赦。再有为非作歹者，同此下场！

特此告示

东海抗日自卫队东沙分队

民国三十年七月十九日

那人刚一念完，围观者又轰地一下冲上去，围着包成虎的死尸又是踩又是踢又吐口水，大声叫好，罪有应得、罪该万死等喊叫声不绝于耳……更有人在一边捡来砖块石头，拥上前来，狠命地往包成虎身上砸……

看到此，腊梅心里明白，自己不用逃，可以回家了！

一回到家，万万没想到的是，荷花见了腊梅既没有打也没有骂，正相反，一看腊梅进了家门，什么话都没说，抱着腊梅就哭了起来，哭得伤心啊，一把鼻涕一把眼泪的，就像见了久别重逢的亲人。这让腊梅感到纳闷，到底是怎么回事啊？自己从小到大，也十二年了，可从来没有阿母这样抱着自己哭过，能想起来的，不是打就是骂，还有，就是千方百计要把自己推出去，死活不管——阿母这样伤心欲绝，一定是出了什么大事了。

“阿母，家里……好吗？”

腊梅想问，但被荷花死死地抱着，哭着，又没法问了，只好让她继续哭。

这样哭了好半天，腊梅实在难受，就用力挣脱出来，走到一边，问傻乎乎地站在一旁的阿平。

“阿平，阿母这是怎么了？”腊梅问。

“阿爹……阿爹……”阿平也哭了，呜噢呜噢地哭，话也说不上来。

“你怎么了，阿平？”腊梅推了一下阿平，“介大人还要愁愁哭，难为情勿？阿爹到底怎么了？说啊，阿平，阿爹哪里去了？”

“阿……爹……让日本人柯……柯去了……”

“什么？阿爹柯去了？什么时候？”

“不……不晓得，好……好久了。”

就这样，听阿平这样说，尽管是七零八落的，但腊梅还是听出一点头绪来了。

这情况大概是，前些日子日本兵由一群治安队领着，进村来抓青壮年做苦力，林代富逃得慢，就给逮着了，抓走了，至于抓到了什么地方，一点音讯都没有。林代富给抓走了，家里的擎天柱没了，荷花这段日子来像吼了活灵，天天愁，天天哭。

想想也是，这家本来就本来就穷，日子难过，一天比一天难过，现在男人被抓，不知去向，自己和阿平母子俩往后的日子，更是屋漏偏逢连夜雨，船迟又遇打头风了，荷花一筹莫展，就越想就越觉得苦，越想就越觉得不想过……

突然，腊梅出现了，荷花也不知是一种什么样的感觉，反正一肚子的甜酸苦辣全倒出来了，就这么一直哭，阿作姑一样，叫天叫地地嚷，根本就不晓得能对腊梅说些什么了。这个家，就是这个样子了，现在，腊梅既然已经回来，就不得不挑起本来不该是她挑的担子了。

腊梅这么想着，一看天色将晚，就转身进了灶头间，寻思着做点什么当饭吃。她先看米缸，一看，米缸是见底的，空空荡荡，什么也没有。

再一看，旁边的竹箩里倒有一些白头娘，也就是她阿爹小时候教她唱的“白头娘，无处寻多草子根……”的那种野草种子“白头娘”，就捧了一些，想洗一洗，放上几片番薯叶，煮着吃。

但一到水缸旁，打开盖子一看，里面一点水也没有。于是，腊梅只好提起两个水桶，拿着扁担，挑水去了。

从自己家到村边的溪流挑水，是要走一段路，出村口的。

这一路上，村里的邻居一见是腊梅，很是惊喜，一个个都拦着她说话，问长问短问寒问暖的，实在令腊梅既酸楚又温馨。

其中，最令她感动的，是村口的张家阿公。当腊梅从溪边挑着水往回走，经过张家阿公家门口的时候，张家阿公已经等在那里了。见腊梅走来，张家阿公就出了门，迎上前来。腊梅一看，就停了下来，放下水桶。

“阿公……”

腊梅轻轻地叫了一声，不知何故，眼泪就流下来了。

“唉，苦啊，腊梅，真苦了你这个小姑娘啦。”张家阿公说着，递上一个小竹篮，“几个番薯，拿回去，煮着吃，啊——”

“嗯，阿公……”腊梅应了一声，嗫嚅着，话也说不上来。

“好，不哭了，”张家阿公又叹了一口气，嘱咐说，“先回去，烧了夜饭，吃了，就到我屋里来；我叫几个隔壁邻舍一道来，商量商量，看看你屋里今后日子怎么过，大家一起想想办法，啊？”

“嗯，晓得了，阿公。”

第二十三章　卖鱼

到了夜快朗，一吃过晚饭，腊梅就应着张家阿公的吩咐，到他家去了。

果然，张家阿公早已点亮了菜油灯，坐在一张八仙桌旁，和陈家大阿嫂、宁波阿婆、阿五叔一起在等她。那个阿五叔，就是僵个佬阿六头的阿哥。

一见腊梅进来，几个长辈连忙招呼着，让她坐下，围着她，就说开了。

“腊梅啊，你怎么回来了？”宁波阿婆性急，抢着问，“是逃回来的？你逃回来，那个包家势力大啊，要来捉，怎么办？”

“不会的，”腊梅回答，“包成虎死了……”

“什么？死了？怎么死的？”

几个人一听，一紧张，都七嘴八舌地问。

“是让游击队给打死的，”腊梅说，“一枪打在头顶心上，我看见的……”

大家听了，一阵兴奋，都大惊小呼起来。

“你们几个都不要响了，”张家阿公摆了摆手，说，“让腊梅讲下去，让她慢慢说。腊梅，你一点一点讲，讲得详细一点。”

“嗯。”腊梅点了点头，“前两天我是想逃，但没逃远，让他们捉了回来，关了起来。昨天半夜里，我缩在被他们关的房子里，睡梦头里，忽然听到枪响，乒乒乓乓的，还有叫声，哇啦哇啦，乱得要命……我也不晓得出了啥事体。不过，我想，这么乱，就没人管我了，我就撬开一扇窗，跳出去，逃了出来，一直逃，一直逃……”

“你不是说，包成虎死了吗？”陈家大阿嫂打断腊梅的叙述，问，“你逃出来了，怎么看见的？”

“我在城隍庙边上看见的。”腊梅继续说，“今天一早，我看见许多人朝那边走，我起先怕，不敢走，后来听有人说包成虎被游击队枪毙了，在城隍庙那里，就不怕了，就跟着一起跑，去看……”

“看见了？真的死掉了？”阿五叔问。

“真的死掉了，”腊梅说，“许多人冲上去，男的女的都有，用脚踢，用石头砸，砸得满地是血……”

“腊梅，”阿五叔问，“你怎么晓得是游击队枪毙包成虎的？你不是说，没看见冲进包家大院的是什么人嘛？”

“我看见布告了，”腊梅说，“游击队贴的布告，就在包成虎死的地方……”

“布告？”张家阿公问，“怎么写的？”

“嗯，我不识字……”腊梅低声说。

大家都失望了，都唉声叹气了。

“不过，”腊梅说，“我听有识字的人读了……”

“怎么读？”张家阿公问。

“我……记不全，”腊梅一边想，一边说，“只记得……汉奸恶霸包成虎，卖国求荣……臭万年，残害百姓罪行多，杀人放火……杀人放火……恶无数……”

“还有呢？”阿五叔问。

“还有……”腊梅回想着，说，“还有……立地……正法……杀无赦。”

“没了？”阿五叔又问。

“还有，”腊梅想了想，补充，“特此……告示，东海游击队东沙分队。”

腊梅说到此，大家忽然一片沉静，不说话了。过了好一会儿，张家阿公才点了点头，下了结论：

“看来，包成虎确实被枪毙了，而且在日本人的眼皮子底下。”

“太好了！”阿五叔叫了起来，“汉奸走狗，罪该万死！杀得好，那包成虎害了多少条人命啊！游击队有种！”

“杀一个有什么用啊，”陈家大阿嫂说，“要杀，就把那帮汉奸统统杀光，一个不留……”

“哎，要杀也要一点一点来嘛，”张家阿公慢条斯理地说，“先杀一个为首的，啥人跟上去，再杀，再跟上去，再杀，这样一来，就没有人敢做汉奸了，日本人也就不敢耀武扬威了。看看日本人有几个人啊，要是没有那帮汉奸伪军做帮凶，你看日本人能在东沙、定海蹲得了几天！”

“我倒没有你们几个想得那么远，”宁波阿婆说话了，“我想想，就想到一件事，包成虎死了，腊梅也就没有事了，就用不着跳进虎坑做恶人家的童养媳、小娘姨了。”

宁波阿婆的这一席话，又让在座的几位静了下来了。

“对，对，”张家阿公说话了，“今天我们几个邻舍过来，就是想，腊梅回来了，这一家人家的日子怎么过……”

“不是一家人家，”陈家大阿嫂抢断着，说，“是腊梅一个人。那一家人家怎么啦？还是吃三观菜保自身吧，要帮，还是帮腊梅。现在代富给日本人柯去了，荷花昏头落冲，像个没头苍蝇，将来一有太平日子过，说不定又要动腊梅的脑筋，把她朝火坑里推了。左邻右舍是杆秤，隔河两岸是面镜，荷花是个什么人，啥人不晓得？”

“这倒也是，”阿五叔想着，说，“到底是个后娘，她从来不拿腊梅当自己亲生小囡看，这个样子的雌老虎，莫去管其。”

但张家阿公似乎不同意他们两个的观点，他想了想，说：

“你们说的不是没道理，但话也不可就这么说。代富不管怎么说，都是同村的邻舍，尽管日常头里好吃懒做，像个烂狂性，但风风雨雨这么多年，撑起一个家也不容易。现在他落难了，一家人家孤儿寡女的，眼看日子过不下去了，要能帮，还是帮一帮吧。”

“哪能帮？”陈家大阿嫂说，“现在大家日子都这么难过，过了今朝不晓得明朝的，帮腊梅一个人还能帮帮，要帮一家三口，怎么帮得过来？要帮，也要忖明白，莫发热昏。”

“帮了腊梅，不就是帮了一家人家？”张家阿公说，“腊梅你不要看是一个小姑娘，懂事体了，不会自顾自的。”

“是啊，”宁波阿婆说话了，“不管怎么说，都是一个村上的人，要上半夜忖忖自家，下半夜忖忖人家。现在日子难过，也只有你帮我，我帮你了。你们说，是不是？”

宁波阿婆的这一席话，说得在座的几个人都不作声了。

这一边，腊梅更是默不作声，看着这村里的几个长辈，心里想得很多，但也很乱，一直理不出个头绪，就什么也说不上了，内心则涌动着阵阵莫名的感动。是啊，这眼前的张家阿公、阿五叔、宁波阿婆和陈家大阿嫂几个认真、敦厚而又亲切的面孔……特别是后两个，尽管还是女流之辈，但能说不是古道热肠，仗义又颇有侠气吗？

这样过了好一会儿，阿五叔站了起来，看着腊梅。

"好，桥倒压不煞差鱼，"阿五叔说，"腊梅，不要担心日子过不下去，我晓得你人小，但从小就吃苦耐劳，有活灵，手脚又勤快，现在你阿爹人给抓走了，不用怕，有张家阿公、宁波阿婆、杨家大阿嫂我们几个在，你一家人家一定撑得下去的！"

他这一表态，张家阿公、宁波阿婆和杨家大阿嫂都表示赞同。

紧接着，大家就商量着，除腊梅而外，其他四家各自出钱，凑足五块钱，由阿五叔出面租条舢板，再购置渔网渔具等，不能出海，就在沿海近处捕些鱼虾，制成咸蟹虾酱鱼鲞，让腊梅挑着到镇上去卖，得来的钱先四六分，这大头六分，由腊梅和阿五叔二人等分，而剩下的小头四分，则由张家阿公、宁波阿婆和杨家大阿嫂三家平分。

关于以上方案的讨论，细致且又周全，就缺一个立据画押了。商量停当，直到天快亮的时候，腊梅才拖着既兴奋又疲惫的身子回了家。

人说"靠山吃山，靠海吃海"。蓬莱岛四面都是海，当然靠海吃饭，历来就是靠"吃海"发达起来的。就如东沙镇，百业兴，靠的就是鱼市，鱼市旺，市面就热闹，一旦鱼市衰败，市面就冷落萧条了无生气了。

自日本人占了东沙，实行海上封锁，渔船出海受到严格管制，鱼虾捕获急剧减少，再加上不少店铺关门歇业，许多居民外逃避难，这东沙镇的各行各业，市面简直就是一落千丈。

早些年鱼市淡的时候就不说了，就是鱼市旺，渔户也骂冰鲜商，都贬鱼行栈。为什么骂？盘剥渔民呀。就说一个鱼价。

比如东沙，当时就流传着"神仙难管鲜鱼价"这样一句话。一到旺捕季节，渔场上的鱼价，全被操纵在鱼行手里，一日数变，任意涨跌，无人过问，甚至在同一地点，同一时间，各条鲜船上各家鱼行栈收进同一品种的鱼，价格也彼此不同。万一遇上鱼货销路呆滞，鱼价疲软，而不少冰鲜商却还想从运销过程中"招财进宝"，有些鱼行栈又要在买卖过程中"日进斗金"，根本不管渔户死活。因此，同别的渔港差不多，有时捕获鱼多，但鱼价反而压低，有时甚至被压低到令人吃惊的程度。

如民国二十三年一月的时候，东沙渔港小黄鱼最高每担八元，最低仅八角，平均四元，然而到了五月旺季，最高为三元，最低为一元，平均仅为为二元。大黄鱼更为可叹，同一时期，大黄鱼网获虽多，但最低的，每担仅售八角。由此可见，因冰商鱼行之间的无序竞争，竞相压低收购价，故渔获虽丰，但渔户获利甚微，亏蚀血本者为数不少。

如此恶性竞争造成鱼市波动、渔户破产，以至整个东沙镇的商业混乱，引发不少计虑深远者的思考。林德泉就是其中之一。

为此，由他和几位本地头面人物，会同部分钱庄、冰商和鱼行，发起成立带有行业自律性质的渔业同业协会，订立章程，规范买卖准则，以成员自律为准，相互约束，以维护本地渔业行业自身及本镇各行各业的经济利益。

东沙渔业同业协会的建立得到省政府渔业管理委员会定海县办事处的鼎力支持。

没过两年，东沙的渔业乱象就得以改变，东沙渔港又得以兴旺起来，到了第三年，平日来来往往的大小班船、冰鲜船也有二三百艘，一到鱼汛，来自上海、宁波、杭州商人更是纷至沓来，最多之时，各地的冰鲜、班船达六七百艘之多。鱼市的兴盛，同时也成就了集镇的商业，进而也推动整个蓬莱岛变得日益繁荣。

但好景不长，日本军队对东沙的侵略，以及随之而来的军事镇压、海上封锁和经济管制，几乎一夜之间就将东沙镇打入深渊，整个蓬莱岛，无论农、渔、商还是其他各行各业，都不堪萧条，度日艰难了。

不过，人总要活下去的。

自日军占领东沙，在度过最艰难的第一年之后，外出逃难或到东沙偏远山地、农村避难的商户及本镇居民陆续回到东沙镇，许多原先外逃的人都不想再过那种颠沛流离、寄人篱下的悲苦日子了……更深一层地说，大半个中国都已被日军占领，哪儿都一样了，还不如回家，金窠银窠，哪如自家草窠？

所以，慢慢的，东沙镇又恢复了一点生息，虽然市面极其萧条，但一些维持基本生活生意还是能做一些的。比如柴米油盐，比如，本地人三天不吃就两脚酸旺旺、日子“没法过”的“咸货”。

那些“咸货”，在渔船长时期不能出海捕捞，没有新鲜鱼虾的日子里，简直就成了奇货可居的“奢侈品”。

正因为有了上述“背景”，别看腊梅人小，她的“生意”还真不错。

但一开始并非如此。比如，当腊梅挑着两个装着小鱼鲞、虾米、咸蟹的小箬箩，步行好几里地第一次到镇上，还没到北门，就见镇口有岗哨，一个日本兵端着一把明晃晃的刺刀枪站着，身后还有一条大狼狗，那把腊梅吓得腿直哆嗦，差一点就要往回走。但定了定神，看到有个年纪稍大的女人带着一个小囡走上去了，让两个穿黑制服的伪警察盘查一番，就过了岗哨了，腊梅就壮了壮胆，也走上去了。

“干什么的？”

一看到腊梅走近，其中一个伪警察就把枪一横，挡住了她的去路。

“我……卖咸……鱼鲞的。”腊梅尽管有点怕，但还是回答了。

“啥人叫你来卖的？”

“阿爹……”

“你阿爹自己啥体不来，叫你这么小的小姑娘来？”

“阿爹……病了，爬不起来了……”

“好，让我看看——”

伪警察一边说，一边放下枪，腾出一只手，从一只箬箩翻到另一只箬箩，翻了个底朝天，鼓捣了好一会儿，随后拿着两条咸鱼鲞闻了闻，斜着眼睛朝木头人一样站得笔挺的日本兵瞟了一眼，往自己的衣兜里一塞，一挥手：

“走，进去吧——”

于是，腊梅就跨上长庆桥，进了镇。但进了镇子，哪儿能摆摊卖鱼鲞呢？

下塘街右手边原来是鱼摊、干货最集中最闹猛的地方。那里，左手边对着渔港码头是鱼行栈，门挨着门，一字长蛇阵一样排开，几乎望不到边；离渔港码头远一点的，右手那边临街的铺面前隙地，就是原是卖鱼鲞虾干紫菜等干货小贩们支棚摆摊之处。

那个地方，曾经的风景真可谓是“货摊云集、人头攒动”，热闹非凡，可现在，连个门庭冷落车马稀也谈不上，人影都很难看到一个。再仔细一看，早些年桅杆林立的渔船、班船、冰鲜船已成过往烟云，渔船码头上，就只有日本人的巡逻艇就停着，日本兵虎视眈眈地四处张望，艇上的机关枪就对着这边，谁个敢来啊！

一看那里不能久留，腊梅转念一想，就到街上去沿街叫卖吧，就像小时候腊梅看见的那些赶“夜潮头”的鱼贩，挑着担，走街串巷，叫“买下饭啰！透骨新鲜格玉饭虾”吧……这样想着，她就挑起两个箬篓往后退了几步，别转身，往镇东头的前塘街走了去。

前塘街腊梅熟，她五岁的时候就跟着阿母——是自己的阿婆张家阿母，到这里来摆小菜摊，卖自家菜园子里种的各类蔬菜以及自家腌制的雪里蕻咸菜。

东沙镇不像宁波，也不像定海，有专门的小菜场。东沙只有小菜摊，就在这前塘街。那时，一到早市，这里的热闹场景，腊梅记得清清楚楚，至今还历历在目。在这一整条街，卖蔬菜瓜货鸡鸭及杂货的摊贩早则铺设，晚则收归，比比皆是。

但现在，腊梅挑着箬篓往街口一站，看到的就是一条空空荡荡的碎石路，偶有几个人匆匆走过，也没停过一步。

看到这里，腊梅只得回头，穿过一条小夹弄，转入一条通往火神庙的巷子，想到火神庙附近试试运气。

就在这巷子里，看着家家户户关着的门，腊梅定了定神，鼓起勇气，按原来想好的词和调门，叫卖起来：

“咸蟹虾米，下饭嘞，味道……好嘞……”

但她只叫了一半，就不敢再叫了，因为，尽管她叫卖的声音很轻，但在这一条空落落、静悄悄的巷子里，简直就像声声霹雳，还传出回音呢！

这样一来，叫卖也不成，只好低着头走。

到了火神庙的庙前广场，看到那里倒是有不少人，腊梅一见，心里一喜，正要往前走，忽地一下，一个黑狗子警察突然出现在她面前，挥着一根木棍，凶神恶煞地朝她喊：

“滚，小叫花子！这里也是你来的地方？快滚——”

那黑狗子警察这么一叫，腊梅害怕了，急转身，欲往原路走回……但就在她低着头跨脚要走那当儿，却正好与一个迎面走来的人撞到一起，几乎要把前面那只蒒篓打翻。

腊梅一急，忙侧身相让。

“腊梅……”相让后，腊梅正要走，那人却叫出声来。

腊梅一听，抬起头来，一脸惊讶，话却说不出。那个人，竟然就是五金店老板娘李家大嫂嫂！

“腊梅，我看看像，看看像，”李家大嫂嫂喜出望外地说，“真是你啊，腊梅！你怎么到镇上来了？”

腊梅又惊又喜，喊出声来：

“大阿母，李家大阿母……”

不知怎的，腊梅就喊了两声，又不出声了，望着李家阿母，一阵伤心，眼泪簌簌而流。

“哎呀，不要哭，你哭了，大阿母也伤心。”李家大嫂嫂帮着腊梅卸下担子，拿出手绢，擦拭腊梅的脸，“不要哭了；真是一个乖小姑娘！你看，几年没有看见，又大了，更加好看了！不要哭，你看看，你看看，这么好看的面孔，一哭，就不好看了！”

李家大嫂嫂这么一说，腊梅破涕为笑了。

“唔，这才对啊！”李家大嫂嫂一看，更加高兴了，“你再看看——哎呀，没有带一面镜子来。要有一面镜子就好了，让你自己看看，看看，小娘小娘，一笑一朵花呀！”

腊梅听了，真高兴，就是笑，不说话。但李家大嫂嫂说着说着，却想起事来了，眉头一锁，问：

“哎，腊梅，你到镇上来，是——”

“我是来卖咸货的，”听李家大嫂嫂问，腊梅急忙回话，“大姆妈，是我挑来的，我屋里自己做的咸货……”

“咸货？真是好东西啊！有些啥东西？”

“呶，大姆妈——”腊梅打开蔀箩，一一历数，“有鳓鱼鲞、咸黄鱼鲞、虾干、虾米，还有……”

“噢，红膏咸蟹！”李家大嫂嫂一看见咸蟹，情不自禁地叫出声来，“这东西好货啊！鲜啊，肉甜甜的，糯糯的，宁波人讲起来，红膏咸蟹一吃，鲜得眉毛都要落掉了！”

“大姆妈，是我自家做的，你欢喜，就……”

“哎，腊梅，要吃，我也要用钞票买呀。”李家大嫂嫂又想起了什么，看着腊梅，问，“这些咸货，你挑着，要到啥地方去卖啊？”

“不晓得；我寻不到地方……走来走去，一点也没卖掉。我是想，到火神庙那里去，一个警察把我赶出来了……”

“不要去理那些警察。那些黑狗子，他们只会敲竹杠，出外快。现在市面不好，没有要紧事情，啥人都不敢出家门。这咸货，是好货，要买也买不到。走，腊梅，到我屋里去，卖相这么好的红膏咸蟹，这么好的鳓鱼鲞，叫几个人来，一看，一卖，就卖掉了。走，腊梅，跟我走——”

李家大嫂嫂这么一说，腊梅就跟着，到了恒祥五金店。

这恒祥五金店门板都上着，一看就晓得好久没开门了。到了店门前，李家大嫂嫂也不多说，一推边门，就把腊梅连人带担一起推了进去，一进门，就叫：

“老头子，快下来！你看看啥人来了——”

她这一叫，楼上立刻响起一阵脚步声，紧接着，是一阵下楼梯声。

“来了，来了，老太婆，啥人来了？”

这是五金店老板李先生的声音。这话音刚落，人也到了。李先生一见腊梅，一阵高兴，啊呀啊呀的，不知说什么才好。

“先生。”腊梅怯生生地叫了一声。

“还记得吗？老头子？”李家大嫂嫂有些得意地问，“腊梅，是腊梅！啊呀啊呀，忘记了？你看你这个人的脑子啊！”

“记得记得，”李先生说，“怎么不记得？一个苦命、聪敏……又懂事体的小囡……”

“好了好了，”李家大嫂嫂对李先生说，“你先让腊梅坐一坐，我就去叫几个邻舍过来。”

说着，李家大嫂嫂就急匆匆地出了门。没多久，李先生刚和腊梅说了没几句，李家大嫂嫂就领着几个邻居街坊到了，走了进来。

这些个进了门的，都是女人，显然都是当家人。她们一进屋，一见蔀箩里的咸货，都围了上去，一阵大惊小呼，也不问问蔀箩的主人，就忙着，旁若无人地翻捡起来。

“啊吆，这咸香鱼好的唻，又干又挺，闻闻真香！”

“红膏咸蟹！多少辰光没吃了，阿嫂，你看，肉头紧是紧得来。掰开来看啊，唔，肉头厚是厚得来……”

“这虾米也好，一点也不湿，是干头货。”

“是啊，大是不大，但只只挺括，一点杂货都没有。冲只虾皮紫菜蛋花汤，好，好货色！”

“阿婶，你来看，你来看，这里还有黄鱼鲞……”

“有多少？有多少？啊呀，就这个几条啊，你们不要跟我抢，我全要了……”

“你真是黑心来，一看到黄鱼鲞是命也不要了！”

“不是我命不要，是我屋里的老头子不要命了；多少日子没有吃到新鲜大黄鱼了，吃吃咸货，也好过过念头。”

“大家分分，不要一个人独吞了！一人一半，一人一半……”

正当那些女人忙着拣货、揽货，李家大嫂嫂觉得应该发声了。

“啊吆，你们忙是忙得来，”李家大嫂嫂说话了，“急是急得来，急什么急？价钱还没有问，就急得不得了了，价钱也不问一声。腊梅，来，你过来，先讲一讲价钱，一样一样讲——”

大家一听，这才停下手来，转过身，看着腊梅。

“大阿母，嗯……”腊梅想着，说，“这个价钱，我没有……带秤来，请几个阿婶看了，要，给点铜钿吧。”

“秤我有，我就去拿。”李家大嫂嫂说着，就到一边拿了杆秤，一面走过来，一面说，“你这个小姑娘，做生意怎么秤也不带？你这样辛辛苦苦赚点辛苦铜钿，是要吃饭的，一定要亲兄弟明算账，明算账，不能让你一个小姑娘吃亏。好，秤来了，你讲——”

“好的，大姆妈。”腊梅说价钱了，“这个……咸黄鱼鲞一角一斤，鳓鱼鲞八分，虾干六分一斤，虾米五分……”

“红膏咸蟹呢？”一位阿婶急了，抢着问，“红膏咸蟹多少价钿一斤？”

“咸蟹怎么论斤呢？”李家大嫂嫂帮着腊梅说，“红膏咸蟹就论只买吧，一只一只算，好不好，腊梅？”

“好的。”腊梅点了点头，说。

“好，你就讲，多少一只？”另一位阿婶问。

腊梅一时不知怎么回答，就看着李家大嫂嫂。

李家大嫂嫂一看，心里明白了，就说：

“一角一只，不论大小，好不好？”

“贵是贵了一点……”一位阿婶说。

“什么贵呀！”又一位阿婶抢断着，说，“这个价钿啥地方去买啊？你啥地方看到过这样壳硬肉壮的红膏咸蟹？买东西要讲价钿更要讲货色。我要两只；不，三只……”

就这样，腊梅第一次到镇上卖咸货，就小试牛刀初显身手，赚了钱，挑着空担，高高兴兴地回了村。到了村里，把去镇上的情况略略一说，张家阿公、阿五叔、宁波阿婆和杨家大阿嫂听了比腊梅还高兴，直夸腊梅人小鬼大，做事有脑筋。夸了之后，阿五叔划舢板撒网更起劲了，张家阿公、宁波阿婆、杨家大阿嫂做咸货做得更精细、更道地了。

为什么？日子能过下去了！

第二十四章　劳工

这一年，腊梅十四岁……

冬至那一天，当腊梅卖完咸货，挑着两只空蒲箩正要往回赶，从前塘街走到下塘街经过渔港码头的时候，冷冷清清的街上匆匆走过两个穿长衫戴罗宋帽的男人。那两个男人的罗宋帽都压得很低，几乎把整个脸都遮住了，只露出两个眼孔。他们两个走得都很急，与腊梅走近时，也没有放慢脚步。

但腊梅眼尖，一看其中一人腿有些瘸，两个肩膀一个高一个低的，就愣住了，停了下来。就在那两个男人与腊梅擦身而过即将走远的那一刻，腊梅转过身来，轻轻地叫出声来：

“二公公……”

其中一人一听，猛一震，停步，转过身，一把摘下罗宋帽，露出整张脸孔。“腊梅——”

那人确实就是林德泉！

“二公公！”

一见林德泉，腊梅一扔扁担，急跑上前，站定，泪汪汪地仰望着他。

看着腊梅，林德泉真是心如潮涌，百感交集……他的眼睛也湿了，一把抱住腊梅柔弱的双肩，摇了又摇：

“腊梅，苦小囡……苦了你了，你，介莫介小的……女小囡，受苦了，我……我的小腊梅啊……”

林德泉见到腊梅，一阵心酸，似有千言万语，但不知从何说起。这样站着，林德泉忽回过神来，说：

“好了，这里不能久留，走，找个说话的地方去——”

说着，和另一个男子打了个手势，就提起空担子，引着腊梅弯进一条小巷子，再转几个弯，走到一户人家门前，轻轻扣了几下门，待门一开，就进了去。到了一个空屋子，林德泉拉过两个凳子，就和腊梅一起坐了下来。

但就是坐定下来了，这一老一小却还是这么你看我我看你，脸上的表情是喜，但眼眶里还都挂着泪，说不上话来。过了好半天，林德泉才一拍大腿，说起话来。

“腊梅，你晓得吗，”林德泉说，“小日本快完蛋了！美国人已经开始大反攻，在太平洋上，一只岛一只岛地攻，一个地方一个地方打，快要打到日本了！日本人一完蛋，汉奸狗腿子都跟着没命。我这次回来，就是来摸底的，看看到底还有多少汉奸在为日本人卖命，顺带便，也要向他们发出警告，再为日本人卖命，跟着日本兵残害中国人，胜利了，绝没有好下场……”

“嗯……”腊梅听着，想插上话，“二公公……”

“不过，我主要要办的事情还是筹集一点粮草。”林德泉显然没有注意到腊梅的表情，自顾自地说着，“你晓得，日本人越是接近末日，越是穷凶极恶，越是封锁得紧。现在在几个岛上的游击队日子很苦，但还是坚持抗战，一直在海上伏击日本人的运输船，打得敌人闻风丧胆！”

“真好，二公公！”

“当然好！不过，游击队的粮草还是有点紧张。吃不饱饭，怎么打日本鬼子。我这次来，主要是想到乡下走一趟……哦，实际上我这些话是不能对你说的。不过，也没什么大关系，你是我自己的小囡，不会说出去的，这是我和你屋檐下头讲话，对不对，腊梅？我对你讲的话，随便啥人都不能说，阿爸阿母都不能说，啊？蜈蚣脚多蛇游快，会讲会话要招怪，晓得了吗？”

“嗯，我晓得，不会讲。”腊梅点了点头，说，“二公公，我……”

“唉，我不在东沙这几年，也真不晓得你日子是怎么过的。”林德泉只顾自己地说着，“前两年，你还记得吗？老七带领游击队夜袭包成虎，把他捉起来拖到城隍庙枪毙那次？他走之前，我还特意关照，一定要找到阿成，一定要救出腊梅，你看看你，你倒是机灵啊，自己先逃走了，人也找不到……”

“我不晓得是游击队，”腊梅说，“我要是晓得……”

“好好，逃了也就逃了，我想救你，也是想救你跳出虎坑啊！”林德泉说着，又叹了一口气，“想想也真是，日本人一来，兵荒马乱的，真是荒年呒六亲，人都苦成萝卜头嘞！不过，话也说回来，只要活着，人总有生路的，真所谓除死呒大事，讨饭永勿穷嘛。”

看着二公公一直唠叨着，怎么也插不上话，腊梅急了，站起身来。

“二公公——”她提高声调叫了一声。

林德泉一愣，这才注意到腊梅脸上焦急而又严肃的表情，赶紧问：

“什么事？你说——”

“阿成，他好吗？”腊梅问。

一听问阿成，林德泉忽然沉静下来，不说话了。

“阿成哥，他人怎么样了？”腊梅追问。

“阿成，他……”林德泉怔了怔，变得吞吞吐吐了，“一直没找到。”

“阿成没有参加游击队？”腊梅再问。

“阿成……”林德泉欲言又止。

“阿成哥……他在哪里？”腊梅的眼睛又红了。

林德泉没有马上回答，他看着腊梅，摇了摇头，说：

“不晓得，我也……一直在找他。”

这一句话，犹如五雷轰顶，直劈心窝……腊梅站不住了，身子一晃，颓然坐下，捂住脸，失声痛哭起来。

看着腊梅哭，林德泉心里也很难过，但他毕竟是个长辈，又历经沧桑，风风雨雨中走过来的，于是，就按着腊梅的肩膀，安慰她：

“一定会找到的，腊梅，只要阿成活着，就一定……会回来的。阿成不是一般的小青年，又读过书，胆大心细，做事灵巧……不要看他人小，还是一个半大小子，已经为游击队做了许多事——这个事情我以后有机会再对你讲，真是劳苦功高啊！阿成一定……活着！有句老话讲，井淘三遍吃水好，人从三师武艺高，阿成就是一个胆大做将军的料！不要伤心了，腊梅，放心，阿成他……一定会平安无事，一定会回来的！”

事实上，阿成确实是活着……

两年前的那一天深夜，包成虎派来的追兵一路追踪追到那个荒坡上的龙王庙，围追堵截之下，腊梅不知哪来那么大的劲，猛推阿成，将阿成推出那堵断墙，阿成猝不及防，被那墙根绊了一下，就滚出墙外了……当他翻身而起，正要跨墙过去拉腊梅时，正好看见在黑暗中腊梅大叫着，迎着那些晃来晃去的灯光奔了过去……那时的阿成，看着，真是悲恨交加、心乱如麻！

短暂的一阵慌乱之后，阿成沉静下来，想，自己是一男儿，见腊梅如此舍己扑火，怎能见死不救！他想着，正要冲上去，但腊梅的那一句“阿成，你快走！阿哥……别忘了……救腊梅”又在他耳边响起了。这一句话，是腊梅的心声！如果一同被抓，两人断无生路；只有自己全力逃脱，将来才有救出腊梅的可能……

这样一想，阿成再次冷静下来，一把抓起掉落在地的柴刀，一蹲身，弯着腰，就朝龙王庙外的荒坡奔去……

但他没跑出多远，一个踉跄，正好撞到一个黑影的身影。那人一见，哇啦哇啦叫着，一把扭住阿成。

“嗨，你跑！小赤佬，看你往哪儿跑——”

一听那声音，就晓得是斗鸡眼阿三头。对那个家伙，阿成平时就憋着一肚子火，现在撞上了，正好……于是，就趁着斗鸡眼扭住自己正靠近的那当儿，阿成手中的柴刀一刀上去，就砍在那条抓着自己的胳膊上。这一刀，砍得斗鸡眼手一松，鬼哭狼嚎般地大叫起来：

“哇！你这小杂种……你……砍我！”

但阿成并不在乎他骂自己，再上前，狠狠踹出一脚，将痛得乱叫的斗鸡眼蹬倒在地，随后头一回，转身就跑。

“贼……贼拉儿子！你这个小种生……哇，站住！你给我站住！不站住，我枪毙了你——”

阿成听了，一震，略停，随即又跑。这时候，他就听见身后一阵拉动枪栓的声音，紧接着，一声枪响，枪声震动夜空！

但阿成跑得更快了。就在那时候，枪声把包成虎的那伙治安队都引了过来，只听得山坡上一时喧闹起来，黑暗中，好几盏灯亮了，杂乱的脚步声传了过来……还有叫声，特别是那个斗鸡眼的声嘶力竭的喊叫声：

“来人！都到这里来！那个小种生……阿成……就在前面，那条路……快追！他跑不远！你跑不了了！小赤佬！快追！快……”

就这样，追逐开始了……阿成沿着山路拼命往前跑，在他身后，几盏晃动的灯光紧紧追，脚步声和喊叫声也越来越近。阿成跑着跑着，没想到山路没了，这原来是一条死路，就不得不停了下来，气喘吁吁地往后看。这一看，就看见火光更近了。阿成一慌，就慌不择路了，不得不侧身闪入路边的杂树林……

进了杂树林，情况似乎好了一点，因为阿成在树林里走得越深，外面的响声就越远。但这状况没多久又改变了，因为那些灯光在树林外转了一圈，紧接着，就分散开了，也进了树林。

这下阿成有些慌了。

因为这树林里一片漆黑，他只能摸着黑走，脚下踩的是什么，一点也不晓得。就这样一边摸，一边走，忽然脚底一滑，阿成毫无防备地就滚下了一处沟壑，摔得他疼啊，爬也爬不起来。然后，就是这一阵响动，让那些包成虎的治安队听到了，叽里呱啦的一阵喊，提着灯，围了过来……

这让阿成一急，忍痛爬起，踮着脚，朝前跑去。

但没跑出几步，他又一绊，跌倒了……他坚持着再次爬起，再次朝前跑去。

但他奔跑的速度显然慢了……当他再回头一看，那些灯光又追上来了。于是，他继续跑，一直跑……当他跑上一处地势较高的坡地，看到星光了。看到星光，就能勉强照见他脚下走的路了……但这不是好事，绝对不是好事，因为，他看到的路，是通往海边的绝路！在前方不远处，已经能听到汹涌的波涛声了……

而在他的身后，灯光和喊叫声正步步逼近。

但阿成不想被抓，狠狠一咬牙，继续朝前奔去，因为古人说啊，天无绝人之路！到了前面，肯定有路。

后面的灯光还在逼近，甚至，那些家伙还朝天开了几枪，想吓唬阿成，让阿成停下来，束手就擒。

——想都别想！就是死，也不能死在你们这些汉奸走狗的手里！

阿成这样想着，就继续跑，拼命跑，一脚高一脚低的跑。但后面的追兵跑得更快……阿成没有退路了，就跑上一处悬崖绝壁。上了悬崖，阿成看了看，愣住了，因为，下面，百丈悬崖下，是无尽的波涛，白浪滔天……

但身后的枪声又响了，喊叫声和脚步声越来越近！

前有大海，后有追兵，怎么办……阿成没多想，就两眼一懵，纵身一跃，跳了下去，跳进了波涛汹涌，浪花飞天的大海……

……第二天白天，当在海上漂了一夜，筋疲力尽的阿成被海浪推着，冲上盘峙岛东边的一处礁滩时，差不多已经昏迷不醒了。巧的是，驻扎在岛上坚持抗日游击队定像保安总队第五大队的瞭望哨发现了他，那个哨兵开始还有些迟疑，后来看看，那还是个孩子，于是，就划着一个小船上去，把他拉了上来。

定像保安总队第五大队是一支共产党建立的抗日游击队，盘峙岛是他们的基地。就这样，阿成参加了队伍，成了队里一名最年轻的游击队员。

这一年，也就是腊梅十四岁这一年，林代富在定海日军机场做苦力也已经一年多了。

定海的日本人飞机场原来就是定海城东的一片盐滩。自日本人发动太平洋战争，和美国人也打起来了，这定海以东海域就变得日益重要起来。

因为日本人和美国人打，不是在陆地上打，而是在海上打；在海上打，除了兵舰，就是飞机。要飞机起飞降落，一定要有飞机场。所以，自民国三十三年始，在定海的日本兵就在青垒头至东港浦之间，东至炮台岗，西至东港浦，南至海岸，北至小塘一带，拆毁民房近四百间，驱逐村民一百余户，建造一座长六七里、深两三里的飞机场。建飞机场要苦力。苦力哪里来？就近找，抓中国人。

林代富就是在这样的背景下被抓来的。

林代富被抓的那天，那时候，他正在村西边的一片地里刨番薯。

说是刨“番薯”，实际上那片地里番薯藤也早被挖光了，上上下下已经被人挖了好几遍，那还有番薯？但林代富不死心，希望奇迹发生，兴许再刨深一点，能挖到几个别人没找着的小家伙。果不其然，当他用锄头掘掘到一尺来深的土里，真的找到了好几个“僵个佬”。虽然这几个“僵个佬”小番薯已经发了芽，但还能将就着，总比没吃好，于是，他就继续刨，深入挖，想多找出几个……就在他两眼盯着掘开的土，要仔细找一个也不放过的时候，忽然村口一阵骚动，一群年岁大小不一的后生出现了，一边叫，一边没命地朝他这儿跑，不一会儿的工夫，就跑过他的身边，停也不停，喘着气，继续往西，朝山头那边奔。

林代富觉得奇怪，就拉住一个。

“跑，跑，跑什么跑？”林代富拉着那个年轻后生，问，“看你昏头落冲的样子，出什么事了？”

“快逃，代富大大！”那年轻后生气喘吁吁地说，“治安队来了！还……还带了两个日本兵……”

“看你吓得，日本兵来了又怎么样？要吃了你？”

“抓苦力啊！治安队是来抓苦力的！”

“抓什么苦力？”

“哎呀，你就别多问了。你也快逃，他们见谁抓谁，只要是男的……”

“抓我？谁敢动我头上的土？我亲家是谁？是包成虎，是黑狗子的头！就是全村的男人都不放过，也轮不上我……”

“好，好，你不逃，就别……别拉着我！”

“好，你跑，哈，别忘了把尾巴也藏起来，呆佗泡，快跑——”就这么，林代富手一松，那年轻后生就奔了过去，跟着那群人朝山里跑去了。

看着那群年轻后生的狼狈模样，林代富乐了，笑出声来。就在他有些幸灾乐祸地看着的时候，忽然又听到一阵杂乱的脚步声，等他转过身来，看到一群黑狗子和两个日本兵正朝他快步走来。

真的看到气势汹汹的日本兵，林代富先是一阵心惊肉跳，但转念一想，那些黑狗子是中国人，不会有事，就安心了，于是，就提着锄头，迎上前去。

“嗨，老总，辛苦了……”他对那些黑狗子点头哈腰，打着招呼。

那几个黑狗子根本不理他，就围了上来，用枪顶住他。

“嘿，你们不认识我，我可认识你们的头。你们晓得我是谁？包成虎晓得不晓得？我是包成虎的亲家……”

“你说什么？你说什么？”其中一个黑狗子没听清，上前问。

“我是包成虎的亲家，他儿子包龙就是我的女婿！”林代富扯着嗓子说。

“你是包会长亲家？没听说过……”另一个黑狗子摇着头说。

“你不信？你不信是不是？你到村里问一问，谁不晓得……”

没容他说完，一个日本兵早已上前，叽里咕噜地喊着，那几个黑狗子一阵“哈伊”，立刻夺下林代富手中的锄头。

“哎，这是干什么……”

但谁也没听他的，就一齐上前，七手八脚地来了一个五花大绑，把他给拖走了。一路上，林代富开始还大声叫嚷，但一个日本鬼子听得恼火了，一转身，对着他大喝一声，噼噼啪啪几个巴掌，林代富立刻懵了，再不敢出声了。

这一天，就一个峙盘村，这伙日本兵和黑狗子就抓了三十多个苦力，包括村东头的王宝贵。

等到荷花一听到代富被抓了苦力，急着奔到村口，正好看见日本兵和黑狗子要押解三十多个苦力要往东沙镇送，哭着叫着跑上来，拉着代富不放。这时候，另一个日本兵上来了，嘴里嚼着，对着荷花就是一枪托，疼得她倒在地上直打滚。

“代富，你不能走！”荷花爬起身，跑上及步，叫喊，“你走了，我娘俩怎么办？代富……”

“我……”林代富一边走，一边回头，“我一到镇上，就去找包成虎。没事的，我……就会回来的……”

“代富，你要回来！”荷花跟上几步，叫喊。

“我会……回来的……”林代富扭着头，回应。

到了镇上，渔港码头上早有一条船等着，要把所有抓来的苦力往定海送。就在那时候，林代富瞧见了包成虎。那当儿，包成虎穿着长衫戴着礼帽，正在一边和几个日本兵及黑狗子说着话。一见他，林代富就远远地喊：

“包……成虎，是我，我是你亲家！老包——”

包成虎听见，就走了过来。他见了林代富，并没有吃惊。

“什么事？”包成虎虎着脸，压低嗓子，说，“叫什么叫，别乱叫！”

“怎么……连我都抓了？我可是你亲家呀……”

“什么叫抓了？建设大东亚，人人都得出力嘛。”

“这……这是什么道理啊？”

“什么道理？好事！”包成虎脸一横，“你在家能做什么，鱼也打不成，地里也没收成，吃什么？一家老小都喝西北风？去做工，有饭吃，还有工钱，就几个月，不比在家饿肚子强？你怎么天外人一样，样样事体不管账！”

“求求你啦，亲家，包大人……”林代富哭丧着脸，哀求。

“谁是你亲家！”包成虎咬着牙，低声道，“你再乱叫，我就让日本人扣着，一辈子做苦工，不让你回来！”

“你是人吗？”林代富眼泪都流出来了，“六亲不认，你还是不是人！”

包成虎一听，转身就走。他走后，几个黑狗子冲了过来，对着林代富就是一阵拳打脚踢……

这就是当时林代富被抓走当苦力的那番情景。但更可怕的日子还在后头！

在定海青垒头飞机场，林代富就和被日本人强征来的几千个苦工没命地挖土垒石，修机场、造机库，完了，飞机能起降了，又被逼着到飞机场四周建炮楼，挖战壕，布铁丝网，没完没了。什么像包成虎说的就几个月，一年多下来了，还被逼着干活。那干的活，人哪受得了啊！每天天刚亮就被逼着上工地，一直干，干到太阳落山。还有，哪里有向包成虎说的有饭吃啊，一整天就吃一顿稀饭！干活干的稍慢一点，那些黑狗子监工就用皮鞭抽，谁想偷懒，就让狼狗咬，用刀砍……那真不是人过的日子！

所以，一段时间以来，从峙盘村一起被抓来的王宝贵等几个老乡一静下来，就商量着怎么逃。

在日本人的飞机场，逃是有人逃的，但最后不是被枪打死，就是捉回来让狼狗咬死，十个里面能逃成活着出去的，不超过三个。所以，几个人私底下商量怎么逃，开始也就是说说而已，没真的要逃，但一年多下来，看看饿死、打死、累死的人越来越多，这“逃”就成了一个迫在眉睫的选项了。为什么？逃走，可能要被打死，但留着，也难有活路——既然都是一个死，还不如孤注一掷：逃！

就这样，林代富和王宝成及另三个老乡一共五个人，在一次日落收工回工棚的路上，趁着夜黑，压队的黑狗子不注意，故意拉下队伍，一个一个地溜，在离飞机场跑到很远很远的一处礁滩后会合，随后下了浅滩，从海边绕，绕过好几处礁石，最后到了一个大如圆盘的礁岛后，接着微弱的月光，上了一条破舢板，没有桨，就用几个木条子划，划着破舢板，就走了。

那条破舢板是林代富十几天前在海岸边挖工事架铁丝网时发现的。

发现的时候他正站在一个高处往下撒尿，无意间往海面方向一瞧，正好瞥见在不远处的一个礁石间的夹缝里，有一个黑咕隆咚的东西卡着，很隐蔽。这一发现，他就一直没对任何人说，当作秘密藏着。等到有一次到那里施工，找准机会走近一瞧，哇，是条舢板，但破了，没有桨，还有些漏水，不过还能用。等到确认了，他这才将此秘密向王宝贵几个透露。大家一商量，觉得能成。

为什么？因为，大家伙几个都是渔民，水性好，而且，有了船，从海上跑，比从鬼子的炮楼底下跑，或者钻铁丝网，要安全……于是，就有了这一逃跑计划。

这个逃跑计划开始实施得还算顺利，因为有一些岸边的礁石挡着，鬼子发现不了。

但当舢板拐了一个弯，正要向远处划去，岗楼上的探照灯亮了，照了过来，紧接着，就是一梭子机关枪子弹……几个人都一惊，赶紧伏倒，不敢动。接着，又是一阵机关枪子弹……

——不能等死，快划！

不知谁叫了一声，于是，大家都稍稍抬起身子，拼命划船，划呀划，划远了，还在划……但就一个人没划，而且还伏着，一动不动。

那个人，是林代富……

第三天，林代富回是回来了，但不是活人。不过，死是死了，就几个枪眼，还算一个全尸……

第二十五章　三嫁

几年不见，王二婆的脸无可挽回地起了疙瘩，满面皱纹，就像老榆树的皮，再用温水洗温水泡，也没用了。

还有就是门牙。原来王二婆也掉牙，但就掉里面的，门面在；可是现在门面也缺了，就二上二下总共四颗，而且都已松动，要特别当心，没准什么时候一不留神，不小心咬了点硬的东西，栽不住，也要掉。

不过，就吃东西难，闲白值嚼舌头还行，甚至不减当年，但就有点漏风。

那天昼过，王二婆到林家，林代富直挺挺地躺在堂屋的一块平板上，已经快三天了。她一进门，见腊梅和阿平戴着孝，在一旁守灵，先是上前简单安慰姐弟两个几句，随后就点了一炷香，朝躺着的林代富拜了一拜，一把鼻涕一把泪：

“代富啊，你走得惨呀、悲呀；你走了荷花她娘几个怎么过呀……”

干号了几声，随后就问腊梅你阿母呢，当听到回答说在里面，就进了里屋，一直没再出来。到了天色有点暗了，整天没出屋的荷花走到门口，对腊梅说，你进来。腊梅一听，就跟在她身后，进了里屋。

到了里屋，荷花也不对腊梅说什么，就这么往床上一趟，蒙着脸，又嗯啊嗯啊的干哭了起来。自从阿爹被王宝贵等几个抬进家，放到门板上之后，荷花除了白天出门不知干啥去了之外，一回家，她就一直这样，逐魂头介一个，愁愁哭，整天娘死娘倒地哼，不知她心里到底在想什么。

现在把自己叫了进去，总该交代些什么事了吧？可又这样死人不管了，就躺床上，蒙着头，背对着自己。她究竟想要做什么？

荷花不说话，可王二婆说话了。

“腊梅啊，想想你阿爹也真作孽啊，”王二婆掏出手绢，擦了擦眼角，擤了擤鼻子，鼓着漏风的嘴，对腊梅说：

“真是一生劳碌沙蟹命，要死也要好好死啊，怎么就这样死的像个屙缸块，拖死拖活还要拖累活人。现在看看啊，啥弄弄，哪能办好啊？来，你坐下来，我给你好好讲话。”

腊梅不懂王二婆这话的意思，慢慢上前，在她对面的一张小凳子上坐了下来，迷惑不解地看着她。

“唉，腊梅啊，我咋跟你说呢，”王二婆看着腊梅，说，“你看看你阿爹，十六那天晚上让日本人打死的，在海上漂了两天，在家又躺了三天，前前后后五六天，再这么躺下去，不下葬，要烂了！你看看，已经发臭了，一股气味已经出来了，真真叫啥弄弄啊！”

“阿婆，我……”腊梅还是不明白王二婆的意思，看着她，说不上话。

“你阿爹不能就这么一直这样躺着，要入土的，入土为安啊。还这样下去，不光全村的人都要指指点点说闲话，就是阎王爷也要诅咒的；阎王老爷手下还有一大帮大大小小的鬼，都是勾人命的！要是阴曹地府都给惹恼了，你阿爹还不给打下十八层地狱？你阿爹下了十八层地狱，还不要把你一家娘几个都一道拖下去？你说怕人不怕人？”

“我……不晓得；我……”腊梅有些害怕，哭着摇头。

“人死了，就死人为大啊。就是再没有钞票，你阿爹的丧事也得办，没有办法，还是要想办法办，这是没有办法的事情。祖宗规矩不能破，破了，活人就不得安宁了。正所谓哭泣有法，吊丧有序，祭文有辞，出殡有日，墓地有规……还有，招魂、超度、沐浴、饭含、大敛、小敛之礼……屋里穷，可以穷办，楠木棺材买不起，薄皮棺材总得有一只吧？否则一道冷天，西北风刮刮转，你阿爹到了阴间，不要冻死！腊梅，你说说？”

“阿婆，你要我……说什么？”腊梅抽泣着，说。

“二十四孝，你晓得不晓得？”

“我……不晓得……”

“忠孝双全，望云思亲，上书救父，彩衣养亲，哭竹生笋……都不晓得？”

“我真的……不晓得。”

“董永卖身葬父呢？二十四孝中的一孝，也不晓得？”

“不……晓得。”

“七仙女呢？那次戏班子到村里来唱戏，唱的就是董永和七仙女的故事。七仙女是谁？是天上皇帝的七女儿，是天帝派来会董永的，为啥？董永卖身葬父啊，天上的皇帝都喜欢了——你忘了？”

“我……不记得了。”腊梅捂着脸说。

“唔，不对，我听你阿爹说，你唱也会唱，跟着唱，好听了，代富活着的时候，逢人就夸，说我家腊梅唱得好。那次村里来了戏班子，唱七仙女下凡，董永卖身葬父，你不是也去看了么？那戏里是怎么唱的？葬父贷孔兄，仙姬陌上逢；织线偿债主，孝感动苍穹……你都忘了？”

“阿婆，你……别说了……”腊梅哭着，哀求。

“好，好，我不说了。我晓得腊梅你是个聪敏小姑娘，一讲你就懂。好了好了，我讲了半天，还没讲到正题。我其实要讲这么多话，就是要让你腊梅明白，你一定要做一个孝女；你做了孝女，将来一定会有好日子过，在大人家屋里，享尽荣华富贵；你不做孝女，只好过讨饭日子了……”

“我……情愿过讨饭日子。”腊梅小声说。

“你看你看，刚才还说得好好的，怎么一歇歇又糊涂了？”

“我没有讲过……好。”腊梅说的声音响了一点。

“你看，我竖长阔短讲了一遍，你怎么还是这个样子不懂事体？好了，腊梅，我给你明讲，是你阿母托我的。我已经讲好一家人家，就在镇上，是家有铜钿人家，他家愿意出钞票把你阿爹落葬。一等你阿爹落葬停当，过了七七四十九天，就把你送过去。这一次，你不是去做童养媳。我晓得童养媳苦，人家不把你当人看，就是一个小娘姨。这一次，是出嫁，当媳妇，日子好过，等阿婆一老，你就是个当家人了……”

腊梅一听，立刻站了起来，哭着说：

“我不去！”

“你不去，啥人去？”王二婆眼睛一瞪，问。

“我已经……两次了，为啥还要我去？”腊梅反问。

“啥人叫你是个女小囡？”王二婆故意虎着脸，说，“是女小囡总要出去的，泼出去的水，早点晚点……”

“为啥总是女小囡？女小囡不是人么？”腊梅擦着眼泪，说。

她这一说，一直躺在床上背对着腊梅的荷花突然打了一个翻身，猛地一跳，下了床，跨步到了腊梅跟前，吼叫起来：

“这小娘鬼啥好拨你讲着啦，不得了了，一讲着就应嘴勒勒响！你这小娘鬼不嫁出去，难道阿平去？你能传宗接代吗？你能生出个小鸡鸡来吗？你能生出一个小鸡鸡来，就不去。阿平是林家独苗，要传林家香火的！你是什么？你能传宗接代吗？你不是泼出去的水，是什么？”

“我不去……”腊梅就回答三个字。

一听“不去”，荷花一把抓住腊梅的头发，又叫又喊：

“你不去，不要对我说，去对你死人阿爹说——”

她一边说，一边就扭着腊梅往外面的堂屋拉。到了堂屋，荷花又把腊梅拖到躺着的林代富跟前，按着她，让她跪下。

“你说！”荷花扯着嗓子对腊梅喊，“你说！你对你阿爹说——”

这时候的腊梅又气又害怕，浑身颤抖着，说不出话。

“你快说啊！”荷花抓着腊梅，又推又搡，“你说啊，你不去，情愿让你阿爹的活灵上刀山下火海，让你阿爹千刀万剐，做油炸鬼！你说呀，你这个克命鬼啊，白虎星投胎的小娘鬼啊，你这个屙缸石子臭僵硬的扫帚星！”

腊梅还是不说话，咬紧牙关，闭着眼睛，任其推搡。

见腊梅如此这般僵持着，荷花转念一想，扑通一声也跪下，对着林代富的死尸，一手扯着腊梅，把她的头往地上按，一边娘死娘倒地哭叫：

“你倒好啊，你这个死鬼，你脚一挺，就死人不管了……你这个碰石岩的死人啊，我嫁给你真是前世做的孽啊！好日子一天没过着，苦日子是一天连着一天啊……苦海无边啊！你倒省心了，过起死人不管的神仙日子啦……你叫我一家孤儿寡女怎么办啊，你这个死鬼啊，你真有魂灵，就把你这个死小娘鬼一起带了去吧……”

她就这么一直哭，一直吼，闹了老半天。腊梅就这样被折腾，但还是不吭声。这时候，王二婆上来了，扶起荷花。

“好了，荷花呀，别把身体哭坏了。”王二婆说，“来，起来——男人死了，日子还是要过下去的。”

说着，她又来到腊梅身旁，把她也给扶了起来。那时的腊梅，已是被拉扯得脸色通红，有些站不稳了。

“腊梅啊，把你嫁出去，也是没有办法的办法，”王二婆对腊梅说，“你这个小姑娘啊，人也要想开一点的。你看看这个屋里，你阿爹一死，日子哪能过得下去？你要去的，是一家有铜钿人家；现在你放着好日子不过，还要跟着一起受穷啊？你硬到底，苦到死；一个人为啥有桥勿过，情愿游河……”

“我不去！”腊梅说。

她三个字还没落下，荷花忽地一下窜了上来，对着腊梅扑通一声跪下，又哭又叫：

“我叫你一声阿母了！我求求你了，腊梅，我叫你娘娘好不好？阿母，我叫你阿母啦，看在你死人阿爹的份上，我求你了，求求你，我求求你啦……”

意见荷花如此，腊梅一时无措，僵持着。

荷花见这一招还不行，四处瞧了瞧，一见站在门旁呆若木鸡的阿平，就站了起来，跑出几步，一把将阿平拉了过来，强扭着，按着阿平和自己朝着腊梅一起跪下，干号：

“你给阿姐磕头，你和我一起磕……求求你阿姐，救了我们娘俩啊！你磕头啊！扑扑拜啊，你这个可怜小囡啊，阿平……你的阿弟……早死了，你阿爹也跟他一起走了，你哪能活啊，也一起去算啦！求求你的阿姐吧，你给我对你阿姐扑扑拜！你……你是头世人呀，扑扑拜啊，求求阿姐……”

对荷花那些话的含义，阿平似懂非懂，既然他阿母要他磕头，他也就真的磕了，一边磕，一边还连声叠气地咕哝：

“求求你，阿姐；求求你，阿姐……”

腊梅实在是受不了了，她哇地哭出声来，一转身，夺门而走……

这天晚上，在宁波阿婆家里，张家阿公、陈家大阿嫂和阿五叔都来了，都来安慰腊梅。自从家里跑了出来，腊梅在宁波阿婆家哭了一整天，眼睛又红又肿，宁波阿婆看了心疼，于是，把几个邻舍叫了来，一起安抚腊梅。

“这叫什么话！”阿五叔一听宁波阿婆简单一讲，就跳了起来，“人人都讲后娘恶，可再恶，也没看到过有这样恶的！代富被抓走一年多，那荷花他们娘俩是怎么活过来的？还不是小小腊梅挑着担一次次地跑，靠做小生意供的？没腊梅，荷花她吃什么？靠她做些针线活就能养家糊口？现在代富一死，又要卖腊梅做童养媳，真是的，良心都生到后背脊去了！”

阿五叔说这些话的时候，腊梅就坐在一边暗自流泪。

“唉，”张家阿公叹了口气，说，“人说荒年呒六亲，可现在，还不是荒年呐。什么卖身葬父？分明是拐卖人口啊！人靠良心树靠根，走路纯靠脚后跟啊，荷花这女人伤阴骘啊，将来肯定没有好收场！”

“将来是将来的事情，”陈家大阿嫂接着说，“现在还是看看眼面前的事吧！现在眼面前的事情，是腊梅怎么办……”

“怎么办？走啊，远走高飞！”阿五叔愤愤地说，“腊梅这个可怜小姑娘，五岁开始就给他们卖掉了，卖了一次又一次，现在亲生阿爹代富死了，又要卖，这是什么人家！还是一走了之。”

“是啊，走！”陈家大阿嫂应声道，“看看代富给日本人柯去做苦工一年多，音讯全无，就像死了一样，这家人家是谁撑下来的？没有腊梅这个十多岁的小姑娘风里来雨里去地挑担做生意，荷花她娘俩能活到今朝？现在荷花这个癫老戎恩将仇报，介恶的癫老戎，莫管其，腊梅，跑！”

“跑？跑到啥地方去啊？”张家阿公说，“一个十五岁的小姑娘，天下茫茫，又这么乱，哪里有她落脚点？举目无亲的，朝啥地方走？”

张家阿公的这一番话，说得几个沉静下来，你看我，我看你，一时无语了。

稍后，陈家大阿嫂想了想，又挑开了新的话头，说：

“都是那个老妖怪精做的伤阴骘事啊，要是没有那个王二婆勒勒跑、勒勒转，卖烂泥膏药，黄鼠狼给鸡做媒人，吃了东家再吃西家，腊梅哪能会这样一遍又一遍吃苦。不光光是腊梅一个，看看东沙镇上几个村庄，还有多少女小囡伤在这个老妖怪精手里。这个死老太婆怎么还不死，还在作孽，望她眼花落花还奔来奔去，一跤跌倒，蒲种壳敲糊！”

“你讲的也不全对，陈家大阿嫂，”宁波阿婆不完全同意她的意见，“那个王二婆这样做也是为了吃口饭，坏是坏在荷花身上。王二婆不做这个行当，她这个孤老太婆怎么活？”

“活也不能这种活法，”阿五叔说，“一样做媒婆，要看看清爽，也要讲个门当户对。像上次给腊梅做的媒，啥人家不介绍，介绍了一个日本人的走狗，汉奸王八蛋，这次好，又要上一个寡妇家，不是要把腊梅朝棺材里推吗？”

他们几个正说得热烈，这时候张家阿公摆了摆手，说话了：

“唉唉，请大家来，是要商量商量腊梅的事，你们看看，怎么远开八只脚的，说起王二婆来了？”

他这一说，几个人又都静了下来，不约而同地转过脸，看看缩在墙角里的腊梅。而那时候，腊梅正睁大两眼，忽闪忽闪地看着几位邻舍长辈。

“那你说，你是老长辈了，”片刻之后，阿五叔问，“你出个主意，腊梅的事，我们几个邻舍能做点什么？”

张家阿公没马上回答，先看了看腊梅，然后转过脸，说：

“既然这次要让腊梅再嫁，做童养媳，是为了得钱葬代富。要是有了钱，代富能葬了，能入土为安，腊梅也就能留在家里，不用再做童养媳到别人家里吃苦受累了。你们说，是不是……”

“你真是三寸舌头抬煞人、三寸舌头压煞人，”阿五叔急了，站起来，说，“你就一起说了吧，不要说半句，藏半句。到底是什么讲法，兜底兜面讲出来，不要让大家等着心急！”

“好，”张家阿公说，“看在邻舍份上，又看着代富从小到大到死，也没有过过什么好日子……俗话说，挑箩夹担望远亲，急难之中靠近邻，讲起来一个村上的人，也算同船合一命吧，我们几家邻舍，就凑点钱，把他的丧事办了，家也保住了，让他亡灵安息，入土为安吧……”

“那不行，”陈家大阿嫂抢着说，“我们出了钱，那不是让荷花得了便宜？”

“对，”阿五叔跟着说，“就是出钱，也算借，要还。”

“啊呀，罪过，罪过，”宁波阿婆摇着头，说，“万贯家财勿算富，一分仁义值千金啊，我们帮了代富，也就是帮腊梅这个可怜小姑娘，是积德呀，做了好事千年存啊。不跟荷花这个癞老戎计较了，不跟她计较了。”

宁波阿婆的话引起大家的共鸣，于是，更深入的商量即将进行。但正在这时候，腊梅站了起来，走到几位长辈面前。那个时候，腊梅一滴眼泪都没有，一脸恳切而又严肃的样子。

“我……谢谢了，”腊梅说，“谢谢张家阿公，谢谢宁波阿婆，谢谢陈家嬷嬷，还有你，阿五叔，谢谢……”

她这一阵谢，如此礼全，让大家顿觉惊讶，几个人一时都张口结舌的，鸦雀无声，盯着腊梅看。腊梅感觉到了几位邻舍长辈的心情，强忍着自己内心如巨浪般波涌的胸痛，一字一顿地说：

“我去，真的去。这个家……我……不想住了，真的不想；阿爹也没了，我……什么都没了，我要走，我……心里想走。我这一次走了，是真的走，不再回来，就是死……也不再回来。”

说到此，腊梅忍不住的泪水奔涌而出，哇地哭出声来。众人一听，都拥着腊梅，安抚着，唏嘘不已……

腊梅临上轿前一天昼过。娇凤，也就是海狗他妈，到隔着两条街的他阿叔潘大贵的家，想看看明天就要娶过门嫁给自己儿子海狗的新嫁娘准备得怎么样了。其实，说是说看新娘，实际上还是想借机会一会潘大贵，商量些事。

为什么新娘要从潘大贵家上轿，而不是自己娘家？这说起来可恼人了。那新娘的娘家啊，一拿到彩礼就没了踪影，娘家人一个也找不到了！没办法，触霉头的事情，又要瞒着街坊邻居，最后还是自己阿叔想了个办法，待嫁新娘就从潘大贵家上轿。这样反而好，坏事变好事了，路近，请些个抬轿、吹打、送亲的，钱也能省下不少。

娇凤是个寡妇，几年前死了男人，就一个人养大独生子海狗，孤儿寡母的，也挺不容易。娇凤的男人原来是有些家业的，还开着一家绸布店。后来男人死了，一个女人家又要顾家养儿子又要开店经营，怎么撑得下去？于是，绸布店出货、进货，另加盘货的事，就交给自己男人家的阿弟潘大贵帮着管，自己乐得轻松，有空去看看店面就可以了。好就好在有了潘大贵。这个夫家的小叔子，有什么难事他都挑着去办了，有靠傍。

就这样，不一会儿，娇凤就到了潘大贵家。

潘大贵家很清静，原因是他的老婆，也就是娇凤的叔伯姆年纪轻轻就得了肺痨病，别说生孩子，就是下个厨房也咳个不停，动不动就起不了床。实际上，娇凤的叔伯姆大部分时间都是在床上度过的，吃饭还没有吃药吃得多。

潘大贵家就夫妻两个，再加上一个服侍老婆兼管家务的女家远房老阿姑，总共三个人。不过，这两天又多了一个人，那就是明天就要上轿的待嫁新娘。现在，这新娘就在楼上，由老阿姑一步不离地看着。为什么要看着？因为那新娘小，只有十五岁，还不懂事，整天哭哭啼啼的，万一跑了，怎么办？

那时，娇凤一进她小叔子家的门，客堂里一个人也没有，就关上门，轻轻地咳了一声。这一声咳后，不一会儿，随着一阵楼梯咚咚响，一个人影一闪就闪到了娇凤跟前，也不说话，一把搂住娇凤，贴住她的脸，就亲嘴，一直亲得娇凤满脸通红，气也喘不过来。

这样过了好一会儿，娇凤才躲开那个亲她嘴的男人，气喘吁吁地说：“好了……好了，我……是来办正经事的……”

“什么……正经事？”潘大贵还搂着她，“这就是正经事……”

“你……夜晚头来，现在……大天白日的，上头那个人看见怎么办？”

“活死人一个，管她呢！夜晚头管夜晚头，现在……管现在……”

“好了，去看看小姑娘！小姑娘……打扮好了吗？”

“哎呀，一讲起那个小姑娘！我就一肚皮气！这个小娘鬼啊，我竖长阔短地讲，耐心耐相地劝，都没有用，生活也吃过了，就是不肯脱下旧衣服换上新衣裳，死活不肯……”

“你这个人啊，这点小事也做不好，真是托了一个王伯伯！”

“你不晓得，这个丫头是乡下小姑娘，脾气耿是耿得来。现在总算好，软的硬的都来过，讲了半天好闲话，衣裳总算换上去了……”

“好了，不要多讲了，这是一桩大事情，耽误不得，走，上去看看——”

于是，两个人就一前一后，上了楼，推开一间小房间的门。那房间里，一个上了年纪的阿婆正在给一个姑娘挽一个发髻。可那阿婆的手有些颤抖，怎么挽也挽不成。

那个姑娘，正是腊梅。她正一动不动地坐着，任人摆布……

看着腊梅，在门外，娇凤和潘大贵就站着，咬着耳朵，嘀咕起来。

“阿嫂，你看你格媳妇，一身衣服一换，就像换了一个人，水灵灵，娇滴滴，好看是好看的来……”

“好看又怎么了？你看看你的眼睛，呆住了，发红了，是吗？”

“哎呀，最好看的是啥人？还不是我心头上的肉，我阿嫂嘛……”

“好了好了，酸溜溜的，我就晓得你老牛想吃嫩草了；她进了门，你敢碰碰她，我就要你梗死、噎死！进去，仔细看看——”

于是，娇凤就让潘大贵跟着，一起进了门，围着腊梅，上下左右仔仔细细地看了起来。

“你看，阿嫂，放心了吧？”潘大贵指着腊梅，对娇凤说，“你看看，红袄、红裙、红鞋，明天再戴上凤冠、眼镜、纱罩，捧上一朵大红纸花，上了一顶大红轿，就是满堂红了！”

“啥个满堂红，”娇凤似乎有些不满意，说过，“光穿的红有什么用，还要服帖、合身。现在你看看，衣裳穿得七歪八斜，松松垮垮，人家有眼睛的，一看就看出来了。还有头发，那个发髻，老阿娘盘了半天还没盘好，明天怎么戴凤冠，穿珠花？不行，不行，老阿娘手势不行了，盘不好。还有，你看看，面孔也没有开；新娘子哪能不薙面毛？快，还是去请个送娘来吧。”

“请送娘？请送娘是要铜钿银子的！你不是说要省钞票、省钞票吗？”

“省钞票么，也要看看地方的。我家海狗做新郎讨新娘子，这是场面上的事情，不能省，不能马虎，用就用掉一些吧。”

“你看看时间，现在叫我到啥地方去寻送娘？”

“哎呀，你这个人啊，讲讲神仙阿伯，做做死蟹一只！你抬花轿的不是请好了吗？抬花轿的和送娘不是一帮人么？你找到了抬花轿的，送娘不就有了？”

“噢，真是活菩萨，我的观音娘娘啊……”

“别多说了，快去找吧！”

第二十六章　结婚

就这么着，潘大贵一转身就走了，找送娘去了。只过了两三根烟的功夫，送娘就找来了。

送娘一来，潘大贵就让老阿姑下厨房准备夜饭，把送娘带到他阿嫂娇凤跟前，供她使唤。

但就在送娘进屋刚一开口和娇凤说话，像个木头人一直坐着不动的腊梅突然震了一震，慢慢转过脸来；当她一转过脸，看着那个正听着娇凤吩咐这吩咐那的送娘，眼睛亮了，嘴也慢慢松开，蠕动着……但她没出声，就心里在说话。

那个送娘看到腊梅好像也吃了一惊，但很快就掉转过脸，就像没事一样，和娇凤、潘大贵他们两个说话了。

他们说些什么，腊梅一点也没听进去。

——他们说话的时间可真长啊！

腊梅心里就这么想。好不容易的，他们的话说完了，她的阿婆娘，也就是娇凤一推潘大贵，两个人会意了，挨着，就走了。

那个送娘在他们身后把门轻轻关上，慢慢转过身来的时候，腊梅忽地起身，几步上前，伸出双臂……那送娘也激动万分，一把抱住了她！

“腊梅，我的好妹妹！”那人轻轻地叫了一声。

“水仙姐……”腊梅轻轻呼唤，泪如泉涌。

——两个人，水仙和腊梅，就这样紧紧相拥，喜极而泣，纵有千言万语，都无从表达两人胸中的万千感慨……

好像是过了……好久、好久，两个人都感到不能再哭了，就慢慢分开，然后，四目相对，互相凝视着，突然，噗哧一声，都破涕为笑了。

“阿姐……真想不到……是你。”腊梅笑了，含着泪说。

“阿姐也没想到……新娘子，就是腊梅。”水仙轻轻抚摸腊梅的脸，说。

“阿姐……”

“唔，腊梅想说什么？”

“阿姐……怎么来东沙了？”

“阿姐是做送娘的，到处走啊。长虾湾岛打鱼的人越来越少，都过不下去了，阿姐只好出来了，到了东沙。”

“那大阿姑呢？大阿姑也来了？”

“大阿姑……死了，过年的时候，她本来就身体不好，日子难过，就……”

“大阿姑……”

腊梅说不下去了，又哭了。她一哭，水仙赶紧掏出手绢，给她擦眼泪。

“不哭，不哭。大阿姑身体一直有病，她活着……也是受累，只是……走得太快了……”

水仙是劝腊梅让她别哭的，可一劝，自己也哭了。

“那……阿虎哥呢？”腊梅好不容易不哭，问。

一听问阿虎，水仙也不哭了，回答：

“也在啊，他也在东沙。明天抬你花轿的，就是他。”

“真的？阿虎哥抬花轿？”

“真的！当然是真的。”

“你们还在一起？”

“怎么，你想让我们分开？”

“不，不，你们在一起，我真开心！”

“真的开心？”

“真开心，开心！明天就又能见到阿虎哥了！”

一说起阿虎哥，两个人又都笑了。就这样说着说着，水仙顿了顿，开始问腊梅了：

“腊梅要做新娘了，新郎官是什么人？”

“不……晓得……”

“腊梅十五了，是不是？新郎官多大了？大你几岁？”

“不晓得，没人……跟我说。”

“那你……怎么会嫁过来的？”

“我……阿爹……”

“你阿爹？”

“阿爹……死了，让日本人给打死的，没钱……没钱葬，就……就……”

腊梅说不下去了，又哭了起来。水仙一看，就晓得说到了腊梅的痛处，想安慰，又不知从何说起。忽然，她想到了自己来这里的目的，就上前，扶着腊梅在椅子上坐下，说：

“好了，我晓得腊梅苦，腊梅难过，来，坐下，慢慢说。阿姐是来装扮腊梅的，坐下，阿姐一面做，一面跟腊梅说说话，好吗？来，阿姐一定要把腊梅打扮得如花似玉，像个倾国倾城的崔莺莺。”

“我不想打扮，阿姐，我不想嫁……”

“唔，女大当嫁嘛，喜事啊。哎，阿姐想起来了，腊梅还会不会唱啊？忘记了？听我唱：东风摇曳垂杨线，游丝牵惹桃花片，珠帘掩映芙蓉面……”

给腊梅梳妆打扮，薙面毛、髻冠梳发、换嫁衣、穿珠花……那或许是水仙当送娘经历中做得最成功的一次了。

晚上，当梳妆完毕，略施粉黛、清纯白净的腊梅再一次出现在她的“阿婆娘”面前时，娇凤高兴得合不拢嘴了，直夸水仙手艺好。

嘴合不拢的还有娇凤身边的小叔子潘大贵。那潘大贵啊，更是看得两眼都发了直，脸都僵歪了，要不是娇凤暗暗地在他屁股上狠狠拧一把，那潘大贵的活灵，恐怕是回不来了。

就这样，由于很是满意，娇凤就跟水仙说定，明天迎娶行婚的伴娘也让她做。原来娇凤是请过一个伴娘的，但水仙一来，看看手艺这么好，原来请的那个伴娘，就给了一些小钱，打发了。

那些事情是，行婚礼时，伴娘要时时刻刻陪伴新娘，扶着新娘与新郎一起拜堂；拜堂晚上吃贺郎酒，帮新娘换装，然后陪着新娘逐桌逐位为长辈和客人斟酒、敬酒；宴后要扶新娘入洞房，帮着新郎、新娘行“三酌易饮”礼；吵新房时，要多生心眼，以防吵房过分，闹得新郎官吃不消……直至送客、铺被褥、坐花烛、关房门……

第二天就是行婚礼的日子。

这一天，当以阿虎为首的轿夫抬着花轿，绕了大半个东沙镇，在一片炮仗、吹打和喧闹声中把新娘抬到潘家，卸了轿门，一个年仅四岁，装扮得花枝招展的“出轿小娘”上了去，迎新娘出轿，用手拉扯新娘衣袖三下，戴凤冠着红装的腊梅始出轿，跨过一只朱虹漆的木制“马鞍子”，步上红毡，由身缠红布的水仙相扶，朝着喜堂一步一步走去……的时候，一切进行的确实很顺当，完全可以说是照着规矩，按部就班、循序渐进地演绎，但，一个意外就出在此时此地，出在进“喜堂”这一个关节上。

按理说，是时，新郎应闻轿出门，佯躲别处，由捧花烛小偎去请回……但就在这时，随着一阵喧闹声，两个大男人架着一个又哭又叫、拼命挣扎的男小囡走了出来，进了喜堂。那男小囡闹得厉害，嘴里不知在喊些什么，四肢乱蹬，满脸鼻涕眼泪！

那男小囡人虽矮小，派头却很大，头戴呢料钢盆帽，身穿长袍马褂，另还斜裹一条大红巾，上有一朵大红花——这又哭又闹的小家伙，就是腊梅的“丈夫”，五岁的新郎，海狗……

再说荷花。葬了男人，嫁了腊梅，某天一早，天还没亮，荷花就提起几个包袱，拉着睡眼蒙眬的阿平，悄悄地出了村，也走了。

荷花提着的几个包袱，就一些衣服和细软物品，包括钞票和为数不多的首饰和布料，还有，就是准备路上吃的米糕和番薯，其他什么都没带，因为都值不了几个钱。不值钱的东西都留在那不值钱的破屋子里，随他去了。

荷花这一走，是不准备再回来了。男人死了，还有什么牵挂？再说，就是男人在，这个家也没什么值得留恋的。这是荷花算计已久的事情。

再把腊梅嫁出去，说是说为了安葬男人，实际上还是为了自己的此次出走。

嫁腊梅做童养媳得来的钱，只有一半是用来葬男人的。死人已死，能简就简、能省就省，花冤枉钱干嘛，当然是活人要紧——那另一半的钱，就准备母子俩日后过日子用的。

不过那些钱是不可能过一辈子的。

往后的日子怎么过，荷花早就想好了，先回娘家，安顿下来后，再托人看一看有什么合适的男人，无论是光棍还是鳏夫，只要有些家业的，就把自己嫁出去。不是有句话说，晾杆挑水后头长，孤孀嫁人趁后生？寡妇改嫁嘛，要趁年轻，不然，再拖些年，哪个男人要？

就按着这个算计，荷花出了村，上了到东沙镇的路。到了镇上，可能还要等，看看有没有出海的船到大鱼山岛的。这不是一时片刻就能办到的事情。所以，这一路上，荷花走得很急，拖着阿平一会儿骂，一会儿哄，催着他快走。

可是，一想当年兄嫂要把自己推出家门嫁给大馒头山的穷渔户，一个只有“一局局”长的“蹲地炮”半老头子时，她半路上逃了出来，一逃就是十年多，音讯全无，现在要再回去，不知那个呆佗泡阿哥和雌老虎阿嫂会不会将自己拒之门外。一想到此，心里总有些别别跳。但再一想，尽管嫁出去的女儿有如泼出去的水，但十年多后才回一次娘家，也是天经地义的事情，住一段时间，怕也不至于不念手足之情，就扫地出门了吧！

这样一想，她也安心了许多；心一安，走的也就轻快了……更没想到的是，一到东沙镇边上的一个小码头，那里正有一条渡口舢板要到金塘岛，到金塘岛是要绕过大鱼山岛的，那正是踏破铁鞋无觅处，得来全不费工夫！那天傍晚日头刚落，荷花他娘俩就上了大鱼山岛。

大鱼山岛不大，就几十户人家，长不过八里，宽仅三里，岛的中央有一多个隆起挤成一团小山包，远看就像一个椰花，因此得名。

一上岛，就能看到礁滩边上一些零星棚屋，破旧而又狭小，摇摇欲坠的样子。再走近一看，那些棚屋都头朝着海，尾连着陆地，下面是一片连着一片的盐田，几乎望不到边。在大鱼山岛，渔户不多，就十几家，其他的，都是盐户。

荷花她家祖上两代起就从定海迁到大鱼山岛，开浦引潮，刮泥、淋卤、煎煮、制卤、板晒，制成盐后，先是卖给官家，以后是卖给官家指定裕民公司盐业商社，是有盐板特许证券的正户。

但如有机会，也会做些私下的买卖。如荷花十六七岁那时，她阿爹就和几个同村的盐户将私下多晒的盐用船运到衢头，卖给一个从台州来的私贩，赚了不少外快。但这样做钱是来得容易，不过风险也大。

也就是在那一段时间，她阿爹第……次贩私盐时，被盐警截获，不仅扣了满船的盐，还要罚款，更要吊销盐板。那可是要倾家荡产的啊，简直就是灭顶之灾！一念之下，她阿爹走投无路，喝了好几碗盐卤，就把自己给“烧死”了。

也就是她阿爹死后第一年，她阿哥逼着她出嫁，嫁给了她的第一个男人……所以，荷花现在回娘家，实际上是到她阿哥的家。

这天，天色将晚，当荷花牵着阿平到了村里的一幢破旧老屋前，走近几步，横看竖看，看看没错，是她阿哥家，就再走近一些，到了门前。

门是半掩着，可她不敢贸然进去，就上前敲了敲门，“阿哥，阿哥”地叫了好几声。但屋里没动静。朝半开着的门望进去，里面黑漆漆的，什么也看不见。

“阿母，”阿平拉了拉荷花的手，问，“我们……是到了？”

“是到了，这就是你娘舅家，”荷花回过头，关照：“见了娘舅，你就要叫娘舅，啊。还有，见了娘舅姆，就一定要叫娘舅姆，晓得了吗？要叫得响一点，不要像扫帚扫地沙沙响……”

正在荷花对阿平说话的时候，一个人影悄然无声地突然出现在半开的门后，一脸孤僻冷漠，站着不动，像个石缝里冒出来的笋。

这个人的突然出现让阿平吓得直往荷花身后躲。可荷花一见那男人，内心一阵激动，眼里都闪出泪花来了。

“阿哥！”荷花上前一步：“我是阿妹……”

“阿妹？”荷花她阿哥眼睛一转，带着一股生葱气，火辣辣地问：“啥地方来的阿妹？”

“阿哥，我是你的……阿妹荷花啊！我是阿妹……荷花……”

正说着，门里又闪出一个人，一头蓬乱的头发，是个直壁细的女人。

“滚滚滚！”直壁细女人推开那男人，直面荷花，连连挥手：“讨饭还要看看人家；要讨就到有铜钿人家去讨，你也不看看风势，这屋里清势势的，啥东西也没有，只有思食痨几只，走走走……”

“阿嫂……”荷花走上一步，唤了一声。

“啥人是你阿嫂？你是……”直壁细女人感到奇怪，瞪大两眼。

“阿嫂，我是荷花，”荷花说，“你不记得了？我是……你的小姑，荷花啊。”

“你是荷花？”直壁细女人说，“你还活着？”

“我……活着……”

“你不是逃走了么？”她阿哥在他女人身后插话，抛出话来：

“我还一直以为你已经死了呢。”

“你多什么闲话！”直壁细女人朝荷花她阿哥一瞪眼：

“后面去，我来问——你逃了十多年，一直没有死？”

“我……没死……”

荷花不知说什么为好了，只能作说了也白说那样的解释。忽然，她想起身后的阿平，转身，把他拉上前来，推上前去。

“来，阿平，”荷花推着阿平说：

“快叫阿舅，叫舅姆——”

可阿平害怕，直愣愣的，就站着，不敢叫。

“这个小种生是啥人？”直壁细女人问荷花。

“是我儿子……”

“你有儿子了？”直壁细女人又问，“那你男人呢？”

“死了，”荷花一阵哆嗦，回答：

“给日本人打死的……”

“你男人死了？”直壁细女人说，“这么说这小种生是一只拖油瓶了？”

“他是……我儿子，你们的侄子……”

“这么说，你这个不要面孔的阿作姑，十多年前好好的一门婚事你不要，逃了，自讲自话嫁野男人了，结果还是嫁了一个短命鬼男人。你怎么嫁来嫁去男人总要死？真是一个白虎星啊！”

“阿嫂，你……”

“男人死了，屋里也没有了？自家屋里不住，到这里来做啥？”

“我……日子过不下去了……”

“竹篮打水一场空了？你本事不是大得不得么了？死了一个男人，再去找个男人嘛，再养几个偷生爿！男人多啊，再去发热昏啊！真是撅着屁股看天，有眼睛不生眼乌珠！”

“阿嫂……”

“啥人敢做你阿嫂？对不住，不敢！”

看看实在跟那直壁细女人说不下去了，荷花索性绕过她，眼睛看着她阿哥，走上一步：“阿哥，阿嫂不认我，那么你呢？你说一句话——”

“你要我说什么话？”她阿哥瓮声瓮气地问。

“你阿妹我现在死了男人，走投无路，落难了，想回来住几天，落落脚。不管怎么说，这也是我的家，娘家，是吧？”

“这个……”她阿哥犹豫着，就吐出两个字，没了下文。

“亏你还说得出口！”那直壁细女人脸一横，抢着说，“有着明媒正娶你要逃，自己去找野男人，一家人家都给你牵头皮，坍台啊！现在你竹筒做枕头两头空，死了男人又想认娘家了？你面孔朝哪里放！”

“阿哥，这个家到底还姓啥？”荷花看着她阿哥，提高声调，问，“到底是姓王还是姓张？还有没有当家人？”

“这是什么话？”那直壁细女人叫了起来，“你这是摆勒和尚骂贼秃啊？好，我跟你推开纸窗讲亮话，你死了男人就想回来，河水鬼找替代啊？真是屁眼洞里生叮疮，你做乱梦介心倒忖得切切嗬！要触霉头你一个人去触，你阿哥犯勿着，我也犯勿着，姓王的一家门都犯勿着。走，快走，这扇门，你进不来！”

“阿哥，你是我儿子阿平的娘舅，”荷花还是盯着她阿哥，不理那直壁细女人，说，“娘舅大石头，讲话独句头，你是大娘舅，当着你外甥阿平的面，你讲句话——”

但他阿哥还没讲话，那直壁细女人已经将他阿哥一推，推了进去，随后将门一关，关死了。

这门一关，荷花先是一愣，简直心乱如麻，一时不知如何是好，后一看，阿平吓得哭出声来了，就气急败坏了，冲上去，一边哭喊，一边用力捶打那两扇紧闭的门，最后，还腿一软，赖在了门槛上：

“阿哥，我是你阿妹啊，嫡嫡亲……嫡嫡亲的亲阿妹啊！阿哥啊，你不能这样六亲不认啊……阿哥，你我都是一个娘肚皮里出来的啊，你哪能……我热面孔贴你冷屁股，你也要认一认我啊！阿哥，我求求你，让我进家门吧！阿嫂，我……做错了，对不住……好吗？我求求你啦，阿嫂！开门吧，你再不开门，天也要打的！你两个杀千刀……伤阴骘的杀千刀，你们不得好死……”

但无论荷花如何叫，如何气啊、急啊、恼啊、恨啊……地骂，以及最后恶狠狠地诅咒，那两扇门始终关着，没动一动。

自从腊梅“嫁”到海狗家，她的阿婆娘娇凤就省心多了，不仅把海狗扔下不管，还将家里里里外外、大大小小所有事情都一股脑儿交给了腊梅，自己一门心思管街上的绸布店去了。

其实，说是说“管”绸布店，实际上是要“管住”她的小叔子潘大贵。

那潘大贵，表面上说得好听，是自家阿嫂孤儿寡母度日艰难生意不好做，就帮着进货出货，白日开门夜里关门，维持店铺的日常经营；可要说不好听一点的话，还不是为了“戤白币”，看阿嫂忙里忙外忙不过来，乘机做一通糊涂账，出点外快，捞了钱，上赌馆赌钱去。

娇凤是个精明人，这种小伎俩哪会看不出？

但看出了，有时候就睁一只眼闭一只眼，最多讲一句下不为例，就放过了。为什么？不管是这爿绸布店还是自己这个“人”，都离不开他这个男人呀。

现在好了，如今给儿子海狗讨了一个大娘子，只要好好调教，让腊梅慢慢当起家来，海狗有人带，自己也省了一份心，就可以腾出手来坐镇绸布店，既管住店铺管住账，又能管住小叔子潘大贵了。

那么，要烧饭洗衣带儿子何不请个娘姨，而要讨一个比海狗大十岁多的大娘子？这一点娇凤算得明白：请娘姨是要出月规钱的，要月月付，年年算，而讨一个大娘子只要付一笔彩礼。一个大娘子就是一个不付工钱的娘姨嘛！况且，等海狗大了，大娘子老了，自己儿子要是实在看不上，一休，就休掉了，这十几年的娘姨铜钿，不就省下来了？

所以，要管住潘大贵，先要管住腊梅。腊梅能把这家里事挑起来了，把五岁大的海狗照管好了，省得儿子老是跟着自己转，寸步不离的，事情就成功了一半。因此，腊梅一进门，娇凤就把海狗丢给了她，说是“夫妻”同房，而娇凤她自己，就一个人睡了。

这海狗才五岁的男孩啊，懂什么老婆不老婆的，只晓得谁哄自己，谁管吃管喝，谁在自己跟前，能撒娇、使性子，就跟谁。就这样，没几天，海狗就到东倒西都跟着，和腊梅形影不离了。

海狗一跟腊梅，不老缠着了，到了夜晚头，潘大贵就大摇大摆地朝娇凤的房里钻。潘大贵一进娇凤的屋，门一关，就不晓得两个人做些什么了。

就这样，进了潘家的门，腊梅就每天天不亮就起床，打水生火做了早饭，就放桌上，忙好了，就进自己的屋里，拉着睡眼松醒的海狗，给他穿衣刷洗，然后服侍娇凤她娘俩用早饭。

早饭一吃完，娇凤交代几句，然后一甩手就走了，留下腊梅一边照看海狗，一边里里外外地忙，包括上街买菜挑柴爿，准备中午饭。

中午饭做好了还不能吃，先要送到西街的绸布店，让娇凤、潘大贵和另一个伙计吃，他们吃了，腊梅把一饭篮碗筷杯碟提了回来，才能一边哄着海狗吃，自己心急慌忙地扒上两口……

一到下午，就上后院井台没完没了地洗衣晾衣，一边还要眼睛盯着跑进跑出跳上跳下的海狗，就怕跌个跟斗摔破脸，阿婆娘看见了，不是打就是骂。这以后，又是忙晚饭……

忙了一天，要睡了，也不太平，因为怕海狗是个撒尿朴，也就是尿床，一夜要起好几次，拉起海狗提着尿壶让他尿尿。要是稍稍睡过头，或者海狗白天玩得累，夜里睡得死，一个翻身，拖也来不及，就尿了一大片，不光尿了自己一身，还把睡在旁边的腊梅也湿了一个透——这可好，被褥衣裤不仅要洗要晒，还要挨她阿婆娘的骂，甚至吃耳刮子，拿藤条抽。

这样累死累活地忙，热天还好，就多出点汗，就怕冬天。一到寒冬腊月，腊梅的两只手就冻得又红又肿，一用力就裂开，就出血……

但这还不是最要命的。最要命的是那个贼头贼脑的潘大贵！

第二十七章　再逃

腊梅进门没多久，那潘大贵就基本不回自己家了，吃喝睡都在这里，和娇凤两个人一起进一起出，俨然就成了夫妻一对。这一家子多了一个人就要多做一份活，多受一份罪，那也就算了，问题是，那个潘大贵常常趁屋里没人，就偷偷溜到正在做活的腊梅身后，一把抱住，又是摸又是搂，害得腊梅又急又怕，拼命挣扎，但又不敢叫。为什么不敢叫？因为她一叫，阿婆娘一来，就要打她，骂她不要脸，勾引男人，是个狐狸精。

那一次就是这样。那一天夜里，腊梅把海狗哄着睡了，就到了灶头间，点起一盏煤油灯挑拣白天从街上买回来的虾米，刚坐下没多久，门外就闪进一个人影，一口吹熄了灯，搂着她，就将手伸进衣襟，摸她的胸脯。

一开始腊梅用力推开他的手，想挣脱，但那人力气大，挣不开，就“阿婆娘！阿婆娘快来……”地大声叫了。

阿婆娘闻声，就点着一盏灯赶来，那黑影一看娇凤来了，刷地一下，就从她身边溜了出去。看着衣衫凌乱，嗦嗦抖、愁愁哭的腊梅，娇凤二话没说，上来就噼啪两个耳光，骂开了：

“你这个小狐狸精！一扇房门里的男人也敢勾引啊？你也不看看那个是啥人啊？还假叫猫介愁愁哭嘞，你晓得这个男人是你啥人？阿公老头也好做啦！你这个小骚货！你阿公老头面前也敢发骚啊？你是个有老公的人啊！你看看自己的面孔，你要不要面孔？你是一只拖祭包啊，不跟男人要死啊！下次再看见你不二不三，我就一拳打过来，肋肝排骨断你三根！”

所以，如果再遇上那潘大贵骚扰，腊梅叫也不敢叫了，只有拼命挣脱，逃出门外，或逃出家外，逃到街上去，暂避风头。但这样的“避风头”，避一次算一次，不知能避到什么时候！

又一天，是个昼过，腊梅刚给西街上的绸布店送了饭回家，明明看着娇凤和潘大贵都在店里的，她前脚刚进门，那潘大贵不知对娇凤撒了什么借口，一个人鬼头鬼脑的，后脚跟了进来。那时候，腊梅刚把提回来的饭篮放到灶头上，准备叫海狗一起吃饭。而那海狗，正一个人在院子里搭小泥人玩。

一见潘大贵跟进了门，鬼头鬼脑的样子，腊梅当然明白他想做什么，于是，就转过身来，靠着灶台，正对着他。

“腊梅，你看我给你买什么来了？”潘大贵甩了甩手里的两只发夹，嬉皮笑脸地对腊梅说，“这个发夹好看不好看？是东洋货，扎在你辫子上，好看是好看的来！喜欢吗？叫我一声好听一点的，就送给你。”

“我不要你的东西！”腊梅回答得斩钉截铁。

“真的不要？不是心里话吧，”潘大贵走上几步，“来，我先给你戴上，照照镜子，试试看……”

“我不要试……”

腊梅说着，闪开了。潘大贵哪会死心，又上前，一把抓住腊梅的手，使劲往自己身边拉。

腊梅挣开，躲一边，潘大贵横出一步，堵住腊梅的出路，正在这时，腊梅突然朝着门外叫开了：

“海狗！过来——”

一听腊梅叫，海狗腾腾腾就跑了过来，进了灶头间的门，一见腊梅和潘大贵这模样，一会儿看看这个，一会儿看看那个，不知出了什么事。

一见海狗进来，腊梅即绕过愣在一边的潘大贵，走到海狗跟前，摸着他的小脑袋，镇静自若地说：

“你看看你，头发这么长了。走，到南门街去，给你剃个桃榔头。”

“好的，好的。”

海狗一听要上街，很高兴，跳了起来。于是，腊梅就牵着海狗的手，出门，走了，就留下那个还没反应过来的潘大贵。

上了街，腊梅怕海狗饿着，先买了两个桂花香油米糕，一人一个，一边吃，一边走。等到米糕吃完了，南门街也到了。就在南门街不到一点的一个小巷子口，有两只藤椅放着，藤椅旁边有一块木板，上面写着六个大字“剃头汏头修面”。

见椅子空着，腊梅就拉着海狗走近，伸手一抱，把他抱上其中的一把，然后脸一侧，叫了声：

“阿虎哥，有人剃头——”

阿虎一听有人叫，就跑了出来，一看是腊梅和已经坐上藤椅的海狗，一迭声地叫：

“啊吆，有主顾了！马上来，马上到，请，请——”

阿虎给人剃头还是那样子，手不停，嘴也不息，就喜欢和人说笑。这次给海狗剃头，也是这样。

“这位小少爷，”阿虎捏着海狗后脑勺上的一根小辫子，说，“你脑门滴嘞瓜圆，一股福相，福嗒嗒的，还是剃个桃榔头好看，后面这根老鼠尾巴难看死了，就不要了，好不好？”

“不好，”海狗回答，“阿母说，小辫子长命。”

“哇，我倒不相信，剪了试试看……”

“不好，阿母要骂的。”

“好好，阿母要骂的，就留着。啥人带你来剃头的？”

“阿姐。”

“阿姐是你啥人啊？”

“阿姐是我大娘子。”

“哦，你叫大娘子怎么叫？”

“阿姐……”

腊梅在一旁听着，有些不高兴，就对阿虎说：

“好了，你们聊天八脚吧，我不听了。阿虎哥，水仙姐呢？”

“在屋里头。”阿虎回答。

“我去找她。你给海狗剃好了，叫我一声。”

腊梅说着，就转身走了，找水仙去了。

到了阿虎他们暂借的一个小木板屋，腊梅就看见水仙正坐着，拿着一个杖头木偶，正在缝制下面戏袍子。一见腊梅进来，水仙一乐，就举着那个木偶，手舞足蹈，念着戏腔，对腊梅说话：

“小姐——你把那张生常欺哄……”

“阿姐……”

腊梅唤了一声。但水仙笑着，继续唱：

“其实是木匠戴枷自作弄，害得你，又是彷徨又惊恐。”

“水仙姐……”

“这一段谁唱的最好听？”

“不晓得……”

“是腊梅。是腊梅那个小姑娘唱的最好听。还记得吗，长虾湾镇东郑姓大户那次出堂会，不就是你唱的？满堂彩啊！没忘吧？那时你几岁？才九岁！”

水仙的那些话，令腊梅勾起对那段日子辛苦但充满欢乐的回忆。听着，想着，她坐了下来，眼睛湿润了。

“阿姐，那时候……真开心，”腊梅喃喃地说，“真想……那个时候……能再回来……”

“那就跟我们一起去。”水仙放下木偶，说，“还记得那个收旧货的老张吗？就是那个唱阴阳嗓子的——他托人带信来了，说定海那里又有赶庙会了。好几年了，一直宵禁、戒严，日本鬼子凶啊，什么都禁。现在松了一点，有赶庙会了。有赶庙会，就能演杖头木偶戏了。”

腊梅听着，但没说话，在水仙身旁的一个凳子上坐了下来。

“腊梅，”水仙看着她，又问，“你怎么了？”

“你们……要走了？”

“嗯，是有这个打算。要不，我拿出那些傀儡做什么？这些木头人一直藏在箱底，这几天有空，就看看还能不能用，先补一补。你不高兴了？”

“没有，阿姐。”腊梅摇着头，但眼睛红了。

“真没有不高兴？那你眼睛怎么了？虫子飞进去了？”

“阿姐！没有……”

“没什么不高兴，怎么说起话来吞吞吐吐的？阿婆娘狠？是不是？”

腊梅摇头，没说话。

“谁欺负你了？”

腊梅还是没说话，但眼泪流出来了。

“什么人欺负你，你说，”水仙好像看出点什么来了，“你说，是啥人，对你做了啥事情，阿姐帮你出头！”

腊梅摇头，欲言又止。

“有什么说不出口的话？一个大姑娘了，怕什么？”

“没有……”腊梅想了想，转过话题，说，“就怕你们走。你和阿虎哥一走，我在这里……又只有一个人，举目无亲了。”

“哦，原来是想阿姐啊，”水仙搂住腊梅的肩膀，摇了摇，“我们又不是去了不来。到了定海，看看能唱杖头木偶戏就唱，唱不了，就再回来，阿虎剃头，我还做送娘，就送腊梅这样的好看小姑娘。”

这一说，把腊梅说笑了。就这样，两个人脸贴着脸，说起女人家的私密话了，一说就说个不停，直到屋外巷子口的阿虎一声叫“客人头剃好嘞”，腊梅才和水仙告别，拉着海狗的手，朝家里走。

但腊梅不急着回家，因为抬头一看天还早，就绕着走。为什么要绕着走？因为就怕那个潘大贵还赖在屋里，晚一点回去，阿婆娘也就关了绸布店回家了。阿婆娘一回家，潘大贵就不敢动手动脚了。

于是，腊梅领着海狗走，走走逛逛看看，就到了渔码头边上的街头。就在那时候，就看到附近巷子口有三五成群的人跑了出来，一边咋呼着，一边从腊梅和海狗身旁经过，朝渔码头奔去。这时，正好有一个有点认得的阿伯走来，腊梅就上前拉住他。

“阿伯，”腊梅问，“渔码头那边出了什么事？”

“我也想去看看，”那阿伯说，“听说，日本兵抓了好几个游击队员！”

一听抓了游击队，腊梅心里一惊，怔住了。此时，一辆插着日本旗的卡车从大街的另一头驶来，转了一个弯，轰隆隆地从腊梅身旁驶过。腊梅看得清清楚楚，车上有好几个荷枪实弹的日本兵。腊梅一看，就拉着海狗，朝渔码头方向急奔而去。

到了渔码头，腊梅牵着海狗挤过人群，正好看见有几个日本兵从一艘日本巡逻艇上将几个被绳子绑着的男子押解下来，吆喝着，用刺刀逼着，把他们赶往停在一边的插着烂泥药膏旗的卡车。那些男子都本地渔民装束，但其中一个不是，那个人穿着一件破旧的长衫，走起路来一拐一拐的……那个人，是林德泉！

一见是林德泉，腊梅挤开众人，不顾一切地奔了上去。

“二公公！”腊梅大声叫喊，“二公公……”

但她没能奔到林德泉身边，一个日本兵叽里呱啦地叫着，用上了刺刀的抢一档，一搡，把腊梅推倒在地。

“二公公……”腊梅翻身而起，哭喊。

“腊梅，别怕！”林德泉一边走，一边转脸，对腊梅喊，“二公公没事，二公公……不会有事的……”

但他话还没说完，就被日本兵推上了卡车。那些人一上卡车，卡车就启动，开走了。起先，卡车开得不快，腊梅还能跟上，一边追，一边呼唤林德泉，但卡车越开越快，腊梅追不上了，但还在追……最后，她跌倒了，再爬起，卡车已经开远了……

“二公公！你回来……”腊梅哭着，低声喊道，“二公公，你晓得……阿成在哪里吗？阿成哥……还好吗？”

二公公林德泉被捕，对腊梅而言是一个双重打击。为什么这样说？首先，腊梅亲近的人，只有二公公了，现在二公公被日本人抓了，生死难卜，怎能不叫腊梅肝胆欲裂？

而另一层意思，腊梅总朦朦胧胧地觉得，只有二公公能晓得阿成的下落，是把自己和阿成连在一起的人。现在二公公也给抓了，那这根线，也就断了……那阿成到底在哪里，腊梅茫然了，绝望了。

腊梅病了，浑身发烧，就在她见了林德泉那一天的晚上。

但她的阿婆娘娇凤说她是懒，装病，仍逼着她做事，稍微慢一点，就用手指戳着她的脸骂，用扫帚把打。到了第三天，腊梅实在起不了床了，娇凤才觉得她确实是病了，但也不请郎中不抓药，说受了寒，躺两天，发发汗，就会好的。

三月初三那一天晚上，也就是腊梅发病的第四天，火神庙有演都神戏《哪吒闹海》，海狗喜欢看，娇凤就把卧床不起的腊梅一个人留在屋子里，带着海狗上火神庙去了。

那一晚，腊梅迷迷糊糊地睡着，老做梦，就做着她和阿成跑啊跑，跑过清源溪上的小石桥，一直跑，跑到杨家渡村西北面的黑猫岭上的那个梦……在梦中，两个人走着，踏着乱草，拨开杂错的灌木丛，手牵着手，沿弯弯曲曲扶摇而上的山路，跑着……当她跟着阿成爬上一个小山头，一前一后，跑在一条五彩缤纷的山路上！

接下来，她好像还在跑，和阿成一起跑，跑过错落成群、沿溪而筑的村庄，跑过刻有斑驳陆离的“恩荣万代”四个大字石牌坊，提着饭篮……跑着，跑着，阿成忽然不见，又忽然出现，开心地，有说有笑地吃着饭篮里的饭……

一阵迷糊之后，腊梅翻了一个身，还是跑……

这一次，是跑在元庆桥上，跑在一条漆黑的巷子里，钻出一个黑乎乎的土洞，跑上一个山坡，跑过龙王庙，和阿成在一起，跑向茫茫的黑夜……就在那时，忽然传来阿成的喊声“快跟我走，腊梅”……腊梅在冥冥之中好像感觉到真的有人在拉她，在抚摸她，于是就叫出了声：

“阿成，你快走！阿哥……别忘了……救腊梅！”

她叫着，忽然感到喘不过气来，醒了，看到真有一个人正压着自己，感觉不对，奋力挣扎，一跃而起，下意识地护住已被解开的衣襟。

在她面前的那个人，是潘大贵。

“你叫谁呀？哪个阿哥？”潘大贵一把搂住腊梅，压低声音说，“不是叫我吧，我就是你阿哥啊……”

“你……滚！”腊梅一面挣扎，一面叫，“你滚开！”

“别叫！你叫了也没人听见，”潘大贵伸手捂住腊梅的嘴，抱紧她，“今天就我两个，你叫也没用……你已经是潘家的女人了。烂婊子囡，我就是潘大爷，今天，我就让你开了苞，非……非叫你开个苞！”

潘大贵边说边强撸着腊梅往床上按，并用力扯开她的裤子，手直往里面伸……在潘大贵的强力压制之下，腊梅的挣扎渐渐趋于无力，最后，不动了。潘大贵感到腊梅已被压服，就放松了，直起身子，准备解自己的裤子……但就在这时候，腊梅突然伸手从枕头下摸出一把剪刀，跃起，对着潘大贵的胸口猛扎过去。

潘大贵猝不及防，被扎了一剪刀，一阵惊恐，往后退了一步，惊得眼睛都发呆了。但他很快就回过神来，因为他一摸胸口，就出了点血，根本没扎进去，就眼一瞪，挥舞双手，欲再次扑过来。

“你这小娘鬼，竟敢用剪刀戳我！”他大叫一声，“看你再敢……我今天非要劈了你这小娘鬼……日你这个小狐狸精！”

他低声吼着，就再次扑了过来……但晚了，腊梅早已抢先一步，拿起身边的一个小凳子，朝他额头狠狠地砸了一下……这一砸，潘大贵一阵晕眩，倒了。腊梅砸了一下之后，感到还不解气，又朝倒地不起的潘大贵的背上狠狠砸了一下……正当腊梅要砸第三下的时候，她忽然收住手，慢慢放下，手一松，凳子掉了下来，落在脚下。

看着一动不动的潘大贵，腊梅怕了，一时不知如何是好。片刻之后，浑身是汗的腊梅定一定神，感到一阵惊慌，猛然转身，一推门，鞋也没穿，赤着脚就跑，到了街上，就一阵猛跑……

约莫刻把钟，腊梅跑到南门街的一个巷子里，猛敲水仙屋子的房门。

“水仙姐，开开门……”精疲力竭的腊梅叫着，“水仙姐，阿虎哥，快开门，救救我……”

当水仙闻声起床，摸黑走到门后，匆匆拉开门……那时，腊梅已经虚脱，晕厥过去，无力地倒在她的怀里……

光复将近四年的定海城，日本膏药旗早已换成了国民政府的青天白日旗，日本兵没了，上街也无须出示良民证，行敬皇军礼了，但炮楼和军事工事更多了，特别是在定海衙头直到飞机场一带，一眼望去，到处都是层层密布的铁丝网、碉堡和各种防御工事，一门门大炮的炮口，都对着海上，好像随时都准备轰击似的。

还有，就是飞机场经常有飞机起飞降落，那轰鸣声，闹得全城都不太平。

那些飞机干什么去了？人们都在传说，是去轰炸宁波、上海的。怎么中国军队的飞机要去轰炸自己国家的大城市？日本人不早就投降了吗？报纸上登了，日本人一投降，国民党就和共产党打起来了，内战了……

后来，国民党的军队打输了，上海、宁波、镇海都给共产党占领了，被打败的国军有的逃到台湾，有的逃到澎湖列岛，有的就逃到了包括定海在内的舟山各岛，准备长期据守。所以，这定海，一下子就冒出了许多国军士兵……

但是眼下，定海多的不仅仅是国军士兵，还有许多“黑皮狗”。那些“黑皮狗”干什么的？就布岗设卡，戒严！

“黑皮狗”就是警察，因穿着一身黑制服，几乎无处不在，盘查过往行人，一瞧见看不顺眼的，或穿得破烂一些的，就上前盘问，一见陌生的或回不上话来的外乡人就抓，赶到那些防御工事去挖战壕、修碉堡，比日本鬼子还要不讲理，但更多的还是敲竹杠。一遇上盘查，要不拿出几个辛苦钱“买通”，就挥着警棍驱赶。

那些穿着“黑皮”的警察就晓得敲诈勒索，什么叫“维持秩序”，什么“戒严”，分明是幌子。

这一年，腊梅刚过十九岁生日，高挑端丽，尽管一身土布衣衫，头戴花巾，腰系一块绣花布襕，活脱脱地，出落成一个清纯靓丽的大姑娘了。

五月端午那天昼过，阿虎带着腊梅和制竹灯的阿林、摇棕绳的老王、打铁的阿泉和收旧货的老张那一帮人离开白泉岭下的白泉十字街，挑着担背着行头往定海的邑庙，也就是县城的城隍庙赶，想在下午最闹猛的时候抢个摊，趁着过节赶庙会的人多，再演几段杖头木偶戏……可哪个会想得，还没到内八甲，就一连遇上两拨黑皮狗，总共被敲去十几只角子的辛苦铜钿。

第一次是刚过北大街，还不到太保庙，阿虎和腊梅一路走一路说笑着，在一个转弯角上，冷不防的突然闪出一个警察，横着警棍，拦着阿虎、腊梅他们几个，就喊不许过。

“大路朝天，你站你的，我走我的，”阿虎把担子一放，上前评理，“你这位老总，凭什么拦，凭啥不让过？”

“凭什么？”那警察脸一横，指着自己，“就凭这一身老虎皮！”

“那扒了这一层皮，跟我有什么两样？”阿虎不服气，说。

“你说什么？你再说一遍！”那警察火了，吊着嗓子叫。

“他没说什么，”腊梅上前，站在阿虎和警察中间，心平气和地说，“他其实是想说，我们一早就从这里走的，没人说不能走，现在往回走，好好的，怎么就不让走了？”

“怎么不让走？”警察顿了顿，说，“这是上头的命令，赶庙会的人多，人挤人，挑担的、推车的不许走……”

“那你说怎么办？”阿虎问，“这担子挑的是我们吃饭的行头，我们人走，担子留给你看着？”

“这我不管，”警察嘴一撇，说，“我就管担子不能进……”

“你这是什么理？”阿虎再问，“你还讲理不讲理？你穿了这身黑狗皮，就可以不讲理了？”

“你要讲理？”警察用警棍顶着阿虎的胸脯，说，“要讲理，你找我上司去讲去！”

一旁，老张一看，想想光这样硬顶也不是办法，于是就上前拉开阿虎，好声好气地对那警察说：

“好了好了，老总，你是吃饭，我们也要吃饭，大家都是出来混饭吃的，能放一马，还是放一马吧。”

“这话，听起来还有点像话。”警察点了点头，说。

“那你看，老总，”老张笑眯眯，有所指地问，“还有没有别的路可走？”

“唔，你看着办吧。”那警察放下警棍，要老张自己说。

老张一看那脸色，明白了，就从兜里掏出好几个角子，点了点，就塞到那警察手里，说：

“老总，买包烟抽抽，行了吧？”

“好，”警察收了钱，手一挥，“行，破例了，走吧——”

但老张还有些不放心，没走几步又折了回来。那警察一看老张转了回来，不耐烦了，问：

“还有什么事？”

“老总，”老张问，“你这里收了，前面还有没有再收的？”

“不会。”那警察手一扬，说，“我这里收了，就一路放行，畅通无阻！”

就这样，阿虎、老张、腊梅他们几个就挑着或背着，加快脚步，朝县城的中心地带走去……但是，他们刚过了两条街，在一个十字路口，又遇上了警察。

这一次，警察不是一个，而是两个。

“两位老总，我们都已经交过了。”一见两个警察拦路，老张就上前明说。

“交了？”其中一个直壁细的黑皮狗闪着眼睛，问，“交给谁？”

“就前面的那个，”阿虎上来，抢着说，“就前面在太保庙的那个老总……”

“太保庙的？”另一个矮个的胖警察瞧着阿虎，提高声调，说，“去，你去把他叫过来，我来问问——”

老张一看情况变得复杂了，就赶紧上前，又掏出了好几个角子，捧了上去：

“好，好了，老总，混口饭吃，大家混口饭吃。”

等过了这第二关，阿虎、老张他们几个不敢往前走，就怕前面还有黑皮狗。于是，大家站着一商量，决定不从街上走，而是走小巷穿弄堂，绕着走，绕着去城隍庙。

就这样，他们拐进了旁边一条曲里拐弯的小巷子，排着队，依次走，像是拉开了一个一字长蛇阵……

第二十八章　唱戏

确实，他们这一个只在节日赶庙会或出“堂会”才凑在一起的草台班子，清晨一早就急着离开定海去白泉十字街，赶叶圣地崇圣宫的盘龙阵赛白龙会，演了一上午的杖头木偶戏，包括两个前垫的段子和一场正戏。然后，就在十字街南侧的泰昌南货店买了十多个乌馒头，一人两个，一边吃一边走，要赶在庙会的晚高峰来临之前赶到城里的城隍庙，趁着人多，再演几段。

为什么要赶着再演？

因为这一天上午的戏，腊梅唱得特别的好，东家听得开心，多加了不少出场费，如果腊梅能趁着这势头再到城隍庙演，而且大家伙今天的手势又都不错，再出个满堂彩，说不定会有更好的收益。

所以，尽管从城里到白泉十字街，再从白泉十字街回定海，一去一回，路不算短，但正因为心情好，走得也轻快。但没想到一回城里就遇上几个拦路打劫的黑皮狗，大家伙原来一肚子的好心情，全都给搅了！

叶圣地崇圣宫点堂会的，是一个大户人家。在那个堂会上，演的是一出正戏和两个段子。正戏是绍兴戏《花烛泪》，也就是那出曹娥江畔的白玉凤在洪灾中被人救活，后又历经生死，最终申冤昭雪的跌宕起伏的传奇故事。

在那出整场五幕的正戏中，如同其他曲目，基本上是腊梅与摇棕绳老王的对手戏。为什么这样说，是因为是腊梅与老王两个都一人演几角。如腊梅演三角，一人既唱白玉凤又唱丫环茴香，还要再变着嗓子唱小生，演那个善良而又仗义的渔民方良。而老王则演两个角色，唱了那江边抢宝的恶贼、新郎黄金龙，还唱最后一幕前来送匾祝寿的御史。而收旧货的老张只唱老旦一角，即白玉凤的阿婆娘，口念弥陀、心似蛇蝎的黄善婆。

所以相对来说，腊梅的戏份最重，几个主角的唱白，她一个人都包了。但腊梅只管唱，不管所谓“下弄上”的杖头木偶。“下弄上”的活主要由铁匠阿泉操纵，老王和老张都自唱自弄。自唱自弄就是演什么木偶念什么道白唱什么唱段，都独个子演，而腊梅就有一个与操弄木偶的如何两相配合，做到相得益彰的问题了。但腊梅就有这个天分，能随机应变，台前的木偶忽悠闪失，腊梅或收或放，调整一下过门就过去了，简直天衣无缝。

那阿虎和那个弹棕棚的老顾还有他的徒弟三个干什么呢？就吹拉弹，鸣锣、敲鼓、打“的笃板”，也忙个不停。所以，别看这个才七个人的草台班子，平日里还各忙各的营生，但凑在一起演起木偶戏来，还真的有头有尾、有声有色、像模像样的，其闹猛或出彩，和出了大钱请来的台州班、温州班或金华班演的活人戏，真差得不是很多。

但杖头木偶戏毕竟不是演大戏，要真的弄出点气势来，把观众都吸引住，是要出点心思的。

比如，就在他们刚开场，那叶圣地崇圣宫内人还是三三两两的没几个，阿虎他们几个锣鼓敲了半天，那些来看戏的来了一些，却进进出出的，大声招呼闲白值的，嗑瓜子嚼米花糖的，踩凳子扔石子你打我叫的……闹闹哄哄，干什么的都有，很乱。这个时候，就需要来一两个前戏段子镇一镇了，镇得住，以后开演正戏就有效果，镇不住，演正戏的时候，可能更乱，甚至出现退场，或是闹场，最后被喝倒彩，收不了场。

关于如何控制场面，阿虎他们是很懂行的。怎么懂行？就那样，锣鼓一阵高潮之后，猛然骤停，在场的观众一下子静了下来，都看着那木偶戏台，等着动静。这时候，幕布徐徐拉开……但戏台上是空的，没有人影，只有布景。

——这是怎么回事？台下的观众纳闷了：光空布景让人看什么？

就在人们被吊足了胃口的时候，一阵弦乐起了个头，紧接着，一迭声：

“小小马儿五尺长，

爬高落低奔四方……”

唱响了，高亢而又辽远，收住了观众的心。这以后，这唱“小小马儿”的村姑才出了场，摇着花手巾，边唱边舞，引得台下一片叫好。

稍后，再出来一个骑着马的小生，跃马扬鞭，跟着唱，然后，又出了两个丑角，打着浪伞，舞着扇花，几个围成一圈，将村姑围在中央，村姑领唱，众人和唱，载歌载舞，一片欢天喜地的样子……

这台上欢喜，台下也被感染，欢腾了起来。因为这村姑的歌声实在好听，不仅有磁性，还抑扬顿挫婉转悠扬，犹如黄莺出谷，实在令人陶醉不已。这“陶醉”怎么表现？就是情不自禁地跟着唱！这就好，到了这马灯调“小小马儿”的演出高潮，每当台上村姑唱一句，台下就一句“哎嘿咙咚哟”地呼应；再唱一句，就再跟一句“哩嘻嘻，哎嘿咙咚哟”……到了这地步，台上台下都快融成一片了！一直到了幕布落下，村姑没了影了，台下跟唱的，还意犹未尽，叫着“哎嘿咙咚哟”……

“那村姑，出来唱——”

突然，台下有人叫了一声。很快，这人叫声未落，许多人都跟着叫了，“出来唱，出来唱……”的喊声响成一片。

于是，腊梅就出来，现身了，朝着场子鞠躬：

“谢谢大家，谢谢……”

腊梅她这一现身，又引起了一片不小的轰动。

“怪不得这么好听，”场子前头的一位老太说出了声来，“原来是人长得好看，真是一个天仙一样的小姑娘！”

这位老太的赞叹，又引发一阵叫声，“唱一支，唱一支”的喊叫声此起彼伏。

这可让腊梅感动了，她又鞠躬了。

“谢谢，谢谢大家。”腊梅说，“要是大家喜欢，我就唱一支《腊梅花开》，好不好……”

“好！好……”

场子里的人哇地叫起好来。

就这样，戏台后的阿虎敲了几下鼓，一抬手，其他几个就拉琴的拉琴，拨弦的拨弦，吹笛的吹笛……前奏起了。

前奏过后，腊梅就唱了：

> 腊梅花开，煞是冷清清唉，
> 大小过年，哎，大小过个年，
> 新做衣裳啊，过年依幺花带吆。
> 金钗子嗳，插在中间；
> 银钗子嗳，插在两边……

……腊梅的这一《腊梅花开》，唱的就像自己的心声，委婉如绵言细语，抑扬如莺声出啭，简直出神入化，把所有的人都吸引住了。

等到一曲终了，全场仍是鸦雀无声，似乎依然沉醉在那如诗如画的意境中……

——也正因为有了上午那一场在白泉十字街叶圣地崇圣宫出堂会之后的好心情，阿虎、腊梅他们几个决定趁热打铁，就赶着往县城的城隍庙走，要再出一会好彩，没想到，却让几个黑皮狗连敲两次竹杠，损了钱，又坏了好心情，只好穿弄堂，走小巷，绕着圈子走了。

就这样，他们绕着绕着，好不容易绕出了一个弄堂口，到了城隍庙庙门外的广场，抬眼一看，傻眼了——赶庙会的人是多啊，摩肩接踵人头攒动的，黑压压的一片连着一片，可摆木偶戏台的好站口却早已让几个押宝的、掷骰子的、抽竹签赌牌九流动赌摊给占了，就是稍差一些的街口两边，也已排着一长溜的吃食摊，什么卖拖黄鱼的，炸油墩子，油氽米糕的，煮油豆腐线粉汤、馄饨、面的……都占着人头旺的地盘，阿虎他们连下脚的地方都没有了！

没办法，来也已经来了，只好凑合了。于是，他们就到了一个较为冷僻的弄堂口，卸了担，赶紧搭台架幕，准备鸣锣，招徕观众。

但就在这时候，几个黑皮狗出现了，挥着警棍大声吆喝。不过，这一次，警察不是冲着他们来的，而是要驱赶三三两两地挤在人群中沿街乞讨的叫花子。阿虎他们几个一看，没事，就继续忙自己手里的活了。

在阿虎他们忙的同时，腊梅蹲着，正忙着将杖头撑到一个个木偶上，撑了一个又拿起一个，但就在那时候，她耳边忽然飘过一个是曾相识的声音……那声音很轻，但很清晰，既凄惨，又伤悲……

——是谁？

腊梅心头猛然一震，就停下撑杖头的手，站了起来，循着声音传来的方向，四下环顾，看见几个警察正围着人影驱赶。

那声音就是从那个方向断断续续地传来的：

“求求你，求……求……不要抓我，求求大老爷，我……屋里男人死了，好几年了，我母子两个，几天……没有饭吃了……”

“滚滚滚！”那是警察的声音，“讨饭也不看看日子，今天是啥个日子？快滚——”

“求求你啦……”那是一个有气无力的女人的声音，“快，跪下来，一道求求警察大老爷，让讨口饭吃；快，跪下来，阿平，求求老爷，开个恩吧……”

——阿平！

腊梅一听，心里一阵酸痛，身不由己地跑出几步，又站住了——她看到了一个衣衫褴褛、佝偻弯曲的女人的身影，披头散发地跪着，在哀求驱赶她的那个警察。在那女人的身旁，一个瘦弱的身躯也跪着，拜在地上，连连磕头……

——那又瘦又小的男小囡，真是阿平吗？

是阿平……还有，在阿平身旁，正被警察拉起，推搡着，跌倒了，又爬起来的，是阿母……荷花！

“这里是你讨饭的地方？”那警察一边推，一边高声嚷：“你骨头痒了，想要吃生活是不是？快滚——”

腊梅看不清了，因为，泪水已经迷蒙住她的眼睛。她想上前，但不知为什么，脚好像扎了根似的，僵着，一步也迈不开，她也想呼唤，但喉头哽塞着，一个字也喊不出……

等她睁开眼睛，朝那个方向望去，满眼都是晃动的人影，但荷花和阿平，已不见踪影！

端午这天下午在城隍庙唱的杖头木偶戏，跟上午在白泉十字街叶圣地崇圣宫演的，完全可以说是冰火两重天了。

为什么？市口是一个问题，但更重要的，是心情。

那腊梅，整整一个下午都心不在焉的样子，不是忘了调，就是拔不上音，那铁匠老张好是着急，一个劲地使眼神摆手势，但腊梅还是那种神情恍惚的样子。但好在戏还是按部就班的唱了，钱也赚了点，可以了，天一晚，阿虎他们几个就草草收摊，相互道别，各奔东西，回自家的住所了。

在回家路上，看腊梅低头迷思不言语，阿虎问了好几遍，见她就是不开口，也就不敢再问了。到了他们临时借住的两间板条搭建的小屋子，看到腊梅心事重重昏昏沉沉的样子，水仙也感到奇怪，就问阿虎出了什么事，阿虎答不上来，于是，水仙就直接问腊梅。

没想到，这不问还好，一问，腊梅哇地一下哭出声来，掉头就朝自己屋里走，一进门，就扑在床上，抽泣着，无声痛哭，无论水仙和阿虎两个怎么问怎么劝怎么安慰，都没用。

这一晚，腊梅夜饭也没吃，水仙早已准备好的一桌饭菜，就她和阿虎两个人埋头吃，也不说话，就怕惊动屋里躺在床上的腊梅。

就在水仙和阿虎两人吃饭吃到一半的时候，腊梅出来了。

“饭都凉了，”水仙看着两眼红肿的腊梅，说，“快吃吧——”

“我……”腊梅想了想，说，“阿姐，我等一歇吃，先出去一趟。”

“这么晚了，要到哪里去？”

“我……出去一歇歇，就回来。”

“天色晚了，要不要我陪你一起去？”阿虎放下碗，问。

“不了，阿虎哥。”

腊梅说着，就推开门，走了。

五月的天，夜里还是有些凉的。但腊梅跑得急，刚跑到小巷子口，身上已是汗湿淋淋了。出了巷子，她就直奔城隍庙。

到了城隍庙，那里还有夜市，到处都点着灯，有的是汽油灯，有的是煤油灯，和白天差不多一样人挤人、肩碰肩的，但腊梅顾不上这些，就往人多的地方走，一边走，一边探寻，见着在人群中站街乞讨的，就上前看……但找来找去，庙内庙外都找了个遍，老老小小的乞丐见了好几个，就是没有荷花和阿平的人影。

找了好一会儿，腊梅彷徨了，退一软，就坐在大门前的台阶上，还不停地四处探望，很焦虑。

在城隍庙里是找不到了，那就到庙外去找。这样想着，腊梅就站了起来，下了台阶，一路走，就上了前街。

过了大石桥，再沿着后街走，一个一个夹弄探，一个一个门洞寻，一直走到后街的尽头，问过好几个本地的街坊，但，还是一无所获。

这时，已过二更了。

但腊梅还是走，还是找……最后，到了三更天，在仓河头祖印寺弄旁边的一堵断墙下，借着微弱的月光，她终于瞥见两个一大一小蜷缩在一起的人影，那可是……多么熟悉而又陌生的身影啊！

那两个人影尽管迷迷糊糊的一动不动，倦在棉被筒里，但腊梅看得清，看得真真切切，看得……热泪盈眶！

她轻轻地走了上去，轻轻呼唤：

“阿母——”

她的呼唤声很轻，轻得几近耳语，但还是犹如晴天霹雳，把那两个蜷缩在一起的人吓了一跳。

“别，别……”那女人连连后退，躲闪着，“别赶，别赶……我们走……”

“阿平！”腊梅又上前一步，道。

“你……你是谁？”那男孩揉着眼睛，躲闪着，问。

“阿平，我是阿姐啊！”腊梅哽咽着，叫道，“阿母，我是……腊梅……”

“阿姐……”阿平叫出声来。

“阿平，我的阿弟……”腊梅哭了，紧紧抱住阿平。

“腊梅？”荷花似乎还不相信，凑近，问，“你真是腊梅？”

“是的，阿母，我……是腊梅！”

“腊梅，你……怎么还……认得我？”

“认得，你是阿母，你是……我阿母……”

腊梅转向荷花，伸出另一只手，拉住她的手……三个人，因故失散多年的母子三人，就这样，紧紧地搂在一起，悲喜交加，相拥而泣……

半夜已过。当腊梅推开门，就见灯还亮着，水仙和阿虎还等着，坐在摆着饭菜的桌子两旁，抬起的腿又退了下去，有点发愣地站在门口。

见腊梅回来，水仙就心急火燎地迎上前去，刚想问话，但一见腊梅身后还跟着一老一小两个人，就把要问的话缩了回去。

“阿姐，这是……”腊梅犹豫着，说，“这是我阿母……”

水仙先是一愣，愣了好长一段时间，过后，转而又看看腊梅，看着腊梅脸上真诚而又有所期待的眼神，就回过神来了，堆着笑，迎了上去。

“是阿母？是腊梅的阿母？”水仙说，“快，阿母，快进屋——”

“还有……”腊梅转过身，把阿平拉了一下，“水仙姐，这是我弟弟，阿平。”

“阿平？我晓得，我晓得，”水仙一把拉过阿平，说，“快，快进来。阿平，你……饭还没吃吧？”

“嗯，”阿平怯生生地回答，“没……吃，好几天了。”

看着这情形，阿虎明白了，憋了整整一个下午的谜底，终于解开了，就走上前来，把荷花和阿平引进屋子。

“快，快，”阿虎说，“进来，快吃饭！噢，不，等一歇，坐一坐，我先去把饭热一热——”

就这样，稍稍过了一会儿，阿虎就把热好的饭菜端了上来，这久别重逢的母女、姐弟三人就围着桌子，深更半夜的，在一个桌子上，吃饭了……整整四年了，这是一顿什么样的团圆饭啊！

一旁，水仙、阿虎都陪着，不说话，就看着那母子两人狼吞虎咽地扒饭，腊梅在一旁不停地夹菜，往两个人的碗里添，看着看着，不声不响的，两个人相对一望，鼻子都酸了……

这一晚，水仙睡不着，翻来覆去的，怎么睡，都没法闭上眼睛。而她身边的阿虎却一倒头就睡死了，想跟他说说话，推了他了好几次，也没推不醒。

快到五更头，水仙实在睡不着了，就起身下了床，出了自己的屋门，到隔壁那间腊梅睡的屋子，想看看她们母女、姐弟三人睡得怎么样，于是就轻轻推开那扇门，把脸探了进去。

没想到，一探头就见腊梅坐着，在黑暗中，就坐在她阿母和阿弟睡的床旁边的地铺上，暗自流泪。

一见腊梅如此，水仙心疼了，就走上前去，蹲下身子，扶着她的肩膀，摇了摇，轻轻地问：

“腊梅，我的好妹妹，你怎么了？”

“阿姐，我……”腊梅呜咽了，“我心里……难受。”

"嗨，我也难受啊，可是，再难受，也要睡觉啊。"

"阿姐——"

"唔，怎么了？"

"你也睡不着？"

"你难受，阿姐我也难受；你睡不着，我怎么睡得着？"

"阿姐，我想……和你说说话。"

"好啊，到我屋里头去说……"

"那不行，那不要吵醒阿虎哥了么？"

"不会。他一睡，就像死猪一样，吵不醒。"

"真的？"

"真的！我什么时候骗过你？来，腊梅，快五更头了，冷清清的，别着凉，穿上衣服——"

……就这样，水仙和腊梅这两个萍水相逢的好姐妹，就在水仙的屋里，在睡得真像"死猪"一样的阿虎床边，说了好长时间的悄悄话，一直说到天亮头。

以下，就是她们两个说到天亮的话——

"哎呀，腊梅，怪不得阿虎一回来就说，腊梅这个小姑娘不晓得怎么了，下半天和上半天就像变了一个人一样，活灵头都没有了，唱起戏来，就像逐魂头介一个……"

"阿姐，你不要讲了……"

"怎么不要讲？你这个丫头，心里有事体，要讲出来的呀！我是你啥人啊？患难姐妹呀！"

"阿姐，我……是想讲的，但想想要讲，想想，又讲不出口了。"

"怎么讲不出口？"

"怕你讲我……"

"讲你什么？"

"怕你讲……这个阿母对你这么狠心肠，你……还认她做什么。"

"是啊，我一看见她站在屋外头，脑子里的火一下子冒出来的，就想，这个雌老虎后娘，真是铁石心肠，一次次地把腊梅朝火坑里推，几次三番把腊梅卖了人家做童养媳，腊梅领她来做啥，不是作死啊？"

"你真的是这么想？"

"是啊。"

"那么，后来……"

"后来，一看你，看到你凄凄楚楚看着我，泪汪汪的样子，我的心扑通扑通跳了，哎呀，腊梅真是个菩萨心肠啊，真是性格生成，落雨清淋，啥人要讲你不好，天要打的。"

"阿姐，也不是我心肠好……"

"不是心肠好，那是什么？"

"我……不晓得。"

“你呀，傻丫头，自己的心肠到底是什么做的，也不晓得。”

“我只想……我出来几年了，也没去想过我阿母阿弟日子怎么过的，一看到她两个在讨饭，还被警察打，蜷在人家墙角落里，饮露餐风，我……我……”

“好了，好了，不要难过了。”

“我有饭吃，和阿姐、阿虎哥一起开开心心，可阿母……做了叫花子，还有……阿弟，十五岁了，还这么瘦，这么小，我……心里痛……”

“好了，不哭，我的好妹妹。”

“我真的心痛，阿姐。”

“我晓得，我懂腊梅的心。我的好腊梅，心是水做的，又是金子做的，是一个菩萨心……”

“不是，”

“那是什么做的？”

“肉做的……”

“噢，我也要哭了……唔，真是我的好妹妹……”

“阿姐，你……别哭呀……”

“我……没哭，我开心。真的，开心。”

“阿姐……”

“嗯，你说——”

“我想，我……”

“好了，腊梅，你的阿母就是我的阿母，你的阿弟也就是我的阿弟，我们两个好姐妹，颠沛流离是一家。”

“可我……也不想连累你和阿虎哥。在我最难过的时候，你们已经……帮我太多了……”

“你怎么分起你我来了？”

“不，不，阿姐，我不是这个意思。我是说……我已经不是一个小姑娘了。明年我就二十了，现在，阿母、阿弟都找到了，一家人团聚了，我……该带着他们回家了。”

“你不是说过，出来以后，就再也不会去了吗？”

“我……是说过的。”

“可现在，你怎么又想回去了？那可是你的伤心之地啊。你在那个家，从小到大，过得都是什么日子？”水仙叹了口气，又说，“你想想，你的那个阿母，狠心的后娘，对你不是打就是骂，一口一个扫帚星、白虎星的，把你卖了又卖……你想过没有？”

“我想过。可是，现在……不一样了。”

“怎么不一样？”

“她……老了，不管怎么样，她……做过我的……阿母。”

“唉，腊梅，腊梅，我的好心肠的好妹妹啊！”

“阿姐，我真想跟你在一起，一直……在一起！”

“我也真舍不得你呀，好妹妹……”

“唔，阿姐……”

“好了，好了，又哭了。你这一哭，又把我的眼睛哭酸了。你好好想想，你回家，日子怎么过？你看看你现在这个阿母，讨饭讨了这几年，年纪不算大，身子却佝偻了，眼睛也看不清了，还能做什么事？”

“是不能做事了，所以我要……养她，养她到老。”

“你要想好，腊梅，好好忖忖。你一定要想好，要好好想。我晓得你勤俭持家，能吃苦耐劳，做什么像什么，样样都能拿上手来，但你毕竟是一个姑娘家，家里又没有兄长，现在又在打仗，要撑起一个家，咱女人……”

“我阿弟阿平……会长大的。”

“阿平长大，要几年啊？有句老话说，多嚼出滋味，细忖出主意。你要想好了，不要急着去做……”

“我能，阿姐。”

“真的？”

“真的。”

“你要好好想想啊。”

“我已经想过了。”

“想过什么？”

“想……想做一个好女人。”

“唉，腊梅……”

“阿姐，你不要哭；你哭，我难过……”

第二十九章　安家

正在这时，天亮头了，一直躺在床上一动不动的阿虎忽然出声了：

“真是万贯家财勿算富，一分仁义值千金啊！腊梅，你真是个孝女啊！”

“你怎么醒了？”水仙问阿虎，“你什么时候醒的？”

“早醒了，”阿虎一跃而起，走到两人跟前，“我一直在听，腊梅，我服了你了，这么小小年纪，又没读书认字，怎么会懂这样的善行啊，真是天地良心，到处通行！腊梅，你好心一定会有好报的！善女，天下少有的善女……”

“阿虎哥！”腊梅不好意思了。

“你打什么岔呀！”水仙对阿虎说：

“我还没答应腊梅走呢，你倒先点起头来了。这不是一件小事情。”

“不管腊梅想怎样做，我都赞成。”阿虎说，“如果腊梅想留下来，就像水仙说的，我们是一家人；如果腊梅想回祖上老家，不想像我们这样颠沛流离，四处跑码头的讨日子过了，我们也是一家，你水仙是阿姐，我是姐夫，我两个和腊梅，离得再远，也断不得亲眷路……”

“真的？阿虎哥？”腊梅跳起来，问。

“真的。”阿虎回答，“要是你想好了回家，腊梅，我就挑着担，和你水仙姐一起，送你们娘三个一起走，顺便，我们也走一走，走亲戚……”

“真的谢谢你，谢谢阿虎哥……”腊梅流着泪，笑着说。

“要走，也不能马上走，”水仙说话了，“先要好好商量，腊梅回家后日子怎么过，另外，看看腊梅她阿母，还有阿平，都成什么样了，从定海到东沙，要在海上颠簸，又要走陆路，还能走着回家吗？要先洗一洗，养一段日子，换一身衣服，像个样子了，才能走。”

“水仙姐……”

腊梅说不出话了，一头抱住水仙，感激的，又哭了……

立夏过后五天，风不大，是个不冷不热的好天。

那一天，阿虎挑着担，后头跟着换了一身新衣衫的阿平，腊梅和水仙一边一个扶着梳洗一清，但走路还有些蹒跚的荷花，离开南门街，朝北走，一直走到干乡北岸，到了上下圆山之间的西码头。

到了石埠头，腊梅接过阿虎挑的担子，与水仙、阿虎挥泪惜别，随后，挑起担，领着荷花和阿平，一起上了一条驶往东沙的帆船。

原来去东沙诸岛的船都在县城南岸的三北码头停靠，路要近得多，但现在那里被军队封锁了，成了军事禁区，只停军舰。

水仙和阿虎原来说定要送腊梅她们母女三人去东沙的，但腊梅决意不肯，说现在正在打仗，兵荒马乱的，这一来一去要好多天功夫，不能因为自己回家乡，耽误两人的营生。

就这样，腊梅带着她的阿母荷花和阿弟阿平，在阔别四年多之后，终于要回去，回到那个东沙北面临近东山嘴的村落——峙盘村……

船一靠近东沙港，一看，简直和定海一模一样，全是铁丝网，全是军事防御工事，特别是在金鼓山面朝海湾的山坡，远远望去，一个个碉堡连成一线，那些射击孔就像一个个黑咕隆咚的大眼睛，就盯着东沙湾。这下好，船就是到了东沙湾，也进不了码头，因为码头已成为军事禁区，有荷枪实弹的士兵守着，有铁丝网封着，什么船都不能靠，什么人都不能上。

于是，到了东沙，那艘载客的帆船也只能在东沙湾边上的一处礁滩下了锚，所有人只好爬下船，脱了鞋，卷起裤腿，下海，涉水上岸。

就这样，腊梅挑起担子，荷花与阿平各自背着大包小包，三人相互搀扶着，涉过浅滩，终于上了岸，然后走走停停，走了好几里地，过了黄昏头，就要到夜晚头的时候，终于摸到了自家的家门。

那个所谓的“家”，房子还在，但已经东歪西倒、墙裂瓦碎、四面穿风了。四年多没了人烟，家还能像“家”？

就说地上的尘土吧，已经积得和野地里的一样厚了。幸好，腊梅担子挑的被褥没给海水完全浸湿，于是，这一夜腊梅点着一盏油灯，吃了点路上带的米糕，简单地收拾了一下床，铺开被褥，就与荷花、阿平三个蜷缩在一起睡了，准备明天天亮了，再好好收拾屋子。

第二天一早，“腊梅带着失踪多年的后娘荷花一起回来了……”的消息就传遍了整个峙盘村。腊梅回家已是夜晚头了，没惊动任何人，人们是怎么会晓得的？就是那盏灯。腊梅那个家，自荷花带着阿平走了以后，就一直没亮过灯火，昨天夜里突然亮了灯，谁见了不打个问号？

所以，天还刚刚亮，住得最近的宁波阿婆第一个来，想看个究竟，昨夜到底出了什么事情，一见是长大成人的腊梅，真是又惊又喜，就搂着腊梅，一会儿老泪纵横，一会儿笑逐颜开，问长问短问个不停。

不一会儿张家阿公来了，陈家大阿嫂来了，阿五叔来了，王宝成也来了……整整一个上午，基本上半个村子的人都来过，有些还都带了一些吃的、用的，甚至还有背柴爿和铁锅的，就希望能帮着腊梅尽快安下家来。

但就没人和坐立不安的荷花多说话。几年不见，荷花已衰老得可怜，并且两只手哆哆嗦嗦的，腰也挺不直，看着谁也都好像认不得了，尽说些前言不搭后语谁也不明白的废话。

昼过，林德泉也得知腊梅回家的消息，就差了一个牧童过来，说让腊梅到林家村去一次。

林家村是林德泉的老家，有一个大宅院和二十多亩地。林德泉的渔行栈还还在东沙镇开着，但自那次被日本人关了二三个月，被拷打得半死不活，身体垮了，日本投降后，渔行栈得以重新开张，但他很快就把渔行栈交给他大儿子经营，自己就回老家，养老了。

几年前林德泉在海上被日本兵的巡逻艇抓获，就想，恐怕要死在日本鬼子的手里了。因为私通游击队是死罪，而且在被掳获的那条船上，确实被查出整整一底舱的大米和盐，按日本人和那些维持会的治安队汉奸的说法，是人赃俱获，如果不招供，不供出几个同伙和游击队的藏匿之处来，是要枪毙的。

但林德泉哪会招供，那可是一个事关民族大义、民族气节的大问题啊！但也不能死顶硬抗，因此，他就承认是走私，但没通游击队，无论怎么关怎么用刑，就一口咬定，至死不改。这是一种很有效的策略，因为他本来就是一个商人，“无商不奸”嘛。后来，又经几位很有威望的本地士绅出面说情，日本人犹豫了，不杀，但人也不放，案子就这么一直拖着。

没想到，过了三个月，美国人在日本扔了两颗原子弹，日本天皇陛下宣布无条件投降，国民政府接管地方政权，他被放了出来。那时候，林德泉差不多也就剩下一口气了。

但也就是那一段经历，再加上他数年多次出生入死、秘密资助游击队，确实抗战有功，县政府据此呈文，逐级上报，一直报到南京，被认可，授予银质八角形“抗战胜利奖章”一枚，并附获奖证书，上书“功在国家”四个大字。

胜利后，林德泉曾出任东沙镇商会会长一段时间，但不知什么原因，没出一年，就告老还乡，荣归故里了。

这一天，也就是回家后的第二天，林德泉差人来叫的时候，腊梅正一趟一趟地从村边的溪流往家里挑水。家里原有的水桶早就散成一堆木片了，那两个水桶是问邻家借的。一听二公公让人来让她去，腊梅赶紧提起水桶往水缸里倒，完了，就擦了把脸，稍稍拍了拍身上的灰尘，整了整衣服，匆匆往林家村走去了。

林德泉家的宅院还是祖上四代从宁波迁过来的那时候建的。

但原来没这么大，也没这样有气势。到了他父亲那一代，因经营船运赚了一些钱，开始翻修。但这翻修几乎是推倒重来，前前后后、断断续续地花了十多年的时间，到了林德泉当家了，才彻底完工，才就有了现在这样的规模。

这宅院一进两院，很深；又三坊一照壁，很宽。这一进两院好理解，就是前后院。那三坊一照壁呢，即主房一坊，左右厢房二坊、加上主房对面的照壁，合围成一个三合院。整一个宅院都石砌勒脚，墙面抹灰，墙角镶砖，青瓦铺顶，外观朴素而又庄重。这三坊还都是两层楼房，上上下下房间多，所以，尽管他的两个儿子都已娶亲，成了家，但都和林德泉住在一起，没分家。

林家大院的正门还有个门楼，是砖拱式的，中间高两边低，像个牌楼。

当腊梅到了林家大院的门楼前，见那门是半掩着的，于是就上前轻轻一推，门开了，跨进一步，刚一抬头，正望见她二公公就坐在正朝大门的一把椅子上，远远的，脸就对着她。一见是腊梅，林德泉站了起来，向她招手。

一看到多年不见的二公公，腊梅内心一阵酸痛，急急错步上前，叫了声“二公公……”，就伏在林德泉肩头失声哭泣，什么话也说不出来了。

“好了，不哭，不哭……”林德泉自己老泪纵横着，却劝说着，“再苦再难也过来了，我们一老一小两个都活着，祖孙见面，要开心啊，要开心才对。”

“我……开心，”腊梅抽泣着，说，“我开心，二公公……”

“好，好，快让我看看，好好看看，几年不见，我的小腊梅长成什么样了。来，坐下来，坐下来——”

“你坐，二公公，你坐——”

腊梅应着声，先扶林德泉在椅子坐下，自己还站着，泪流满面地看着林德泉。

“好，好，”林德泉看着腊梅，叹道，“几年苦日子没有把你逼垮，还越来越挺拔，越来越好看了！唔，腊梅，腊梅，真是‘恐是凝酥染得黄，月中清露滴来香’啊。”

“二公公……”

腊梅虽不懂诗，但晓得是在夸自己，有点不好意思了。

“好，不讲了，你看看你脸红的样子。好，就自己讲讲自己，你逃出去后——啊呀，怎么又讲‘逃’字了；不是逃，是……”

“是逃，二公公，我是逃出去的。”

“唔，是逃啊，不过逃也不是坏事，一个人被逼得走投无路了，没活路了，逃，也是出路啊。你真是一个烈性小姑娘，有骨气，一片天压在头上，你也顶得住，二公公佩服。那么，这些年，你是怎么过来的？”

“和水仙姐，还有阿虎哥在一起……”

“就是那个长虾湾岛做送嫂的水仙？”

“是的，就是你见过的那个水仙。”

“唔，不错，水仙是一个重情重义的女人家，虽然和你非亲非故，这样帮扶你，了不起。那么，你们在一起怎么过日子？”

“嗯，平时我就挑着货郎担，走街串巷，卖些小零小碎的东西，针线、剪刀、零头布……还有蝴蝶结、橡皮筋什么的，一等过年过节，或者大人家有堂会，我就和阿虎哥他们几个去演演杖头木偶戏……”

“你也会做下弄上？”

“不会。我就在台下面唱，他们演什么，我就唱什么。”

“噢，不错不错，我是听你阿爹讲过，你唱戏唱得真好听……唉，你阿爹，也死了五年了！他这个人，活着的时候稀里糊涂，一世戳白币，自己女儿也不当骨肉看，把你送来送去，真的死了……这个阿侄啊，我心里总有点痛啊！”

“二公公——”

“唔，你想讲啥？”

“这么些年，你……”

“不讲了，不讲了，一讲就胸闷——那次，让日本人捉了，关进牢监，严刑拷打，打得我死去活来，我总想活不过来了，死掉算了……啥人想到，日本人气数已尽，三个月不到，日本人吃了两只原子弹，投降了，我活着出来了！真是天数啊！哎，腊梅，我给你看样东西——”

林德泉说着，就起身走到供着佛龛的长柜前，拉开抽屉，取出一只精致的礼盒及证书，递给腊梅。

“你看，”林德泉很自豪打开礼盒，说，“看看你二公公得的奖章，看，是‘抗战胜利奖章’啊，是南京国民政府颁发的，‘功在国家’！你看你看，还有证书，看看下面的两个大红印章——”

“二公公，我……不识字……”

“唔，我念给你听——一边是‘荣典之玺’，一边是‘国民政府印’——我坐了日本人的牢，大难不死，还当上了抗日功臣啊！”

“我真为你高兴，二公公！”

“唉，也不要太高兴了。照理说，抗战这么多年，胜利了，应该改天换地了，可现在你看看，还是老样子，还是一帮乌龟王八蛋当道，腐败啊！更令人气愤的，抗战期间，全民同仇敌忾、共同抗日，可日本一投降，千孔百疮的国家不好好建设，曾经的兄弟国共怎么就打起来，就兵戎相见、骨肉相残了，这世道啊！不过，国民党也太腐败了，就晓得刮民脂民膏，败了也好，我们中国，也该改朝换代了。现在，只求这一仗快有个结果来，让百姓安定下来。”

“二公公……”

“唔，你看我，一说就说个不停，好了，我不说了，你说——”

“阿成……你晓得……他在哪里吗？”

“唉，阿成……我也一直在打听啊，可这么多年，兵荒马乱的，一直打听不到确切的消息。”

“二公公……”

“别哭，腊梅，不要哭了。抗日那几年，这东海，有好几路游击队在打日本鬼子，有中央军的，有抗日自卫队的，有忠义救国军的，有共产党的……阿成没死，那是肯定的，要不，给包成虎那伙治安队抓了，肯定有消息。阿成没被抓，就是去找游击队了，可找上哪一路游击队，就……”

“二公公！”

“你别急，腊梅，有人说前几年曾在四明山共产党的根据地，见过有个人有点像阿成，还背着一把驳壳枪……”

“真的？”

“也说不准。阿成走的时候，才十七八岁，还是个毛头小子；有话说，黄毛丫头十八变，这男小囡就不变了？男小囡变成男子汉，怎么认得准……”

“那个人……没跟阿成说话吗？没问起他是哪里人吗？”

“没有，就打了个照面，那个像阿成的，就带着队伍下山了。”

“那以后呢？”

“以后……快了，腊梅，快了。共产党的电台里广播了，国民党节节败退，上海、宁波、镇海都让共产党打下来了，现在大势已去，解放军大兵压阵，很快就要攻打定海了。如果定海打下来，阿成真是参加了共产党的解放军，就一定会有消息的。”

“真的？二公公？”

“真的……我也讲不清，就一步一步看吧。噢，对了，闲白值讲了这么多，正经事体倒忘记讲了；我叫你过来，是想问问，你是怎么找到荷花的？你把你阿母一起带回来了？”

“是的，阿母前几年到大鱼山岛去找他阿哥，被他阿哥阿嫂赶了出来，后来她和阿平举目无亲、走投无路，只好到处流浪讨饭了。我在定海县城找到了阿母和阿平，就和她一起回来了。”

“真是好小囡啊！荷花那么样子虐待你，你长大成人了，还认她阿母，真是以德报怨，以德报怨啊！”

“二公公，不管怎么样，她还是……养过我的……”

“好，好。那么，你娘几个今后日子准备怎么过？”

“还没完全想好。现在先要安顿下来，安顿下来后，屋里又没有田，又没有船，就想做点小生意，自己做点鱼鲞咸蟹虾干，挑到镇上去卖。”

“卖鱼鲞咸蟹能赚几个铜钿？这样吧，我屋里大儿子家耀，也就是你堂阿叔，现在在做渔行栈老大，我已经安排好了，你每天早上就到镇上去，到他那里批点新鲜海货，就在前塘街上摆个鱼摊，让你阿叔给你挑个好一点的摊位。新鲜的鱼虾好卖，赚头也好，不要多，要细水长流，一个上午卖掉就收摊，当昼过一过就好回家。你阿母讨饭几年了，大概人也不像人鬼也不像鬼了，你阿弟还小，也要有个照顾。

你看，好不好？”

“二公公，我……怎么谢谢你呢……”

“唉，谢什么谢？你是我的侄孙女，一笔能写出两个林字来吗？”

“好的。”

“至于做生意的本钱……”

“我有，我有一些；我唱戏，赚了一点钱。”

“好了，摆鱼摊，是要有点本钱的。我这里有十块银圆，不是金圆券，值铜钿的，你拿去做本钱吧。”

“我……二公公……”

“好了，真还像一个女小囡，你看看，又哭了。好，还有一桩事情，我已经帮你请了一个木匠、一个泥水匠，等一歇跟你一起回去，用个几天辰光，把你屋里那个房子好好修一修。唉，几年不住人了，肯定不像样子了。嗨，老吴师傅，阿三师傅——”

林德泉一声唤，不一会儿，两个短工模样的男子就闻声走了进来。

“老吴师傅，阿三师傅，这就是我孙女腊梅，”林德泉看着那两个人，开始吩咐，“你们两个现在就跟腊梅到峙盘村，到她屋里去看看，看看那幢几年不住人的房子坍的怎么样了，怎么修，要用多少料，先估一估，回头跟我说。”

“好的，林老大。”那老吴师傅说。

“那好，腊梅，”林德泉转对腊梅，说，“我也不留你了，就领两个师傅过去，早点把房子修好；修好了，安居了，就可以安心做生意了；安居乐业，安居乐业，安居才能乐业，对不对？”

荷花这么多年后重回故里，就像倒了一个个，哪还有曾经的“癞老戎”的影子，看到腊梅，就像见了活菩萨，老跟在后头，一见腊梅要做什么，就抢着做，一口一个“腊梅，我来”“腊梅，你累了，你歇歇”的，弄得腊梅很不好意思。为啥不好意思？腊梅也说不清。后来，看看荷花脸上有点气色了，腰也能挺起来了，慢慢的，腊梅就把烧饭煮菜洗衣那些家务活就让给她做了。荷花一看腊梅让自己做了，快活得不得了。

谁说讨饭三年，做官也呒心相？腊梅的阿母荷花，不是有了心相了么？

一段时间过后，阿平也敢出门，和他那些差不多年岁的男孩一起玩了，不像刚回家的那些日子，就老躲在家里，不敢出门，一看见有人来，或有狗叫，就钻进柴屋，半天不见人，像生过脑膜炎一样。现在的阿平，不再是那个勾头缩颈的样子了，脸上有肉了，身体结实了，力气也有了，能挑水，也能上山砍柴了。

屋里的房子，现在抬高了十来寸，窗子也都是新做的，比阿爹在的时候亮堂了许多。而且趁着翻修，又新僻了一间灶火间，原来的灶火间改成一个耳房了，屋子大了许多，也气派了许多，像是一个“家”了。

既已安居，腊梅就能放心地到镇上去摆鱼摊做生意了。

在镇上前塘街摆摊，腊梅的生意也越做越顺手，甚至要比其他的鱼贩要好出不少。为什么腊梅会比其他人做得好？这是因为她进货时间掌握得好，有一个时间差在里头。

一般的鱼贩都做“夜潮头”。将近夜晚头，渔船到码头，夜潮货来了，那时渔行来不及收，就轮到鱼贩捡漏着了，私下向船老大要些货。但时间已晚，前塘街是没有夜市的，要等到隔天一早才能设摊卖货，可惜那时鱼已经不新鲜了。

不过腊梅不一样，她能进到“日潮货”。“日潮货”一到，她堂阿叔家耀带着一帮渔工抗着竹杠提着圆篰篮到码头上去收鱼，就会带上腊梅一起到渔船边上，看到新鲜的、挺括的，就往腊梅的圆篰篮里扔。腊梅要得不多，一圆篰篮就够。不一会儿，腊梅就能提着圆篰篮到自己的摊位上开秤了。

这时天刚亮，是渔市最热闹的时段，人头云集，尽是一些提篮买菜的阿婶、阿嫂、阿婆，她们挑起鱼来的眼光啊，飒飒亮！别的鱼贩的鱼都是昨晚渔行收剩的“夜潮头”，腊梅圆篰篮里的鱼是刚出船的“日潮货”，透骨新鲜格，两相一比较，销路的好坏，便可想而知了。

而且腊梅待人客气，说话细声细气，亲切可人，不像别的鱼贩，叫起卖来吆五喝六，杀鱼刀挥来挥去，像个“造孽棚”。并且腊梅做生意从不短斤缺两、以次充好，人缘极好，所以，那些阿婶、阿嫂、阿婆一到渔市，总先挤到腊梅的摊位前，什么黄鱼、鲳鳊、红绿头，青蟹、白蟹、石斑蟹，都抢着往自家菜篮子里放。

所以，常常一到早半晌，腊梅就收了摊，把圆篰篮往仓房里一放，然后到堂阿叔渔行的账房先生那里结账算了钱，就可以往回家的路赶了。

这一天早半上，腊梅的鱼摊前还是那样人挤着人，争先恐后地抢着买她圆篰篮的新鲜鱼蟹，腊梅忙啊，忙得额上的汗直往下流。但她连擦汗的功夫也没有，就忙着拣鱼、秤鱼、收钱、找钱。那些比较大的鱼，如条鳓鲥鱼，足有十几斤重，还要用刀切开，根据买家的需要，论斤买……这样忙，真有点手忙脚乱了。

但忙是忙，可今天腊梅有感到有点不对劲。怎么不对劲？就是在腊梅忙的时候，总感觉到在人头后面有一个人影晃来晃去。但一待到她抬头望去，那人影就不见了；一等她埋头秤鱼，感觉到那人影又出现了。

——这到底是谁，怎么有点眼熟？腊梅在心里自己问自己。

到了一圆篰篮全卖完，人头散去，差不多已日头当空了。这时候，腊梅就整理一下圆篰篮，收起秤和鱼刀，准备上她阿叔家耀的账房去结账。但是，就在她刚提起圆篰篮要往绩对面走的时候，忽有两个人突然闪在她面前，挡住了她的去路。

腊梅抬头一看，那两人竟然是潘大贵和娇凤。

第三十章　相会

“你……”腊梅一惊，停住脚步，“你们要干什么？”

“要干什么？”潘大贵狞笑着，盯着腊梅，“嘿嘿，你人长大了，就以为我认不出你来了？告诉你，我一眼就把你认出来了！”

“我不认得你！”腊梅退后一步，回答。

“你不认得他，那么，你看看我，”娇凤抢步上前，问，“我，你也不认得了，对不对？”

“不认得！”腊梅还是这样回答。

“你不认得我？我就不认得你了？”娇凤两手一叉腰，喝道，“你就是跌落大海被鱼吃了我也认得你，林腊梅！是不是？你就是林腊梅……”

“你走开！”

但娇凤非但没走开，反而上前一步，一脚踢翻腊梅手提着的圆篰篮，脸朝两边的甩了甩，对着身后叫了一声：

“就是她！把她抓起来——”

她一声喊，腊梅还没反应过来，两个背枪的黑皮狗就从潘大贵身后闪了出来，一左一右，不问青红皂白，就扭住了腊梅。

“你们凭什么抓人？”腊梅一面挣扎，一面哭，叫着，“我犯什么法？你们凭什么抓我……”

“凭什么？”潘大贵在一旁冷笑一声，“就凭你犯法。抓起来，走——”

这时，四周的渔户和行人都闻讯围了上来，一看警察在抓一个弱女子，都感到愤愤不平了，都七嘴八舌地指责起黑皮狗来了：

“人家一个小姑娘好好地在做生意，犯啥法，你们要抓？”

“我们都看到的，小姑娘一没有偷二没有抢，凭啥抓！”

“你们要抓人，传票有吗？没有传票，放开！”

“穿了一身黑皮就耀武扬威了，随便抓人了？这是什么世道！”

“你们算什么东西，大天白日欺负一个小姑娘！有本事跟共产党去打去！”

在周围众人的指责下，潘大贵还想解释：“她犯法！是犯法……”

“犯什么法？你说——”有人问。

“她……是我家屋里媳妇，”娇凤指着腊梅，说，“我就是她的阿婆娘，她几年前一声不响逃走了，我就要把她捉回去……”

“逃走媳妇也是屋里事体，用得着警察来捉？”

又有一位路人大声喝问。他这一声问，围着的众人又议论起来，高声叫着让警察放人。警察有些慌了，抓着腊梅的手有点松了。但娇凤哪里肯，朝那两个警察眼睛一瞪：

“啥人敢放？捉了走——”

她这一叫，两个黑皮狗又来劲了，又一把扭住腊梅，就要往人群外拖。

但正在这时候，一彪人马走进人群，拦住警察。那些人，都是穿龙裤着蒲鞋的渔夫，人人手里都横着一把把明晃晃的鱼刀。那为首一人，正是腊梅的堂阿叔林家耀。

“哪个敢捉？”林家耀说话了，声音不高，但一字一顿，铿锵有力，“就来问问我手里的家伙！”

林家耀的这一席话，说得整个圈子里的气氛又紧张起来了，那两个警察就愣着，抓也不是，放也不是。那个潘大贵更是头也缩了进去，赶紧往人丛里挤，闪在一边。娇凤一见如此，就撒泼了，她脸一横，冲向林家耀，就往他身上撞，弄得林家耀左右为难。

“你是啥地方来的烂狂性啊！你拿刀来杀啊！”娇凤又叫又闹，“你敢不敢？你敢，就刀往我头颈里戳啊！你戳啊！刀来呀——你甩啥个旗牌头，我屋里的事体也要你来管！”

“你屋里的事体哪能叫警察来管？”林家耀一面推，一面反问，“我是啥人？我是腊梅阿叔！我侄女的事，我就要管……”

“腊梅已经出嫁了！嫁出去的女儿泼出去的水，活着是我潘家的人，死了也是我潘家的鬼，你管不着！”

“我就要管，你这个癞老戎……”

“你管，你就连我一道管得去！”

“你别碰我！你这个雌老虎……”

“你骂我雌老虎，我就跟你拼命！我跟你拼命……”

就在这事情闹得不可开交之时，忽然人群外又有一阵骚动，不多时，一个警察头目模样的人挤了进来，大声喝道：

“什么事？什么事？围着这么多人，想造反啊？”

一见警察所长，娇凤好像看到了救星，就掉头转向，一把拉住他，一把鼻涕一把眼泪地，又哭又闹：

“你可来了，所长大人，你再不来，我的命就要没了……那个人，你看，手里还拿着刀，他要杀死我呀……”

看到警察所长，林家耀也走了上去。

“阿吆，是林老大！你拿这刀干什么？有什么天大的事啊？”

“有什么天大的事？”林家耀指着那两个警察，对着所长说，“你这两位兄弟，也不问问清楚，怎么就平白无故地要找我侄女的麻烦？”

“好，没事，没事，”警察所长想了想，说，“就来问问清楚，不过，这大庭广众面前，怎么问？来，那个姑娘过来，到警察所里去，到警察所里去问问清楚。你们两个，把那个姑娘带过来——”

就这样，那两个警察就拉着腊梅到了警察所。到了警察所，那个所长却把林家耀挡在门外，说就问一问，问清楚了，就放人。说完，就带着腊梅进去了。

进了门，什么也没问，警察所长一挥手，就让两个警察把腊梅关进拘押室，任凭腊梅怎么哭喊，怎么哀求，理也不理，叼着一根烟，一转身，就走了。

这天夜里腊梅没出来，到第二天，腊梅还是没出来……

到了第三天，当林德泉走进警察所，来到拘押室的门外，被关了两天两夜的腊梅已经神情恍惚，筋疲力尽了……

腊梅出了警察所拘押室，没有直接回家，而是先在靠近渔码头的德泉号渔行栈住了一晚上。

那天夜里，吃了晚饭，在渔行的账房间里，就林德泉和腊梅祖孙两个，在一煤油灯下，说了一夜的话。

“唉，你不要难过，”望着腊梅红肿的眼睛，林德泉叹了一口气，劝说道，“事体解决了，你和那个潘家，没有任何瓜葛了。你看，这一张几年前的婚书，我也拿回来了。你看看，就是这份婚书惹出的麻烦——”

林德泉说着，取出一份婚书，递给腊梅。腊梅接过，捧在手中，没看，红肿的两眼又流泪了。泪水就滴在那张婚书上。

“嗨，这哪里是婚书啊，”林德泉望着腊梅，说，“分明是一张卖身契，七块大洋就把你卖了，你看看，上面还有你的红手印……你那个后娘啊，真是作孽，天要打的！你想想看，她自己有什么好结果？给阿哥阿嫂一脚踢开，讨饭充肠也没有人看，自造孽自作受，报应啊……”

“二公公……”腊梅祈望着林德泉，轻轻地唤了一声。

“好，好，不讲了，不去讲她了，这个阿作姑，现在也人不像人鬼不像鬼了，再多讲，也是死人讲拨棺材听了。”

“二公公，这次……放我出来，又要你花了不少铜钿……”

“不讲铜钿，钞票生不带来死不带去，人要紧，人要紧！你关在警察所，他们没有欺负你吧？”

“没有，就关在一个小房间里，说，不拿钱来赎身，退了彩礼，就一直关，关到死。”

“那帮死皮赖脸的黑皮狗，就晓得敲竹杠，赎身退彩礼管他们什么事？他们是管治安的，要抓的是小偷强盗，结婚嫁娶是民事！他们怎么就拿了那潘家的好处就来抓人？要管，那也是法院的事。我本来是想过的，要把你这件事告到县城民事法院，闹上公堂，凭我这张抗日有功之臣的面子，还怕打不赢官司？”林德泉喝了一口水，又说，“我告诉你，腊梅，卖身婚契、童养媳早就被民事法典宣布为违法了，他们潘家强抢民女是要反坐的！但一想，算了，那官司是要费时费工的，难说十天半月就能了结，现在四周沿海两军对峙，兵荒马乱的，说不定哪天就打起来了，就进退两难了，还是花点钱了了吧。算是花钱消灾，花钱消灾啊。”

“二公公，那么，这张婚书……”

“作废了，废纸一张。”

“那……”腊梅拿起那份赎了回来的婚书，问，“这张婚书，怎么办？”

“随你处理，现在交给你了，你想怎么办，就怎么办。”

听了这话，腊梅缓缓起身，凑近那盏煤油灯，取下灯罩，看着那一动一动的火苗，就将那婚书移上，点着，看着它一点一点地燃烧，最后烧成灰烬。

看着那红红的火，看着腊梅让火光映红的脸，林德泉的眼睛也红了。

“烧得好，腊梅，烧得好！”

烧了那婚书，看着桌面上的一堆灰烬，腊梅抬起头来，望着林德泉。

“那，二公公，”腊梅问，“我的婚事……谁也管不得了？”

“谁也管不得，”林德泉笑了，话锋一转，“只有一个人除外。”

“谁？”

“你说呢，是谁啊？”

“阿成！”

“对，是阿成。唉，阿成啊，阿成，不晓得他人现在到底在什么地方！”

第二天一早，腊梅就动身回村。这一路她走得很慢，很不轻松。因为一路上有许多哨卡，都有持枪警戒的士兵拦住盘问，而且，她还看到有大批国民党军队在调防，所经之处，到处都是卡车、炮车和一队队荷枪实弹的士兵。到了村口，她发现，整个村子都成了防线，特别是沿着村子的海岸线，已被层层封锁……

这一天，也就是腊梅从镇上的警察所拘押室回来，回到家里的第八天，吃过中午饭，腊梅就带着阿平，拿着渔网和渔具，要到村子东头礁滩附近的浅水处撒网，捕鱼捞虾。

那渔网是阿爹留下的，多年不用，早就断了散了，不成样了。但腊梅很小就会补渔网了，对她而言，那活一点也不难，就花了一个白天的时间就把渔网补好了，能用了。

腊梅要和阿平一起到海滩捕鱼捞虾，也实在是迫于无奈。

因为局势紧张，驻守在东沙全岛的国民党军队宣布封锁所有的道路、码头和海岸线，实行无限期戒严，无论乡镇还是村庄，无论大户还是穷户，所有人都随即陷入困顿之中，而且日甚一日。

腊梅平日里摆鱼摊做生意的积蓄也花光了，谁知这一仗什么时候打，什么时候打完？日长时久了，一家人怎么活？生活告诉腊梅，必须找点营生。

至于阿平，他已经十五岁，是个小大人了，应该让他学着点了，因此，腊梅决定到东头尖嘴海滩的石崖边捕点小鱼虾，让阿平一起跟着，做个帮手。

腊梅和阿平挑着渔网提着鱼篓到达尖嘴礁附近浅滩时，一阵北风吹来，天转阴了。一看天将变，腊梅就赶紧和阿平一起理网，把网纲一把把地理顺了，就卷起裤腿，准备下海。

“跟阿爹一起来过这里撒网吗？”腊梅一边卷裤腿，一边问阿平。

“来过，阿爹不出海的日子，就让我跟着，好几次了。”

阿平回答。阿平用不着卷裤腿，因为他本来就穿着短裤。

“会撒网吗？”

“不会，阿爹就让我帮着收网。”

“好的，今天就看着阿姐撒网，你先学着……”

“不，阿姐，我来，这是男人的活，你是女人。”

“啊呅，真像个男子汉了，好啊，不怕人家看不起，只怕自家勿争气，你来，今天就让你试试。”

两个人就提起理顺的渔网，跑向海滩，下水，涉过浅水，分头攀上一块很大的礁石，站稳了，阿平就接过腊梅那一头的渔网，定了定神，吸足一口气，然后一甩，把网甩了出去。

“呯！”一声枪响把他俩吓了一跳！

紧接着看见一个年轻的男人从远处跑向海滩，后面紧追着十几个国民党兵，带头的戴着平顶帽的举着手枪高喊着：“再跑，我打死你！”

那个年轻的男人吓得浑身发抖，往前扑倒在沙滩上，那几个士兵赶忙抓住那个男人，绑了起来。戴着平顶帽的一边按住年轻男人，一边说着：

“你他妈的还跑，能跑到哪里去呀？当兵吧，吃香的喝辣的，我们这就要把你送到台湾享福去了。”

那个男人跪在他的面前哀求着：“老总，求求你吧，别让我去了。我家里上有老下有小，放了我吧！”

“他妈的！放了你？放了你谁给老子发军饷呢？给我老实点！”

这是另外一个士兵，发现了老远石崖边上的腊梅姐弟俩：

“长官，前面好像还有个男孩！”

“那还不快追，你们两个，把这个押回去。快追，快快！”戴着平顶帽的说完朝着腊梅和阿平方向跑了过来。

这时，腊梅感觉到事情不妙，前两天她就听别人说起过，说是定海国民党逃跑时抓了很多壮丁，今天东沙肯定也在抓壮丁。她赶忙拉起阿平说：

“快跑，朝山崖上跑！”于是两人拼命往山上跑去。

“呯！”又是一声枪响。吓得两人连忙绕进山崖后面的山坡上，恰好山上还有一片树丛，树丛边上有一座倒塌了的坟墓，两人赶紧扒开树丛钻了进去。

几个国民党兵绕过山崖，也往山坡上追了过来，他们没有发现坟洞，径直朝山后追了过去。

腊梅姐弟两人挤在坟洞里，顾不得身边有死人骨头，还有一个骷髅头正抵在阿平的胸口，吓得大气不敢出一声。

国民党兵的声音渐渐远去，但她俩还是不敢爬出来。大约过了两个时辰，腊梅偷偷地爬了出来，看看四周没了声音，于是叫出阿平往山坡下走去。

于是，两人找到渔具，一人背着渔网，一人提着鱼篓，奔上海滩，一拐弯，就朝靠着礁滩的一处山头走去。等他们爬上另一座山坡，钻进乱草遮蔽的一个岩石底下时，大雨倾盆而下，眼前已朦胧一片了。

大约过了半个时辰，雨总算小了，但天色已经暗了。

“阿姐，你看，雨小了。”

“那就快走，阿平，找个地方躲起来。”

“再等一等，阿姐，等雨再小一点。”

“不行，再不走，天就黑了。快，我们走。”

就这样，姐弟两人就拿起渔网鱼篓，摸着岩壁起身就往前走，阿平突然叫出声来：“阿姐，你看……”

腊梅闻声，转身一看，只见阿平张开手掌伸给她看，上面全是血。

“你怎么了？”腊梅一惊，“你弄伤了？”

“不，不是我的血……”

“不是你的？”

“这里，你看——”

阿平缩回收，又朝身旁一指，就见那没被雨淋湿的石壁上，有模糊的血迹。这让腊梅感到惊奇。

“看，阿姐，前面都是……”阿平又叫出声来。

果然，那石壁上有一丝隐约的血痕，蔓延着，朝前移去。出于好奇，阿平就和腊梅顺着那血痕，拨开草丛，一步一步摸索着，朝前走去。这样摸索了一段山路之后，一个黑幽幽的山洞豁然而现。

在山洞口，两人站定，目目相对。

“里面……会不会有人？”阿平害怕了，小声问。

“快走，快离开这里！”

腊梅感到此地不能久留，就一拉阿平，催他快走……但就在他俩刚转身，将要离去，身后忽然闪出两条黑影，一人一个将他们扭住，并同时捂住两人的嘴。

“别出声！”其中一人压低声音，告诫，“我们不会伤害你们！”

“快放开！”腊梅感到恐惧，挣扎着，叫出声来，“你们……是谁？”

“会晓得的，”另一个人低声说，“别说话，先跟我们进去。”

慢慢地，腊梅和阿平都停止挣扎，让那两个人扭着，进了洞口。然后，那两人其中一人引路，一弯腰，先行入内，另一人在后，将腊梅和阿平夹在中间，沿着洞内隧道，摸黑往洞内走。这样走了一小段曲里拐弯的路，腊梅忽然眼前一亮，只见自己已经到了一个较大的洞穴，在洞穴一角，有一簇篝火在燃烧。

这洞里还有两个人，一个人靠着洞壁半卧半躺着，另一人坐在篝火旁，一见腊梅和阿平被推了进来，那坐着的人站了起来，走近，在腊梅和阿平面前站定。但腊梅看不清他的脸，因为他背着光。

“你们不用怕，”那个人用一种低沉而又亲切的声音说，“我们是共产党领导的东海游击队，现在全中国都已解放了，东沙很快也会解放的！不用怕，游击队和老百姓是一家人。”

一听这似曾相闻的声音，腊梅内心猛地一震，浑身颤抖着，手一松，提着的渔网掉落在地。

“听懂我的话了吗？”那人继续说，“我们是东海游击队，是共产党领导的队伍。解放大军很快就要渡海了，国民党军队正在准备逃到台湾去了，我们现在只是……

遭遇了敌人，到这里来暂避一下，你们不要怕。”

但腊梅颤抖得更厉害了，她只觉得自己的心在剧烈跳动，胸潮翻滚，已经滚到喉咙口上了。

见腊梅浑身发抖的样子，那人开始进一步解释：

“我们不想被敌人发现,所以,我们不是要抓你们,是要告诉你们,千万别对人说，你们看到过我们；不能对任何人说，看到过我们……”

“你是……”腊梅双唇蠕动着，轻轻出声。

“我已经说了，”那人顿了顿，道，“我们是东海游击队，是老百姓的队伍……”

“你是……阿成吗？”腊梅喃喃地问。

那人忽然不说话了，僵住了，也像被雷劈了一下。

“你……是不是……阿成？”腊梅后头梗塞着，又问。

“腊梅！”那人叫了，叫得很响，“我……是阿成！我就是……阿成！”

……就这样，根本想不到会这样，在雨中，在这海边，人迹罕至的洞穴里，仿佛有神人冥冥之中暗暗牵线,在分别整整五年之后,不期之中,阿成和腊梅终于相见。

他们紧紧抱在一起，相拥而泣……

当然，相见的还有阿平。

当阿平看到两人相见的那一幕，就像傻了一样，好一会儿过后，才将鱼篓一扔，冲了上去，但冲了上去后，又停下，呆呆地站着。

“这是……是……”阿成感觉到了，转过身，问。

“这是……我阿弟，阿平啊。”腊梅说。

“阿平！阿平这么大了？阿平……”

一听是阿平，阿成高兴的，一步上前，就想拥抱阿平。但刚一用力，就松手，因为他左手臂膀上的伤口阻碍了他。这是，腊梅才发现阿成肩上绑着绷带，上面全是血，而且还在不断地涌出。

“你……打伤了？”腊梅问。

“枪伤，没事。”阿成说，开始介绍他的战友，“伤重的是阿鄞，他腿部中弹。这就是他，阿鄞，他也是东沙人，我们是老乡。这是大海，这一个是陈小四，他们都是从金塘岛过来的。这是，这一位……是……”

阿成想向他的战友介绍腊梅，但说着说着，却说不下去了。

“不用介绍了，张队长在路上都介绍过啦，”躺在篝火边的阿鄞大声说，“好了，我们都没事了。这咱们路上都说好了，东沙一解放，咱们就一起去找腊梅，就是找到天涯海角，也一定要把腊梅找到，现在看看，腊梅都从天上掉下来了！咱们没事干了，白说了，白说了，哈哈！”

他这一说，就把大家都逗笑了。

笑过之后，腊梅心细，想着，阿成他们在洞里躲着，肯定没东西吃，就让阿平把鱼篓里的鱼蟹都倒了出来，就用鱼刀刮了鳞剖了肚，也没法洗，就用细树枝插着，放到火上烤。这样，晚饭也有了。

就在大家几个包括阿平在篝火边边烤边吃的时候，阿成就把腊梅拉到一边，说起话来。

“村子里情况怎么样？”阿成问，“有没有国民党兵？”

“有，”腊梅回答，“有许多，这几天正在抓壮丁。”

“你看到了，我们已经被发现了，而且有人受了重伤。但是，我们一定要把收集到的情报送回金塘岛，那里是渡海作战部队的基地，这非常重要。你——懂吗？”

“我……不懂，但你说，你说要我做什么。”

“能不能找到一条船，我们偷渡过去。”

“就从这里走？这黑泥湾，晚上涨潮，风急浪大。”

“风浪再大也要回去。腊梅，我身上的情报关系到整个战役的成败和东沙的解放。今天晚上我们一定要回去，你……明白吗？”

“我……会找到船的。”

“你怎么找？”

“到林家村，找二公公。”

“二公公……他还好吗？”

“很好。只要找到他，就一定会有办法的。”

阿成想了想，最后点了点头，说：

“好，就这么办。找到二公公，告诉他，我……很想他。”

“我会告诉他的，一定。”腊梅正要转身，看了看阿平对阿成说，“另外，你能把阿平也带走吗？这里到处都在抓丁。”

“好的，阿平跟我们一起走，东沙解放时我把他带回来。”

这样一说定，腊梅就让阿平留着，自己下了山，一路疾走，绕过北山头，走近路，夜晚头就到了林家村，见了林德泉。林德泉一听阿成就在东沙镇后山，而且有急事相求，二话没说，就唤来王老七。

当林德泉让腊梅把事情一五一十地一说，王老七一听是阿成的事，随即一拍胸脯，心急火燎的，就让腊梅跟着一起走，马不停蹄地赶到黑泥湾，在附近的村子里找了一个铁杆兄弟，借了一条船，下半夜前就到了尖嘴礁附近浅滩。

王老七将船泊在礁石后的隐蔽处，然后，就让腊梅上山去把阿成他们带下来。过了下半夜，阿成他们几个就到了。一见阿成，王老七什么客气话都说不上来了，就含着泪花，锤了阿成一拳，说了声：

“上船，阿七叔这就送你阿成过海！”

腊梅和阿成面对面站着，又要分别了，不过这次一定是小别。

阿成心潮起伏、感慨万千，但又一时手足无措，不知如何为好。稍后，他定一定神，转身，看着热泪盈眶的腊梅，跨出几步，走到她的跟前。

“我心里……”阿成凝视着对方，“一直想着你。”

“我……晓得，”腊梅泪流满面，说，“我晓得，阿成哥。”

“东沙解放，我就回来，我就……娶你，娶你……做我的女人。”

“我晓得，我……晓得……”

“我……腊梅，我……”

“走吧，阿成哥，快走！东沙……快点解放！”

阿成不说话了，蓦然转身，快步朝那条小船奔去……

腊梅一动不动地挺胸站在岩石上，面朝着定海方向远眺。她仿佛听到了解放的炮声，听到了解放的欢呼声，甚至听到了阿成和战友们的高喊声：“解放了，解放了，东沙就要解放了……”

不知过了多久，东方出现了鱼肚白。五月的东沙在朝晖下渐渐露出了集镇的轮廓，白墙灰瓦越来越清晰，不少屋面的烟囱上，炊烟冉冉升起。

公鸡不时地鸣唱着，好像也在欢呼：“解放了，解放了，东沙解放了，腊梅解放了，女儿解放了……”